ATRIUM

PETER SPANS

Von Herzen

THRILLER

Atrium Verlag · Zürich

MIX
Papier aus verantwortungsvollen Quellen
FSC® C083411

Originalausgabe
1. Auflage 2020

Umschlaggestaltung: Atrium Verlag unter Verwendung einer Illustration von Peter Spans
Satz: Greiner & Reichel, Köln
Druck und Bindung: CPI Books GmbH, Leck
Printed in Germany
ISBN 978-3-85535-102-2

www.atrium-verlag.com
www.facebook.com/atriumverlag
www.instagram.com/atriumverlag

Am schlimmsten wird es,
wenn es jemand besonders gut meint.

TEIL EINS

ECKERD

EIN HUND

Lolita sah hinaus in den roten Regen.

Abgefischt.

So spät würde niemand mehr suchen. Weil niemand mehr davon ausgehen konnte, dass es noch was zu finden gab.

Weit hinten im peitschenden Regen bewegte sich etwas. Tatsächlich war da jemand, er hastete von Hauseingang zu Hauseingang, rein und raus durch die Wasservorhänge, die von überfluteten Dachrinnen fielen. Ein dürrer Mann. Er hielt etwas über dem Kopf, das zu schmal war, um Schutz zu bieten.

Der Mann verschwand durch den Wasserfall des nächsten Eingangs. Lolita lehnte unter dem muschelförmigen Vordach an der tagwarmen Wand und sog die feuchte Luft ein.

Stadtpatina. Bordstein, Asphalt, Gummi, Pisse, Spucke, Eisen, vielleicht Blut. Von irgendwoher frischer Beton. Der Regen wusch es aus, spülte es heran. So musste es sein, wenn man ein Hund war.

Lolita stellte sich gern vor, etwas anderes zu sein.

DAMALS : PORCS DE LA MORT

Eckerd reckte seine Haselgerte in den Himmel.

»Verehrtes Publikum, heute werden sie Zeuge einer nie da gewesenen Darbietung! Porcs de la mort!«

Elmar, der Großvater, hatte sich nicht setzen wollen. Nur widerstrebend ließ er sich von Eckerds Vater Bernhard auf den Baumstamm ziehen, der seit Jahren auf der Wiese lag.

»Was redet der so geschwollen?«

»So redet ein Zirkusdirektor nun mal.«

»Du redest auch geschwollen.«

»Schau's dir an. Ist doch mal was anderes.«

Elmar machte ein Gesicht, als ob *was anderes* übel riechen würde.

Eckerd beobachtete die beiden aus dem Augenwinkel.

Bernhard staunte über das Hindernis aus alten Brettern. Mit sieben hätte er so was nicht hinbekommen. Zwei rosa Schweine dösten neben Eckerd einige Meter entfernt von dem Hindernis, während auf der anderen Seite in gleicher Entfernung ein weißes bei Marthe wartete, Eckerds kleiner Schwester.

Eckerds roter Schopf leuchtete vor der tief stehenden Sonne. Sein gemalter Zwirbelbart bog sich unter erhabener Miene.

»Maria, Josef! H.G!« Eckerd ließ seine Gerte sirren.

Maria und Josef galoppierten mit atemberaubender Geschwindigkeit auf das Hindernis zu.

H.G. war Albino, weswegen er schlecht hörte, aber nach einem scharfen Stupser der spitzen Füßchen von Marthes kopfloser Barbie sprintete er auf Maria, Josef und das Hindernis zu.

Bernhard spürte seinen Puls, als alle drei Schweine zugleich absprangen und es aussah, als ob sie in vollem Galopp über dem Hindernis kollidieren müssten. Für einen Sekundenbruchteil schienen sie übereinander in der Luft zu schweben, ein rosa-weiß-rosa Banner. Sie flogen haarscharf aneinander vorbei, um dann wie grotesk kurzbeinige Springpferde auf dem versteppten Gras in effektvollen Staubwolken zu landen.

»Padaaaah!« Eckerd ahmte eine Fanfare nach.

Bernhard sprang auf und applaudierte, dass seine schwieligen Hände brannten und ihn die Traurigkeit, die ihn sonst umfing, für einen kleinen Moment losließ. Er stupste Elmar an.

»Hast du Schweine schon mal so was machen sehen?«

»Sie verlieren Gewicht dabei.«

»Damit kann er zum Zirkus!«

»Er nennt sie Maria und Josef.«

Eckerd kam, um sich lang und breit loben zu lassen.

»Und H.G.«

Bernhard klopfte Eckerd auf die Schulter. »Toll. Wofür steht denn H.G. eigentlich?«

»Heiliger Geist.«

Elmar stand auf. »Das reicht.«

»Das ist, weil er so weiß ist. Wie ein Geist.«

Elmar versuchte, dem heiligen Geist einen Strick überzuwerfen, aber der drehte ihm mit einem Grunzen das Hinterteil zu. Er packte Josef am Nacken und legte ihn an die Leine. Der quiekte verwundert, dann trottete er Elmar hinterher.

»Sag Opa, er soll Josef wieder herbringen!«

Bernhard applaudierte noch einmal besonders laut. »Das war eine unglaubliche Vorstellung, mein Sohn!«

Eckerd sonnte sich im Stolz seines Vaters und machte einen Kratzfuß wie vor einem sehr großen Publikum.

Das dumpfe Knacken aus dem Schuppen war kaum bis zur Wiese zu hören, aber es ließ Eckerd stocken, denn er kannte es, seit er denken konnte. Dann verbeugte er sich tiefer und ausladender als zuvor, während Bernhards Miene zu ihrem schwermütigen Ausdruck zurückfand.

RICHTUNG ROT

Frank keuchte. Normalerweise rannte er nicht. Warum auch? Bis vorhin war es ein guter Tag gewesen, viele Leute hatten sich in der Herbstsonne treiben lassen, mit reichlich Wechselgeld von Bier-, Eis- oder Würstchenkäufen in den Taschen, und er hatte gearbeitet. Irgendwann war er auf einer Parkbank eingenickt, bis ihn der Wolkenbruch aufgeschreckt hatte. Er musste lange weggetreten gewesen sein, einige Meter entfernt glomm eine einzelne Straßenlaterne in dem dichten Regen. Froh, dass ihm niemand seinen Koffer geklaut hatte, hastete er zum nächsten Hauseingang und sprang durch die Wasserwand, die von einer überfluteten Regenrinne niederging, um sich im Trockenen zu vergewissern, dass seine Tageseinnahmen noch da waren. Und sein Werkzeug.

Danach hatte er sich Richtung Stadtmitte bewegt, indem er sich von Haus zu Haus gearbeitet hatte. Er war ohnehin schon durchnässt gewesen, als ihn das Unwetter geweckt hatte, und in den Eingängen war es deutlich wärmer.

Hinter der Haustür, vor der er gerade nach Luft rang, ging Licht an. Jemand würde kommen, er würde ihn für einen Penner halten, er würde miese Laune haben und Ärger machen, weil er bestimmt Lust auf Ärger hatte. Frank rappelte sich auf und zwang sich wieder durch das Wasser hinaus in den Regen.

Er hatte eine neue Gegend ausprobiert. Viele kleine Cafés mit Tischen auf den Straßen. Einträglich, aber weit draußen. So spät fuhren hier offensichtlich keine Öffentlichen mehr, und bisher war nicht ein Taxi an ihm vorbeigefahren. Eigentlich überhaupt kein Auto. Sein Handy lag zu Hause, normalerweise wüsste Frank auch nicht, wen er damit anrufen sollte. Erneut durchtränkt, erreichte er den nächsten Eingang. Er fror.

Langsam hört der Spaß auf.

Frank hatte ein Ziel, ein entferntes rotes Leuchten. Es war lange kaum näher gekommen, aber jetzt trennte ihn nur noch eine breite Kreuzung davon.

Zivilisation.

Frank steckte seine Hand durch den Vorhang aus Wasser, der vom Dach auf die Straße fiel, und spähte darunter hinaus auf die andere Straßenseite.

Rotes Neon. Ein Schriftzug.

Von Herzen.

Im Schutz eines geschwungenen Vordachs lehnte eine ranke Silhouette in einem hautengen Dress lasziv rauchend an einer bunt bemalten Wand. Vielleicht ein Puff. Oder ein Varieté, so verrückt, wie der Eingang bemalt war.

Frank fror, aber er zögerte, dorthin zu gehen. Seine letzte Prozedur lag schon einige Stunden zurück, und es könnte Probleme geben, wenn er so in den Laden ging. Er könnte es jetzt machen, aber es wäre bizarr, wenn ihn jemand währenddessen im Hauseingang antraf.

Frank holte tief Luft, hob seinen Koffer über den Kopf und rannte Richtung Rot.

DER MANN

Paul brachte keine Gegenwehr mehr zustande.

Das infernalische Dröhnen drang in sein Innerstes und zerquetschte seine Seele zu einem pechschwarzen Brei.

Paul lag und spürte den Schnee, der auf ihn herabfiel. Der sich auf seiner perfekt gebügelten Polizeiuniform nicht auflösen wollte, Staub und Sand maroden Mörtels, den jeder vorbeidonnernde Zug aus der geziegelten Arkade über ihm rüttelte.

Ob ein Reisender je einen Gedanken daran verschwendet hatte, dass der Zug, in dem er über eine Brücke fegte, jemandem darunter die Seele zerquetschte? Wohl kaum. Sie waren alle auf irgendeinem Weg. Nur Pauls Wege waren zu Ende.

Zu Ende legte sich um seinen Hals und würgte ihn. Er hatte sich in die verlassene Werkstatt unter der Eisenbahnbrücke verkrochen, als ihm alle anderen Möglichkeiten ausgegangen waren.

Er tastete nach dem Rand der fleckigen Matratze und stöhnte, als er sich auf die Seite zog. Scharfe Kälte drang an Schulter und Bein, quälte ihn zurück an die Oberfläche seines Bewusstseins. Paul hatte sich in sich selbst verlaufen und darüber mit dem überdimensionalen Tauchsieder in einer der korrodierten Zinkwannen Wasser brodeln lassen, bis sich dichter Dampf überall niedergeschlagen und die Matratze, auf der er lag, durchtränkt hatte. Nass verströmte sie einen noch viel schrecklicheren Geruch als trocken, und da war es schon kaum zu ertragen gewesen. Paul fiel ein, dass er sich irgendwann mal an der Stelle übergeben hatte, an der jetzt sein Gesicht lag.

Das Donnern eines weiteren Zuges folterte Paul, bis er sich zurück auf den Rücken rollen ließ, wo das erkaltete Wasser die letzte Wärme aus ihm sog. Es musste Stunden her sein, dass er den

Tauchsieder in die Wanne gelegt hatte. Er musste etwas tun. Er öffnete ein Auge.

Es dauerte, bis er sich an das fahle Licht der Straßenlaterne gewöhnt hatte, das durch das staubige Oberlicht des hölzernen Werkstatttors fiel. Die dichten Nebelschwaden verbargen die Wände und die gewölbte Ziegeldecke des Raums, sie lichteten sich nur am Tor, wo es sie durch die Spalten der grob gezimmerten Bretter nach draußen sog.

Aufstehen.

Er müsste zu dem klemmenden Tor wanken, es aufstoßen und den schrecklichen Nebel in die Nacht schicken. Allerdings, im Licht der Straßenlaterne wären die Schwaden wie Rauchzeichen. Der Dampf würde ihn verraten. Er verriet ihn jetzt schon, indem er durch die Bretter drang. Es war ja nicht seine Werkstatt.

Nichts war seins.

Es war eine große Wanne, in dem der Sieder Wasser zum Kochen brachte, etwa so groß wie eine Badewanne. Er hatte es nur anwärmen wollen, um darin einzuschlafen, dann war er auf der Matratze weggedämmert. Der Sieder war sein Feind. Aber aufzustehen, sich in den Waschraum zu schleppen und ihn vom Strom zu trennen, war ein Unterfangen gigantischen Ausmaßes, das langwierige mentale Vorbereitung erforderte.

Paul zitterte. Auf der nassen Matratze würde er erfrieren, was an sich in Ordnung war, aber er wollte auf keinen Fall so gefunden werden – nass und stinkend, seine Uniform paniert mit einer Schicht grauen Mörtelstaubs.

Er zog sich halb von der schmatzenden Matratze auf den schmierigen Betonboden, wo er eine Zeit lang liegen blieb. Über den nassen Beton zu kriechen, würde seiner Uniform noch mehr schaden und seinen Körper noch schneller auskühlen als die nasse Matratze. Die Kälte stach, und einschießendes Adrenalin fraß sein Phlegma. Paul hatte seinem Körper keinen bewussten Befehl dazu gegeben, aber er richtete sich auf.

Er wankte durch den dichten Dampf in den Waschraum, den ein breiter Spindschrank mit einer Reihe von Türen bis auf einen schmalen Durchgang vom Hauptraum trennte. Dort tastete Paul sich zu den Wannen und verbrannte sich an dem brodelnden Wasser, als er den Tauchsieder am Kabel herauszog.

Erschrocken ließ er ihn auf den nassen Boden fallen, wo er zischte und weiß-rot glühte. Paul packte das Stromkabel an der nächsten Windung und riss daran. Irgendwo im Dunst riss es, sodass sich das Brodeln legte. Paul keuchte. Sein Atem klang, als käme er von weit her. Der Nebel dämmte. Paul hielt den Atem an. Es war wirklich still. Und doch spürte Paul, dass er da war, der andere.

Paul konnte nur das Unmittelbare in den Schwaden erkennen, aber er spürte, wie er angestarrt wurde, wie die Augen des anderen an ihm saugten. Paul nahm sich zusammen. Er trat vor und starrte zurück.

Paul kannte den Mann sehr gut. Er hatte sein Leben zerstört. Ihm alles genommen. Seine Beziehungen. Den Job, den er geliebt hatte. Die Ehre.

Der Perverse.

Paul schrie ihn an. Der Mann schrie zurück. Paul ballte die Fäuste, der Mann tat es auch und bleckte die gelben Zähne, als ob er hinter seinem klebrigen Vollbart grinste. Hass stieg in Paul auf, er schlug zu. Der Mann schlug auch, aber Paul traf ihn mit voller Wucht. Er zertrümmerte ihm das Gesicht, dass es in tausend Stücke platzte.

Paul keuchte. Sein Puls raste, Blut lief aus seiner Faust, Scherben steckten darin. Er zog einige heraus. Mehr Blut. Er spürte nichts.

Lange starrte er in das gezackte Loch, das seine Faust geschlagen hatte. Toilettenartikel, Schlaftabletten und Scherben. Ungesundes Pulsieren in der blutenden Hand schrie nach Beachtung. Einsetzender Schmerz machte ihn klarer.

Klarheit ist grauenvoll.

Paul hievte ein Bein über die Kante der noch dampfenden Zinkwanne und sah zu, wie sein polierter Lederschuh versank. Das Wasser verbrühte ihn nicht mehr, es war nur noch sehr heiß. Paul ließ den Fuß auf den Grund sinken, zog das andere Bein nach und ließ sich in die Hitze gleiten. Sein ausgekühlter Körper brüllte vor

Schmerz, dass es ihm fast die Sinne raubte. Trotzdem nahm er zufrieden zur Kenntnis, dass seine Uniform im Wasser besser aussah. Er begutachtete seine Hand wie ein beschädigtes Bauteil. Aus den größeren Schnitten troff Blut im Rhythmus seines Pulses.

Lächerlich!

Eine Million Mal hatte Paul daran gedacht, sich umzubringen. Tausend Mal fand er, dass es ein guter Tag zum Sterben war. Hunderte von Szenarien hatte er ersonnen, wie er seinem Leben ein Ende setzen könnte, Dutzende davon hatte er versucht, und mit keinem einzigen war er erfolgreich gewesen. Paul war willens zu sterben, aber er, dem jede Würde genommen war, wollte wenigstens danach in Würde gefunden werden, was sich schwieriger gestaltete, als er sich gedacht hatte.

So grausam das Schicksal seit dem einen verhängnisvollen Tag zu ihm gewesen war, gerade eben hatte es ihm die Entscheidung abgenommen. Mit einem Schlag hatte Paul den Perversen gerichtet, und sich dazu. Wie elegant. Nur noch ein bisschen warten. Einfach Ende. Stille. Und bitte keine Wiedergeburt.

Paul spürte, wie die letzte Kraft aus ihm wich, matt ließ er die Faust ins Wasser sinken und beobachtete, wie sie langsam hinter den rot-schwarzen Schleiern verschwand, die sein Blut im Wasser zog. Über den Wannenrand hinweg blickte Paul zum Ausgang des Waschraums, durch den der dichte Nebel drängte.

Ausgang. Ausgänge bedeuteten Neuanfänge. Sie folgten auf Entscheidungen und Ergebnisse. Sie bedeuteten einen Anfang oder ein Ende. Nicht mehr für Paul. Nie wieder würde er auf seinen Beinen durch diesen Ausgang gehen, vielmehr sehnte er sich danach, dass seine körperbefreite Seele auf dem dichten Nebel hinausgetragen würde, um sich irgendwo da draußen für immer aufzulösen.

Im Ausgang lehnte eine schemenhafte Gestalt.

Trotz der Hitze kroch Kälte in Paul hoch. Der Perverse war besiegt, er starb gerade, er konnte nicht dort lehnen. Außerdem war der Schemen kleiner als er. Sein knochenweißes Gesicht war auffallend flächig, soweit man es im Dunst auf die Entfernung ausmachen konnte. Aus seiner schwarzen Kapuze standen die leuchtend weißen Ohren eines Golems heraus, ansonsten war er schwarz, der Tod.

So klein und schmächtig ist er also, dein Tod.

Panik stieg in Paul auf. Er wollte hier in Frieden sterben und nicht irgendwo hingezerrt werden. Er hob die blutende Hand wieder aus dem Wasser.

Reality check.

Paul hatte gelesen, dass man herausfinden konnte, ob man träumte, indem man seine Hand schnell hin und her drehte. Träumte man, sah sie nach jeder Drehung anders aus, weil das Hirn mit der Erzeugung einer schnellen Abfolge imaginärer Bilder durcheinanderkam; man hatte dann mehrere Daumen oder Rosen statt Finger. Paul drehte die Hand hin und her. Nach jeder Drehung waren es vier Finger und ein Daumen, die pulsierend bluteten. Allerdings weniger stark.

Du blutest aus.

Der Tod wechselte das Stand- und Spielbein, aber er kam nicht näher. Er schien seelenruhig zu warten, bis es vorbei war. Ein guter Tod, dachte Paul.

Paul konnte spüren, wie sich sein Bewusstsein aus ihm löste. Der Ausgang verschwamm, der Tod verschwamm. Alles wurde zu einem tiefen Schwarz, aus dem eine hohe Männerstimme flüsterte, sanft und rau. Die Stimme, die der Anfang von allem Schlechten gewesen war.

»Hamster, kleiner Hamster.«

Sie sagte es wieder und wieder, bis Dreijährige in rüschenübersäten Prinzessinnenkostümen aus dem Schwarz an die Wanne traten. Sie hatten putzige Hamstergesichter, die ihn neugierig aus schwarzen Augen anstarrten. Sie quiekten vergnügt, dann hielten sie inne.

Bitte nicht.

Die Hamstermädchen kreischten. Und alles hörte auf.

VIERZIG

Vor dürren Menschen musste man sich in Acht nehmen. Mehr als vor Fleischigen. Der Dürre rannte ohne Jacke durch den kalten Regen von Haus zu Haus, mit einem Geigenkoffer auf dem Kopf. Als er näher kam, zündete Lolita eine Zigarette an.

Noch auf der anderen Straßenseite wechselte Frank in einen o-beinigen Gang, den er für männlich hielt, klemmte den Koffer unter den Arm und schlenderte unter das geschwungene Vordach.

»N Abend. Was ist das hier für ein Laden?«

Lolita unterdrückte ein Husten. Sie hätte mit einem verlebten Bariton gerechnet, aber aus dem Dürren kam nur ein keuchendes Falsett. Sie schickte den Rauch in die Nacht.

»Was denkst du, was es ist?«

Frank taxierte Lolita, bis er merkte, dass sie dasselbe tat. Der Laden, die Bar, das Restaurant, der Puff oder was immer es war, hatte einige Fenster zur Straße, aber die zugezogenen, blutroten Samtvorhänge blockten jeden Blick ins Innere. Die Motive der wilden Malereien auf der Wand, die sich bis über die Eingangstür zogen, waren so wirr, dass Frank in ihnen keinen Hinweis fand, was dahinter vor sich gehen mochte. Er spähte durch die offene Tür, aber auch der schwarzblaue Vorraum verriet ihm nichts.

»Also … das rote Licht, der Name, wie du da stehst …«

»Wie stehe ich denn da?«

»Mit dem engen Leder … da kann man ja draufkommen …«

»Dass ich Motorrad fahre?«

»Ja … genau.«

»Mit Korsett?«

Lolita hielt ihre langfingrige, lederne Hand auf. »Zwanzig.«

»Wofür?«

»Wegen dem, was du sagen wolltest.«

»Ich hab's ja nicht gesagt.« Frank überlegte, was passierte, wenn er nicht zahlte. Zu was sie fähig war, dass sie allein in der Nacht eine Tür bewachte. Wer herauskam, wenn es Ärger gab. Ihm war kalt. »Ich hab's auch nicht gedacht.«

Frank zuckte, als ihr Mittelfinger in seine Rippen stieß.

»Vierzig.«

Er fror. Er konnte ihrem Blick nicht standhalten, also kramte er Scheine und Münzen aus dem Geigenkoffer und klatschte sie in die schlanke Hand.

»Okay, was ist das für ein Laden?«

»Dreißig.«

»Weißt du was? Ich finde es selbst raus.«

Lolita biss sich auf die Unterlippe. Frank klang wie ein Meerschweinchen.

Er schob sich an ihr vorbei in den schummrigen Vorraum, ein paar Schritte weiter sah er sich nach ihr um. Im Rechteck der offenen Tür ließ Lolita seine Scheine auf ihrer ranken Silhouette verschwinden. Die Münzen warf sie nacheinander in den Regen.

Es spiegelte sich nicht im Geringsten in ihrer Miene, aber der Dürre machte Lolita gute Laune.

Er hatte sie *Hure* nennen wollen.

Das hieß, dass sie die richtigen Signale sandte.

WILLKOMMEN

Frank zögerte, über die riesige Zunge in den aufgerissenen Frauenmund zu treten.

Am Ende des schummrigen Vorraums hatte er die hölzerne, weit ausgestreckte Zunge entdeckt, die durch volle Lippen, an weißen Zähnen vorbei tief in den Rachen des mannshohen Mundes führte, wo ein schwerer Samtvorhang den Blick in den Raum dahinter verwehrte. Frank wäre am liebsten umgedreht, aber er wollte sich nicht die Blöße geben, gleich wieder an der Dunkelroten vorbeizuschleichen, zumal er sich nicht erinnern konnte, wann er zuletzt so gefroren hatte. Er spähte durch einen Spalt im Samt.

Auf einer kleinen Tanzfläche, die von etwa einem Dutzend samtgepolsterter Sitznischen mit hohen Lehnen gesäumt wurde, saugte eine junge, kleine Kugelrunde im neonpinken Synthetikpullover am Hals eines älteren Hageren im teuren Anzug zu einem vor Wehmut triefenden Bossa nova. Er japste, als sie sich mit ihrem ganzen Gewicht an seinen Hals hängte, und musste niesen, als ihre Arme ihm Pulloverflusen in die Nase rieben. Nachdem er ihre Zehen ein paar Umdrehungen lang über das Parkett geschleift hatte, versuchte er sie abzustreifen. Schließlich resignierte er, schleppte sich mit ihr am Hals in Nische Nummer vier, über deren Eingang der Name *Glamouria* glitzerte wie eine Swarovski-Brosche, wie auch sonst viele Details in Strass glitzerten. Der Hagere fiepte, als sie sich auf ihn fallen ließ, dann hechelte er.

Frank sah das Klavier. Und drei Podeste mit Mikrofonen.

Scheiße, die haben ne Band. Aber vielleicht nicht jeden Tag.

Frank trat aus dem Vorhang. Ihm fiel auf, dass jede der Nischen ein Telefon besaß, immer passend zum Thema der Nische.

»Bäh!« Die Kugelrunde kippte dem Hageren seinen Rotwein ins Gesicht, packte den paillettenbesetzten Hörer des Glamour-Phones vom Glittertisch der Vier und wählte eine Nummer.

Licht blendete über der Nische auf, und die Musik trat in den Hintergrund. Der Begossene starrte ins Helle, als die Stimme der Kugelrunden aus allen Lautsprechern dröhnte.

»Halloo, hier ist eure Tina. Ich wollte nur sagen, dass ich immer, immer an die ganz, ganz große Liebe glaube, und ihr erreicht mich heute unter der Neun. Aber Mädels, wählt nicht die Vier. Außer, ihr wollt ein Hundefrauchen sein und euch von einem hechelnden Freak von oben bis unten ablecken lassen. Gebt nicht auf, die Liebe kommt! Gute Nacht!«

Das Licht erlosch, nachdem Tina den Hörer auf die Gabel geknallt hatte. Sie trat hoch erhobenen Hauptes aus der Vier, flanierte an den anderen Nischen vorbei, und als niemand von seiner Tischplatte aufsah, ließ sie sich in die Neun fallen, den *Bergdieb,* ein Crossover aus Dirndl und Krachlederner aus tiefgrünem Samt und besticktem Wildleder, das Tinas pinker Neonpullover überschrie.

Auf dem Weg zur Bar hielt sich Frank im Schatten, aber Tina entdeckte ihn trotzdem, presste sich lasziv in die Polster, leckte sich über die dünnen Lippen, streckte den Zeigefinger in seine Richtung und krümmte ihn verführerisch im Rhythmus der Polka, die gerade einsetzte. Frank schlich zu der prächtigen, hölzernen Bar und kletterte auf einen Hocker neben einen Gast, der in ein Gespräch mit der Frau hinter der Bar vertieft war. Frank versuchte, eine Gesprächslücke abzupassen, aber der Mann redete in einer Tour.

Diese Frau … feine Züge und helle, fast leuchtende Haut.

Frank überlegte, ob sie schön war. Schön, ja. Aber vor allem anders.

Zu anders zum Anbaggern.

Zumindest war unklar, was passieren würde, wenn man es versuchte.

»He, machst du mir n Bier, bitte?«

Sie hörte dem anderen mit ungeteilter Aufmerksamkeit zu, wobei sie Anteil an jeder vorhersehbaren Wendung seiner banalen Erzählung nahm. Frank trat hinter ihn, machte ein durstiges Gesicht, dass seine geröteten Augen heraustraten, und wedelte mit seinen dünnen Armen, dass seine nassen Ärmel spritzten.

»He, Schöne, mach mir mal n Bier, bitte!«

Ihr Blick war nicht unfreundlich. Gar nicht. Er sagte nur, dass Franks Betragen ihm Strafminuten eingehandelt hatte.

Frank machte beschwichtigende Bewegungen, kletterte ein paar Meter weiter auf einen Barhocker und ließ den Geigenkoffer auf die Fußraste unten am Tresen fallen. Er war froh. Sie hatte nicht eine Miene über seine hohe Stimme verzogen.

Er überlegte, ob er hungrig war. Neben der Bühne warteten einladend gedeckte Tische in einem eigenen, schummrig gemütlichen Bereich. Ein einziger, dicker Mann saß da, sein kindliches Gesicht glühte rosig über einer Vorspeise, und als die Ranke in ihrem dunkelroten Leder eintrat, wedelte er mit seinen speckigen Ärmchen. Sie schwebte an seinen Tisch und wartete in umwerfender Pose, bis er genug Scheine aus einem perlenbestickten Portemonnaie in ihre Hand gelegt hatte, dass sie auf den Stuhl neben ihm glitt.

Durchnässt, wie er war, beschloss Frank, einfach sitzen zu bleiben und sich weiter umzuschauen. Er war immer noch ohne Bier und ohne eine Ahnung, was er hier sollte und wollte. Dennoch hieß ihn alles hier irgendwie von Herzen willkommen.

Gerstenschleim.

Nicht atmen half, wenn man ihn aß.

Früher hatte Raphael bei jeder noch so kleinen Gelegenheit wahre Festessen zubereitet. Er fand, dass er ein guter Koch war. Ein brillanter Koch. Viel zu gut für das hier.

Wenn er ein Rezept las, wusste er sofort, ob es sich lohnte, es zu kochen. Er konnte jede beliebige Kombination aus Zutaten und Gewürzen auf der Zunge schmecken, wenn er sie sich nur vorstellte. Das war auch das Einzige, was ihm geblieben war, der Geschmack eines Gerichts, das er nie essen würde. Ein Gericht, das er nur für andere kochte. Kochen war zur Qual geworden, denn es zu riechen bedeutete, es essen zu wollen, und es zu essen bedeutete Strafe.

Nichts, was er kochte, durfte er noch essen. Nicht mit dem, was er hatte. Nur noch Wasser und Gerstenschleim, damit fraß es sich wenigstens nicht noch weiter durch sein Gesicht.

Der Schleim klebte in seiner Kehle. Trinken machte es schlimmer, dann fühlte es sich an wie ein Schimmelrasen, der von der Zunge bis zum Mageneingang hinunterreichte.

Raphael bereitete für andere wahre Geschmacksexplosionen, aber sein eigenes Leben war Schleim und Schimmelrasen. Genau genommen kochte er noch nicht mal für andere. Er kochte für Tische. Tisch eins, Tisch sechs, Tische waren seine Richter, Tische lobten und tadelten ihn.

Tisch drei ist es zu salzig. Tisch fünf zu scharf. Tisch zwei sagt, das Fleisch ist zäh.

Raphael ging nie zu den Tischen. Würde er hingehen, und sei es nur, um Guten Abend zu sagen – sie würden auf eine Bestellung verzichten, so, wie er aussah. Sie hatten ihn noch nie gesehen, aber sie urteilten über ihn.

Klebriges Schluchzen kroch Raphaels Schlund hinauf. Er versuchte es hinunterzuschlucken, aber es blieb ihm als Kloß im Hals stecken.

Wer immer an einen der Tische kam und aß, gut oder schlecht, der ging danach einfach wieder. Raus in die Freiheit. Nur er musste bleiben. Wahrscheinlich würde er hier sterben.

Tisch sieben. Spargelschaumsüppchen.

Raphael würgte den Kloß aus seinem Hals in einen tiefen Teller, verrieb ihn mit der Kelle, aus der er anschließend das Spargelschaumsüppchen darübergab, und streute frische Gartenkräuter darauf. Tisch sieben konnte ruhig ein wenig Anteil an dem nehmen, was er durchmachen musste. Er stellte den Teller auf die Ablage in der Durchreiche. Das hölzerne Rollo, mit dem sich die Durchreiche schließen ließ, zog er bis auf einen schmalen Spalt herunter und bückte sich, dass er hindurchsehen konnte. Er wartete, bis der Teller geholt wurde, und verfolgte, an welchen Tisch man ihn brachte.

Er ging erst wieder an die Arbeit, als Tisch sieben das Spargelschaumsüppchen aufgegessen hatte.

RELIGIÖSER SPINNER

Frank hatte sich geduldig an der makellosen Eigenartigkeit der Frau hinter dem Tresen betrunken, aber er war immer noch ohne Bier, und sie hörte immer noch dem Typen zu, der ihr bestimmt zum dritten Mal seine gesamte Existenz erzählte.

Ein großer, kräftiger Mann schob sich neben ihn auf einen Hocker. Er machte so sehr gar nichts, dass es Frank auffiel, woraufhin sich der Mann ihm zuwandte und lächelte, bis Frank dem Drang nachgab, etwas sagen zu müssen.

»Ist das hier immer so schwierig, ein Bier zu kriegen?«

Der Mann signalisierte der Frau etwas. Sie nickte. Sie hatte ihn im Blick, seit er an die Bar gekommen war. Frank musterte ihn.

»Du kommst wohl öfters her.«

»Öfters, ja.«

Die Barfrau parkte den Redenden mit einem bedeutsamen Zeigefinger, dann brachte sie ein Bier für Frank und ein Glas mit etwas Klarem für den Mann.

Frank lächelte sie mitfühlend an. »Na, bluten dir die Ohren?«

Die Frau runzelte die Stirn und lächelte dabei so entwaffnend, dass Frank an ihr vorbeischauen musste. Dann war sie wieder bei dem anderen, der glücklich mehr Worte erbrach.

Frank setzte das Bier erst ab, als ihm die Luft ausging.

»Danke Mann, danke. Aber jetzt mal ganz ehrlich, wie komm ich zu der Ehre? Weil, ich mein … nichts für ungut … du bist jetzt nicht schwul oder so was?«

»Was wäre denn *oder so was?*«

»Na ja, keiner macht was nur so.«

»Mach ich ja nicht. Sie kriegen ein Bier und ich ein Danke. Das ist doch was.«

Der Mann trank. Frank versuchte aus der Art, wie er trank, darauf zu schließen, was es war.

»Gin?«

»*Als aber der Speisemeister den Wein kostete, der Wasser gewesen war, und nicht wusste, woher er kam …*«

Frank sah ihn konsterniert an. Der Mann lächelte.

»Johannes zwei neun. Es ist einfach nur Wasser.«

»Ah. Aber du bist nicht so n religiöser Spinner oder so?«

Der Mann schien zu überlegen. »Fällt katholisch unter religiöser Spinner?«

»Tschuldigung. Natürlich nicht.« Frank sah verstohlen zu der Bardame. »Das ist super, dass wir hier so reden, als ob wir uns lange kennen. Dann sind sie nicht so misstrauisch. Da, die hinterm Tresen.«

Der Mann beugte sich konspirativ vor. »Was ist mit der?«

»Hast du gesehen, wie die geguckt hat, als die mit dem Bier kam?«

Der Mann musterte Frank, wie er krumm dasaß, mit seinem verwaschenen Hemd, das durchsichtig vor Nässe an seinem dürren Körper klebte, mit nikotinbraunen Fingern, gelben Zähnen und blassen, rot geränderten Augen. Seine langen, fettigen Haare klebten schütter an seinem Kopf.

»Wie hat sie denn geguckt?«

»Die ist heiß auf mich.«

»Glückwunsch.«

»Jep. Passiert mir dauernd. Weiber stehen nun mal auf Musiker. Den ganzen Rock 'n' Roll und so. Ist nun mal so.«

Der Mann winkte der Barfrau zu. Frank zischte.

»Nicht winken! Man muss sie schmoren lassen, wenn sie heiß sind.«

Sie musste den Mann im Blick gehabt haben, denn sie nickte und entzog dem Redenden sanft ihr Anteil nehmendes Lächeln, bis es nur noch freundlich war. Es dauerte, bis er es merkte, dann bremste er seinen Erguss in langen Sätzen und zog die Zeche in kleinen Scheinen aus seiner Jeans auf den Tresen.

Als sie wieder zu ihnen kam, verband der Mann sie mit einer ausladenden Geste.

»Darf ich vorstellen: Das ist mein neuer Freund …«

Frank fiepte.

»Frank.«

»Frank! Und das ist Marthe …«

Marthe lächelte mädchenhaft.

»… meine Schwester.«

Marthe nickte.

Frank quiekte einen Gruß.

Die gleichen roten Haare, die gleiche helle Haut. Und er trägt eine Kellnerschürze. Komplett übersehen. Peinlich.

Der Kellner schüttelte Franks klebrige Hand.

»Ich bin Eckerd. Eckerd von Herzen.«

Marthe flüsterte Eckerd etwas ins Ohr, und Frank fühlte sich geehrt, als Eckerd ihn einweihte.

»Marthe sagt, der Herr an Tisch sieben murmelt was von ›Crème brûlée oder Rote Grütze‹. Ich glaube, er braucht Hilfe. Ich geh mal hin. Dann seid ihr beiden unter euch.«

Frank sah hinüber zu dem dicken Mann und der Dunkelroten. Der Tisch war weit entfernt. Er musterte Marthe, wie ihre grünen Augen wach den Raum im Blick behielten.

»Wie hast du *das* denn gehört?«

Marthe lächelte bescheiden und zuckte mit den Schultern. Frank war glücklich, dass sie sich nicht davon beirren ließ, dass seine Stimme noch einmal höher geworden war.

Marthe hatte Zeit. Für ihn. Er würde ihr sein Leben erzählen, bis er sich sprudelnd in ihrer Anteilnahme aufgelöst hatte.

Aber er würde einiges auslassen.

HASENÖHRCHEN

»Dessert macht zwanzig.«

»Aber du sollst doch nur probieren.«

Lolita fixierte Waldo, bis er tief errötet einen Zwanziger aus dem perlenbestickten Stoffportemonnaie kramte, das vor ihm auf dem Tisch lag. Lolita ließ den Zwanziger an ihrem Körper verschwinden und nickte dem Portemonnaie zu.

»Ist das deins?«

»Ja.«

»Wirklich?«

»Jaa.«

Lolita beugte sich vor und sah ihm tief in die Augen.

»Oder ist es von deiner Mama?«

»Ja.«

»Und Mama hat es dir gegeben?«

Waldo schwitzte.

Lolita intensivierte ihren Blick. »Und wenn Mama sieht, dass ihr Portemonnaie hier liegt?«

»Das wär okay.«

»Wirklich?«

»Ja.«

»Das ist aber nett von Mama. Wie ist sie denn so?«

Waldo sprach leise und umschrieb das Gesagte mit großen Bewegungen seiner kurzen Arme. »Sie ist ganz doll groß und trägt ganz bunte Sachen, die nicht so groß sind.«

Lolita sah an Waldo vorbei auf die massige, rotgesichtige Endfünfzigerin, die in einem zu engen, grell bedruckten Blümchenkleid hinter ihm stand.

Mama packte Waldo am Ohr und drehte es gnadenlos herum.

Waldo jaulte. »Nein! Bitte! Nicht das Hasenöhrchen!«

»Wie viel hast du der Hure von meinem Geld gegeben?!«

Lolita hielt die Hand auf. »Hure macht hundert.«

»Verpiss dich, *Nutte*!«

»Zweihundert.«

Mama drehte Waldos Ohr weiter herum. »Wie kommst du dazu, in so einen Laden zu gehen?! Das ist doch alles … *pervers* hier!«

Waldo wimmerte.

»Also, pervers würde ich das nicht nennen.« Eckerd war an den Tisch getreten. Auf einem Teller hielt er eine dampfende Schale. »Es ist Crème brûlée.«

Mama kniff die Augen zu Schlitzen. »Hast du n Riss im Wirsing?«

Eckerd hob den Teller. »Mit Blaubeeren.«

Waldos Ohr verfärbte sich lila. »Ich tu das nie wieder! *Bitte!* Nicht das Hasenöhrchen!«

»Wie du willst, Schatz.« Mama ließ sein Ohr los, kniff ihn in die speckige Wange und drehte sie langsam herum.

Waldo jaulte lauter. »Nein! Nicht das Backenglöckchen!«

Eckerd stellte die Crème brûlée auf den Tisch. »Zwei Löffel vielleicht?«

Mama zog Waldo an der Backe aus dem Stuhl und verdrehte sie gnadenloser, bis beide eine groteske Pose einnahmen, in der Mama den wimmernden Waldo quer über die Tanzfläche zog, um ihn am Vorhang mit dem Bauch hinauszustoßen.

Eckerd sah ihnen fasziniert nach, bis der Vorhang sich nicht mehr bewegte, und ging zurück zur Bar. Lolita probierte die Crème brûlée. Sie war wirklich gut.

Sie öffnete das perlenbestickte Stoffportemonnaie, das immer noch auf dem Tisch lag, und hob eine Braue, als sie den Inhalt überschlagen hatte.

Sie nahm sich zweihundert und aß in Ruhe auf.

»Hast du das geseh…?«

Frank klang wie ein sterbendes Nagetier. Er signalisierte Unpässlichkeit, fischte nach seinem Geigenkoffer und öffnete ihn auf dem Tresen.

Marthe sah neugierig zu, wie er dem Koffer einen Geigenbogen und eine kleine Dose mit einem Klotz aus einer harzigen gelblichen Masse entnahm. Er vergewisserte sich, dass niemand Notiz von seinem Ritual nahm, und strich die Rosshaare des Geigenbogens über den Klotz, dass es leise quietschte. Er signalisierte auch Marthe, wegzusehen, aber sie war zu neugierig und beobachtete fasziniert, wie er sich den vorderen Teil des Geigenbogens tief in den Schlund schob, um ihn unter Würgen auf und ab zu bewegen. Sie winkte sogar Eckerd an den Tresen zurück, damit er es mit ansehen konnte.

Einen aufwallenden Brechreflex unterdrückend, schob sich Frank den vorderen Teil des Bogens tief in den Hals und presste ihn auf seine Stimmbänder, wobei er ihn wendete, bis sie ausreichend mit Harz beklebt waren. Als Frank sich schließlich den Bogen aus dem Hals zog, schien er sich übergeben zu müssen, aber bevor Marthe ihm einen Stapel Servietten hinhalten konnte, hatte er schon Gelbliches gesabbert und es mit dem Ärmel abgewischt. Seine Augenringe hatten ein dunkles Violett angenommen, als er sich aufsetzte.

»Ich weiß gar nicht mehr, wie ich rausgefunden habe, dass das funktioniert.«

Eckerd sah Frank ungläubig an.

Frank feixte. »Krass, oder? Wie Barry White.«

Franks Stimme war tatsächlich so räudig tief wie die von Barry White. Frank tippte auf die kleine Dose.

»Das ist Kolophonium. Damit macht man den Geigenbogen rau.«

Lolita streifte graziös die Bar, um das perlenbestickte Portemonnaie auf den Tresen fallen zu lassen, nickte Gute Nacht und bog ab, um im Dunkel neben der Bar eine Treppe hinabzusteigen.

Frank verbog sich, um ihr hinterherzugaffen, bis das Klacken ihrer Absätze erstarb. Er zwinkerte Eckerd zu.

»Bestimmt auch ne Schwester von dir«, sagte Barry White.

Eckerd sah besorgt auf Franks dürren Hals. »Tut das weh?«

Frank zelebrierte seinen Bariton. »Was immer es tut, das ist es wert.«

»Und du bist Musiker.«

»Sagen wir, ich fiedle für Geld.«

»Du verdienst Geld damit. Dann bist du doch Profi.«

»Ich spiele schrecklich.«

»Kann ja nicht sein.«

»Doch, echt. Mach ich extra. Du kannst dir nicht vorstellen, was die Leute alles zahlen, wenn du laut scheiße spielst. Ganz besonders Liebespaare. Die geben alles, um dich loszuwerden.«

Frank bedauerte, das gesagt zu haben, Eckerd schienen die Liebespaare leidzutun.

»Na ja … Es bringt Kohle. Allerdings muss ich öfters woanders spielen, sonst gibt's irgendwann auf die Fresse. Ist aber nett hier in dem Stadtteil.«

»Macht dich das nicht traurig? Du machst Musik und musst Angst haben, dafür eins auf die Fresse zu kriegen?«

»Ist ja nur, bis ich nen Neuen habe.«

»Einen neuen was?«

»Nen neuen Hund. Bis vor Kurzem hatte ich so nen kleinen erbärmlichen mit großen Glupschaugen. Das war geil. Wenn ich schräg gespielt hab, wollten die Typen mir die Scheiße rausprügeln, aber ihre Schnallen haben die immer abgehalten. Haben mir wegen dem Hund die Taschen mit Geld vollgestopft. Sentimentale Schnepfen.«

»Macht das glücklich? Mich würde das fertigmachen, dass mir Leute Geld geben, damit ich aufhöre.« Eckerd sah tatsächlich aus, als ob ihn das fertigmachte.

Frank wedelte mit den Händen. »Nein. Natürlich nicht. Ich wollte Solist werden in einem richtigen Orchester. Werde ich auch. Aber Esther mochte nicht, wenn ich übe. Da war scheiße spielen einfacher. Und das bringt richtig Kohle. Ist nun mal so.«

»Esther?«

»Meine Freundin, also meine Ex. Ist abgehauen. Obwohl ich schon echt besser spiele.«

»Schlimm für dich?«

Frank zog ein Amulett aus dem Hemdkragen. »Ihr Abschiedsgeschenk.«

Es sah aus wie ein polierter, marmorierter Stein, oval, von der Größe eines Taubeneis. Marthe stellte sich auf die Zehenspitzen, um es genau anzusehen. Es war kein Stein, sondern etwas in einer gläsernen Hülle. Etwas Organisches.

Eckerd runzelte die Stirn. Marthes Augen weiteten sich, ihr schien zu dämmern, was es war.

»Ich war zu Hause üben. Mozart. Der Hund hat mitgemacht, der konnte die Melodie mitjaulen. Konnte der echt. Da rennt Esthers Fickfreund nackt aus dem Schlafzimmer und schreit mich an, dass er keinen Harten kriegt bei dem Krach.«

»Ihr Fickfreund?«

»Ja. Sie hat immer welche. Deswegen war sie hergezogen. Die letzte Stadt hatte sie durch.«

»Und das hat dich nicht gestört?«

»Kenn sie ja nicht anders. Jedenfalls, der wollte mich nicht üben lassen. Ich spiele also extra schief. Das klappt auch. Er haut ab. Aber dann kommt er zurück mit ner Pistole und schreit rum, dass er schießt, wenn ich nicht aufhöre. Arschloch, denke ich und spiele die hohen Noten. Esther kommt auch raus und brüllt rum. *Nicht mit mir*, denke ich und fiedle schneller. Der Hund jault höher. Da packt der Typ den Hund und wirft ihn aus dem Fenster.«

»Oh Gott. War es tief?«

»Nö. Aber an der Stadtautobahn.«

Eckerd schluckte schwer.

»Esther nimmt dem Typ die Knarre ab und drückt sie mir auf die Zwölf. Ich denke *Leck mich* und fiedle weiter. Der Typ brüllt, sie soll abdrücken. Ich kratze die Geige wie irre und grinse ihn an. Er haut ihr auf den Hintern, sie erschreckt sich und BAM!«

Marthe hatte die Hand um einen Putzlappen gekrallt, ohne zu wischen.

Eckerd war bleich. »Und dann?«

»Suche ich auf dem Boden nach meinen Eiern. Sie kreischt, dass die Eier nicht ab sein können, weil es nur ne Gaspistole ist. Aber sie *waren* ab. Hast du ne Ahnung, wie das brennt, wenn dir einer mit ner Gaspistole die Eier abschießt?«

Eckerd stutzte. »Durch die Hose?«

»Na ja … ich dachte … wenn der Typ keinen hochkriegt, weil ich schräg fiedle, kann ich ja vielleicht bei Esther einspringen. Deswegen hatte ich mich schon mal ausgezogen. Aber … wenn ich jetzt so drüber nachdenke, war's doch irgendwie unromantisch. Jedenfalls haben die mich zur Notaufnahme gefahren. Die waren beide voll nett dann. Der Typ hat sogar nichts gesagt, als ich seinen Camaro vollgekotzt hab.« Frank wedelte mit seinem Amulett. »Eine Woche später krieg ich n Päckchen ins Krankenhaus mit einem meiner Hoden in Glas. Wenn die kein schlechtes Gewissen hat, weiß ich's nicht. Deswegen meldet die sich auch nicht mehr.«

Eckerd hing zwischen Hocker und Tresen durch. »Das muss echt hart für dich sein.«

»Na ja … jetzt, wo ich weiß, dass ich mich nicht mehr anhöre wie n Frettchen, wenn ich meine Stimmbänder mit Kolophonium wichse …«

»Hasst du sie?«

»Die ist ne geile Frau. Ihr müsstet die mal sehen.«

»Jetzt, wo sie weg ist, könntest du doch üben, um Solist zu werden.«

»Mach ich ja. Den ganzen Tag. Jetzt, wo meine Eier weg sind, kann ich kaum noch scheiße spielen.«

»Du bist also auf dem Weg, ein großer Geiger zu werden.«

»Ja, klar. Ich hab ja nichts anderes.«

Eckerd leuchtete. »Dann spiel was für uns! Gib uns ein Privatkonzert.«

»Ist noch zu früh.«

Marthe gab Frank einen Schubs.

Er zierte sich.

Eckerd malte ein Bild in die Luft. »Stell es dir vor. Du bist der

Solist eines großen Orchesters! Es ist deine Premiere, und wir …«, Eckerds Arme beschrieben einen ausladenden Halbkreis, »… sind dein exquisites Publikum.« Er legte Frank eine kräftige Hand auf die knochige Schulter. »Das ist *dein* Auftritt!«

Marthe wippte aufgeregt.

Frank sah sich um. Außer ihnen war das *Von Herzen* menschenleer. Er kletterte auf den Tresen und befreite die Geige aus dem Koffer.

»Ich muss besoffen sein, dass ich das mache.«

Frank stellte sich in Pose und legte die Geige an. Tatsächlich sah er aus wie ein routinierter Solist. Er musterte Marthes und Eckerds Mienen. Bestimmt wollten sie ihn nur aufziehen. Aber sie sahen ihn in ehrlicher Erwartung an.

Eckerd machte eine ausladende Geste. »Bühne frei!«

Frank hob den Bogen und schloss die Augen.

PREMIERE

Frank fand sich auf der Bühne einer atemberaubend opulenten Konzerthalle. Sitze, Ränge und Balkone gepolstert mit blutrotem Samt unter einem Himmel voller Stuck, Ornamenten und einer obszönen Anzahl blattgoldener, Trompete blasender Putten.

Das tief einfallende Scheinwerferlicht ließ ihn blinzeln, sein Blick streifte die voll besetzten, prächtigen Ränge, er grüßte die Wichtigen und Gewichtigen und die Reichsten der Erlesenen in ihren verschwenderisch verzierten Balkonen, die einzig und allein gekommen waren, um einen einzigen Künstler zu erleben. Ihn.

Der Dirigent nickte Frank zu. Es war nur eine angedeutete Kopfneigung, und doch strotzte sie vor allergrößtem kollegialem Respekt. Frank legte den Bogen auf, als der Dirigent den Taktstock hob. Niemand im Saal atmete. Schon mit dem ersten Schwung zerbarst das Orchester förmlich in einem Sinne raubenden Tusch, aus dem sich eine erhabene Eröffnung fortspann, um sich kurz darauf in ein bescheidenes, fast demütiges Pianissimo zurückzuziehen.

Franks Einsatz.

Kaum hörbar ließ er eine Serie hinreißender Arpeggios im Meer der gestreichelten Noten schwimmen, um dann mehr und mehr an Energie und schließlich an Gewalt zuzulegen. Frank fühlte den Fluss. Er *war* der Fluss. Er trieb in einem Strom aus Musik, und Musik strömte durch ihn. Er nahm den Saal mit auf eine dramatische Reise, er erzählte eine mitreißende Geschichte in einer virtuosen Melange aus halsbrecherischen Skalen, perkussivem Pizzicato, schwindelerregenden Akkordfolgen und peitschenden, kreischenden Bogenstrichen, nur um unerwartet wieder das Tempo anzuziehen, dass allen der Atem stockte. Seine Läufe schaukelten sich auf zu einem Sturm irrwitziger Themen, die sich weit über die Töne erhoben, aus denen sie bestanden.

Franks Körper wand und bog sich um seine Violine, sie war das Zentrum und er ein zitternder Aal, der sich flink um sie wand. Seine Hände arbeiteten in aberwitzigem Tempo, als ob Paganinis Geist höchstselbst sie führte. Die aufgerissenen Augen selbst der Kritischsten im Saal riefen Respekt, niemanden hätte es gewundert, hätte Franks Violine begonnen zu brennen. Der Stock des Dirigenten peitschte das Orchester dem Besessenen hinterher, und doch zog Frank das Tempo abermals an.

Der Saal bebte, als ausnahmslos alle im Applaus standen, um ihm zu huldigen, wiewohl er noch nicht am Ende seiner Darbietung angelangt war. Die Reichen und Intellektuellen konnten nicht anders, wollten nicht anders: Sie grölten und johlten wie Fußballfans nach einem Meisterschaftstor.

Frank hatte seinen Höhepunkt erreicht. Von Heerscharen unsichtbarer Musen geküsst, spielte er eine raffinierte Reprise und ließ sie wieder verblassen, wie auch seine Vision Stück für Stück verblasste und den frenetischen Applaus in verebbendem Hall mit sich nahm, bis auf ein letztes Paar Hände, das immer noch stürmisch Beifall klatschte, während die grausame Kakofonie ein Ende fand. Vom Kopf des gefolterten Bogens hingen etliche zerschlissene Haare wie vom Haupt eines verwahrlosten, alten Mannes. Endlich durfte er aufhören zu kratzen, und auch die arme, missbrauchte Geige konnte sich von dem nervenzerfetzenden Jaulen und Kreischen erholen, das sie hatte produzieren müssen.

Frank öffnete die Augen.

Er atmete schwer, als er Violine und Bogen sinken ließ. Marthe massierte ihre rosaroten Handflächen. Tränen ließen Eckerds Wangen glänzen. Frank stutzte. War er so gut gewesen? Es musste so sein. Er verneigte sich tief vor dem Publikum vor ihm und in ihm, dann kletterte er vom Tresen wie von einer morschen Dachbodenleiter.

»Das war der Wahnsinn. Ich hab's wirklich vor mir gesehen. Eine ganze Philharmonie. Tolle Leute. Wie war ich? Ganz ehrlich.«

Eckerds Ärmel tupfte Tränen. »Ich hatte noch nie so eine Gänsehaut.«

Franks Erwartung hechelte hinüber zu Marthe, die sie mit einem bombastischen Lächeln fütterte. Es passte nicht zu ihren müden Augen.

Eckerd trat hinter den Tresen und legte einen Arm um sie. »Maestro, wollen Sie nicht Ihre allergrößte Verehrerin nach einem harten Arbeitstag verabschieden?«

Frank machte einen Kratzfuß. »Natürlich! Wie grob von mir. Gute Nacht, Schöne.«

Marthe machte einen Knicks, umrundete die Bar und stieg die Stufen im Schatten der Bar hinauf. Frank sah ihr nach.

»Das war so groß! Tausend Dank, Eckerd. Jetzt weiß ich, wofür ich meine Eier lassen musste.«

Mehr Tränen liefen über Eckerds Wangen.

»Wunderbar, dass du das so sehen kannst.«

Frank machte betroffen, dass seine Darbietung Eckerd offensichtlich tieftraurig gemacht hatte. Wahrscheinlich hatte sie lange verschüttete Emotionen in ihm aufgewühlt, die er erst noch verarbeiten musste. So etwas konnte passieren. Und auch wenn Frank sich nicht freute, dass Eckerd traurig war, freute es ihn über alle Maßen, dass sein Spiel eine solche Wirkung hatte.

Eckerd stellte ein frisches Bier auf den Tresen und schaute zu, wie Franks Adamsapfel von innen gegen seinen dürren Hals boxte, während er trank. Sie schwiegen eine Weile, wobei Frank nicht entging, wie sehr es in Eckerd arbeitete.

»Worüber denkst du nach?«

»Nur mal für einen Moment, ganz hypothetisch. Was ist, wenn es nicht klappt? Wenn aus dir kein Solist wird?«

»Das wäre, also ob mir tausend Eier auf einmal abgeschossen würden. Aber das wird nicht passieren. Meine Musik hat den Menschen so viel zu geben. Das ist meine Aufgabe. Ich bin monogam, quasi. Ich brauche nichts anderes.«

Eckerd schnäuzte in ein Küchenpapier. »Das hast du sehr schön gesagt. Und zur Not kannst du ja wieder machen, was du bisher gemacht hast.«

»Dass ich extra scheiße spiele, bis mich jemand bezahlt, dass ich abhaue? Wie soll das gehen, nach heute? Ich werde Menschen begeistern. Wie heute Abend. Heute war der Anfang. Und den hast du mir geschenkt, Eckerd. Und Marthe. Ich bin euch so dankbar, dass ihr aus mir herausgeholt habt, was immer schon in mir war.«

Eckerd lehnte sich über den Tresen, nah an Frank heran. »Vielleicht gibt es ja noch ganz andere Perspektiven, an die du noch gar nicht gedacht hast, falls es nicht klappt.«

Frank kippte sein Bier hinunter und setzte das Glas hart auf. »Zerbrichst du dir nicht ein bisschen sehr meinen Kopf?«

»Entschuldigung. Ich dachte nur, vielleicht hast du bald eine heiße neue Freundin oder so?«

»Wie denn, ohne Eier?«

»Was ist mit Freunden?«

»Ich hab's nicht so mit Freunden. Ich glaub, ich war denen immer zu kreativ. Künstler sind einsame Wölfe. Wo soll die ganze Inspiration sonst auch herkommen.«

»Was ist mit deiner Familie?«

»Tot. Man kann ja nicht alles haben.«

»Aber du hast nichts.«

Frank zuckte mit den Schultern.

»Stimmt. Ich bin wie mein Schwanz. Allein, ganz ohne Eier. Da ist nur meine Musik. Was hältst du davon: Ich komme ein- oder zweimal die Woche und spiele hier für deine Gäste. Mach ich ganz umsonst, dann kann ich nebenbei noch ein bisschen üben. Allein üben ist nämlich doof. Wie wäre das?«

Eckerd schien das Gesagte verarbeiten zu müssen.

Frank bettete seine Violine in den alten Koffer, legte den Bogen dazu und streichelte darüber, schloss behutsam den Deckel und ließ die Verschlüsse zuschnappen, dass es ledrig klackte. »Kannst du ruhig annehmen. Muss dir nicht unangenehm sein.«

Eckerd fuhr die Maserung des Tresens mit einem Finger nach.

Frank griff sich den Geigenkoffer. »Na ja. Dann werd ich mal gehen. Morgen wird vorgespielt.«

Eckerds Miene formte ein zuversichtliches Lächeln. »Soll ich dich ein Stück begleiten?«

»Wirklich?«

»Ehrensache. Warte kurz.«

Eckerd tauchte ab und begann in den Fächern unter dem Tresen zu kramen. Frank stützte sich auf seine Ellenbogen. So eine große Vorstellung war anstrengend. Er beobachtete, wie Eckerds Hand immer wieder auftauchte und allerlei Dinge auf dem Tresen parkte. Sein schlauer, mitfühlender Freund Eckerd. Frank spürte, wie sich sein Gesicht erwärmte. Falls er nach einem Geschenk für ihn suchte, würde ihn das zutiefst beschämen.

Eckerd murmelte unter dem Tresen vor sich hin. »Er hat nichts. Er wird nichts haben. Gar nichts.«

Dann tauchte er wieder auf und sah Frank an. Es machte ihn unsicher.

»Was ist?«

»Du hast keine Chance, nur ein halbwegs passabler Geiger zu werden.«

»Danke! Das tut gut, dass gerade du das sagst. Mittelmaß geht für mich auch überhaupt nicht. Ich steige ganz oben ein, versprochen.«

Eckerd kam um den Tresen herum. »Du glaubst das wirklich, oder? Hast du nie Zweifel?«

Frank hielt Daumen und Zeigefinger ganz nah aneinander. »Nur noch ein winziges Stück zum Glück.«

Eckerd senkte den Kopf zu einem Nicken, dass man die Tränen

nicht sah, die aus seinen Augenwinkeln liefen. Er rieb sich mit dem Ärmel durchs Gesicht, als ob es juckte. »Gehen wir?«

»Sehr gern.«

Frank schritt Richtung Ausgang. Er fühlte sich leicht. Er straffte sich, als er seinen zielgerichteten Gang in der Reflexion eines antiken, fleckigen Spiegels am Rande der Tanzfläche entdeckte. Das war der Aufbruch. Hinter sich sah er seinen großartigen neuen Freund Eckerd, der ihm nachkam, um ihn zu begleiten. Ein Schauer durchfuhr ihn. Eckerd hatte *geweint*. Und Marthe hatte *geklatscht*. Und *gelächelt*. Ein besserer Moment konnte kaum mehr kommen. In dem alten, fast stumpfen Spiegel sah Frank, wie Eckerd hinter ihm den Arm hob.

Es krachte.

Ein schönes, trockenes Krachen, wie von lange abgelagertem Holz, und es schien von überallher zu kommen. Als ob der Kasten barst, durch dessen kleine Ritzen seine Inspiration bisher zu ihm sprechen musste. Jetzt hatte er sie auf einmal ganz. Goldglitzernde Funken sprühten aus unbekannten Räumen hinter seinen Augen in sein Blickfeld und nahmen ihm die Sicht auf jede Beschränktheit. Die Kiste seines Bewusstseins erweiterte sich zu einer Halle von schwindelerregenden Ausmaßen, viel größer als sein Ziel, das plötzlich winzig wurde.

Es verblasste immer mehr, und es war in Ordnung. Als ob er eine Stufe übersprungen hatte. Als ob er längst alles hatte, nach dem er strebte.

Frank war, weil er war, und nicht, weil er etwas sein wollte.

Es würde offen bleiben müssen, ob aus ihm ein großer Violinist geworden wäre.

Aber wenn er ganz ehrlich zu sich war, hatte er nie gerne geübt und war froh, es nie wieder tun zu müssen.

Frank war frei.

Jesus sah in sanfter Agonie auf das Abendessen der Familie von Herzen herab, auf die vier Rotschöpfe, die ihre Hände zum Gebet gefaltet hatten, geschart um einen weiß eingedeckten Esstisch mit fünf Tellern und einem stattlichen, dampfenden Schweinebraten in der Mitte.

»Vater unser, der du bist im Himmel …«

Elmar betete sein wortgestrenges Vaterunser so eindringlich, als ob er einen okkulten Zauber einleiten würde. Bernhard murmelte irgendwas mit und ließ Pausen, wenn Elmar sie ließ, Marthes Mund formte lautlos die Worte der anderen.

Nur Eckerd stimmte mit einer Inbrunst in das Gebet ein, die alle übertönte. *»… geheiligt werde dein Name …«*

Der fünfte Teller lag zwischen Eckerd und Bernhard. Es war Colettes Teller.

»… zu uns komme dein Reich …«

Colettes Teller hatte Staub gefangen, genauso wie der silberne Bilderrahmen, der auf ihm stand. Er trug das Bild einer aparten Schwarzhaarigen mit aristokratisch spitzer Nase, geschürzten Lippen und störrischen Zügen. Bernhards trauriger Blick klebte an ihr.

»… dein Wille geschehe …«

Colettes Augen waren auf einen schwarzen Trauerflor aus Spitze gerichtet, den man an den Bilderrahmen geklebt hatte, und es sah aus, als ob er ihr nicht gefiel. Aber Colette hatte generell wenig gefallen.

Eckerds Stimme bebte unter dem Gewicht seiner Worte. *»… wie im Himmel, also auch auf Erden. Unser täglich Josef gib uns heute …«*

Elmar schlug mit der flachen Hand auf den Tisch.

Eckerd zuckte zusammen, doch dann setzte er sich gerade auf, um größer zu wirken. »Ich weiß, wir sind Schweinebauern, und mit Essen spielt man nicht. Aber können wir nicht wenigstens zwei für die Show lassen?«

»Nein.«

»Ich werde Zirkusdirektor. Dann müsst ihr keine Schweine mehr keulen, und ich muss nicht immer von vorn anfangen.«

»Eckerd.«

»Ja, ich weiß. *Iss deinen Josef.*«

Elmar sah Bernhard verächtlich an. »Da siehst du, was du alles falsch gemacht hast.«

Bernhard sah aus, als müsste er dringend schlafen. »Er versucht nur, mit der Sache umzugehen.«

»Mit was für einer Sache?«

»Dass du ausgerechnet ein Schwein aus seiner Show keulen musstest.«

»Das reißt sonst noch ein mit diesen Shows.«

»Du sagst ihm jetzt was Aufmunterndes.« Bernhard zischte in Elmars Ohr, wie er es sich sonst nicht traute. »Sofort.«

Elmar zischte zurück. »Sonst was? Du machst hier nichts außer trauern.«

»Sag ihm was Nettes, oder du fährst morgen alleine Heu ein.«

Elmar kämpfte mit sich, dann senkte er seine Stimme eine halbe Oktave zu einem großväterlichen Bariton. »Schau, Eckerd … Wir keulen die Schweine nicht einfach nur so. Wir bringen sie in den *Schweinehimmel*. Schweine sind eigentlich Himmelswesen. Sie mögen es hier auf der Erde nicht besonders. Es macht sie traurig. Und wenn die Trauer ein Schwein besonders schlimm erwischt, keulen wir es, und seine Seele schwebt nach oben in den Schweinehimmel.«

Bernhard verdrehte die Augen. »Wirklich unglaublich aufmunternd.«

»Ich fand das toll damals.«

Eckerd stocherte in Josef.

»Das habe ich nicht gewusst, Opa. War Josef so traurig? Ich dachte, wo wir jeden Tag zusammen geübt haben …«

»Glaub mir, mit der Zeit bekommt man einen Blick dafür.«

»Armer Josef.« Eckerd stand auf und drückte Elmar so fest er konnte. »Danke Opa. Danke, dass du ihm geholfen hast.«

Elmar erstarrte unter Eckerds Umarmung, als sich sein Blick mit dem von Bernhard kreuzte. Eine Zeit lang herrschte Schweigen.

Eckerd ließ Elmar los. »Haben wir Mama eigentlich auch gegessen?«

Elmar sprang auf und starrte auf Bernhard herab. »Das reicht! Wenn du aus deinem Sohn keinen ordentlichen Schweinebauern machen kannst – ich kann.«

Bernhards rot geränderte Augen suchten Hilfe bei Colette, aber sie sah nur den Trauerflor, der ihr nicht gefiel. Bernhard räusperte sich. »Er verarbeitet die Dinge. Das ist doch … gut.«

»Eckerd, morgen um sieben machen wir einen Schweinebauern aus dir. Im Schuppen.«

Eckerd tauschte Blicke mit Marthe. Er verschränkte die Arme. »Ich werde Zirkusdirektor.«

Elmar wechselte in einen Ton, dem man nicht widersprach. »Punkt sieben.«

DAMALS : ELMAR

»Können wir eine aufmachen? Bitte!« Eckerd und Marthe sahen Elmar flehentlich an.

Er nickte. Zehn Kokosnüsse lagen auf dem groben Holztisch in der Mitte der Scheune. Elmar gefiel nicht, dass Marthe dabei war, aber Eckerd hatte darauf bestanden, und sie hatte sich nicht verscheuchen lassen.

Das große, offene Scheunentor bot einen herrlichen Blick auf die weiten Wiesen, auf denen die Schweine in der aufgehenden Sonne ihre Nasen durch das betaute Gras pflügten.

Elmar stellte eine alte, längliche Holzschatulle vor Eckerd auf den Tisch. Sein Blick verklärte sich, als seine Finger die Furchen der Bauernschnitzereien nachfuhren.

»Weißt du, was das ist?«

»Der Kasten, den ich nicht anfassen soll.«

Elmar legte eine Hand auf Eckerds Schulter. Er lächelte milde. »Heute darfst du ihn anfassen. Du darfst ihn sogar aufmachen.«

»Echt?«

Elmar nickte.

Ehrfürchtig schob Eckerd den Deckel auf. »Das geht ja ganz leicht.«

»Weil er schon so oft aufgemacht worden ist. Von meinem Vater und davor von seinem Vater. Und davor … schau hinein.«

Eckerd stellte sich auf die Zehenspitzen und sah in die Schatulle.

Auf einem Bett aus Sackleinen lag eine mehr als unterarmlange, gedrechselte Keule. Ihre Form war ihrer Aufgabe perfekt angepasst, mit einem Griff, der sich in der Mitte verdickte, um Fingern und Daumen guten Halt zu bieten, und einem kleinen Heft, damit man die Keule nicht zu weit in der Mitte fasste. Das Schlagende der Keule war doppelt so dick wie der Griff, den ein Knauf aus weißem Porzellan zierte. Er hatte die Form einer Schweinenase.

Elmar leuchtete vor Enthusiasmus. »Das ist das Zepter eines Schweinebauern.«

»Was ist ein Septa?«

»Ein Zepter ist eine Krone für die Faust. Nimm sie.«

»Ehrlich?«

Elmar nickte gütig.

Eckerd hielt den Atem an, als er die Keule aus der Schatulle hob. Er hielt sie wie ein Schwert vor sich. Marthe sah bewundernd zu ihm auf. Elmars kleine gelbe Augen leuchteten.

»Sie macht stark. Wenn du sie hältst, weißt du, was zu tun ist.«

Elmar legte einen Ring aus Stroh auf den Hackklotz, auf dem Brennholz gespalten wurde. In den Strohring legte er eine Kokosnuss und darauf ein altes Handtuch, das er zuvor drei Mal gefaltet hatte. Er nahm Eckerd die Keule aus der Hand.

»Es muss genau so ein Geräusch machen …«

Elmar holte nur wenig aus und schlug die Keule in einer schnellen, flüssigen Bewegung auf die Mitte des Handtuchs. Die Kokosnuss darunter gab einen trockenen Knacks von sich. Eckerd zuckte zusammen. Elmar klappte das Handtuch zur Seite. Die harte Schale der Kokosnuss war in alle Richtungen geborsten.

»… dann ist es richtig.«

Der Schlag hatte das Fruchtfleisch komplett von der Schale gelöst. Elmar gab Eckerd ein großes Stück. Eckerd gab Marthe eine Hälfte, dann aß er mit Genuss. Marthe knabberte skeptisch ein winziges Stück ab, schüttelte sich und spuckte es aus. Den Rest gab sie Eckerd zurück.

Elmar legte eine zweite Kokosnuss auf den Strohring, verdeckte sie mit dem Handtuch, legte Eckerd die Keule in die Hand und trat zur Seite.

»Halte sie ganz locker, dann macht sie die Arbeit für dich.«

Eckerd umfasste den Griff der Keule lose, hielt sie einen Moment über den Kopf und nahm Maß. Dann schlug er auf das Handtuch, unter dem es trocken knackte.

Elmar schlug das Handtuch zur Seite. Die Kokosnuss war rund um den Schlagpunkt sternförmig geborsten. Marthe schaute Eckerd mit riesigen Augen an. Elmar lachte gackernd.

»Na. Was für n Zufall.«

Elmar legte eine weitere Kokosnuss auf und bedeckte sie. »Wir machen immer die Scheune auf, damit sie rausgucken können. Das mögen sie. Und dann …«

Eckerd schlug ansatzlos zu.

»… gehen sie auf die Reise …«

Elmar bedeutete Marthe, das Handtuch zu lüften. Sie zupfte es mit spitzen Fingern zur Seite. Die Kokosnuss war rundherum geborsten.

Elmar nickte bedeutsam. Eckerd hielt ihm die Keule hin, damit er sie ihm wieder abnahm.

Elmar winkte ab. »So viel ist sicher. Du hast das Zeug, den Hof zu führen.«

Eckerd errötete. Er legte die Keule zurück in den Kasten. »Und was ist mit Papa?«

»Der ist nicht dazu gemacht.« Elmar trat aus dem Tor auf die saftige Wiese. »Eigentlich weiß ich überhaupt nicht, zu was er gemacht ist.«

Elmar spürte die warmen Strahlen der frühen Sonne auf der Haut. Er hatte es gewusst. Der Junge war ein würdiger Nachfolger.

Ganz anders als Bernhard, der Schwächling.

Es würde noch dauern müssen, aber Eckerd würde dem verfallenen Hof wieder zu neuer Blüte verhelfen. Zusammen mit der ernsthaften Marthe. Die beiden waren seltsam. Aber die ganze Welt war seltsam. Vielleicht war auch nur er selbst seltsam.

Elmar spürte einen Ruck in der Brust. Wie bei seinem rostigen Traktor, wenn er den Motor anhielt. Mit einem Mal nahm Elmar die reichen Düfte der Wiese so intensiv wahr wie lange nicht mehr.

Alles ist gut.

Eckerd trat aus dem Tor auf die Wiese.

»Opa …«

Elmar spürte, wie der leichte Wind ihn von der Wiese trug, hinauf in das weite Blau.

Eckerd stapfte über das satte Gras.

»Opa, ich werde doch lieber Zirkusdirektor.«

Elmar stieg auf in die warme Sonne. Weit unten fiel sein Körper in das duftende Gras, inmitten einer Rotte Schweine, die sich gierig über ihn hermachten.

EIN TOAST

Eckerd ließ die Keule fallen und sank neben Frank auf die Knie. Als er ihn auf den Rücken drehte, bemühte er sich, ihn nicht anzusehen, wiegte sich im Takt einer lautlosen Melodie und flüsterte mehrere Rosenkränze.

»Ich glaube an Gott, den Vater, den Schöpfer des Himmels und der Erde, und an Jesus Christus, seinen eingeborenen Sohn …«

Franks Augen blickten starr zur Decke, aber sie strahlten immer noch vom Glück seiner Darbietung. Frank trug ein stolzes, dankbares, verzaubertes Lächeln, und der Schlag hatte es erhalten.

Frische Tränen liefen Eckerd über die Wangen. Er erhob sich und trottete zur Bar, schaltete die Lichter aus und goss einen Brandy und ein Wasser ein. Er kniete sich wieder neben Frank und hob den Brandy.

»Gute Reise, mein Freund.«

Er stellte den Brandy neben Frank und trank das Wasser.

Der Rollladen der Durchreiche zur Küche wurde hochgeschoben. Raphaels müdes Maulen drang heraus.

»Ist er weg?«

»Ja.«

»Mann, hat der seine Geige gefoltert!«

»Er hatte so viel Hoffnung. So unbegründet. Schrecklich.«

»Allerdings. Ich hab mir bei dem Gefiedel n Kissen aufn Kopf gedrückt. Wurde aber zu heiß. Was sitzt du eigentlich im Dunkeln? Alles gut?«

»Jetzt ja.«

»Ich würd gern pennen. Oder musst du noch mehr Selbstgespräche führen?«

»Nein. Bis morgen.«

Das Rollo der Durchreiche ratterte herunter.

Eckerd nahm die Keule in beide Hände, senkte den Kopf und blieb eine Zeit lang in sich versunken sitzen. Als Schnarchen aus der Küche drang, hob er Frank auf und trug ihn durch den schweren Vorhang.

ZEICHEN

Eckerds Kammer bot gerade Platz für ein Bett, einen schmalen Kleiderschrank und Jesus.

Milde lächelte er von seinem Kreuz herab, das gerade eben zwischen Boden und Decke passte. Eckerd hatte es sogar ein Stückchen kürzen müssen. Durch Schwaden von Weihrauch sah er gütig auf Eckerd herab, der unter ihm kniete und betete.

»Weise mir, oh Herr, den Weg, dass ich wandle in deiner Wahrheit. Erhalte mein Herz bei dem einen, dass ich deinen Namen fürchte.«

Eckerd legte sich flach auf den Bauch und streckte die Arme weit von sich.

»Richte über mich, oh Herr, ich gebe mich in deine Hände. Was immer du mir auferlegst, ich werde es annehmen. Was es auch sein mag.«

Eckerd lag und lauschte eine Zeit lang.

»Oh Herr, ich habe Schreckliches getan. Ich habe ein Leben genommen. Ich weiß, dass es falsch war. Aber auch wenn es furchtbar vermessen ist … Ich hatte noch nie so sehr das Gefühl, das Richtige zu tun. Vernichte mich, wenn ich irre, denn dann bin ich nur ein tollwütiger Hund. Ich flehe dich an, gib mir ein Zeichen!«

Eine Stunde später, es war halb fünf, klingelte Eckerds Wecker. Eckerd stöhnte, als er sich aufrappelte.

Für gewöhnlich zwängte er sich Punkt fünf hinter den Lenker seines dreirädrigen Minilasters, um zum Großmarkt zu fahren. Allerdings nicht heute.

DAMALS : JESUS

Eckerd schaute zu Jesus auf.

Schmerz und Sanftmut waren ihm gleichermaßen ins Gesicht modelliert, Tag für Tag litt er stumm an seinem überdimensionalen Kreuz an der Stubenwand gegenüber der Tür.

Früher war es das heilige Zentrum eines Kirchenaltars gewesen, weswegen es groß, pompös und mit Blattgold plattiert war. An manchen Stellen war Gips abgeplatzt, und eine Seite war teilweise geschwärzt von dem Brand, der die Kirche zerstört hatte, aus der es stammte, aber das alles verstärkte nur Jesus' elegische Heldenhaftigkeit und die dramatische Darstellung seines barbarischen Martyriums.

Geschwärzt vom Ruß des zu Asche brennenden Roms, sah der auferstandene Jesus Christ Superstar in unfassbarer Güte auf die herab, die ihm sein Martyrium auferlegt hatten.

So hatte sich Eckerd das zusammengereimt, bis Elmar ihm die Bibel so weit nahegebracht hatte, dass er einsehen musste, dass sich das wohl nicht ganz so zugetragen haben konnte. Die Dramatik gefiel Eckerd trotzdem, zumal niemand ihm je erklärt hatte, woher Jesus den Ruß und die abgeplatzten Stellen hatte.

Damals, in der Nacht des Kirchenbrandes, hatte Elmar das große Kreuz unter Einsatz seines Lebens aus dem Feuer geborgen und es auf einem Karren nach Hause gefahren, den er eigens dafür vorbereitet hatte, um es schließlich unter großem technischen Aufwand an der Stubenwand aufzuhängen.

Für Elmar war der Brand der Kirche eine klare Konsequenz aus dem moralisch maroden Zustand der Dorfgemeinde. Das Feuer war die höhere Gewalt, es war die spirituelle Reinigung des Glaubens von der Sündhaftigkeit bestimmter Mitglieder, die sich zusammengetan hatten, um sich über die anderen zu stellen.

Elmar empfand Gerechtigkeit bei dem Gedanken, dass der Brand ihnen das Haus entrissen hatte, in dem sie sich gegenseitig ihre Sünden erlassen hatten, anstatt sie gar nicht erst zu begehen. Deswegen hatte Elmar den Brand auch gelegt.

Wochen danach entschied die Dorfgemeinde, die Kirche nicht wieder aufzubauen, da die Versicherung sich wegen des Verdachts einer Brandstiftung weigerte zu zahlen. Die wohlhabenderen Würdenträger des Dorfes signalisierten daraufhin, dass eine Untersuchung, das Gegenteil zu beweisen, aufgrund der allgemein bekannten, ungünstigen Geschäftslage augenblicklich nicht finanzierbar war, aber später natürlich gern nachgeholt werden würde, sobald sich die Situation bessern würde. Zuvor hatte es ein inoffizielles Treffen gegeben, bei dem man sich einig war, dass man das ewige Spenden schon länger satthatte.

Von da an fuhr man zum Beten ins Nachbardorf, dessen Kirche größer, schöner und umsonst war. Außerdem entschied man dann doch, die Nachforschungen hinsichtlich der Brandstiftung auch später nicht weiter zu verfolgen, da man das Gefühl, einen Brandstifter unter sich zu haben, verstörend fand. Was blieb und immer wieder aufflammte, war Entrüstung über den Diebstahl des schönen Kreuzes, weswegen Elmar nie wieder einen Menschen ins Haus ließ, der nicht zum engsten Familienkreis gehörte. Innerhalb der Familie postulierte er, dass kein Fremder jemals die Stube zu betreten hätte, denn Jesus dürfe unter keinen Umständen gestört werden. Er tat das so vehement, dass weder Bernhard noch Eckerd wagten, ihn zu einer Ausnahme zu bewegen.

So war der katholische Geist im Hause von Herzen omnipräsent und Jesus überlebensgroß, vor allem für Eckerd, der unter dem riesigen Kreuz zu Jesus aufschaute, seit er ganz klein war. Jesus war sein Held. Er hörte ihm geduldig zu, ohne dass er ihn mit Maßregelungen quälte.

Eckerd sah gern zu Jesus auf, besonders seit ihm klar geworden war, dass er ihn irgendwann an Größe überragen würde.

JOHANNES

Nur ein paar Meter von Raphaels Füßen entfernt rauschte ein türkisblaues Meer. Er lag auf strahlend weißem Sand, umgeben von mehr prächtigen Muscheln, als man sammeln konnte, und vielen rauen Kerlen, von denen jeder schon nach einem verstohlenen Blick auf ihn eine Erektion bekam.

Ein wunderbar grober, braun gebrannter, muskelbepackter Tätowierter kniete sich neben ihn, nahm seine Hand und sah aus stahlblauen Augen auf ihn herab.

Johannes.

Raphael zog ihn zu sich, um ihn zu küssen, aber je mehr er zog, desto weiter entfernte sich Johannes, und mit ihm der ganze Strand mit all den anderen Kerlen. Verzweifelt klammerte sich Raphael an Johannes' tätowierten Arm, der sich plötzlich gar nicht mehr stark anfühlte. Je weiter sich alles entfernte, desto näher kam das schreckliche Bewusstsein, dass er nie wieder an so einem Strand sein würde.

Raphael öffnete die Augen. Er hatte geträumt. Er lag in der düsteren Küche. Aber er hielt noch Johannes' Hand. Johannes mit den stahlblauen Augen. Er war bei ihm, und es war egal, wo sie waren, ob am Strand, in der Küche oder sonst wo.

»Nicht erschrecken, Liebster, ich mache Licht.«

Raphael tastete nach seiner Jeans, fummelte ein Feuerzeug aus der Gesäßtasche und zündete es. Johannes' Arm war weiß und dürr. Aber das war egal. Er würde ihn schon wieder aufpäppeln. Der Arm hing zu ihm herunter. Raphael überlegte. Falls er noch träumte, konnte er bestimmt auch den wunderbaren Strand wieder zurückträumen. Es war alles eine Frage der Fantasie. Und Johannes würde wieder stark und braun sein.

Raphael packte den Arm und zog.

Johannes rutschte von der Küchenablage, sein Kopf schlug nah vor Raphaels Gesicht auf den Küchenboden. Er lächelte ihn an. Aber es war nicht Johannes.

Raphael schrie, wie er noch nie in seinem Leben geschrien hatte.

BALTHASAR

Pfarrer Balthasar war lange Opfer seiner Gier gewesen. Jetzt war er ihrer endlich Herr geworden. Er hatte es geschafft, ihre negative Energie – Gier war bekanntlich eine Todsünde – in etwas Positives zu verwandeln.

In *Vorfreude*.

Seitdem hatte er viele Pfunde abgenommen und fühlte sich schon deutlich agiler als vorher, obwohl es noch einige Zeit dauern würde, bis er sein Ziel, dass sein Gewicht in den Messbereich seiner Waage kam, erreicht haben würde. Aber auch so war er stolz. Nur ein bisschen natürlich, denn Stolz war schließlich nicht besser als Gier.

Eckerd kuppelte aus, stoppte den penetrant knatternden Zweitakter seines Kleinsttransporters und ließ sich fast lautlos die leicht abschüssige Straße hinunterrollen. Ein paar Häuser vor einer Kreuzung lenkte er auf eine Auffahrt, um zwischen zwei überfüllten Müllcontainern zu bremsen. So, wie der rote Minilaster jetzt stand, waren die Logos des *Von Herzen* an den Seiten des Kastenaufbaus nicht zu sehen. Eckerd stellte einen Müllsack vor das Kennzeichen, schlug den Kragen hoch, überquerte die Straße und ging über einen hübsch angelegten Vorplatz auf eine rußgraue, gotische Kirche zu.

Hinter der Pforte zwängte Eckerd ein Bündel Scheine in den Opferstock, schlich gesenkten Blickes in großem Bogen um den Altar, bekreuzigte sich mehrmals, um nach dem geräuschvollen

Einwurf von viel Hartgeld eine komplette Reihe Kerzen unter Mutter Marias Statue anzuzünden. Dann blickte er in die Flammen. Es dauerte, bis sein Atem sich beruhigte.

Die Vorfreude war wie eine Fürbitte. Jeden Tag wollte sie aufs Neue gehalten werden, am besten in Klausur. Balthasar hatte sich in seinen Lieblingsbeichtstuhl zurückgezogen, um ihr zu huldigen. Er wickelte die siebzig Zentimeter Croque, die er im Laden vor dem Halbieren gerettet hatte, auf den Knien aus und beugte sich so tief, wie es seine Fülle gestattete, um den Duft von Zwiebeln, Remoulade, knusprigem Bacon, gekochtem Ei, saftigem Schinken, Salat, Gurken, Tomaten und geschmolzenem Käse auf knusprigem Brot zu inhalieren. Früher hätte er seine Zähne gedankenlos hineingeschlagen und nicht aufgehört zu schlingen, bis die siebzig den Schlund hinuntergezwängt waren. Wie wenig Genuss damals geblieben war! So wenig, dass er an schlechten Tagen gleich wieder in den Laden zurückgekehrt war, um das Ganze zu wiederholen – mit dem Vorsatz, diesmal auf die Aromen zu achten, wenn er sie brutal an seinen Geschmacksknospen vorbeizwang –, nur um am Ende resigniert festzustellen, dass er sich wieder nur aufs Schlingen konzentriert hatte.

Doch nun war alles anders. Seine knusprige, schlanke Freundin lag duftend auf seinen Knien. Sie freute sich, genossen zu werden, und er freute sich auf sie.

Umso ärgerlicher war das Knarzen, das Balthasar signalisierte, dass ein Sündenfälliger die andere Seite des Beichtstuhls betreten hatte. Die Breite des Schattens, der an dem stoffbespannten Sprechgitter vorbeizog, legte nahe, dass es ein Mann war. Das zweite Knarzen war ein hölzernes Ächzen und signalisierte, dass der Sündenfällige, der sich nun gesetzt hatte, recht schwer war.

Balthasar führte das Croque dicht an der Nase vorbei und nahm einen tiefen Zug.

»Was kann ich für dich tun, mein Sohn?«

»S-segne mich, Vater. Ich habe gesündigt.«

»Erleichtere deine Seele, mein Sohn.«

Eckerd räusperte sich. »Ich … ich bin der Sohn eines Schweinebauern.«

»Das ist eine ehrbare Profession, mein Sohn.«

»Mein Großvater war auch Schweinebauer.«

Balthasar verschob einige Zwiebelringe auf den Tomaten, bis sich ein Muster ergab.

Toll. Olympiaringe.

»Tradition ist eine seltene und wertvolle Tugend in diesen Tagen, mein Sohn.«

»Wir keulen Schweine, seit Generationen.«

Balthasar zog ein Stückchen Bacon unter einer Gurke hervor und leckte die Remoulade ab. »Mein Sohn, der Akt des Schlachtens mag in diesen modernen Tagen archaisch wirken, aber er ist immer noch unverzichtbar. Wir alle müssen essen. Wie zu lesen ist im ersten Buch Mose, Vers achtundzwanzig, *Machet euch die Erde untertan …*«

Eckerd beendete das Zitat. »*… und herrschet über die Fische im Meer und über die Vögel unter dem Himmel und über alles Getier, das auf Erden kriecht.*«

»Oh … wie wunderbar, dass ein bibelkundiger Christ meinen Rat sucht. Aber, mein Sohn … da gibt es eine wichtige Einschränkung.«

Eckerd knetete sich nervös die Hände. »Und die wäre?«

»Das Töten ist nur in Einheit mit dem Willen des Herrn, wenn es in vollstem Respekt vor der lebenden Kreatur geschieht. Nur dann.«

»Das kann ich garantieren. Ich habe geweint.«

»Das musst du nicht. So ist die Natur.« Balthasar wickelte Ei, Tomate, Remoulade, Gurken, Zwiebeln und Bacon in den gekochten Schinken, der darunterlag. Kein Knuspern verriet ihn, als die Remoulade unter seinem Biss aus dem fleischigen Paket quoll. Balthasar verdrehte lustvoll die Augen.

Die Stimme des Mannes klang brüchig. Der Arme schien mit den Tränen zu kämpfen. »Was ist mit Menschen?«

Balthasar drückte den Bissen mit der Zunge in die Backentasche, um sprechen zu können. »Menschen?«

Eckerd krächzte. »Ja, *Menschen.*«

»Also, es sollte wohl im Sinne der Menschen sein, wenn es im Sinne des Herrn ist, oder nicht? Oder findest du etwa keine Frau, die den Weg des Versorgers mit dir teilen möchte? Das kann bei den jungen Damen heute schwierig sein.«

»Nein, das ist kein Problem.«

Balthasar schluckte den Speichel, der sich in seinem Mund gesammelt hatte. Schließlich konnte er nicht anders, als den wunderbaren Ball in seiner Backentasche hinunterzuschlucken, ohne seine Geschmäcker zu würdigen. Er spürte Ärger in sich aufsteigen.

»Nun dann, mein Sohn, das war jetzt nicht so schwer, oder? Geh mit Gott und tue, was immer er dir sagt, das du tun sollst.«

Eckerd nickte, aber er stand nicht auf. »Sollte ich nicht Buße tun?«

Der Duft des Croques fraß Balthasars Geduld.

»Wenn du unbedingt musst … Schaden wird es nicht. Ein Vaterunser pro … wie sagt man … Akt sollte dem Herrn genug sein.«

»Hochwürden, darf ich Sie noch bitten, mir die Absolution zu erteilen?«

Balthasar konnte förmlich fühlen, wie labberig das Brot nach der Absolution sein würde.

»Ich sehe nichts, wofür du eine Absolution erhalten müsstest. Du hast nichts Unrechtes getan. Gehe weiter deinen Weg! Tue den Menschen Gutes! Füttere sie! Augenscheinlich hat dich der Herr dazu auserkoren, mein Sohn. Mach es im Sinne des Herrn, und du stehst unter seinem höchsteigenen Schutz.«

»Danke Vater. Vielen Dank!«

Balthasar hörte das dritte Knarzen, das ihm sagte, dass der Mann aufstand. Er synchronisierte den ersten, tiefen Biss in das Croque mit dem vierten Knarzen, das unweigerlich entstand, wenn man auf die Schwelle des Beichtstuhls trat, um ihn zu verlassen. Seine Geschmacksknospen feuerten Myriaden von Signalen, die ihn schwindlig werden ließen. Er konnte spüren, wie der Rhythmus seines Kiefers seinen Magen anstachelte, reichlich Saft für kommende Aufgaben einzuleiten.

Ein seltenes, fünftes Knarzen ließ Balthasar innehalten. Der Mann kam zurück. Kein sechstes Knarzen. Offensichtlich hatte er nicht vor, sich wieder zu setzen.

»Hochwürden, Sie sagten, ich sei … darf ich das so sagen … auserkoren? Ich stünde unter dem Schutz des Herrn. Heißt das, er hat einen Auftrag für mich? So etwas wie eine Mission?«

Balthasar würgte den Bissen wütend hinunter. »Eine Mission? Wenn du es so sehen möchtest, bitte.«

»Wirklich?«

»Ja. Ja, du hast eine Aufgabe von Gott. Glückwunsch.«

Eckerd verrieb Tränen mit dem Handrücken. »Ich danke Ihnen, Hochwürden. Ich werde ihn nicht enttäuschen.«

»Einen wundervollen und heiligen Tag, mein Sohn.«

Balthasar lauschte dem erneuten Knarzen der Schwelle und den verhallenden Schritten. Er fühlte sich gut. Er hatte diesem netten und bescheidenen Christen einen klaren und pointierten Rat gegeben. Und er hatte sich dabei demütig selbst kasteit, wie sich das für einen Gottesdiener gehörte. Dafür durfte er sich jetzt weidlich belohnen.

Eckerd trat aus dem kalten Schatten der Kirche in die warme Morgensonne.

TOD

Ein ohrenbetäubender Knall.

Paul zuckte heftig zusammen. Adrenalin schoss in seine Blutbahn. Seine Haut wurde von tausend Nägeln durchstoßen. Er rang nach Luft. Hielt sie an.

Stille.

Ein ohrenbetäubender Knall.

Der zweite Knall quälte ihn dahin zurück, wo er nicht sein wollte, in die Realität. Ließ ihn die Augen aufreißen. Licht fraß sich in seine Sehnerven. Er schwamm in eiskaltem Dunkelrot, in seinem Blut. Er presste die Lider aufeinander. Flecken tanzten dahinter. Stille.

Ein ohrenbetäubender Knall.

Panik überfiel ihn, Paul sprang auf, ohne Gleichgewicht, rutschte aus, schlug mit dem Knie hart auf den Wannenboden. Schmerz schoss in seinen Schädel, mit dem er kurz darauf auf den Wannenrand krachte. Mehr Schmerz. Mehr tanzende Flecken.

Paul schrie. Er kämpfte sich hoch, stand irgendwie. Stand und öffnete die Augen, sah alles schwammig und krumm, als hätte man ihm eine Qualle über den Kopf gestülpt.

Am Ausgang des Waschraums, genau da, wo er letzte Nacht gestanden hatte, lehnte der Tod. So schmal und mickrig er war, er ließ Pauls Lungen dennoch krampfen. Es fror ihn bis ins Mark. Fast verlor er wieder das Bewusstsein. Es wäre zu schön gewesen, denn der Tod sprach.

»Du bist ja gar nicht tot.«

Pauls Herz raste, aber nach ein paar grauenvollen Sekunden konnte er sich zwingen, seinem Tod in die Augen zu sehen. Sie waren von klarem Grau und fixierten Paul aus dunklen Höhlen in einem weißen, großen Schädel. Dann sprach er wieder, weich und ein bisschen rau.

»Wie heißt du?«

»W-was?!«

»Wie heißt du?«

Die Qualle um Pauls Kopf löste sich auf. Der Tod. Sein mickriger Tod, er war ein Mädchen. Paul wurde wütend.

»Das geht dich nichts an! Hau ab!«

»Ich bin Klara.«

Tod-Klara sah aus wie zwölf, war wild angezogen, mit Batikshirt, Weste, Schlaghose, gehäkelten Säumen, Jesuslatschen und geknoteten Tüchern, wie ein Hippie, nur dass alles, was sie anhatte, schwarz war. Über ihrem schmalen Körper leuchtete ein flächiges, rundes papierweißes Gesicht, aus dem dunkel umrandete Augen stachen, und aus ihren rabenschwarzen, kinnlangen Haaren standen zwei leuchtend weiße Ohren bemerkenswert weit heraus. Die einzige Farbe an ihr war das blasse Blau ihres schmalen Mundes, der gerade verbindlich lächelte.

Pauls Hirn summierte.

Sie sieht aus wie ein Golem.

»Ich sagte, du sollst abhauen!«

Golem-Klara machte keinerlei Anstalten.

Paul versuchte, groß auszusehen. »An deiner Stelle wäre ich vorsichtig. Ich könnte gefährlich sein!«

Klara musterte Paul, bis er sich nackt fühlte. »Du siehst aber nicht gefährlich aus, Herr Polizist.«

Paul stieg aus der Wanne und wankte auf Klara zu. »Aber ich *bin* kein Polizist.« Paul stand mit aufgerissenen Augen vor ihr. »Das sollte dir Angst machen!«

Als daraufhin nichts weiter passierte, zuckte Klara mit den Schultern und ging aus dem Waschraum, zur Vorderseite des breiten Spindschranks, der den Waschraum von der Werkstatt trennte. Paul konzentrierte sich, seine Stimme so tief herunterzuschrauben, dass sie Respekt einflößend klang.

»Also hast du dich gestern auch hier rumgetrieben.«

»Du meinst, als du dich umbringen wolltest?«

»Wer sagt, dass ich mich umbringen wollte? Ich habe nur gebadet«

»Das Wasser ist rot.«

»Und da wolltest du mal zusehen, wie einer verreckt.«

»Gerade hast du gesagt, du hast nur gebadet.«

Ein ohrenbetäubender Knall.

Pauls Kopf wollte explodieren. Ihm wurde schlecht. Er krallte sich an die Kante des Durchgangs.

Ein ohrenbetäubender Knall.

Paul schob seinen heftig pochenden Kopf um die Ecke. Klara stand stabil, holte mit einem schweren Hammer aus, während sie die Spitze eines ellenlangen Dachbalkennagels auf eine der Spindtüren drückte.

Ein ohrenbetäubender Knall.

Der Schlag trieb den Nagel in die Spindtür. Für Paul fühlte es sich an, als ob Klara ihn direkt in seine Stirn geschlagen hätte.

»Verdammt! Was soll das?!«

Ein ohrenbetäubender Knall.

»Scheiße! Lass das!«

Als der peitschende Schmerz in seinem Kopf nachließ, sah Paul das säuberliche Raster von kleinen Kreuzen auf den Spindtüren, auf denen Klara die Nägel jeweils einschlug.

Ein ohrenbetäubender Knall.

Paul musste vor Schmerz würgen, dann nahm er erschrocken zur Kenntnis, dass die meisten der angezeichneten Kreuzungspunkte noch keine Nägel trugen.

»Das ist Sachbeschädigung!«

»Das ist nicht deine Werkstatt.«

»Natürlich ist es meine! Raus hier! Ich bin…«

Ein ohrenbetäubender Knall.

»… zuerst hier gewesen.«

Ein ohrenbetäubender Knall.

Paul stapfte tropfend auf Klara zu und schaffte es irgendwie, ihr den Hammer abzunehmen.

»Was soll das hier?!«

»Das wird mein Lager. Ich deale.«

Paul ruderte wild mit den Armen. »Auf keinen Fall! Und mit was überhaupt? Mit Drogen?«

Klara verdrehte die Augen. Aus einem großen Sack lud sie sich einen Schwung knallbunter Flip-Flops auf den Arm und begann, sie geordnet nach Größen und Farben an die Nägel zu hängen. Paul beobachtete sie dumpf, aber als sie sich die nächste Charge auf den Arm laden wollte, stellte er sich ihr in den Weg.

»Wo hast du die geklaut?!«

Klara hielt Paul das gesprungene Display eines großen Smartphones so dicht vor die Nase, dass es ihn blendete. Er zog den Kopf zurück, bis er zwölfdreiundfünfzig lesen konnte, das Logo einer Kleinanzeigenseite erkannte und schließlich ein Foto von dem riesigen Sack, vor dem er gerade stand. Klara nutzte den Moment und entwand ihm den Hammer.

Paul gackerte. »Und du meinst, dass jemand so billige Plastiklatschen kauft.«

Ein ohrenbetäubender Knall.

Paul stolperte in den Waschraum und übergab sich in die Wanne. Klara hatte mindestens zehn Nägel in die Schrankwand geschlagen, bevor er wieder herauskam. Nass, wie er war, warf er sich auf die nasse Matratze und zog sich ein vollgesogenes Kissen über den Kopf. Es roch widerlich, aber die Nässe machte es so schwer, dass es den Lärm einigermaßen fernhielt. Nach fünf weiteren Nägeln war Paul tatsächlich weggetreten.

FLEISCH

Schweigend warteten sie im Dunkel der Küche, hörten dem Sirren der mannshohen Kühlschränke zu, dem Kanon ihrer Kompressoren, die ab einer bestimmten Kälte scheppernd erstarben, um bald darauf gequält wieder anzuspringen.

Lolita lehnte an dem Regal, das die Küche vor Blicken durch die Bullaugen der Doppelschwingtür schützte. Marthe kauerte auf der Anrichte neben der offenen Durchreiche, durch die sich auf Umwegen ein kleines bisschen Mittagssonne verirrte, und Raphael saß auf einem Servierwagen im Schatten. Alle starrten auf den Toten in ihrer Mitte, der immer noch selig lächelte, als ob ihm ihre Gesellschaft gefiel.

Marthe stand auf und umkreiste Frank, dann schob sie ihre Hände unter seinen Kopf. Unter der Kopfhaut ließen sich Stücke der Schädeldecke unter leisem Schaben gegeneinander verschieben. Raphael würgte leise. Marthe kehrte zu ihrem Platz zurück.

Nach endlosen, schalen Minuten hob sich ein Pfeifen aus dem

Gemenge der hereindringenden Straßengeräusche. Es gewann an Kontur, nachdem die Eingangstür lautstark aufgestoßen wurde, und wurde penetrant, als es hinter der Küchenschwingtür vorbeizog. Kurz darauf trat es wieder in den Hintergrund und brach ab.

»Hallo?! Jemand da?«

Niemand hatte Lust zu antworten. Eckerds Kopf erschien hinter Marthe in der Durchreiche.

»Da seid ihr ja.«

Das Pfeifen wanderte den Weg zurück, bis die Küchentüren aufgestoßen wurden und Eckerd eintrat, als ob eine frohe Botschaft zu verkünden wäre. Er schaltete das fahle Deckenlicht ein und schaute gut gelaunt in die düstere Runde. Niemand grüßte. Nur Frank sah aus, als ob er sich freute.

»Ah. Genau darüber wollte ich mit euch reden.«

Lolita stellte einen Pumps an das Regal hinter sich und verschränkte die Arme, Marthe hatte die Augen zu wütenden Schlitzen zusammengekniffen. Raphael beugte sich auf dem Servierwagen weit nach vorn.

»Wie kommst du dazu, mir eine Leiche ans Bett zu legen?! Ich hätte einen Herzinfarkt bekommen können! Seine ganze Pisse ist in meinem Bett!«

»Auf der Tanzfläche hätte Frank zu Missverständnissen führen können. Jedenfalls dachte ich das. Jetzt weiß ich, dass es egal ist.«

»Egal? Gott, der Typ ist tot! Wie kann das egal sein?!«

»Es ist nicht egal, dass er tot ist. Wo er liegt, ist egal.«

»Es ist egal, also landet die Leiche an meinem Bett?!«

»Frank in die Küche zu legen, machte am meisten Sinn, ja. Wie kam es, dass er dir ins Bett gemacht hat?«

»Es ist aus ihm herausgelaufen!«

»Ah.«

Lolita zündete eine Zigarette an und inhalierte tief, nach einer langen Pause atmete sie aus.

»Warum musste er sterben?«

»Sehr gute Frage! Frank hat sich nichts sehnlicher gewünscht, als ein großer Violinist zu sein. Aber er wäre unter gar keinen Umständen zu einem Punkt gekommen, an dem sein Spiel irgendjemandem Freude gemacht hätte, geschweige denn, dass er ein großer Solist geworden wäre. Es war ihm einfach nicht gegeben. Könnt ihr euch vorstellen, wie wahnsinnig traurig das ist, einen Lebenstraum zu haben, der absolut unerreichbar ist?«

Raphael hob ein unsichtbares Glas. »Willkommen im Club, Frank. Einem sehr großen Club. Aber wie schlägt man jemandem bitte derart den Schädel ein?«

»Mit der Keule meines Großvaters. Es geht blitzschnell. Sieh ihn an. Er hat nicht leiden müssen. Er hatte niemanden auf der Welt und seinen sehnlichsten Herzenswunsch konnte er nicht ansatzweise erreichen.«

»Wie kannst du dir da so sicher sein?«

»Ein Mensch kann nichts werden, wenn es ihm nicht von Gott gegeben ist. Und ihm war es in keinster Weise gegeben zu erkennen, wo er im Leben stand und welche Chancen er hatte. Es war furchtbar. Du hast doch gehört, wie er spielt.« Eckerd sah traurig aus.

Raphael musste lachen. »Wenn du alle keulen willst, die dieses Problem haben, wirst du ganz schnell einen Tennisarm bekommen.«

»Über so was macht man keine Witze! Der arme Frank tut mir in der Seele weh! Gerade von dir habe ich gedacht, dass du das nachempfinden könntest. Aber vielleicht bist du einfach zu selbstbezogen.«

»Ich? *Selbstbezogen?!* Bei dem, was *ich* habe?!«

»Bei dir ist das doch was ganz anderes.«

»Ach ja?!«

»Du hast eine Aufgabe. Du hast Freunde. Du hast *Talent*. Er hatte nichts davon.«

Raphael war es nicht bewusst, aber er saß auf einmal viel aufrechter. Eckerd sah in die Runde. Er sah Trotz und Wut, aber niemand widersprach. Er wandte sich an Marthe.

»Du warst doch gestern dabei, als er sich abgemüht hat.«

Marthe schaute Eckerd in einer Weise an, dass Raphael Angst bekam, aber Eckerd ließ sich nicht beirren.

»Wir konnten ihm gestern den besten Moment seines Lebens

schenken. Für uns war er ein großer Violinist. Er war so unglaublich glücklich. Das war er doch, oder?«

Raphael hatte Angst, dass Marthe gleich aufspringen und ein Messer in Eckerd rammen würde. Eckerd sah jedem nacheinander tief in die Augen.

»Ihr hättet sehen sollen, wie glücklich er war.«

Raphael äffte Franks Grinsen nach. »Sieht man doch.«

Lolita hockte sich an Franks Kopfende. Sein Hinterkopf lag wirklich seltsam flach auf der Platte.

»Also hat er dich darum gebeten, dass du ihm den Schädel zertrümmerst?«

»Ich habe es ganz genau gefühlt. Ich bin mir noch nie so sicher gewesen.«

Raphael massierte sich die Schläfen. »Und wohin jetzt mit ihm?«

Eckerd zeigte auf Raphael. »Sehr guter Punkt! Wie schenken wir Frank einen letzten großen Auftritt? Ich finde, er hat ein großes Finale verdient.«

Raphael schnaubte verächtlich. »Wir stopfen ihm einen Apfel ins Maul und machen *Frankferkel* aus ihm.«

»Zynisch formuliert, aber gut.«

»Das war n Witz.«

»Das ist perfekt!«

»Also zerlegen und braten.«

»Kürzer hätte ich es nicht fassen können.«

»Und dann servieren.«

Eckerd wirkte ergriffen. »Ich wusste, dass du es verstehst. Du hast erkannt, auf was für eine wunderbare Weise das Sinn macht! Der Einsame geht auf in den anderen Einsamen. Menschen, die er mit seiner Kunst nicht beglücken konnte, beglückt er mit sich. Das ist tief, oder? *Gott will abwischen alle Tränen von ihren Augen, und der Tod wird nicht mehr sein*. Das ist aus der Offenbarung. Einundzwanzig vier.«

Raphaels Stimme kippte in Hysterie. »Das war ein Witz! Ich werde definitiv keinen Mann zerlegen! Schon gar nicht einen so hässlichen! Das ist total unästhetisch.«

»Wir wissen doch alle, wie fantastisch du kochen kannst.«

»Das ist krank.«

»Du hast es doch vorgeschlagen. *Wer mein Fleisch isset und trinket mein Blut, der bleibt in mir und ich in ihm.* Okay, das ist ein bisschen hoch gegriffen, weil das Jesus gesagt hat, aber du siehst, wer schon damals den Gedanken hatte. Ist übrigens Johannes sechs sechsundfünfzig.«

»Nein!«

Eckerd dachte nach, dann nickte er schwer und entschlossen. »Wie immer ist hier alles freiwillig. Du kannst gehen, wenn du das möchtest. Aber dann bitte jetzt, auch wenn es mir furchtbar leidtäte.«

Raphael sprang von dem Servierwagen und trat direkt vor Eckerd ins Licht. Sein Gesicht war ledrig verschorft mit Rissen, in denen das Rohe darunter zu sehen war. Die wenigen nicht betroffenen Stellen waren feuerrot vor Aufregung.

»Du weißt genau, dass man mich sofort erkennen würde!«

Lolita hatte sich wieder an das Regal gelehnt. »Warum tust du dann, als ob du eine Wahl hättest?«

»Dann mach du es doch!«

»Bin ich Koch?«

»Ich werde keinen Menschen zerteilen!«

Ein scharfes, metallisches Hacken ließ sie alle zusammenfahren.

Marthe hielt ein Küchenbeil. Alle starrten auf Franks Hand, die sauber getrennt vor dem Armstumpf lag.

Raphael sank zitternd zurück auf seinen Servierwagen und verbarg sein Gesicht in den Händen.

»Oh Gott. Wir wandern alle in den Knast.«

Lolita zündete sich eine Zigarette an.

»Sagtest du nicht mal, du magst es da?«

»Die töten mich da, so wie ich aussehe. Wir gehen alle in die Hölle.«

Eckerd wirkte größer.

»Der gute Markus sagte schon, *alle Dinge sind möglich dem, der da glaubt.* Wir gehen nirgendwo hin. Nicht ins Gefängnis, nicht in die Hölle. Wir sind von ihm beschützt, denn das, was wir tun, ist, was er will.«

»Das glaubst du doch selbst nicht.«

»Klar glaube ich das. Aber das Beste ist: Ich weiß es. Also wollen wir, bevor er verdirbt?«

Raphael schlug auf das Blech des Servierwagens ein.

»Scheiße! Aber wir machen das nie, nie wieder! Versprich, dass das nie wieder vorkommt!«

»Wollen wir?«

Lolita blies Rauch aus.

»Hatten wir uns nicht geeinigt, dass ich meinen Teil zahle und dafür keine Küchendienste leiste?«

»Es ist alles freiwillig hier. Aber ich fände es furchtbar, wenn wir dich verlieren. Andererseits: Was du tust, kannst du auch woanders tun. Aber es ist das Letzte, was ich möchte.«

Lolita hob stolz den Kopf.

»Was soll mit den Knochen passieren?«

Eckerd wandte sich zum Gehen.

»Das überlasse ich eurer Kreativität.«

Raphael konnte nur noch krähen. »Du *gehst*?«

»Das war ein gewaltiger Tag heute. Ich muss mich sammeln.«

Sie starrten Eckerd hinterher, bis Marthes nächster Hieb sie zusammenzucken ließ. Franks Fuß stand neben seinem Bein.

Frank lächelte.

FRAU MANGOLD

Eckerd trat vor das *Von Herzen* und reckte sich.

Die Triebe der Bäume begrüßten den ankommenden Frühling. Er schloss die Augen und atmete die sanfte Luft. Nur gedämpft drang das Hacken und Klopfen der Beile, Hämmer und Messer aus der Küche durch die offene Tür zu ihm.

»Was basteln Sie denn Schönes?«

Eckerd sah auf Frau Mangold hinunter, die sich auf einen mit Einkäufen vollgestopften Trolley stützte. Sie wohnte im Haus nebenan, das ihr gehörte, genauso wie das Haus des *Von Herzen*.

»Ich find das toll, was Sie hier so machen. Sie haben das Haus so schön herausgeputzt. Wie ein Varieté. Ist es ein Varieté?«

»Kommen Sie uns doch mal besuchen.«

»Ach, das ist nichts für mich. Ich gehör doch schon untern Rasen.«

»Na, das können Sie mir nicht antun. Außerdem sind Sie doch so was von fit.«

»Ja … deswegen bin ich ja auch für Witwenverbrennung. Paare, die so lange zusammen waren wie mein Mann und ich, die sollten nicht auseinandergerissen werden. Ich schimpfe oft mit ihm, was er sich einbildet, einfach vor mir abzuhauen.«

»Aber es ist doch so schön, wie wir hier in der Sonne stehen. Sie haben bestimmt noch ganz viele tolle Jahre vor sich.«

»Wissen Sie, ich seh das mittlerweile auch nicht mehr so extrem. Ich würd auch eine Spritze nehmen.« Frau Mangold umfasste Eckerds muskulösen Unterarm mit beiden Händen. »Aber Sie, Sie sind so ein *Löwe*.« Dann spähte sie durch die offene Tür in den dunklen Vorraum. »Was bauen Sie denn da Spannendes? Darf ich mal sehen?«

»Wir haben gerade angefangen. Soll ich tragen helfen?«

Frau Mangold hob ihren Trolley an, als ob er leer wäre. »Danke, aber ich bin ja fit. Vielleicht komme ich ja doch bald mal vorbei.«

»Es wäre uns eine Freude.« Eckerd lächelte ihr nach.

SCHLARAFFENLAND

Sie war noch nie wählerisch gewesen. Hier unten war es vielleicht nicht schön, und sie redete sich das auch nicht ein, aber es gab regelmäßig Nahrung. Auch wenn es unbestreitbar bessere Nahrung gab. Allerdings … das, was sich hier gerade vor ihren Augen im Wasser stapelte, war zu schön, um wahr zu sein.

Sie musste nur geduldig sein. Sie musste warten, bis es sicher war. Sie war hier aufgewachsen und wusste, dass mit der Flut nicht zu spaßen war. Sie konnte einen leicht erfassen und in den Tod reißen, wenn man zu gierig war. Sie kannte das. Ihre Eltern waren der Flut zum Opfer gefallen. Außerdem kamen von oben Stimmen.

Stimmen bedeuteten Gefahr.

Also wartete sie und freute sich, dass von da oben winzige Quanten von Licht nach unten fielen und den Schmaus in einen sanften Schein tauchten.

Irgendwann wurde es still. Erfreulicherweise hatte man oben offenbar einen Deckel aufstehen lassen. Die Reste des Lichts, die es entlang der Rohrknicke bis hier unten schafften, reichten ihr vollkommen aus, um zu sehen, denn ihre schwarzen Augen waren hervorragende Restlichtverstärker.

Die Ratte pirschte sich vorsichtig an die Knochenstücke heran, die aus den Abflussrohren um sie herum gefallen waren. Hier, im Hauptkanalisationsrohr, hatten sie sich zu einem stattlichen, duftenden Hügel getürmt.

BABETTE

Das infernalische Dröhnen eines vorbeidonnernden Zuges weckte Paul. Danach war es still. Wirklich still.

Es musste bisher ein sonniger Tag gewesen sein, denn in der Werkstatt war es ordentlich warm, fast heiß, und die Nässe war größtenteils durch das zugige Brettertor entwichen.

Seine Schmerzen hielten sich in Grenzen, einzig seine Hand pochte noch bedenklich.

Bilder kamen zurück. Die Zerstörung des Mannes. Das Blut. Der Tod, der zu einer nervtötenden Göre mutiert war. Das ohrenbetäubende Hämmern. Was für ein beschissener Traum.

Deine Hand pocht.

Paul wagte einen Blick. Seine Hand war übersät mit Schnitten, aber sie waren verschorft – außer an einer Stelle, in der noch eine Scherbe steckte. Paul konnte sie mit den Fingernägeln nicht packen, aber er schaffte es mit den Zähnen und zog sie unter Stöhnen heraus. Die Blutung hielt sich in Grenzen.

Gut. Oder auch nicht.

Es roch lange nicht mehr so schlimm wie gestern. Oder vorgestern? Und irgendwie anders. Offensichtlich hatte der warme Tag den Großteil der Feuchtigkeit aufgesogen.

Nicht weit von Paul stand etwas, das vorher nicht dort gestanden hatte. Ein grellbunter Fremdkörper. Paul robbte näher heran. Eine Tüte. Er drückte sich hoch, öffnete sie und sah hinein. Jetzt konnte Paul den Geruch einordnen, der die anderen überdeckte und ihnen die Schärfe nahm: Es war der Duft von schwarzem Kaffee. Ein XL-Kaffeebecher und etwas Schweres, eingeschlagen in grellbuntes Butterbrotpapier ... Ein XL-Sandwich, doppeldaumendick belegt mit Hähnchenfilet, Salat und Tomaten. Paul warf es zurück in die Tüte, knüllte ihren Rand fest zusammen und ließ sich zurück auf die Matratze fallen.

Was für ein billiger Bestechungsversuch! Wie Glasperlen, mit denen man Ureinwohnern ihre Goldschätze abknöpfte! In keinem Fall würde er irgendwas davon anrühren!

Er würde sich umbringen, das stand fest. Dass es bisher an der Ausführung gehapert hatte, änderte nichts an seiner Entscheidung. Ein Kaffee und ein Brot änderten erst recht nichts daran.

Er fühlte die Pappe des Bechers. Der Kaffee war nicht mal mehr heiß. Nein, er würde nichts davon anrühren.

Andererseits ... falls sich die Göre noch mal hertrauen würde, dann wollte er in gefechtsfähigem Zustand sein. Nicht die jämmerliche Amöbe von gestern. Wenn er ihr das nächste Mal entgegentrat, musste er stark sein. Damit er sie in die Flucht schlagen konnte, die kleine Golem-Göre.

Es war der beste kalte Kaffee, den Paul je getrunken hatte. Und je mehr Bissen er aus dem Brötchen riss, desto mehr Ärger wuchs in ihm über die Myriaden von Flip-Flops, die ihn in allen Größen und in grellen Farben von den Türen des langen grauen Spindschranks anschrien. Hässlicher Parasitenbewuchs an dem einzigen Platz, an dem er noch sein konnte. Feindliche Übernahme seiner letzten Stätte. Bunt brüllender Hausfriedensbruch.

Noch wütender machte Paul, dass die Werkstatt nicht seine war, dass er nicht die Polizei rufen konnte, die dann die Göre einfach entfernen würde. *Ihn* würde man abtransportieren, wenn *sie* anrief.

Die Polizei rufen. Was für eine groteske Vorstellung.

Vielleicht kommt die Göre ja nicht wieder. Vielleicht ist sie ja überfahren worden.

Paul verwarf den Gedanken, als er zu bildhaft wurde.

Eines wurde ihm wieder klar: Sterben war eines, mit einem Rest an Würde sterben ein anderes. Wenn er nicht jämmerlich verrecken wollte, musste er Energie aufwenden, um sicherzustellen, dass sein Tod mit einem Mindestmaß an Würde vonstattenging.

Paul rappelte sich auf, aber ihm war kalt. Der Kaffee hatte gutgetan, aber sein Blutdruck war garantiert besorgniserregend niedrig nach dem vielen Blut, das er verloren hatte.

Seine Uniform sah schrecklich aus.

Ein makelloser Dienstanzug gehörte zu jedem von Pauls Sterbeszenarien. Tot in einer perfekten Uniform aufgefunden zu werden, bewies, wie sehr er seine Arbeit geliebt hatte. Es bewies, wie sehr er die Ideale gelebt hatte, für die sie stand. Es wäre kaum noch zu leugnen, dass das, was alle von ihm dachten, von Grund auf falsch war. Es wäre ein Zeichen, wie sehr er verkannt worden war.

Oder man hielt ihn gerade deswegen für einen perversen Psychopathen. So oder so, wenigstens würde er nach seinen eigenen Maßstäben sterben.

In gewisser Weise war die Uniform der Auslöser für alles gewesen. Ohne sie wäre das, was passiert war, ein bis zwei Tage lang in ein paar Newstickern aufgetaucht. Ein Strohfeuer. Und kein wochenlanger Flächenbrand, mit dessen Ausschlachtung sich alle Medien die Sommerlöcher gestopft hatten. Das Verrückteste an diesem Umstand war, dass alles so eskaliert war, weil er seine Dienstkluft *nicht* angehabt hatte.

Paul zog die Uniform aus und suchte nach seiner Straßenkleidung. Er hatte sie in einer Ecke mit den Nachthemden zusammen auf einen Haufen geworfen, in der Gewissheit, sie nie wieder zu brauchen.

In der Ecke war es schon muffig feucht gewesen, bevor Pauls depressive Lethargie die Werkstatt in ein Hamam verwandelt hatte. Dementsprechend war der Boden nun von einem schmierigen Film bedeckt, und seine vollgesogene Kleidung verströmte einen scharfen Schimmelgeruch.

Paul hatte seine Kleidung größtenteils von der Kleiderkammer, deren Mitarbeiter eine rustikale Vorstellung von Hygiene hatten; das meiste wurde bestenfalls neu zusammengelegt. Paul war das sehr recht. Die Kleidung verströmte noch die Gerüche ihrer Vorbesitzer, und er verbrachte Stunden damit, sich vorzustellen, was das für Menschen waren, die sie ausgesucht und eine Zeit lang getragen hatten.

Paul taten besonders die neuwertigen Kleidungsstücke leid, da sie es nicht geschafft hatten, so geliebt und geschätzt zu werden, dass sie über Jahre stolz aufgetragen wurden, anstatt als unliebsamer Ballast in einem Altkleidersack zu landen. Sie taten ihm so leid, dass er sie trösten wollte.

Bei den Nachthemden war es umgekehrt. Sie trösteten ihn. Sie hatten Namen. Paul gab mindestens die Hälfte seines Erbettelten für den Waschsalon aus.

Nicht dass er waschen wollte – er brauchte Gelegenheit, sich getragene Nachthemden zu beschaffen. Das ging am besten in einem Waschsalon, aber dort war er nur unauffällig, wenn er selber wusch.

Da er nicht erkannt werden durfte, redete er mit niemandem, er saß abgekehrt da, zog sich seine Baseballkappe tief ins Gesicht und tat, als ob er konzentriert Zeitung las. Dabei lauschte er den Gesprächen der Studenten, Zeitarbeitenden und Arbeitslosen und stellte sich ab und zu vor, einer von ihnen zu sein, noch dazuzugehören. Irgendwann kam der richtige Moment, eine Runde zu gehen. Paul schielte in die Waschkörbe, und wenn er ein unbeobachtetes Nachthemd sah, ließ er es mitgehen. Zurück in der Werkstatt, redete er es mit dem Namen seiner Besitzerin an, so er ihn aus Gesprächen oder Telefonaten hatte aufschnappen können. Ansonsten dachte er sich einen aus.

Paul hegte große Angst, Fetischist geworden zu sein, aber er beruhigte sich damit, dass es ihn ja schließlich nicht zu getragenen Schlüpfern hinzog. So war es wenigstens keine richtige Perversion, die ihn trieb. Paul brauchte es einfach, dass jemand um ihn war, vor allem nachts, und nichts gab ihm das Gefühl besser, als in einem getragenen Nachthemd zu schlafen. Wenn er die Augen schloss, konnte er riechen, dass Anna, Claudia oder Ulrike bei ihm war.

Leider nahmen die Nachthemden nach ein paar Tagen vollständig seine Gerüche an, sodass er sich wieder alleine fühlte.

Jetzt roch Paul an Babette. Ihr wunderbarer Duft von warmer Haut, Penatencreme und Babyöl war vollkommen dem Gestank von Schimmel gewichen.

Babette war um die vierzig und richtig dick. Paul hatte sich vorgestellt, dass sie eine weiche, lustige Bärenmutter war, die ihre vielen Kinder liebevoll an ihren riesigen Busen drückte, um sie anschließend mit selbst gemachten Köstlichkeiten vollzustopfen. In Babette war er immer voller Vorfreude schnell und tief eingeschlafen, um zu träumen, wie sie ihn vollstopfte, bis er rosig und rund war.

Er brauchte Nachschub. Andererseits wollte er einen würdevollen Tod. Die erste Voraussetzung dafür war, dass er seine Uniform reinigen ließ. Reinigen war teurer als waschen, und man konnte dabei keine Nachthemden stehlen.

Paul rollte die Uniform zu einem handlichen Paket.

Punkt eins. Betteln.

Als Paul aus dem Werkstatttor trat, traf ihn die tief stehende Sonne wie ein Tritt ins Gesicht.

DIEB UND DIEBIN

»Ferien für die Füße! Zwei Paar zum Preis von einem! Wunderschöne Flip-Flops in Hammerfarben, für jede Gelegenheit, in allen Größen!«

Klara fröstelte, rieb sich Arme und Beine. Der Winter war gerade erst vorbei, es wurde schlagartig kalt, sobald die Dämmerung einsetzte. Sie saß auf einer quietschbunten Decke, hatte ihre Ware fein säuberlich um sich herum ausgebreitet und sprach Passanten an, die auf dem Weg nach Hause an ihr vorbeieilten.

»Nur zwei fünfzig das Paar! Bombenqualität! Ganz weich! Damit laufen Sie bis ans Ende der Welt!«

Niemand blieb stehen.

Für Paul war es ein guter Nachmittag gewesen. So schrecklich, wie er aussah, hatte er genug Mitleid erregt, um das Geld für die Reinigung seiner Uniform zusammenzubekommen, und sie abgegeben. Allerdings schrie sein ausgemergelter Körper wieder nach Nahrung, als ob er von innen aufgefressen würde.

Ich hätte nichts essen sollen. Essen macht Hunger.

Am Anfang der ganzen Misere hatte Paul bei einer Obdachlosentafel gegessen. Beim zweiten Mal hatte ihn eine Frau an der Essensausgabe erkannt, mit dem Finger auf ihn gezeigt und sich geweigert, ihm was zu geben. Paul hatte versucht, sie zu beschwichtigen, woraufhin sie so einen Aufstand gemacht hatte, dass ihm die anderen auch nichts mehr geben wollten. Am nächsten Tag hatte Paul sich verkleidet und wieder in die Schlange gestellt, als plötzlich zwei Syrer hinter ihm begannen, hektisch miteinander zu flüstern und sich ständig über die Schultern zu sehen. Sie waren ihm unheimlich gewesen, weil er kein Wort verstanden hatte, und er war beruhigt, als sie kurz darauf verschwunden waren. Stattdessen standen nun zwei dicke Deutsche hinter ihm, die ihn zwei Sekunden später verprügelten, weil er ihnen nicht sofort Platz gemacht hatte.

Von da an war Paul nicht mehr zur Tafel gegangen.

Gedankenversunken wäre er beinahe ins Blickfeld des Golems gelaufen, aber er hatte ihn gerade rechtzeitig gesehen und sich versteckt, um zu sehen, wie der »Handel mit Waren aller Art« lief. Paul musste zugeben, dass Klara alles richtig machte. Sie war motiviert, fantasievoll und sprach die Leute gut an. Aber niemand schien Interesse an bunten Schlappen an einem kalten Frühlingsabend zu haben. Vielleicht sah sie auch einfach zu schräg aus.

Sehr gut. Das heißt, dass sie bald abhaut.

Paul wusste genau, dass die großen schwarzen Spinnenaugen ihn beobachteten. Er wusste genau, dass sie sahen, wenn er in einen ihrer Gänge eintrat und was er da machte. Und er wusste genau, wann er in ihren toten Winkel eintrat. Und da er nur etwas nahm, was darin lag, hatten die Spinnenaugen an der Decke des Supermarktes Paul bisher unbehelligt Nahrung stehlen lassen. Genau an der richtigen Stelle löste er den Klettverschluss an der Seitentasche seiner viel zu warmen Winterjacke, um ein paar Schokoriegel hineinfallen zu lassen.

Jetzt war er genau einer der Typen, die er früher hochgenommen hätte. Aus ihm war ein armseliger Heuchler geworden, ein Pharisäer, der minütlich die Prinzipien mit Füßen trat, für die er früher gelebt hatte.

Heuchelei. Ein Punkt auf deiner langen Warum-ich-mich-töten-will-Liste.

Paul brauchte nicht hinzusehen. Er wusste, dass er gerade in das Blickfeld des nächsten Spinnenauges eintrat. Der Adjutant der Spinne streunte durch den Parallelgang und empfing Spinnenbefehle über einen Knopf in seinem Ohr. Paul umrundete das Ende des Ganges und trat in den nächsten. Er hätte zu gerne eine Jumbotüte Chips mitgehen lassen.

Zu groß, zu laut.

Eine Frau mit einem quengelnden Kind kam ihm entgegen.

Mist!

Um unbehelligt stehlen zu können, war ein leerer Gang vonnöten. Dafür würde Paul einen weiten Bogen laufen müssen, und so, wie er aussah, kreidebleich mit verklebtem Vollbart und einer Kappe tief im Gesicht, zöge er die Aufmerksamkeit des Spinnenadjutanten auf sich.

Dann fiel Paul auf, dass die Frau nur auf ihr Kind einredete, *als ob* es quengelte. Sie ließ sich Zeit, studierte die Inhaltslisten auf den Produkten, um plötzlich aus heiterem Himmel mit ihrer Tochter zu schimpfen, die nichts Besonderes tat oder sagte. Während jeder ihrer Tiraden beugte sie sich zu ihr hinunter und ließ ein Produkt in ihre große Handtasche fallen. Schlau. Aber sie war kurz davor, in die nächste Spinnenaugenzone zu treten. Paul ging auf sie zu. Hätte er nicht einen Blick dafür, wäre ihm entgangen, dass sie drei weitere Teile eingesackt hatte, bis er in ihrer Nähe war. Er trat seitlich neben sie, nickte zur Decke und murmelte vor sich hin, als ob er ein Selbstgespräch führte.

»Sie sind im Sichtfeld der Kamera da drüben. Aber die hintere Hälfte des Ganges liegt im toten Winkel. Das ist bei den anderen Gängen auch so. Und Achtung vor dem Mann in der schwarzen Jacke. Das ist der Sheriff hier.«

Sie musterte ihn von der Seite, dann flüsterte sie auch. »Wow. Das ist aber … nett. Wissen Sie … ich mach das nur für meine Tochter.«

Das Mädchen sah Paul ausdruckslos an.

»So unter Dieben … Bei wem darf ich mich bedanken?«

»D-Dennis. Mein Name ist Dennis.«

Die Frau schien nachzudenken.

»Haben wir uns nicht schon mal irgendwo gesehen, Dennis?«

Paul senkte den Kopf. »Ich glaube kaum. Nein.«

Der schwarze Adjutant bog in den Gang ein.

»Die Dame, dürfte ich einen kurzen Blick in Ihre Tasche werfen, bitte?«

Die Frau zeigte mit spitzem Finger auf Paul.

»Wissen Sie, wer das ist?!«

Der Ladendetektiv schaute Paul müde an.

»Nein, aber er kommt öfters mal her.«

»Das ist der Typ aus den Nachrichten!«

Paul hob abwehrend die Hände. Sie baute sich auf.

»Das ist der Perverse! Der perverse Polizist!« Sie wurde schrill. »Dass Sie so einen hier reinlassen! Hier sind Kinder!«

Es war kaum zu merken, aber sie blinzelte dem Mädchen zu. Es begann zu schreien.

Die Frau schrie auch wieder, bis ihre Stimme kippte. »Meine Tochter musste mit ansehen, wie er mich bedroht!«

Der Ladendetektiv drehte Paul nur halbherzig einen Arm auf den Rücken. Pauls steifen Knochen tat es trotzdem weh, er ließ seinen Oberkörper bereitwillig nach unten klappen. Der Adjutant stützte sich auf Paul wie auf einen Tisch.

»Keine Sorge, der tut Ihnen nichts. Darf ich jetzt bitte einen Blick in Ihre Tasche werfen?«

Die Frau blinzelte. Das Kind schrie.

»Verhaften Sie ihn! Sehen Sie nicht, dass meine Tochter einen Schock hat?! Der ist gefährlich! Schauen Sie keine Nachrichten?!«

Der Ladendetektiv drehte Pauls Arm in die entgegengesetzte Richtung, was seinen Oberkörper nach oben klappen ließ. Er musterte ihn.

Die Frau setzte nach. »Stellen Sie ihn sich ohne Bart vor.«

Die Augen des Ladendetektivs weiteten sich. Diesmal drehte er Paul den Ellenbogen mit erbarmungsloser Härte ins Kreuz. Paul klappte ab.

»Entschuldigen Sie bitte. Ich kümmere mich um ihn.« Er stieß Paul unnötig brutal zum Hinterausgang.

Verdreht, wie er war, konnte Paul sehen, wie die Frau noch mehrere Tüten Lakritz mitgehen ließ, während sie ihnen folgte.

»Wegsperren müssen Sie das Schwein! Wegsperren!«

Der Ladendetektiv stieß die Tür des Hinterausgangs auf. Die Frau rauschte mit ihrer Tochter an ihnen vorbei nach draußen.

Der Ladendetektiv stieß Paul hart aus der Tür, sodass er über seine eigenen Beine stolperte. In Zeitlupe sah er den Asphalt auf sein Gesicht zukommen. Dann kam der Schmerz. Und die Schokoriegel, die der Aufprall aus seiner Tasche schleuderte. Der schwarze Adjutant trat hart zu.

Paul hatte ihn zu oft freundlich gegrüßt.

DREIZEHN TEUFEL

Bestimmt stinkt es widerwärtig.

Wahrscheinlich schrumpft es.

Es wird zäh.

Wahrscheinlich beides.

Raphael starrte das große tiefrote Stück Fleisch an.

Gleich kommt ein Lebensmittelkontrolleur unangemeldet rein und fragt, was das ist. Und woher das ist. Dann lüge ich, er merkt es und nimmt es mit. Und dann bin ich für immer am Arsch. Wir sind alle am Arsch.

Seine Hand zitterte.

Gleich fliegen alle Kühlschranktüren auf.

Dreizehn Teufel springen heraus und reißen mich in die Hölle.

Raphael ließ das Fleisch in die Pfanne gleiten.

Feine Marmorierung, immerhin.

Er wartete angespannt.

Nach einer Minute duftete es nach feinem Filet, ein wenig nach Lamm, ein wenig nach Schwein. Und leckeren Röstaromen. Es schrumpfte kein bisschen.

Wüsste ich nicht, was es ist, wäre ich begeistert.

Raphael nahm das Steak aus der Pfanne und legte es in den Warmhalte-Garer, in dem er Fleisch für gewöhnlich bei fünfundsechzig Grad ruhen ließ. Nach acht Minuten nahm er es heraus.

Kein Lebensmittelkontrolleur war gekommen. Keine Kühlschranktür war aufgeflogen. Kein Teufel war herausgesprungen, um ihn in die Hölle zu reißen.

Bisher jedenfalls nicht.

Raphael prüfte das Fleisch mit einem geübten Druck seines Daumens.

Frank war sehr zart.

HUBERTINE

Nachdem der Adjutant der Spinne alle Aggression an ihm ausgelassen hatte, war Paul auf dem Asphalt liegen geblieben, um eine Art Systemcheck durchzuführen. Alles tat weh, aber offensichtlich waren keine vitalen Systeme beschädigt.

Steh auf! Du fühlst dich nur so scheiße wie sonst auch.

Er machte sich auf Richtung Werkstatt. Seine Rippen schmerzten von den Tritten, sein Gesicht war um den linken Wangenknochen herum geschwollen, und der trocknende Schorf spannte unangenehm auf den Schürfwunden, aber insgesamt tat ihm das Gehen gut.

Es war völlig anders, wenn man verprügelt wurde, als wenn man es selbst tat. Vielleicht, weil die Geringschätzung in den Schlägen des anderen mehr schmerzte als die Schläge selbst. Wenn man sich selbst schlug, tat es weh, aber es ließ sich besser aushalten. Man wusste ja ungefähr, wann man aufhören würde.

Paul konnte sich erinnern, dass er vor einiger Zeit über eine Morgenerektion so wütend geworden war, dass er sich selbst in die Hoden geboxt hatte. Da es nichts in seinem Leben gab, das eine Erektion verdiente, fühlte er sich von seinem Penis verhöhnt und hatte seine Hoden dafür bestraft. Nachdem er sich wimmernd auf der stinkenden Matratze gewälzt hatte, stellte er fest, dass die Hoden um das Vierfache angeschwollen waren. Er hatte gehofft, daran zu sterben, aber zu seiner Enttäuschung war die Schwellung nach drei Tagen abgeklungen. Immerhin hatte er eine Weile lang richtig Eier in der Hose gehabt.

Paul hatte das Hodenboxen noch einige Male praktiziert, es aber aufgegeben, als seine Morgenerektionen tatsächlich ausblieben. Das hatte ihm Sorgen gemacht, und noch mehr Sorgen zu haben, hatte ihn so wütend gemacht, dass er begonnen hatte, den Kopf gegen die Wand zu schlagen. Da, wo all die Probleme saßen. Er hatte sie sich aus dem Schädel rammen wollen.

Als Nächstes hatte er versucht zu verhungern, aber es erwies sich als so langwierig, dass es ihn irgendwann doch vor die Tür trieb. Da er keine Mütze hatte, unter der er die Beulen und blauen Flecken verstecken konnte, knotete er Hubertine zu einen Turban.

Hubertine war ein metallicblaues Satinnachthemd, dessen ursprüngliche Trägerin eine schwarz bebrillte, anorektische Ökologiestudentin Mitte dreißig gewesen war, die neben Hubertine Leggins mit bunten Katzenpfoten, schlabbrige, selbst gehäkelte Pullover aus Wollresten und ausgeleierte türkise Frotteeunterhosen im Korb hatte.

Paul machte die Erfahrung, dass ein Mann mit einem metallicblauen Satinnachthemd um den Kopf deutlich mehr Unbehagen auslöste als ein Mann mit Beulen und blauen Flecken am Kopf.

Mit Beulen und blauen Flecken sah man zwar aus, als ob man eine Schlägerei verloren hatte, aber nicht, als ob man eine anzetteln würde. Trug man hingegen ein metallicblaues Nachthemd um den Kopf, wechselten die Leute die Straßenseite, denn so jemand war zu allem fähig.

Auf diese Weise hatte Paul mit Hubertine samstagmorgens eine völlig überlaufene Einkaufsstraße durchschritten wie Moses, der das Meer teilt. Leider war er bald von der Polizei aufgegriffen worden, musste in einer Ausnüchterungszelle schlafen und am nächsten Tag lange mit Psychologen reden. Das war der Tag gewesen, an dem Paul zum Dieb geworden war, indem er in einem Souvenirladen eine Baseballkappe hatte mitgehen lassen.

Diebstahl. Ein weiterer Punkt auf der Warum-ich-mich-töten-will-Liste.

Paul nahm sich vor, die blutschwarze, vollgekotzte Wanne zu entleeren, herumliegenden Müll zu entfernen und auch sonst die Werkstatt halbwegs in den betagten, aber ordentlichen Zustand zurückzuversetzen, in dem er sie damals vorgefunden hatte. Eine gewisse Ordnung in der Werkstatt würde einen positiven Effekt auf den Eindruck haben, den seine Leiche hinterlassen würde, und das konnte letzten Endes die Chancen auf die Rehabilitation seines Andenkens erhöhen.

Also, Arschloch, hier ist eine ganz einfache To-do-Liste für dich:
Ein letztes Mal aufräumen.
Die saubere Uniform anziehen.
Sterben.

TIBET

Paul hatte schon miese Laune, als er sich der Werkstatt näherte. Das verwitterte Holztor stand offen, Licht brannte. Leiser, fremder Krach drang heraus.

Er schlich sich an das Tor und spähte in die Werkstatt. Der weißgesichtige Golem saß im Schneidersitz auf dem Boden vor einem großen Rechteck aus Karton und wippte zu einem psychedelischen Asiabeat, der aus einem Mobiltelefon schepperte. Umgeben von einer Wolke feinen Farbstaubs, tauchte er Zeige- und Mittelfinger in das cyanblaue Pulver einer aufgebrochenen Druckerkartusche und verrieb es auf der Pappe zu einem großen Buchstaben. Dann nahm er sich die nächste Farbkartusche vor und knackte sie. Das Plastik barst und hüllte ihn in magentafarbenen Staub. Der Golem sprach, ohne den Kopf zu heben.

»Warum kommst du nicht rein, *Paul Paulsen*?«

Pauls Herz hämmerte, ihm wurde eiskalt. Die Golem-Göre hatte ihn erkannt. Das war's. Jetzt konnte sie jeden holen, Paul würde immer im Unrecht sein. Sie, das arme, unschuldige Ding, musste vor ihm, dem Perversen, unter allen Umständen geschützt werden.

Egal, wie viele Spindtüren sie mit Nägeln durchsiebt. Der, der geht, bist du.

»Woher weißt du meinen Namen?« Paul stellte die Frage nur, um das unerträgliche Vakuum zu füllen, in dem er trieb.

»Dein alter Polizeiausweis lag hier rum.«

»Ich bin kurz mal raus, und du kramst in meinen Sachen?!«

Klaras ganze Aufmerksamkeit floss in den großen, magentafarbenen Buchstaben, den ihre Hände malten. Zwischendurch fuhren ihre Finger zu ihren Segelohren und massierten geistesabwesend das grelle Pulver hinein.

»Er lag rum. Du wolltest ja nicht sagen, wie du heißt.«

Die hat keine Ahnung, wer du bist. Du kannst sie doch rausschmeißen.

Paul schritt in die Werkstatt wie ein Diktator, der eine Parade abnimmt. Sein Blick tastete die Umgebung nach neuen Veränderungen ab. Klara hatte sich auf der hölzernen Werkbank mit einer Yogamatte, einem dicken Schlafsack und einem Kopfkissen ein schmales, aber einladendes Bett gemacht. Paul baute sich so nah vor ihr auf, dass sie zu ihm hinaufschauen musste. Der nächste asiatische Song schepperte aus dem Handy. Er nervte mehr als der vorherige. Paul räusperte sich, so laut es ging.

»Nur dass das ganz klar ist: Das wird nicht passieren.«

»Was wird nicht passieren?«

»Hier übernachten. Das wird nicht passieren.«

»Ich kann ja rausgehen, wenn du dich umbringen willst.«

»Ich will mich nicht um…« Paul merkte, dass das zu nichts führen würde. »Das Pulverzeugs ist garantiert hochgiftig.«

Klaras Finger strichen einander umspielend einen weiteren Buchstaben auf die Pappe. Paul las, aber er konnte sich keinen Reim darauf machen, was *Ges Tib* bedeuten sollte.

»Und? Lief's gut heute mit dem Handel?« Paul bemühte sich, weder nett noch Anteil nehmend zu klingen.

»Nicht so.«

»Ich sag doch, das Zeug kauft keiner. Das war's dann wohl.«

»Quatsch. Es hakt nur an Punkt drei.«

»Punkt drei?«

Klara hielt Paul ihr plärrendes Smartphone ins Gesicht. Juchzende, verzerrte asiatische Mädchenstimmen nagten an seinen Nerven.

Er überflog den Text auf dem Display.

Zehn Do's und Dont's für dein Marketing. Punkt drei: Schaffe einen emotionalen Mehrwert. Je mehr emotionalen Wert du deinem Produkt gibst, desto weniger Argumente gibt es dagegen.

Paul nahm ein Paar Flip-Flops von der Wand und ließ es zwischen spitzen Fingern baumeln, als ob es Abfall wäre.

»Und was bitte schön willst du den Leuten erzählen, was für einen tollen emotionalen Mehrwert deine Plastiklatschen haben?«

»Dass sie gesegnet sind.«

»*Bitte?*«

Klaras stellte die Pappe auf und klopfte den losen Tonerstaub von den schnörkeligen, knallbunten Lettern.

»Meine Flip-Flops machen gute Laune und halten schlechte Menschen fern. Weil sie gesegnet sind. In Tibet.«

Sie drehte das Schild herum und stellte es an die Werkbank. Paul las *Gesegnet in Tibet.*

»Weißt du überhaupt, wo Tibet liegt?«

Klara kletterte mit den Tonerkartuschen auf ihr Nachtlager

und begann, mit ausladenden Bewegungen ein großes *Tibet* an die Wand zu malen.

»Tibet ist hier.«

»Das ist Betrug!«

Klara tippte flink auf ihrem plärrenden Smartphone und hielt es Paul dicht vor die Augen. Er blinzelte, als er las.

Ich segne jetzt und muss bei mir bleiben. Du bist zu negativ. Ich darf nicht mit dir reden.

»Bitte?! Nur spirituelle Menschen haben ein Recht zu segnen. Das sind ganz besondere Menschen!«

Klara tippte.

Wer sagt, dass ich nicht besonders bin?

»Du bist ja kein Buddha. Nur irgendein Kind.«

Ich lade jeden Flip-Flop mit meinen besten Gedanken auf.

»Wenn du es wirklich ehrlich meinst, nimm dir doch einen von den Mönchen, die immer am Bahnhof rumbetteln. Das sind sogar Tibeter, glaub ich. Lass so einen deine Schlappen segnen. Und hör mit der Scheißtipperei auf!«

Mit großen, ostentativen Bewegungen, wie bei einem meditativen Sitztanz, gaben Klaras Hände *Tibet* einen grellgelben Schein.

Paul stand noch eine Weile aufgeplustert vor ihr, bis er begriffen hatte, wie nachhaltig er sich ins Aus belehrt hatte. Außer Kraftausdrücken und Androhung von Prügel fiel ihm nichts weiter ein, das aussichtsreich Gehorsam erzwungen hätte, aber er war für beides zu müde.

Klara rutschte von der Werkbank, nahm Paul die Flip-Flops aus der Hand und lud sich an der Spindwand den ganzen Arm voll, um damit zurück auf ihr Lager zu klettern. Unbeeindruckt von Pauls Anwesenheit, legte sie sich ein Paar an die Stirn, wogte wie Seegras zu den juchzenden asiatischen Mädchenstimmen und begann, ein Mantra zu murmeln.

Als Paul sprach, klang es schriller als beabsichtigt. »Mach endlich den Krach aus!«

Klaras entrückter Blick streifte Paul nur kurz, ihre bunten Finger betteten das gesegnete Paar Flip-Flops auf den Schlafsack, streichelten darüber, wanderten in eine Tasche ihres Hoodies und förderten ein Paar Ohrhörer zutage. Sie stiegen in rhythmischen Schlangenlinien auf, bis sie in die Ohren gestopft waren. Klara hielt sich das nächste Paar Flip-Flops an die Stirn und murmelte ein neues Mantra.

Paul marschierte zum Lichtschalter, schlug darauf und warf sich auf die Matratze. Eine Weile lag er steif im Halbdunkel und tat, als ob er schlief, während er Klara aus kleinen Augenschlitzen beobachtete. Im fahlen Licht der Straßenlaterne aus dem Oberlicht des Tors segnete sie ein Paar Badelatschen nach dem anderen mit ihrem Singsang.

Irgendwann war Paul so gereizt, dass ihm der Gestank der Matratze unerträglich wurde. Er sprang auf, stemmte die Matratze unter Ächzen auf die Kante und ließ sie auf die andere Seite fallen, ohne dass sich Klara in irgendeiner Weise ablenken ließ. Die Rückseite der Matratze war genauso spakig wie die Vorderseite, aber sie stank nicht so sehr. Paul warf sich wütend darauf. Und schrie.

Das nadelspitze Ende einer Sprungfeder, deren Verankerung abgerostet war, hatte sich tief in seinen Oberschenkel gebohrt. Klara sang das nächste Mantra. Paul zwang sich, nicht zu stöhnen, bis er sich in die Richtung gewunden hatte, in der der rostige Dorn der Bettfeder aus seinem Fleisch sprang.

Du stirbst an Wundstarrkrampf. Dahingerafft von einer Bettfeder. Was für ein bescheuertes Ende! Dahingerafft von der Feder des Todes. Fe-des-To.

Paul presste die Hand auf die Wunde und rollte sich an den Rand der Matratze.

Der Golem muss weg!

Er könnte Klara an den Haaren aus der Werkstatt zerren. Aber schwach, wie er war, würde sie ihm wahrscheinlich in die Eier treten und weglaufen. Das wäre schmerzhaft, aber sie wäre erst mal weg. Nur dass sie dann irgendwem wilde Geschichten erzählen würde. Und irgendwer würde dann kommen, und das wäre schlecht.

Er könnte auch einfach warten, bis sie eingeschlafen war. Am Fuß der Werkbank stand ihr Rucksack. Würde er darin ihre Adresse finden, würde er ihren Eltern einen Besuch in Dienstkleidung abstatten und sie ordentlich einschüchtern. Er würde ihnen einen gehörigen Text über ihre schräge Tochter erzählen, sie würde lange Hausarrest bekommen und die Lust verlieren, wiederzukommen. Zu viel *würde*.

Er könnte sie einfach im Schlaf erschlagen. Mord wäre nur ein weiterer Punkt auf der Warum-ich-mich-töten-will-Liste. Und als angehender Selbstmörder war er ja ohnehin bereits eine Art Mörder. Allerdings, wenn er sie und etwas später dann sich umgebracht hatte und man sie beide fand, würde man etwas folgern, von dem er auf keinen Fall wollte, dass es gefolgert wurde. Außerdem wollte er mit niemandem gefunden werden, schon gar nicht mit ihr.

Paul schwor sich, wach und wütend zu bleiben.

Zwei Minuten später ließ ihn Klaras monotoner Singsang wegdämmern.

Eine Zwölfjährige umbringen.

Im Traum stand Paul auf einem düsteren, endlosen Schrottplatz, von dem er wusste, dass es seine Seele war.

SAUDADE

Sonia hatte die Bedeutung des Größenunterschieds unterschätzt. Seit mehreren Minuten tanzte sie eng umschlungen mit dem Südländer, und der Größenunterschied hatte ihre Konversation im wahrsten Sinne erstickt. Nicht dass sie interessant gewesen wäre, aber der Südländer hatte bisher keinen Versuch unternommen, sich oder sein Tun vorzustellen. Er war einfach abgetaucht. Sonia startete einen Standard.

»Wo kommen Sie her?«

Der kleine, kompakte Mann zog sein gebräuntes Gesicht aus Sonias atemberaubendem Dekolleté.

»Vone meine Jaht.«

»Mir war nicht bekannt, dass diese Stadt einen Hafen hat.«

Aureo grinste Gold. Seine gesamten Zähne bestanden daraus.

»De Jahte hate Helikopta.«

Sie drehten sich einige Male wortlos.

»I eisse Aureo. Wie eisse du?«

»Sonia.«

»Ssonia … wie Ssonne?« Aureo sprach mit Sonias Busen, dessen Form und Größe jenseits glaubwürdiger Natürlichkeit lag. »Ssage Ssonia …«

»Ist echt. Was machen Sie hier?«

Aureo presste die Lippen zusammen wie einer, der nicht weinen möchte, seine buschigen Augenbrauen trafen sich an der Nasenwurzel zu einem bittersüßen Rendezvous.

»De Saudade. Iste faste wie ssu Hause.«

Aureo schmachtete Sonia an. Sie nickte. Glücklich bettete er seine Wehmut zurück in ihren Busen.

Nach weiteren sprachfreien Umdrehungen fischte Sonia ihr Smartphone hinter Aureos Rücken aus ihrer Handtasche, parkte einen Arm auf seiner Schulter und gab *Saudade* als Suchwort ein.

Die Freude, traurig zu sein.

Sie lauschte dem gehauchten Tango der seltsamen Band, dem sinnlichen Schmerz, der aus ihren Instrumenten tropfte, und der rauchigen Qual ihrer Sängerin.

Nachvollziehbar.

Sonia fand es seltsam, dass es in ihrer eigenen Sprache kein solches Wort gab. Melancholie war Teil ihrer Volksseele. Obwohl, eigentlich war es blanke Schwermut.

»Dann sind Sie also Portugiese.«

»Brasileiro. Woe komme due her?«

»Sankt Petersburg.«

Aureo steckte zwischen ihren Brüsten und kam offenbar zu keinem Ergebnis.

Sonia half. »Russland.«

Aureo tauchte auf. »Aber du sprecke Alemão wie Alemão.«

»Ist ja nicht schwer.«

»Aber du sprecke sso gut. Seite wane sprecke du?«

Sonia rundete auf. »Zweiundfünfzig Stunden.«

Aureo war sicher, nicht richtig verstanden zu haben, aber er hatte sowieso das Gefühl, dass Sonias Horizont deutlich breiter war als seiner, und mochte nicht weiter nachfragen.

»Wasse mache du hiere?«

»Ich nehme an einem Symposium der Quantenphysik teil.«

»Was iste dase?«

»Ein Treffen von Leuten, die sich mit sehr kleinen und sehr großen Dingen beschäftigen.«

Aureo wurde traurig. Er würde nicht begreifen, was Sonia meinte, selbst wenn sie perfekt Portugiesisch spräche. Glücklich darüber, traurig zu sein, tauchte er sein schweißperliges Gesicht zurück in ihren perfekt gewölbten Samt, wo die traurige Gewissheit seiner Begrenztheit neue Dimensionen annahm und sein Herz zu sprengen drohte. Sachte schob er sie von sich. Sonias Arm fiel von seiner Schulter.

»Was ist los?«

Aureo hatte Tränen in den Augen. »Is werde di immer liebe, Ssonia. Aber i bine ssu … dumm.«

»Bisher hat es nicht gestört.«

Aureo wandte sich ab. »Tute mire leide. Es musse seine.« Er schlang die Arme um sich, schwelgte im Tango und schluchzte vor sich hin.

Sonia wartete noch einen Moment, ob er seine Meinung änderte, dann ging sie an die Bar.

Aureo war unglaublich glücklich, dass er so unglaublich traurig sein durfte. Er hatte die größte Liebe seines Lebens gefunden und die Kraft gehabt, sie gehen zu lassen. Ein so großer Intelligenzunterschied war unabänderlich, aber keiner von beiden hatte Schuld daran. Ihre Liebe war auf ewig zukunftslos. Ab jetzt würde Aureo es immer fühlen, dieses zehrende Verlangen, das so viel stärker war als irgendein Leben zu zweit, welches sich zwangsweise abnutzen und letztlich in monotonem Grau versinken würde. Seine große Liebe Sonia. Auf ewig würde sie sein Herz zum Rasen bringen. Für immer würde sie der Stein im Schuh seiner Seele sein. Es war herrlich. Er würde die Sehnsucht nie wieder suchen müssen.

»Zweihundert.«

Lolita ragte neben Aureo auf. Er sinnierte, schließlich zog er zwei Hunderter aus einer weit aufgebogenen Geldklammer, umschloss ihre Taille und drückte sein Gesicht auf ihr Bustier. Das Korsett war hart wie ein Harnisch, und die ledernen Schnüre pressten Rauten in sein Gesicht. Der Schmerz von Verlust nahm neue Dimensionen an.

Sonia bestellte Wodka. Sie musste zugeben, dass sie Aureos Reaktion nicht hatte kommen sehen, nicht einmal als Möglichkeit in Betracht gezogen hatte. Seltsames Ding, diese Saudade. Unberechenbar, und doch nachvollziehbar.

Sonias Hand fuhr unter ihre Perücke, um den Kopf zu kratzen.

PLAT DU JOUR

»Keine Speisekarte?«

»Heute und morgen bieten wir nur ein einziges *plat du jour*, dafür aber ein einzigartiges.«

»Das nenne ich Entscheidungsfreiheit … Fahren Sie fort.«

»C'est un *ciel plein de violons*, ein Himmel voller Geigen.«

»Französisch ist mir geläufig, merci. Inspirierter Titel. Qu'est-ce que c'est?«

»Eine aufwühlende Sinfonie von Gartengemüsen, begleitet von einem Orchester erlesener Zutaten, reduziert auf ein wahres Crescendo von einer Jus, an einer Kantate, was sage ich, einem Engelsgesang von einem Filet.«

Der Mann quittierte die Darbietung mit einem distinguierten Nicken, als er von trockenem Husten geschüttelt wurde. Er sog an einem Inhalator, um gleich wieder zu seinem Respekt gebietenden Habitus zurückzufinden. »Stammt das Filet aus biologischer Aufzucht?«

»Soweit ich weiß, wurden ihm zuletzt keine Medikamente oder Ähnliches verabreicht. Nur ein wenig Harz.«

»Wurde es frei laufend gehalten?«

»Ich habe es frei laufen sehen, ja.«

»Na dann … D'accord, je voudrais bien le ciel plein de violons, s'il vous plaît.«

Als Eckerd gegangen war, ließ der Mann drei Brausetabletten in seinen Barolo fallen. Dann drückte er noch verschiedene andere Tabletten aus ihren Plastikstreifen, bis sich in seiner Handfläche ein kleiner Hügel türmte. Sein ausgeprägter Adamsapfel wippte, als er sie mit wenigen großen Schlucken des rosa schäumenden Weins hinunterspülte.

21:43

Paul träumte.

Leider nicht von Bärenmutter-Babette, sondern von der Stimme im Schwarz. Der Stimme, die an allem schuld war. Die hohe Männerstimme war ganz nah bei ihm, sie flüsterte, sanft und rau, immer wieder, fast wie ein Reim.

»*Hamster, kleiner Hamster.*«

Der, dem die Stimme im Schwarz gehörte, machte etwas mit Pauls Hals, das wehtat. Paul versuchte, sich zu entziehen, aber er konnte sich nicht bewegen. Plötzlich war die Stimme weg, und Paul wusste, dass jetzt das Schlimme begann. Das Schwarz lichtete sich, und Paul starrte auf viele kleine Lackschuhe vor ihm auf einem hässlichen Teppich. Er selbst lag auf etwas Weichem, Feuchtem. Er hob seinen tonnenschweren Kopf und starrte in die pechschwarzen Augen der hamstergesichtigen Dreijährigen in ihren überbordenden Rüschenkleidchen, die auf ihn herunterstarrten. Hinter ihnen wuchsen böse Türme in größeren Kleidern, und als sie realisiert hatten, dass Paul nackt war, stießen sie schrilles Fauchen aus, das zu einem Kreischen anschwoll, bis sich eine riesenhafte, rasselnde Silhouette durch den Pulk aus quiekenden Prinzessinnen und kreischenden Türmen schob. Tausend Blitz Gorden, ein Hüne aus tausend klappernden Kameras und scheppernden Blitzgeräten, stapfte auf Paul zu. Er feuerte Salven aus gleißendem Licht, die Pauls Augen tränen ließen. Und als er sich ganz nah an ihn herangearbeitet hatte, zündete er alle Blitze auf einmal. Pauls Sehnerven schrien nur noch *Weiß*, und das nagende Sirren und Klicken von tausend Auslösern zersetzte ihn, zersetzte, wer er war.

Schweißgebadet schreckte Paul auf. Seine Kehle klebte, und sein Hunger nahm langsam bedrohliche Formen an. Er schleppte sich in den Waschraum und hielt sich die Nase zu, als er an seinem Erbrochenen vorbeikam, das in der Zinkwanne auf dem blutschwarzen Wasser trieb. Er trank Rostbraunes aus dem Hahn unter dem Badschrank und fragte sich, wie lange er geschlafen hatte. Die Golem-Göre saß immer noch auf ihrem Lager, aber sie murmelte keine Mantras mehr. Sie atmete tief und gleichmäßig, ihr Kopf lag schwer auf einem Paar Flip-Flops, das sie in den Händen hielt, die Ellenbogen auf die Knie gestützt.

Paul schlich an sie heran und tastete vorsichtig nach ihrem Mobiltelefon, von dem aus immer noch ein Ohrstöpsel zu ihrem pinken Ohr führte. Er tippte auf den Screen. 21:43.

Wenn er Glück hatte, konnte er einen Kiosk oder einen Supermarkt finden, der noch aufhatte. Oder eine Pommesbude.

Paul hockte sich vor den Rucksack des Golems, der an einer Seite der Werkbank lehnte, zog möglichst lautlos den Verschluss auf und redete sich ein, dass er nach Klaras Adresse suchte. Er ertastete Bücher und Hefte.

Schulsachen, sieh an.

Klara Meyer. Gut zu wissen. Aber keine Adresse.

Paul förderte eine Federmappe zutage. Innen steckten ein Zwanziger und zwei Zehner hinter einer Reihe von Buntstiften.

Ein Zug raste über die Werkstatt hinweg. Paul duckte sich.

Wenn der Golem jetzt von dem Lärm hochschreckte und ihn sah, wie er das Geld aus dem Rucksack stahl …

Wie unfassbar erbärmlich.

Paul wurde schlecht von dem Gedanken. Er wartete, bis der Lärm sich so weit entfernt hatte, dass er Klara schnarchen hören konnte. Dann stahl er dreißig und verstaute die Federmappe wieder im Rucksack.

Bestehlen einer Zwölfjährigen. Definitiv ein Punkt für die Warum-ich-mich-töten-will-Liste.

Paul schob sich durch das marode Tor, um in den dichten Regen zu treten.

Einen Moment später glitt Klara von der Werkbank, schlich zum Tor, spähte hinaus und wartete, bis Paul hinter der nächsten Ecke verschwunden war.

Dann folgte sie ihm.

ENTSORGUNGSFRAGE

»Und? War alles recht?«

Eckerd nahm Teller, Besteck und das Rotweinglas mit dem Rest von rotem Schaum auf. Der Mann sah ihn traurig aus dunkel geränderten Augen an.

»Es war gut. Unheimlich gut.«

»Wenn ich ehrlich bin … Sie sehen eher … deprimiert aus.«

»All die Freude schon passé. Wen könnte das nicht deprimieren? Aber Sie haben nicht übertrieben, Material und Zubereitung waren exquisit. Was für ein feines, unkonventionelles Aroma das Filet entfaltete! Mit einem Hauch von Bitternis am Ende, wie das Leben selbst. Sehr unkonventionell. Ich frage mich, ob es von der genialen Wahl der Quelle, speziellen Umständen der Aufzucht oder der Zubereitung herrührt.«

»Ich kann gerne fragen gehen.«

»Ich glaube, mich macht das Geheimnis reicher als die Antwort. Bitte übermitteln Sie dem Koch, dass er ein Künstler ist in meinen Augen.«

»Das wird ihn sehr freuen. Kann ich noch was für Sie tun?«

Der Mann sah Eckerd durch müde Lider tief in die Augen.

»Sind Sie sich der Tragweite Ihrer Frage bewusst?« Er hielt Eckerd seine Hände hin.

Es waren ausdrucksstarke Hände mit langen, feingliedrigen Fingern. Künstlerhände. Aber ansonsten fiel Eckerd nichts Besonderes an ihnen auf.

»Die sehen doch gut aus.«

»Diese Hände werden bald krumm und knotig sein. Der Verfall ist in vollem Gange.« Der Mann zeigte auf Marthe. »Nehmen Sie die wunderschöne Rothaarige da hinter der Bar. Sehen Sie die blütenzarte, schwach bläuliche Schattierung unter ihren herrlich tiefgrünen Augen? Man könnte sie verwegen finden. Erste Zeichen echter Reife. Erotisch! Sie könnten sagen, es ist nur eine leicht aufzuholende Übernächtigung. Ich sage, es sind Vorboten! Das werden bald Tränensäcke sein. Ich sage Ihnen, *reif* ist nichts als ein feiges Wort für *welk*. Früher habe ich gelebt, um anderen ein Andenken zu werden. Ich habe gezählt, wie viele wohl kämen, an meinem Grab zu weinen. Später zweifelte ich, ob überhaupt jemand kommen würde. Am Ende bin ich zu der Überzeugung gelangt, dass ich nur eines sein werde: ein Ärgernis. Und letztendlich eine Entsorgungsfrage. Welcher Sadist hat sich diese Hölle ausgedacht? Und das wird immer so weitergehen, bis es alle begriffen haben und den kollektiven Freitod wählen. Sie werden den Planeten freigeben für die nächste Spezies, die dann ein paar Millionen Jahre später der gleichen Hölle gewahr wird, bis die alte, rote Sonne sich irgendwann aufbläht und alles Leben auf der Erde verdampft. Und jetzt kommen Sie und fragen mich, was *Sie* für *mich* tun können?«

»Wäre eine Einladung an die Bar ein Anfang?«

»Was sollte mich dort anderes erwarten als die unerträgliche Banalität unreflektierter Geister? Gespenster, möchte man sagen!«

»Wie wäre es mit mehr schwerem Rot?«

»Sie wissen zu überzeugen! Wohl dem, der Vergessen bietet! Wie nennt sich mein Wohltäter?«

»Eckerd.«

»Felix.«

»Heißt das nicht *der Glückliche*?«

Felix folgte Eckerd zur Bar. »Ich sagte doch: Welcher Sadist hat sich diese Hölle ausgedacht?«

Der Mann mit dem italienischen Markensakko und der dazu völlig unpassenden neonorangen Baseballkappe hatte sich den Himmel voller Geigen an die Bar bestellt und ihn in den kurzen Momenten zufrieden genossen, in denen er Sonia nicht verstohlen angestarrt hatte. Als Eckerd kam, stopfte er sich den letzten Bissen in den Mund.

»Das Filet hatte echt attitude. Wahnsinns-in-mouth-satisfaction. Fancy aftertaste! Wie viele Sterne hat der Koch?«

Eckerd nahm den Teller des Mannes auf.

»Wie viele Sterne würden Sie ihm denn geben?«

»Volle fünf.« Er sprach gedämpft, als er sich zu Eckerd lehnte. »Echt ne krasse Location hier, Respekt. Ziemlich uniques Styling hier. Und awesome food! Aber ihr müsstet wirklich was für eure brand recognition tun. No offence, aber ich hatte euren Laden gar nicht auf dem Zettel. Ihr fliegt komplett unter dem Radar. Ich bin übrigens Winfried.«

Er bleckte seine zu weißen, zu langen Jacketkronen zu einem Lächeln, und als es breit wurde, sah es aus, als ob es wehtat. Kinn und Jochbein seines kartonbraunen Gesichts waren bunt von blauen Flecken, quer über einer Augenbraue verdeckte ein Pflaster eine geklammerte Platzwunde.

»Freut mich. Eckerd.«

»Nenn mich Winnie. Machen alle meine friends.«

Eckerd sah auf Winnies Blessuren. »Bist du Boxer?«

»Nope, ich bin Marketeer. Also war ich, bis ich nen visionary flash hatte. Jetzt bin ich Entrepreneur.«

Eckerd nickte respektvoll.

Winnie beugte sich zu Marthe, schob ihr einen Schein hin und zeigte den Tresen entlang auf Sonia. »Hey, Beauty, machst du dem Babe da bitte was mit Wow-Faktor? Something creative, you know?«

Marthe hielt ein übergroßes grelltürkises Cocktailglas hoch. Winnie gab ihr ein Daumen-hoch und ein rechteckiges Grinsen.

LENR. Low energy nuclear reactions. Kalte Fusion. Sonias Daumen wischte durch eine Reihe von Blogs, in denen sich eine Gruppe chinesischer Teilnehmer des Symposiums mit einem angeblich erfolgreichen Experiment zur Erzeugung unendlicher sauberer Energie brüsteten. Dabei saugte sie an dem pompös überdekorierten Tropic Thunder, den Winnie spendiert hatte, weil ihr Outfit so superslick war, dass es einen Drink verdiente. Nur so aus respect.

Sonia hatte sich den Drink spendieren lassen, aber das war's. Jetzt hing Winnie neben ihr am Tresen, und sein Hirn baute angestrengt an einer mega catch phrase. Eine hook line mit instant anchoring effect.

»Und? Was machst du so?«

»Ich bin Physikerin und nehme an einem Symposium teil, welches Möglichkeiten der Energieerzeugung durch quantenmechanische Effekte auslotet. Was ist mit Ihrem Gesicht passiert?«

»Ach, das war … just a little miscommunication. Klingt swag, was da bei euch abgeht. Wo ist denn deine Posse? Chillt ihr nicht zusammen nach so nem Event?«

Sonia extrapolierte, was das Gesagte heißen konnte. »Ich bin mit meinem Mentor verabredet.«

»Cool. Mach ich übrigens auch, mentoring … Wann kommt er?«

»Er kam nicht.«

»Ping ihn doch an.«

»Er hat kein Telefon.«

»Dann launch ne search in euren social networks.«

»Man kennt nur sein Werk.«

Sonia flog durch die Protokolle der Panels, die parallel zu denen stattgefunden hatten, die sie besucht hatte. Winnie sah irritiert zu, wie Sonia mit rapiden Augenbewegungen Seite für Seite in Sekundenbruchteilen scannte.

»Sag mal, Symposium … das ist ein chemisches Element, oder?«

»Möglich. In einem Paralleluniversum.«

Sonia sog an dem Tropic Thunder, ohne dass sich der rasend schnelle Wechsel von Webseiten, Tweets und Blogs verlangsamte. Winnie lehnte sich auf den Tresen, um in ihr Blickfeld zu gelangen.

»Du bist so bright. Lass uns reden. All night long.«

»Was würden Sie beisteuern?«

Winnie überlegte. »Lass uns einfach die Bar rauf und runter boozen.«

»Falls mit boozen trinken gemeint ist, mein Körper hat bei der Verstoffwechselung von Ethanol klare genetische Vorteile, zudem addiert der Fettanteil in meinem überproportionierten Brustgewebe eine beträchtliche Toleranz hinzu. Nur für den Fall, dass Sie sich nach dem Rauf und Runter ein Rein und Raus versprochen hatten.«

»Sexy, dass du so straight out bist … Sind übrigens echt krass, deine beiden genetischen Vorteile.«

»Dass ich Russin bin, und was noch?«

»Ah … Du musst mich für einen Höhlenmenschen halten.«

»Eher für ein System geringer Entropie.«

»Ist das gut?«

»Es ist Material niedriger Energie in einem vorhersagbaren Zustand.«

»Das ist schlecht, oder?«

Sonia hängte sich die Handtasche in die Armbeuge. »Das ist gut. Das Symposium fängt früh an. Spokoynoy nochi.«

Winnie sah zu, wie Sonias unfassbare Form den Raum verließ, bis ihm auffiel, dass Aureo ein paar Hocker weiter ihr ebenfalls hinterherstarrte.

Winnie prostete ihm zu. »Cheers! Auf die arrogante bitch mit boobs from heaven!«

Aureos Blick klebte immer noch am Vorhang. »Iste muito intelligente.«

»Na, so wit war die nun auch wieder nicht.« Winnie nahm einen großen Schluck aus Sonias Tropic Thunder. Kurz darauf fühlte er, dass seine Entropie noch einmal deutlich abgenommen hatte.

Spinat. Und Schafskäse, wahrscheinlich.

Paul konnte genau sehen, dass in der Auslage unter dem Butterbrotpapier Börek lagen. Er klopfte an die Scheibe des türkischen Gemischtwarenladens, und als niemand kam, rüttelte er an den Gittern, dass es schepperte.

Irgendwann kam eine ältere, korpulente Frau in Lagen von gemusterten Stoffen aus einem Hinterzimmer. Sie wischte den Boden, aber es sah aus, als ob sie von ihrem Mopp auf monotonen Bahnen durch den Verkaufsraum gezogen wurde.

Paul rief, aber die Frau ließ durch nichts erkennen, dass sie ihn wahrgenommen hatte. Als der Mopp sie nah am Fenster vorbeizog, klopfte und winkte Paul wie wild. Der Mopp hielt, und die Frau sah ihn an. Paul war fleischgewordene Verzweiflung, aber in dem Blick der Frau lag nicht der geringste Antrieb nachzufragen, was er wollen könnte. Als ob er nur ein Fernsehbild war.

Das ist, was von dir übrig ist. Ein Fernsehbild.

Pauls Hunger ließ ihn sich noch eine Weile zum Affen machen, selbst nachdem der Mopp die Tücherfrau längst wieder ins Hinterzimmer gezogen hatte.

Paul lehnte am Gitter. Er hatte noch nie jemanden gesehen, der seine Umwelt so wenig auf sich bezog. Der nur *existierte*, nicht mehr und nicht weniger. Er überlegte, ob so ein Zustand eine Alternative zu Selbstmord sein konnte und wie er sich erreichen ließ. Zum Beispiel, indem er das Kopfanschlagen intensivierte. Wenn er was gegessen hatte, würde er darüber nachdenken. Noch konnte er ja.

Alle Supermärkte und Kioske, an denen Paul vorbeigekommen war, waren schon geschlossen gewesen. Er hatte dreißig in der Tasche. Er konnte in jedes günstige Restaurant gehen, aber er würde lieber verhungern, als sich noch einer Demütigung auszusetzen, falls ihn jemand erkannte und eine Szene machte. Andererseits würde er vermutlich allein aufgrund seines Geruchs gar nicht erst hereingelassen werden.

TAUSEND

Boah!

Viel besser, als was Mama kochte. Aber das würde er ihr nienie sagen. Es war so lecker, dass er aufpassen musste. Mama sagte immer, dass er dumm war, weil er nie aufpasste. Aber er wusste einfach nicht, *wann* man aufpassen musste. Er aß immer ganz große Gabeln ganz schnell, und dann war alles ganz schnell weg. Aber heute war er schlau. Er schnitt nur kleinekleine Stückchen ab, damit von dem Leckeren langelange was blieb.

Waldo gluckste vor Glück. Er war schlau, es war lecker, und sie kam durch den Vorhang. Waldos speckige Finger kraulten Luft.

»*Lolita!*«

Lolita schwebte an den Tisch. »Na, Waldo? Hast du Mamas Portemonnaie wieder?«

Waldo wedelte damit. »Jaaa. Setzt du dich? Bittebitte.«

»Dreißig.«

»Gestern hast du zwanzig gesagt. Mit probieren.«

Lolita fixierte Waldo, bis sie dreißig auf der Hand hatte, glitt auf den Platz neben ihm und beobachtete mit wachsender Abscheu, wie Waldo ein Stück Fleisch auf die Gabel pikte und es von allen Seiten in die dicke Jus tunkte, um es ihr hinzuhalten.

»Das *musst* du probieren.«

Lolita wandte sich ab.

Waldo wedelte mit der Gabel vor Lolitas Mund. »Probier. Du musstmusstmusst!«

»*Tausend.*«

Waldo sah das Stück Fleisch auf der Gabel besorgt an. »Das ist aber viel. Ist was damit?«

Eckerd hielt am Tisch.

»Hält der Himmel voller Geigen, was ich versprochen habe?«

»Er ist toll, aber Lolita will nicht probieren.«

Eckerd runzelte die Stirn in gespielter Entrüstung. »Will sie nicht?«

»Gestern hat sie sich gesetzt, probiert und zwanzig genommen. Heute will sie tausend.«

Eckerd hob eine Braue. »*Tausend?* Ist es denn so schlecht?«

Lolita fixierte Eckerd. »Hast du nichts anderes zu tun?«

Waldo zog eine Rolle Hunderter aus dem Stoffportemonnaie und schob sie Lolita hin, dann hielt er das Fleisch wieder nah vor sie. Lolita wand sich, aber Waldos Gabel folgte beharrlich ihrem Mund. Eckerd beugte sich ganz nah zu Lolita herunter.

»Tausend für ein Stückchen Fleisch. Das ist historisch.«

Lolita funkelte Eckerd böse an. Waldo berührte mit dem Fleisch Lolitas Mund und cremte ihn mit Jus ein.

»Komm! Der Koch kocht besser als Mama!«

Bebend zogen Lolitas Zähne das Fleisch von der Gabel, ihre Zunge versuchte, es ohne Umwege direkt in den Schlund zu befördern, aber schließlich konnte sie nicht anders, als es fest an den Gaumen zu pressen, sodass die feinen Fasern bereitwillig ihren Saft abgaben, der, vereint mit der reichen Jus, einfach umwerfend schmeckte.

Eckerd beugte sich neugierig zu ihr. »Und, wie ist es?«

Das Aroma des reinen Fleischs war köstlich, aber im Nachgang offenbarte sich eine fremde, bittere Note. Lolita wurde heiß, und ihr Puls raste, ihr Körper wusste, wessen Fleisch es war. Lolita musste würgen, hinter vorgehaltener Hand schluckte sie das Stückchen mit offenem Mund hinunter, leerte Waldos Wein in einem Zug, sprang auf und entfernte sich mit schnellen Schritten.

Waldo sah ihr verständnislos hinterher, dann zupfte er Eckerd am Ärmel.

»Du sagst Mama doch nicht, dass ich gesagt habe, dass der Koch besser als Mama kocht, oder?«

»Beim Grab meiner Mutter, nein!«

Waldo seufzte erleichtert.

Raphael hatte Kopfschmerzen, als ob ihm ein ganzer Tross muskulöser, schwitzender Gleisarbeiter Schienennägel in die Hirnrinde trieb. Zumindest stellte er sich das so vor. Sie hatten alle enge orange Tops an, ansonsten waren sie nackt.

Er hatte gedacht, wenn er sich schon verkriechen musste, würden wenigstens die Verbrechen aufhören. Wenn man aus allem raus war, gab es keine dummen Gelegenheiten mehr, keine offenen Rechnungen, keine schlechten Einflüsse. Und jetzt das. Das Schlechte verfolgte ihn. Es klebte an ihm. Es fraß sein Gesicht.

Ein vergnügliches Pfeifen sagte Raphael, wer unter dem halb geschlossenen Rollo der Durchreiche in die Küche schaute.

»Na, was geht? Alles okay?«

»Gar nichts ist okay. Es ist ekelhaft.«

»Was ist ekelhaft?«

»Was wohl?! Ich brate Menschenfleisch!«

Eckerd verschwand hinter der Durchreiche, um kurz darauf in der Küche wiederaufzutauchen, wo er eine große, starke Hand auf Raphaels knochige Schulter legte.

»Unsere Gäste finden es gar nicht ekelhaft. Im Gegenteil.«

»Dann sag ihnen doch mal, was sie da essen. Sie werden es dir vor die Füße kotzen. Und dann lynchen sie uns alle. Aber wem erzähl ich das. Der Herr wacht ja über uns.« Raphael wurde von einem Schluchzen geschüttelt.

Eckerd stellte sich neben den Herd, sodass Raphael ihn ansehen musste.

»*Sorget nicht für morgen, es ist genug, dass jeder Tag seine eigene Sorge habe.* Das ist Matthäus sechs vierunddreißig.«

Raphael bekam einen Weinkrampf. Eckerd ging etwas in die Knie, um ihm direkt in die Augen sehen zu können.

»Was meinst du, was ich für Gewissensbisse hatte. Ich habe das einzig und allein für Frank getan. Es ging ihm so schlecht. Und es wäre nie besser geworden. Aber jetzt ist es vorbei. Er ist jetzt bei Ihm. Was meinst du, wie ich um ihn geweint habe.«

»Gepfiffen hast du.«

»Um das Gewicht meiner Aufgabe ertragen zu können, ja.«

»Und was ist mit dem, was ich zu tragen habe?!«

»Nur mal so … Dein erster *ciel plein de violons* war für einen Dichter oder Schauspieler, jedenfalls einen sehr feingeistigen Menschen. Willst du wissen, was er gesagt hat?«

Raphael schluchzte. »Was denn?«

»Er hat darauf bestanden, dass ich dem Koch für seine Kunst danke. Er hat *Kunst* gesagt. Er findet, dass du ein *Künstler* bist. Und Waldo hat gesagt, dass du besser kochst als seine Mama.«

»Oh, wirklich?«

»Aber er bittet darum, dass wir es für uns behalten.«

Raphael riss ein Papier von einer Küchenrolle und schnäuzte sich die Nase.

»Klar, ich sag's nicht weiter. Wem auch.«

»Ach ja, und ein Entrepreneur hat gefragt, wie viele Sterne du hast.«

Raphael reckte den Hals. »Oh. *Hat* er das?«

»Er hat nicht gefragt, *ob* du Sterne hast, sondern *wie viele*.«

Raphael tupfte sich die Tränen, schlenkerte mit dem Spielbein und wedelte mit abgeknicktem Handgelenk. »Jetzt erzählst du aber Quatsch. Du willst mich nur aufmuntern.«

»Klar will ich das. Aber deswegen ist es ja noch lange nicht gelogen. Machst du noch zwei Geigenhimmel?«

»Jep … okay … Geht klar. Dann ist das Filet aber aus. Dann gibt's nur noch Steak, Hüfte und Hack. Und … Eckerd?«

»Was denn?«

»Danke, dass du mir das erzählt hast. Das war sehr lieb von dir.«

»Ehre, wem Ehre gebührt.« Eckerd ging pfeifend zur Tür.

Raphael sah ihm nach. »Und … Eckerd?«

»Was?«

»War meine Musikauswahl gut bisher? Ich meine, ich hör's hier drinnen ja anders als draußen und sehe ja auch nicht, wie's ankommt.«

»Sie ist hervorragend.«

»Ah, gut. Gut. Besser als die Band? Die spielen ganz schön schräg manchmal.«

Eckerd schob sich rückwärts durch die Schwingtüren. »Anders. Erfrischend anders. Du machst das super!«

Eckerd verschwand hinter dem Regal, das den Ausgang von der Küche trennte. Die Flügel der Küchentür wurden aufgestoßen und schwangen unterschiedlich aus, sodass sich ein Rhythmus ergab.

Raphael schnalzte den Rhythmus, schnippte dazu mit den Fingern, drehte eine Pirouette zu einem der hohen Kühlschränke, nahm die letzten beiden Frank-Filets heraus und ließ sie mit Verve in zwei heiße Pfannen gleiten.

Dann probierte er ein Kunststück mit der Pfeffermühle, während er eine Melodie pfiff, von der er vergessen hatte, woher er sie kannte.

Es war Eckerds Melodie.

DÉJÀ-VU

Wieder Regen.

Lolita war es recht. Es mussten nicht noch mehr kommen. Innen war der Reigen in vollem Gange und schon wenige Runden würden sich lohnen.

Sie sog den Rauch ihrer Zigarette bis auf den Grund ihrer Lungen, dann hielt sie inne. Jemand kam geduckt durch den Regen auf sie zugerannt. Noch ein magerer Mann.

Er blieb auf der anderen Seite der Kreuzung stehen, breitete die Arme aus und legte den Kopf in den Nacken. Einige Minuten stand er so da. Ab und zu schüttelte er den Kopf, dann stand er wieder still.

Der Mann bemerkte es nicht, aber hinter ihm näherte sich eine zweite Gestalt. Lolita beobachtete, wie sie sich geschickt entlang der parkenden Autos heranpirschte.

Beunruhigend.

Die Gestalt war klein und schmal. Als sie näher kam, sah Lolita, dass es ein Mädchen war. Zwar war ein Mädchen, das im strömenden Regen einem Mann folgte, besser als ein Mann, der im strömenden Regen einem Mädchen folgte, aber es war definitiv ungewöhnlich.

Lolita schnippte die Zigarette in den Regen und ging hinein.

DER EINGANG

Eine weiße Teufelin tanzte Tango mit einem schwarzen Engel auf einem See debil glotzender Möpse. Den See goss ein Hummermann aus einem gefiederten Füllhorn, das er in seinen prächtigen Scherenhänden hielt. Dahinter, auf einem Säulengang aus den Beinen zweier sich anbrüllender Riesenkrokodile, duellierten sich zwei Funkenmariechen. Sie kämpften mit Tintenfischen, die sie wie Maschinenpistolen unter die Arme geklemmt hatten, um sich erbittert mit Tinte zu beschießen. Das Bild zierte das Erdgeschoss des ansonsten lachsfarbenen Hauses.

Die Gegend war nie Pauls Revier gewesen, nur einmal war er hier zu einem Einsatz gerufen worden. Da war das Haus noch eine schmutzig graue Spielhölle gewesen, mit vollflächig abgeklebten Fenstern, die Laibungen gerahmt in grellgrüne, fies flackernde Neonröhren, die tonnenweise Insekten angezogen hatten. Jetzt glühte der feuerrote Neonschriftzug *Von Herzen* in einem ebenso roten Neonherz über einem muschelförmig geschwungenen Vordach.

Paul überlegte, was in dem Haus vor sich ging. Für ein Bordell fehlten klare Signale. Auch auf ein Etablissement, in dem explizite sexuelle Vorlieben befriedigt wurden, wies nichts hin. Ein Club Burlesque, vielleicht. Die lederne Türsteherin hätte dazu gepasst, aber irgendwie auch nicht. Jedenfalls hatte sie ihn beobachtet. Paul war sich bewusst, wie seltsam seine Pose im Regen ausgesehen haben musste. Sie war daraufhin hineingegangen. Garantiert holte sie Verstärkung.

Der Regen war ein Geschenk. Er hatte das meiste der schrecklichen Gerüche von ihm gewaschen. Nass war schwer auszumachen, wie abgetragen seine Kleidung wirklich war.

Alles in Paul sträubte sich, den Eingang anzusteuern, aber er war schwach auf den Beinen und bunte Flecken tanzten vor seinen Augen. Wenn er nicht bald was zu essen bekam, war es vorbei mit dem würdevollen Tod. Er würde hier auf dem überfluteten Asphalt zusammenbrechen und in einer Pfütze ersaufen.

PI

»Wie lange habt ihr auf?« Winnie machte ein wichtiges Gesicht.

Eckerd polierte Gläser. »Solange Gäste da sind.«

»Ich hab noch n Meeting. Könnte spät werden.«

»Kein Problem. Wegen deinem *visionary flash*?«

»Du bist echt smart, Mann! Darf aber noch nichts sharen, sorry.«

»Klar doch. Könnte ja jemand klauen.«

»You nailed it, Eckerd. Wenn du ne Vision hast, die so clear und simple ist, dass es fliegt, dann shut the fuck up.«

Eckerd nickte und legte das Handtuch weg, um eine Runde zu machen, aber Winnie legte nach.

»Das war kurz vor Nikolaus. Ich hab noch in der Agentur gehangen, da krieg ich so ne Bullshitbox, weißt du, so n Geschenkdings mit lauter Kram, den keiner braucht. Ich mach das Ding auf, denk noch, wer braucht so n Shit, und SHAZAM! connected mein Brain eins der Dinger da drin mit dem Latte macchiato auf meinem Tisch zu was völlig Neuem. Ich hab sofort gekündigt und bin full time da rangegangen.

»Mutig.«

»You gotta have faith, you know. Bereite gerade den Launch vor, hab n jaw-dropping Logo designt, on top n ganzes Branddesign und n Hammerclaim. N Spot ist auch geboardet.«

»Hört sich teuer an.«

»Jep. Ich brauch ne Menge venture capital für den Launch. Aber weißt du was? Vor vier Wochen klapp ich meine Mails auf und BOOOOM! – es gibt keine Zufälle!«

»Was habe ich mir unter BOOOOM! – keine Zufälle vorzustellen?«

Winnie sah argwöhnisch nach rechts. Ein paar Sitze weiter spielte Waldo Flöte auf seinem Strohhalm, durch den er pinken Brei aus einem Glas sog. Dahinter sinnierte Felix in einen Whiskytumbler. Links träumte Aureo den Vorhang an.

Winnie flüsterte. »Mir ist ein Investor ins Haus geflattert. Einfach so.«

»Wow. Einfach so?«

Winnie zog ein absurd großes Smartphone aus seinem Sakko, fand darauf eine E-Mail und schob sie Eckerd hin.

»Eine Mail von einem Abdul Ahmed Abdullah … möchte Entrepreneur Mr. Winfried persönlich treffen, um bis zu zehn Millionen US-Dollar venture capital in sein Business zu investieren … Echt jetzt?«

»Geil, oder? Lies weiter.«

»Der Betrag … wird von Mr. Abdullah persönlich an noch zu verabredenden Koordinaten überreicht. Das Geld … kann für jedes Invest genutzt werden, es sind keine Bedingungen daran geknüpft, außer dass Herr Abdullah nach dem Ablauf von zehn Jahren den Betrag zurückerhält – plus zehn Prozent … Was ist das für n Quatsch?«

»Wieso? Wäre ich hier, wenn es Quatsch wäre? Read on.«

»Bei Interesse wird Mr. Winfried bescheiden darum gebeten, fünfundzwanzigtausend US-Dollar in einer noch zu nennenden Kryptowährung an eine noch zu nennende Adresse als Zeichen seiner ehrenwerten Absichten an Mr. Abdullah zu senden.« Eckerd gab Winnie das Smartphone wieder. »Sorry, dass ich das sage, Kumpel, aber das ist Verarsche. Löschen und vergessen.«

Winnie wischte das Gesagte aus der Luft. »Mein instinct hat mir aber was anderes gechannelt.«

Aureo rückte zu ihm auf. »Hate Instinte auch gesate, wie Herre Abdullah komme gerade aufe diche?« Er wandte sich an Eckerd. »Noche eine Cachaça, por favor.«

Eckerd goß Cachaça über frisches Eis, dass es knisterte. Winnie hielt Aureo sein Smartphone hin.

»Wenn du schon lauschst – da steht, dass ich ne great reputation habe. Ich bin Entrepreneur, people know me.«

Eckerd nickte. »Und gleich hast du hier ein Meeting.«

»Was glaubst du, warum ich in deinem Bums gelandet bin, wo du doch überhaupt keine Werbung machst?«

Eckerd schien darüber nachzudenken.

Felix rückte heran und hielt ihm seinen Whiskytumbler hin. »Das ist ein dramaturgisch wertvoller Moment! Verschenken wir ihn nicht! Noch einen Highland Park, Maître.«

Eckerd goß nach.

Winnie lehnte sich zurück. »No offence, es gibt schlechtere Locations als deine, aber ich bin hier, weil Abdul und ich uns hier verabredet haben. Ich wäre schon letzte Woche hier gewesen, aber da war seine Mom krank.«

Aureo grinste Gold.

»Du haste ihme geschickte die Gelde?«

»Das ist nicht gut, oder? Noch ein Einhörnchen, bitte.« Waldo war zu ihnen aufgerückt und hielt Eckerd sein Glas hin.

Winnie schien sein Grinsen Schmerzen zu bereiten. »Das ist awesome. So ne opportunity kommt nie wieder. Gleich nachdem ich die Krypto-Coins gewired hatte, kam ein receipt – und die Koordinaten für die Übergabe. Hier, just in case, dass du mir nicht glaubst.«

Auf Winnies Smartphone leuchtete eine zweite Mail, deren Text nur aus Zahlenkolonnen bestand. Er blätterte weiter, durch eine Reihe von Tabellen, die immer wieder dieselben Kolonnen in der Mitte hatten, während sich das von Notizen und Rechenexempeln übersäte Umfeld jedes Mal änderte.

Eckerd hob eine Augenbraue. »Sind das Lottozahlen?«

Winnie lächelte weiß. »Das ist dein Laden in Längen- und Breitengraden, Mann. Du musst nur die Zahlen rückwärts lesen und jeweils die erste und fünfte rausstreichen und dann mal auf Maps eingeben. Kommt genau dein Schuppen raus, Eckerd. Und das ist der meeting day, wenn man die Zahl da durch drei Komma eins vier teilt.«

»Warume diese Ssahl?«

»Die Zahl Pi. Kreisfunktion. Drei Komma eins vier. Springt einen doch an.«

Eckerd legte den Kopf schief, um die Zahlen richtig zu lesen. »Klar. Springt einen sofort an.«

Waldo saugte an seinem Einhörnchen. »Warum gibt Herr Abdullah dem Winnie so viel Geld?«

Ihm gefiel, dass den anderen die Frage gefiel. Jedenfalls nickten alle. Nur Winnie gefiel die Frage nicht.

»Why not? Er riecht das krasse Potenzial. Er will hot shit mit seiner Kohle machen. Er braucht nen tax break. Was weiß ich? Du kannst mal davon ausgehen, dass er sich das gut überlegt haben wird.«

»Er habbe gute überlegte mit deine fünfunswanssigtausend.«

»Das ist ne Win-win-Situation für beide, okay? Das ist mein USP. Wenn ich eine opportunity rieche, schaue ich behind the scenes und mirror den anderen. Das ist der reason, why ich gewinne, Dickie.«

Keiner mochte etwas dagegen sagen.

»Wie sehen eure success stories denn so aus? Wie ist das bei dir, Buddy?« Er sah Felix auffordernd an. »Wie heißt du überhaupt?«

»Julius Cäsar. Ab und an Nero. Selten Mussolini. Einmal Che Guevara. Jetzt gerade Felix.«

»Multiple Persönlichkeit?«

Felix setzte seinen Highland Park auf eine Weise ab, der nur Wichtiges folgen konnte.

»Schauspieler.«

»Wow.«

Felix machte sich gerade. »Wünscht Ihr eine Vorstellung meiner letzten Darbietung? Drei Jahre war ich damit am Broadway.«

Winnie wehrte ab. »Sorry, ich hab gleich noch ein Meeting.«

Eckerd goss allen nach. »Wann kommt Mr. Abdullah denn?«

»Keine Ahnung. Kann ja auch was dazwischenkommen. Wie letztes Mal mit seiner Mom.«

Eckerd sah in die Runde. »Also, ich würde das sehr gerne sehen. Soll die Band Pause machen?«

Felix winkte ab, stand auf, legte sich seinen Trenchcoat um die Schultern, beugte den Kopf und strich seine kurzen grauen Haare nach vorn. Als er sich dann mit distinguierter Miene aufrichtete, sah er wirklich aus wie Julius Cäsar. Es war beeindruckend, wie sich sein Ausdruck versteinerte, je mehr er den Arm ausstreckte. Waldo zuckte zusammen, als Cäsar plötzlich seinen Daumen gnadenlos nach unten stieß.

Alle warteten, was als Nächstes geschah.

Doch Felix rutschte nur auf seinen Hocker zurück und hüstelte. »Lobet mich nicht, denn Lob trägt der üblen Absicht Gestank!«

Nach einem atemlosen Moment der Stille applaudierten sie.

Nur Eckerd sah Felix lange an.

SCHMETTERPERATOR

Vorsichtig betrat Paul den schwarzblau gelackten Vorraum. Keine dunkelrote Frau, die darauf wartete, ihn abzuweisen. Keine Verstärkung, kein Ärger. Noch nicht.

Das schummrige Licht des Vorraums schien auf zwei wilde Wandgemälde zu seiner Linken, die bei näherer Betrachtung zu bemalten Toilettentüren wurden. Auf der einen ließ ein muskulöser Mann mit Zwirbelbart in quer gestreiftem Overall Ketten bersten und mit ihnen die Toilette, auf der er saß. Auf der anderen tänzelte eine Ballerina im Tutu auf den Köpfen zweier Hasen, die mit aristokratischen Mienen ein Bidet flankierten, in das sie gerade hineinmachte.

Gegenüber führte eine Doppelschwingtür aus genietetem Aluminium vermutlich in die Küche, zumindest wiesen die Kratzer und Dellen in Brusthöhe darauf hin. Daneben hing ein abgestoßenes Münztelefon. Paul fragte sich, wann es das letzte Mal benutzt worden war. Wahrscheinlich, bevor der jetzige Betreiber den Laden übernommen hatte. Die Türflügel zur Küche trugen Bullaugen. Auf Zehenspitzen spähte Paul in das Dunkel dahinter. Vor ihm versperrte ein deckenhohes Regal die Sicht, rechts war nur Wand zu sehen, aber links konnte Paul die schwachen Reflexionen einer Front mannshoher Edelstahlkühlschränke ausmachen.

War ja klar, dass die Küche zuhat.

Doch dann sah er ein Flackern in den gebürsteten Stahlfronten der Kühlschränke. Blaue Gasflammen. Und der Schatten einer Gestalt, die sie ab und zu verdeckte. Paul fragte sich, ob der Koch blind war, dass er im Dunkeln kochte.

Dann erst, im Schatten am Ende des Vorraums, sah er den mannshohen Frauenmund, dessen riesige Zunge ihn auflecken wollte. Paul grauste es. Er kannte diesen Mund.

Er war acht gewesen, als diese Lippen das Tor zur Hauptattraktion eines Jahrmarkts waren. Dahinter waren die haarsträubendsten Seltsamkeiten ausgestellt gewesen. Trat man aus dem Schlund, stand man direkt vor einem Glaskasten mit der blasshübschen Leiche einer Frau, die von einem Blitz erschlagen worden war.

Die anderen Kinder hatten Paul wegen der Frau aufgezogen, weil er sich nicht davon abbringen lassen wollte, dass sie echt war. Das war lange her, und der Jahrmarkt war längst pleite, aber der Mund zu den Seltsamkeiten hatte es offenbar irgendwie hierhergeschafft und jagte Paul immer noch Schauer über den Rücken.

Die hölzerne Zunge des Riesenmundes knarzte genau wie früher, als Paul über sie an den schweren Samtvorhang trat. Gedämpft drang die melancholische Musik einer kleinen Combo durch den schweren bordeauxfarbenen Stoff. Ein wehmütiger Bossa nova vielleicht, Paul hätte es nicht beschwören mögen. Jedenfalls ergreifend. Als die Musik endete, ließ sie wenig andere Geräusche zurück.

Paul schob sich in den dicken, muffigen Samt, ließ sich von ihm streicheln und trocknen. Er wünschte sich, der Vorhang würde genau jetzt herunterfallen, dann hätte er sich mit ihm in irgendeine Ecke gerollt, um nie wieder aus ihm hervorzukriechen.

Als er schließlich vorsichtig einen Spalt öffnete und in einen großen Raum spähte, wurde ihm klar, dass er in einer Schleuse stand. Eine Schleuse, die ihr Dahinter möglichst frei von der Realität zu halten hatte, aus der er gerade kam, ein Dahinter wie ein geheimer, vor tausend Details glitzernder See, in dem man sich treiben lassen durfte, vorausgesetzt, man fand dorthin. Jemand trennte sich aus dem friedlich vor sich hin glucksenden Hintergrund, jemand mit einer ganz anderen Energie.

Paul starrte auf die Rothaarige, die hinter der Bar hervorkam und zielstrebig auf ihn zuging, mit ihrem Bob wie ein Jethelm und dem Gang einer Pilotin, die zu ihrem Bomber musste. Die Lederne musste sie alarmiert haben. Sie kam, um ihn abzuschießen.

Als sie sein Gesicht im Vorhang sah, verlangsamte sie, trat einen Schritt zur Seite und zeigte freundlich auf eine leere Nische am Rande der Tanzfläche.

Freundlich.

Sie lächelte Paul noch mal ermutigend zu, aber als er weiter im Vorhang verharrte, rauschte ihr roter Bob an ihm vorbei und hinterließ einen herrlichen Duft nach Haut und Pferd.

Paul sah ihr nach, wie sie den Vorraum in langen Schritten durchquerte und in den Regen trat. Er war erleichtert, dass sie nur seinen nassen Bart gesehen hatte und nicht den schäbigen Rest. Wenn er erst hinter einem Tisch in einer der Nischen saß, würde seine Kleidung weniger problematisch sein, sein Hemd sah auch in nassem Zustand halbwegs passabel aus.

Vorsichtig trat er aus dem Samtvorhang und ging ein paar Schritte, als ihn ein kreischender Knall und gleißendes Licht zusammenfahren ließen. Hektisch duckte er sich in einen Schatten am Rande der Tanzfläche.

Sie haben dich erkannt! Jetzt stellen sie dich bloß!

Das Licht verglomm, und ein Tango spann den heftigen Tusch harmonisch weiter, um bald erneut zu explodieren. Musik und Lightshow, nichts weiter. Niemand hatte ihn erkannt, niemand nahm Notiz von ihm. Niemanden interessierte es, dass er da war. Noch.

Auf der anderen Seite der Tanzfläche ließ eine ranke Pianistin mit dunklem Teint ihr extravagantes Abendkleid aus Pailletten und Leder mit ausladenden Bewegungen glitzernde Wellen schlagen, begleitet von einem südländischen Trio weit hinter ihr, das auf runden, mit rotem Samt beschlagenen Podesten spielte.

Paul schlich um die Tanzfläche herum zu den Nischen. Durch die Veränderung seines Blickwinkels sah er, dass das Trio gar nicht weit hinter dem Klavier spielte, sondern die Musiker einfach nur *sehr* klein waren. Paul las den Namen der Band auf der Basstrommel des Schlagzeugs: *Willa e os gigantes* – Willa und die Giganten.

Jeder im Raum schien nur mit sich selbst beschäftigt zu sein, nur Willa schien Paul bemerkt zu haben, denn sie lenkte ihre schmerzerfüllte Mimik, mit der sie jede Melodie unterstrich, in seine Richtung. Paul schob sich hastig in die erstbeste Nische, in der aber schon ein Hagerer im feinen Anzug hinter einer Rose saß. Er entschuldigte sich mit ausladenden Gesten, und als er hinaushuschte, meinte er zu hören, dass der Hagere ihm etwas hinterherknurrte. Paul rettete sich in die Nische, die ihm die Pilotin zugewiesen hatte.

Es dauerte, bis Paul sich beruhigte. Niemand beachtete ihn, außer einem schäferhundgroßen, springenden Karpfen mit langen Igelstacheln statt Schuppen, der ihn treu vom Eingang der Nische her anglotzte.

So viele Kerzen hier überall. Wenn das die Brandschutzbehörde wüsste.

Willas Tango näherte sich seinem dramatischen Finale, ihre Gesten wurden noch größer, ihr Kleid wogte wie im Sturm. Da wurde Paul klar, dass ihr Kleid allein aus Pailletten gemacht war. Das, was er für Leder gehalten hatte, war Willas *Haut,* die ihre schlanke Silhouette weich und wallend umspielte. Sie musste früher unglaublich dick gewesen sein, bis irgendein Schicksal sie so schnell hatte drastisch abnehmen lassen, dass ihre Haut ein üppiges, wogendes Gewand geworden war. Eine melancholische, glitzernde, menschliche Trauerweide.

So, wie Willa und ihre Giganten spielten, so herrlich theatralisch ihre Gesten waren, förderten sie etwas in Paul zutage, das seit Langem abgrundtief in ihm vergraben gelegen hatte. Er weinte. Und nicht nur darum war er froh, dass Willa aufgegeben hatte, Blickkontakt zu ihm zu suchen.

Ein römischer Feldherr schaute von der hohen Rückenlehne der Nische auf Paul herab. Ein Imperator aus Porzellan. Er musste einmal zerbrochen gewesen sein – zwar waren seine Arme wieder sorgfältig angeklebt worden, aber anstelle seines Umhangs spreizten sich stolze Fächer aus fransigen Pfauenfedern aus seinem Rücken wie Schmetterlingsflügel. Man hatte den kaputten Imperator nicht einfach weggeworfen und auch die fransigen Pfauenfedern nicht.

Kaputtes geheilt mit Kaputtem.

In diesem Raum hatte Maria nicht einfach einen ordinären Engel, der über sie wachte. Sie hatte einen römischen Imperator mit Schmetterlingsflügeln. Einen Schmetterperator.

Paul wünschte, dass jemand kam, um ihn auch so liebevoll zu reparieren.

NASSE KATZE

Widerlich. Einfach widerlich.

Der triefnasse Wollpullover klebte und kratzte auf ihrer Haut. Klara hatte sich zwischen zwei Autos gehockt, um den bunten Eingang zu beobachten, in dem er verschwunden war. Sie war sich sicher gewesen, dass Paul Blödmann losgezogen war, um sich umzubringen, und jetzt war er einfach irgendwo eingekehrt und würde dort ihr Geld auf den Kopf hauen. Okay, der Selbstmord konnte noch kommen, aber so eklig und kalt, wie sie sich fühlte, ging er ihr langsam am Arsch vorbei.

Eigentlich ging es sie nichts an, wenn Paul Blödmann sich umbrachte. Klara entschloss sich, zur Werkstatt zurückzugehen. Sie würde die Tür verrammeln, damit Paul Arschloch merkte, was sie davon hielt, wenn er ihr Geld stahl. Falls er jemals wiederkam.

Plötzlich stellten sich Klaras Nackenhaare auf. Jemand war hinter ihr. Als sie sich umdrehte, blieb ihr fast das Herz stehen.

Auf dem Kofferraum des Autos hinter ihr saß ein Geist. Weiße Haut und stechend grüne Augen. Kein Geist. Eine Frau. Sie saß einfach da, ließ sich nass regnen und fixierte sie. Gleich würde sie den Mund öffnen, und blöde Fragen würden herausfallen. Wie sie dazu kam, im strömenden Regen zwischen Autos zu hocken? Ob ihr egal war, dass ihre Eltern bestimmt krank vor Sorge waren? Fragen, die aus Vorwürfen und Unterstellungen bestanden. Oder schlimmer, ihr schöner Mund würde eine Predigt erbrechen.

Doch der Mund schwieg. Die grünen Augen lagen auf ihr, und die Frau ließ sich mit ihr bis auf die Haut nass regnen.

Sie stand erst auf, als Klara aufstand, steuerte den Eingang des bemalten Hauses an und verschwand darin. Warum war sie herausgekommen und hatte sich nass regnen lassen?

Sie kennt Paul. Die lachen sich kaputt, dass du hinterhergedackelt bist.

Dann erschien der rote Schopf wieder in der Tür. Und winkte Klara herein.

Vergiss es. Ihr könnt über jemand anderen lachen.

Klara folgte. Ohne zu wissen, warum.

HERRENABEND

»Hammergeil, oder?« Winnie hielt Felix sein Handy vor die Nase.

Der schob es von sich, bis er scharf sah.

Winnie wischte ein Bild weiter. »Und hier.«

Felix ging doch ein wenig näher heran.

»Und hier. Hammer, oder?«

Ein großbusiges Pin-up-Girl war genau in dem Moment fotografiert worden, als ihr Kopf von einer riesigen Sahnetorte getroffen wurde. Ihr üppiger Körper schwebte in Rücklage frei in der Luft, ein Bein von der Wucht des Aufpralls weit nach oben gerissen, das andere kerzengerade nach vorn gestreckt. Ihre Arme standen in bizarren Winkeln vom Körper ab, beide Pumps hingen unweit der Füße in der Luft.

Felix nickte väterliche Anerkennung. »Das ist eine pikante Sammlung, mein Freund.«

»Ich besitze die größte Cake-up-Sammlung der Welt. Hunderteinundzwanzig Werke aus anderthalb Jahrhunderten.«

Waldos ehrfürchtiges Gesicht tauchte hinter Winnie auf. »Das ist toll, oder?«

Felix nippte an seinem Single Malt. »Hast du eine Galerie?«

Winnie fuchtelte mit seinem Smartphone. »Na klar, hier. Im Fotostream.«

Felix' Interesse erlahmte.

»Und sonst? Außerhalb des Konsums zugegebenermaßen amüsant anregenden Materials?«

»Was meinst du?«

»Wie oft sticht deine Lanze, Recke?«

Winnie verschluckte sich. »O…oft. Wieso?«

»Zahlst du dafür? Das zählt nämlich nicht.«

»Ist das jetzt nicht n bisschen privat?«

»Du bist in der Schweiz der Solitäre, mein Freund. Also?«

»Meine Girlfriends … *agen* nicht.«

»Pornografie? Gilt nicht. Fällt unter Onanie.«

»Nein, keine Pornos. Sie verlieren mit der Zeit … Luft.«

Niemand verstand.

»Sie werden spröde. Oder leiern aus. Eigentlich wie in echt.«

Felix runzelte die Stirn, dann verstand er. »Was meint ihr? Lassen wir Luftbrummen gelten?«

»Wasse isse Lufbrume?«

»Luftmatratzen in Frauenform.«

Aureos Melancholie wich seinem goldenen Grinsen. Waldo schüttelte den Kopf, weil Felix es heimlich vormachte.

Winnie suchte ein Bild auf seinem Smartphone und zeigte es. »Come on, die sieht ja wohl completely real aus.«

Sie musterten Winnies Selfie beim Frühstück im Bett mit einer Frau, deren Mund ein großes O formte.

»Es zählt nur, wenn sie atmen.«

Winnie spielte ein Video ab. »Hier. Meine Minnie atmet.«

Minnie hatte auch ein großes O als Mund. Ihr Brustkorb hob und senkte sich, als sie stöhnte. Die anderen tauschten Blicke, dann schüttelten sie die Köpfe.

Winnie gab auf. »So what. Dann eben nicht. Dann bin ich mal gespannt, wie lit ihr so seid. Was geht denn in Mexiko, hombre?«

»Brassilien. Is liebe Ssonia.«

Die anderen schauten gelangweilt.

Winnie pikste Waldo an. »Und du, Bro? Noch Jungfrau?«

Waldo schüttelte den Kopf, dass seine Pausbacken schlackerten. »Neinneinnein.«

»Really? Wie oft hast du denn schon …?«

»Vier Mal. Oder fünf.«

Winnie feixte. »Immerhin. Ganz okay für so ne young gun.«

»In der Nacht.«

»What?! Du hast doch gehört, Selfservice zählt nicht.«

»Mach ich nicht.«

»Ach ja? Und wer ist das wild chick?«

Waldo knetete seine speckigen Finger. »Mama.«

Winnie fegte etwas Unsichtbares vom Tisch. »Waldo Weirdo, das ist freaky. Komplett out of range!«

Felix dachte nach. »Wieso eigentlich?«

»Weil es pervers ist?!«

»Ist es nicht! Sagt Mama!«

Felix' Hand glättete eine imaginäre Woge. »Mutter, Schwester, Tante … sagen wir, es ist … *unkonventionell.* Aber müssen wir nicht fairerweise zugeben, dass uns nichts Stichhaltiges einfallen will, warum wir das nicht gelten lassen müssten?«

Winnie musterte Felix. »Du hast noch nicht geleakt, was bei dir so läuft.«

»Ich verhelfe der Liebe wie der Lust zu epischer Größe, weit über die bedrückende Profanität werbender, kopulierender Körper hinaus.«

»Und das heißt? Bottom line?«

Felix hüstelte und nahm einen Schluck. »Ich denke, wir haben Vorlieben und Umstände der Ausübung hinreichend geklärt, nicht wahr? Was fehlt, ist der eigentliche Beweis der Virilität hinsichtlich Standfestigkeit und Ausdauer. Dieses Duell, oder besser gesagt Quartell, wurde noch nicht ausgetragen. Wir bräuchten eine neutrale Probandin, um uns einem geeichten Wettbewerb stellen zu können.«

Sie gackerten in verschiedenen Stimmlagen.

»Wie habt ihr euch das denn so vorgestellt?« Wie hingegossen lehnte Lolita neben Waldo an der Bar.

Winnie starrte in seinen Drink. »Sorry. War nur n Joke.«

Aureo schaute wehleidig, und Felix tat, als ob er über etwas sehr Wichtiges nachdachte.

Waldo war Feuer und Flamme. »Wir machen alle vier mit dir, und du sagst, wer am besten war. Komm, bittebitte mach mit.«

Lolita lächelte. »Was sagt denn Mami dazu, Waldo?«

»Mami wäscht im Waschkeller.«

»So spät?«

»Die Tür ist zugefallen.«

»Ist sie das?«

»Mami war nicht nett.«

»Meinst du, Mamis Laune wird besser im Keller?«

»Mami hat die Tür getreten.«

»Aber du weißt, dass du Mami rauslassen musst, Waldo?«

»Sie hat auch die Waschmaschine getreten.«

»Lässt du Mami jetzt raus, Waldo?«

»Die Waschmaschine macht Krach, wie wenn sie stirbt.«

»*Jetzt*, Waldo?«

»Sie macht hässliche Sachen dann.«

Lolita schob ihren Zeigefinger zwischen zwei Lagen von Waldos Kinn, hob es an und sah ihm tief in die Augen. »Waldo?«

Waldo ließ sich vom Barhocker rutschen und tapste zum Ausgang, ohne sich zu verabschieden.

Lolita hielt die Hand auf. »Jeder fünfzig, bitte.«

»Hey, like I said … war nur n joke, okay?«

Felix strich sich stumm die Haare nach vorn.

Cäsar sprach. »Keiner Ihrer Dienste wurde in Anspruch genommen.«

»Keiner hat sich vorgestellt, wie ich euer Spielchen mitmache?«

»Ich nicht.«

»Ich auch nicht.«

»Is liebe Ssonia.«

Lolita glitt in die Mitte der drei. »Keiner hat sich vorgestellt, wie ich ohne Leder aussehe?«

»Ich gestehe, ich hatte es kurz verbildlicht.«

»Nur geflasht.«

»Erssähle bitte nicht Ssonia.«

»Okay, dann hundert von jedem, bitte.«

»Eben waren es noch fünfzig.«

»Fünfzig pro Nase für mein Bild in euren Köpfen. Und fünfzig fürs Abstreiten. Und Aureo ...«

»Por favor?«

»Fünfzig für das Geheimnis.«

Sie blätterten die Scheine auf den Tresen. Lolita ließ sie in ihrem Leder verschwinden, bevor sie davonschritt. Ihre Blicke klebten an ihr, an ihrem schlanken Rücken, der den Schwung ihrer Hüften aus den langen Beinen perfekt nach oben kompensierte, bis zu den ruhigen Schultern, die das hoch erhobene Haupt auf einem langen Hals in perfekter Waage trugen.

Plötzlich stoppte sie. Ohne sich umzudrehen, wartete sie die Viertelminute ab, bis die Blicke der drei von ihrer Wespentaille hinunter auf die Fersen gewandert waren, dann kam sie zurück.

»Das macht noch mal fünfzig für jeden.«

»Wofür das?«

»Wer hat mich nicht wieder ausgezogen?«

Winnie legte den ersten Schein. »Von jetzt an aber Flatrate.«

Felix zuckte mit den Achseln. »Tut mir leid, aber ich müsste die Zeche prellen, sollte ich für meine lebhafte Fantasie erneut zur Kasse gebeten werden.«

Aureo legte zwei Fünfziger hin.

Lolita schwebte mit einem Lächeln davon. Niemand von ihnen traute sich aufzusehen, bis sie im Vorhang verschwand.

»Was für eine Form. Was für ein Gang. Ein Kunstwerk.«

»Fantástico. Offentlich sagte nichte Ssonia.«

»Hammerhintern. Wo waren wir?«

Felix nahm einen tiefen Schluck aus seinem Tumbler. »Wir waren bei der Virilität. Wir wissen immer noch nicht, wer King der Kongs ist.«

MARIAFON

Mutter Maria betete ehrfürchtig gen Himmel.

Zu ihren Füßen hatte jemand in kunstvollen Lettern *Marianne* auf die Tischplatte gemalt, darunter eine prominente Fünf. Daneben lag ein laminiertes, von Hand ausgeschnittenes Menü in Herzform. Paul war enttäuscht, dass es keine Speisekarte war, sondern eine Art Telefonverzeichnis.

00 Starthilfe: Vermittlungen aller Art

01 Silbensee
02 Punkdock
03 Mutterleib
04 Glamouria
05 Marianne
06 Urwald
07 Ruhepol
08 Marlowe
09 Bergdieb
10 Geistreich
11 Schlafsinn
12 Weltraum

110 An alle!: Du sprichst über Lautsprecher
112 Sammelruf: Rufe 01–12 gleichzeitig an
99 Funkstille: Telefon aus

Neben »Telefon aus« klebte ein Sticker: »defekt«.

Erst jetzt fiel Paul die antiquierte Wählscheibe zu Marias Füßen auf. Mutter Maria war ein Telefon.

Paul war glücklich, dass er geschützt und unbehelligt saß. Seine Kleidung war in der wohligen Wärme der Nische bereits angetrocknet und hatte dabei kaum an Geruch zugelegt, andererseits hatte seine ungepflegte Erscheinung ein Gutes: Maria würde sicher nicht klingeln. Paul streckte sich vorsichtig. Er begann tatsächlich, sich zu entspannen.

Maria klingelte. Es war ein gedämpftes Klingeln, fast ein Brummen. Ein kleines Erdbeben auf dem Tisch. Und ein grünes Licht, das an Marias Sockel blinkte. Ein grünes, böses Auge.

Paul brach der Schweiß aus.

Lass es einen Irrläufer sein. Bitte.

Maria klingelte. Das böse Auge funkelte.

Klingelnde Telefone waren Vorboten des Terrors.

Pauls Hände klebten. Jemand wollte etwas von ihm, und das würde nichts Gutes sein. Und auch wenn er Maria nicht abnahm, jemand würde sich nebenan gestört fühlen und würde kommen.

Maria klingelte.

Paul rutschte an den Rand der Nische und spähte zu den Seiten. Kein Anrufer zu sehen. Und niemand, der sich beschweren wollte.

Maria klingelte.

Gleich würde jemand kommen, der nicht freundlich war. Paul klinkte Marias Gewand aus ihrem Rücken und hielt es sich ans Ohr.

Erst blieb es still. Dann sprach jemand. »Halloo, ich bin die …«

Erschrocken knallte Paul Maria ihren Umhang in den Rücken. Er wartete. Ein weiterer Angriff würde folgen, so viel war sicher.

Doch Maria schwieg.

»Was darf ich Ihnen bringen?«

Paul zuckte. Ein Kellner ragte turmhoch vor ihm auf, breiter als Tausend Blitz Gorden. Gleich würde er blitzen. Aber der Mann lächelte nur.

»Wie wäre es mit einem wunderbar schweren Barolo und unserer *plat du jour*? Sie heißt Himmel voller …«

Paul winkte ab. »Entschuldigung, aber ich fürchte, ich kann mir das nicht leisten.«

»Können Sie.«

»Kann ich?«

»Können Sie. Wenn noch was ist, immer Bescheid sagen. Ich heiße Eckerd.«

»D-David.« Eckerd war bereits an der Bar, bis Paul ihm ein »Danke« hinterhergestammelt hatte. Dann erst realisierte er, dass er *was Richtiges* zu essen bekommen würde. Der Gedanke machte sich warm in ihm breit. Paul drückte sich in die weiche Rückenlehne und blinzelte über die Tanzfläche.

Der Vorhang schwang auf.

Die Pilotin kam zurück. Sie war nass bis auf die Haut, und ihr Gang sagte, dass sie auf einer Mission war. Mit den Fingern kämmte sie sich den nassen Bob in den Nacken und steuerte geradewegs auf ihn zu. Alarmiert setzte Paul sich kerzengerade auf und erstarrte, als sie sich tatsächlich vor ihm auf die Tischplatte stützte und ihn musterte. Er konnte genau spüren, wie ihre grünen Augen tiefe Löcher in ihn brannten. Er wäre jetzt wahnsinnig gerne einfach bewusstlos geworden.

Was für ein wunderbar störrisches Gesicht. Aber warum sagt es nichts?

Paul grinste mechanisch, ohne irgendeine Kontrolle darüber zu haben, bis ihn die Abwesenheit seines Selbstbewusstseins zwang, den Blick auf die Tischplatte zu senken.

Er musste viel Mut sammeln, um wieder aufzublicken, und als er es nach einer Weile endlich tat, stand statt der Pilotin ein Riesenküken vor ihm. Es schob sich ungefragt zu ihm auf die Bank. Ein runder neongelber Flusenbalg mit Pausbacken, darauf je ein scharf abgegrenzter Rougeklecks.

»Das war so süß, wie du dich eben nicht getraut hast ranzugehen.« Das Küken rutschte näher.

Paul kroch der säuerliche Geruch eines Körpers unter Luftabschluss in die Nase.

»Hallo. Ich bin die Tina. Ich hatte eben angerufen. Sag, glaubst du nicht auch an die ganz, ganz große Liebe?«

Paul starrte Tina panisch an. Die Flusenaura, die sie ausflockte, wirkte bedrohlich. Sein Hals kratzte, als ob er eine Angina bekam. Tinas kleine Augen fächelten Luft mit endlos langen lila Wimpern.

»Wie heißt du?«

»F-Franz.«

»Franz. *Franzl.* Franzl ist lustig, oder? Ganz ehrlich, Franzl. Kannst du der Liebe eine Chance geben? Denn das ist, was ich bin. Die pure, reine Liebe, Franzl.«

Paul war sich sicher, dass Tinas Gelb radioaktiv war. Mindestens war es brennbar. Nur ein Funken, und hier würde alles explodieren.

Tina kam näher. »Sag, Franzl, haben wir uns nicht schon mal irgendwo gesehen?«

Das Gelb *war* explodiert.

Paul hielt sich die herzförmige Telefonliste vors Gesicht, als ob es etwas sehr Wichtiges darin zu finden gäbe. »Ich glaub nicht. Da würde ich mich dran erinnern.«

Tina starrte enttäuscht auf das Herz, hinter dem Paul sich versteckte. »Du, was ist denn? Hab ich was Falsches gesagt?«

»Ist nicht mein bester Tag.«

»Magst du noch nicht mal mit mir reden? Was ist jetzt mit uns?«

Pauls Hirn erzeugte furchtbare Bilder von *uns*.

Tinas schmaler Mund bebte, dann wurde er zu einem entschlossenen Strich.

Sie packte Marias Mantel, stach einen zur Kralle gefeilten Fingernagel in die Eins der Wählscheibe, drehte sie rüde bis zum Anschlag und mit Gewalt zurück, dass die Mechanik protestierend sirrte. Dann quälte sie sie noch ein zweites Mal, um danach noch erboster in die Null zu stechen und die Wählscheibe ein weiteres Mal zu malträtieren.

Das schummrige Licht über der Nische blendete auf. Tina stand im Licht mit der gnadenlosen Miene einer militanten Erzkatholikin, die gerade einen Exhibitionisten bloßstellte.

»Hallo alle, hier ist wieder eure Tina, und ihr wisst: Ich träume immer, immer von der ganz großen Liebe. Aber heute gehe ich wieder allein ins Bett und träume von dem, der das auch tut. Aber-aber, und das kann ich euch nur ganz lieb raten, bitte-bitte, wählt nicht die Fünf. Da sitzt ein beschissenes Arschloch!«

Tina schlug Maria wütend ihren Mantel ins Kreuz und stapfte aus der Nische. Das Licht darüber blendete aus, und als Paul die herzförmige Karte senkte, war sie blitzschnell zurück und spuckte ihm kräftig ins Gesicht.

Paul saß lange erstarrt da und wartete, dass Schlimmeres geschah, aber das Monsterküken blieb fern.

Irgendwann kam Eckerd. »Bitte sehr, schwerer Roter und unsere *plat du jour*, ein Himmel voller …« Er stutzte und deutete auf Pauls Gesicht. »… Sie haben da was.«

Peinlich berührt tupfte Paul sich Tina aus dem Bart. Eckerd musterte ihn sorgfältig. Es machte Paul unruhig.

»Ja, jetzt ist sie weg. Besten Appetit.«

Paul brauchte eine Zeit, bis er sich beruhigt hatte, schließlich trank er einen großen Schluck des herrlich schweren Weins und stellte glücklich fest, dass er ihm rasch zu Kopf stieg. Er trank mehr, beugte sich über den Teller, schnupperte, spießte ein kleines Stück Gemüse auf, tunkte es in die dicke Soße und kostete. Es war herrlich. Es dauerte, bis er sich an das Fleisch wagte, und als er es tat, war es überirdisch. Im Nachgang schmeckte es herb, wie ein Hauch guten Wermuts. Kein Gericht hätte je Pauls Gefühlslage besser widerspiegeln können. Dies war das Letzte, was er auf Erden essen würde. Das beste Letzte, das er sich wünschen konnte.

Als Paul irgendwann aufgegessen hatte, setzte er sich so, dass man ihn von der Bar aus nicht erkennen konnte. Man sah noch nicht einmal, dass er überhaupt da war. Von der Tanzfläche aus konnte er theoretisch gesehen werden, aber niemand tanzte mehr.

Dankbar prostete Paul dem Schmetterperator zu und schmiegte sich glücklich umnebelt in die weichen Rückenpolster.

Vielleicht bist du ja schon tot. Irgendwo auf dem Weg gestorben, und das hier ist dein Himmel.

KING DER KONGS

Felix trat zurück in den Halbkreis, den sie um das Urinal gebildet hatten, und öffnete den Hosenschlitz. Aureo und Winnie taten es ihm nach.

»Der von uns obsiegt, der am weitesten zurücktreten kann, ohne den Boden zu besudeln!«

»Wasse iste opsiet?«

»Herrschen.«

An den geröteten Köpfen war leicht abzulesen, dass jeder von ihnen allen verfügbaren Druck in seine Lenden presste.

Als Winnies Strahl versiegte, war er gut einen Meter weit zurückgetreten. Außer, dass der Boden ziemlich nass geworden war fand er sich awesome, allerdings stand niemand mehr neben ihm. Aureos Strahl hinterließ im Ausklang zwar eine zweite nasse Spur auf den Fliesen, hatte allerdings seinen Ursprung einen Meter hinter Winnie. Allein Felix hielt das Ziel sauber, obwohl er noch einen halben Meter hinter Aureo stand.

»Ganz schöne Sauerei richtet ihr da an, Männer.« Felix beendete seine Vorstellung, ohne zu viel danebengehen zu lassen, und zog triumphierend den Reißverschluss zu. »Du mein praktisch steinreicher Kumpan im Urin, du solltest dich schämen, dass du dich von einem kranken Depressiven um eine ganze Länge geschlagen geben musst. Und Ihr, Mann aus dem Süden, es ist beachtlich, was Ihr da zwischen die Beine gestellt habt. Aber es ist, wie es nun mal ist: Cäsar hat den Längsten. Bis er heimtückisch von seinen Neidern erstochen wird.«

Lautes Prasseln ließ alle zum Urinal schauen. Ein fingerdicker Strahl flog in erstaunlich flachem Bogen sauber zwischen Felix und Aureo in sein Ziel. Verdutzt verfolgten ihn alle zurück zur Quelle.

»Das ist aber ein lustiges Spiel.« Eckerd stand in der Tür. Sein Strahl flog bis auf den letzten Tropfen sauber ins Urinal. Er zog den Reißverschluss zu, trat in den Raum und öffnete eine Tür unter dem Waschtisch. »Und jetzt, meine Herren, nimmt sich jeder einen Lappen.«

MEDUSA

Dutzende feuerrote Vipern bleckten nadelspitze Zähne von Medusas wunderschönem weißem Haupt.

Heldenhaft parierte sie einen gewaltigen Hieb von Perseus' Schwert mit ihrem blanken Schild. In dem Moment erblickte Perseus darin sein Spiegelbild und erstarrte zu Stein, denn er war hässlich wie die Nacht.

Das war eine viel bessere Version der Story, die Klara in der Schule gelernt hatte, und trotzdem lud das Gemälde auf der Metalltür am Ende der Treppe nicht dazu ein, den Raum dahinter zu betreten.

Die Tür erinnerte Klara an ein bunt bemaltes Tor zu einer Geisterbahn, das von dem Wagen, in dem man saß, mit einem ohrenbetäubenden Knall aufgestoßen wurde, bevor man in eine schwarze Hölle fuhr, in der aus jedem Winkel die schrecklichsten Albträume hervorsprangen.

Nur dass Klara nicht in einem sicheren Wagen saß.

Sie fand, dass Medusa der Frau mit den grünen Augen recht ähnlich sah. Sie hatte vor dem riesigen, offenen Mund auf Klara gewartet und ihr durch einen Spalt im Vorhang das Dunkel neben der Bar gezeigt, in dem eine Treppe hoch zu den Zimmern im obersten Stock führte. Die Frau war schlau genug zu begreifen, dass Klara Paul auf keinen Fall über den Weg laufen wollte. Sie war aus dem Vorhang getreten, und als Klara kurz darauf nachkam und den seltsamen Raum mit den noch seltsameren Leuten betrat, hatte sie sich schon vor Pauls Nische gestellt, sodass er Klara nicht sehen konnte. So war sie unbehelligt zum Treppenaufgang gelangt. Auf dem Weg hatte sie den breiten, rothaarigen Kellner hinter seinem Rücken umrundet. Er schien gute Instinkte zu haben, er hatte etwas bemerkt, war aber zu beschäftigt gewesen, sich darum zu kümmern. Klara war die vielen Stufen nach oben gestiegen, hatte dem Drang widerstanden, sich in den Zwischengeschossen umzusehen, und stand nun am obersten Treppenabsatz vor Medusa und Perseus, die nach Kneipe, altem Teppich und Wasserschaden rochen.

Klara musste sich fest gegen die Tür stemmen, bis sie nachgab und sie über die Schwelle auf das ausgedehnte Flachdach des *Von Herzen* fiel.

Der Sturm zerzauste ihr die Haare, aber er hatte den heftigen Regen fortgetragen und hielt sich nur noch in Böen, zwischen denen die Lichter der Stadt auf der nassen Teerpappe tanzten. Sie lag zu Füßen einer lieblichen Frau mit leichtem Gewand und blanken Brüsten. Über der Schulter trug sie eine überdimensionale Seegurke, aus der sie ein Sekret presste, das in den offenen Mund eines knienden Jünglings troff, der vor ihr betete.

Klara rappelte sich auf. An der Barbusigen war geklebt und gespachtelt worden, woraus sie schloss, dass sie früher eher einen Krug statt der Riesenseegurke geschultert hatte. Und auch der ehrfürchtige, kniende Jüngling hatte ursprünglich bestimmt keine Seegurkenkotze getrunken. Wahrscheinlich hatte er inbrünstig gesungen.

Als sie sich umsah, sah Klara, dass das ganze Dach übersät war mit seltsamen Skulpturen und Plastiken. Und einer Menge Schrott. Oder Material, wie man es nahm.

Mit seinen vier Stockwerken war das *Von Herzen* höher als die meisten anderen Häuser in der Gegend, sodass Klara weit in die Ferne sehen konnte, bis zu den schwarzen Wolken des abziehenden Gewitters, in denen noch vereinzelt wütende Blitze zuckten. Das ferne Grollen war hinter dem Rauschen des Nachtverkehrs, dem Hall sporadischer Hupen und einem heiseren Saxofon, das von irgendwoher hallte, fast verschwunden.

Klara trat in winzigen Schritten an die Dachkante. Kein Geländer oder Sims. Das moosige Dach hörte einfach auf. Vorsichtig verlagerte sie ihr Gewicht nach vorn, bis sie über die Kante spähen konnte. Sofort saugte der Abgrund an ihr, erschrocken warf sie sich nach hinten, schrie, als ihre Fersen vom Moos rutschten und über die Kante schnellten. Ihr Körper schlug auf, sie strampelte wild, weg von der Tiefe, bis sie nach einigen Metern keuchend liegen blieb.

Da sah sie das Haus.

Es stand nicht weit entfernt von Medusas Dachzugang, die Lichter der Nacht spiegelten sich in ihm. Klara umrundete es. Ein altes Gewächshaus. Die gusseisernen Metallstreben waren verziert mit geschmiedeten Ähren, die Platten des Glasdachs ruhten auf eisernen Trägern, versteift mit geschmiedeten Ranken.

Sie spähte durch die beschlagenen Scheiben. Im Haus, entlang der gläsernen Wände, reihten sich alte Schränke und Kommoden, auf deren rohen Holzrücken sich jemand mit breiten Pinseln wild und bunt ausgetobt hatte.

Die gläserne Hauswand in Richtung der Dachkante war frei von Möbeln, mit einer gläsernen Eingangstür in der Mitte, über die ein Wort gemalt worden war, das Klara nicht entziffern konnte. Sie spähte zum Treppenzugang. Niemand kam. Klara hob den Riegel der Tür und trat in das Haus.

Die ehemals prächtigen, mittlerweile verzogenen, ramponierten Schränke und Kommoden umrahmten einen Raum, in dessen Mitte ein üppiges, eisernes Prinzessinnenbett thronte, mit reich verziertem Kopf- und Fußende zwischen vier hohen Eckpfosten, auf denen drei faustgroße Messingknäufe glänzten. Von dem vierten Pfosten lächelte der Kopf eines Buddhas. Ein halb fertiges Bild des rothaarigen Kellners, den Klara unten vor der Bar ausgetrickst hatte, stand neben dem Bett auf einer Staffelei. Er war gekleidet wie ein Zirkusdirektor und dirigierte einen Haufen Schweine, die um ihn herum in der Luft kreisten und dabei bizarre Kunststücke vollführten. Der Zirkusdirektor sah Medusa verdächtig ähnlich.

Okay, Geschwister seid ihr also.

Klara zuckte zusammen. Jemand stand am Rande ihres Blickfeldes. Eine blasse Zwölfjährige, die sich im Glas des Hauses spiegelte, das sie unerlaubt betreten hatte. Eine dämliche Zwölfjährige, die sich auf Medusas Dach hatte locken lassen. Eine unglaublich dämliche Zwölfjährige, denn hinter ihrer Reflexion schwang die Metalltür auf. Medusa trat hinaus aufs Dach.

Klara versuchte gar nicht erst, sich aus dem Haus zu schleichen, denn die schwarze Silhouette durchquerte den Wald aus Seltsamkeiten und kam direkt auf sie zu.

Medusas grüne Augen leuchteten im Dunkeln. Sie trug etwas auf dem Arm. Klara hielt den Atem an. Medusa vor der Glastür. Medusa trat ein. Klaras Herz dröhnte in ihren Ohren.

Medusa schwebte lautlos an ihr vorbei zu dem pompösen Bett und parkte das Mitgebrachte auf einer Kommode daneben. Sie entnahm der Kommode etwas, das klickte, zischte und dann eine spitze blaue Flamme spie. Ein Sturmfeuerzeug. Klara machte einen Schritt zur Tür. Der Boden knarzte. Medusa ignorierte es.

Das spitze Blau des Brenners setzte den Docht einer Altarkerze in Brand und entzündete die sieben Kerzen eines Leuchters im Vorbeigehen. Überall waren Kerzen. Auf den Kommoden, in

Kerzenständern aller Größen und Formen, in drei mannshohen Kandelabern, in einem Lüster, der tief über der freien Fläche am Fuße des Bettes hing. Bienenwachskerzen, Tropfkerzen, Kerzen wie Köpfe und Tiere, Kerzen mit Sprüchen, Kugelkerzen, Duftkerzen. Myriaden von Kerzen, und Medusa ließ sie alle brennen.

Klara schaffte zwei lautlose Schritte zur Tür.

Gleich rennst du los.

Die Kerzen verwandelten das dunkle Haus. Jede neue Flamme machte es mehr zu einem funkelnden Palast. Überall im Glas spiegelte sich das Kerzenmeer, warm wie ein großes Kaminfeuer. Und die Spiegelungen der Spiegelungen machten daraus einen Ozean, und dahinter, düster und feucht, glomm die Stadt im schmutzigen Ocker veralteter Sparlampen.

Die Schrift über der Tür. Von innen konnte Klara sie lesen.

Martherama.

So heißt du also. Marthe.

Ein Knarzen. Klara fuhr herum.

Marthemedusa hatte sich auf ihr Prinzessinnenbett geschwungen und klopfte auf die Matratze.

Klara starrte sie an. Wenn sie jetzt rannte, war sie schneller an der Treppe. Andererseits, es war anscheinend in Ordnung, dass sie einfach so ins Haus gegangen war. Marthemedusa klopfte wieder aufs Bett. Klara blieb bockig stehen.

»*Willst* du nicht reden, oder *kannst* du nicht?« Marthemedusa ließ sich in ein pralles Samtkissen sinken und lächelte sie an.

Klara spürte Wut in sich aufsteigen. Nichtreden war eigentlich ihre Masche. Wer nicht redete, musste keine Fragen beantworten. Wer nicht redete, brauchte nur zu warten, bis der eine oder die andere sich um Kopf und Kragen redete. Wer nicht redete, war eine weiße Leinwand, auf die andere die wildesten Bilder malen konnten. Klara hasste es, das zuzugeben, aber Marthemedusa verunsicherte sie. Sie war eine bessere Nichtrednerin als sie.

Seegurkenkotze. Perseus aus Stein. All das seltsame Zeug auf dem Dach. Unten der seltsame Laden mit den noch viel seltsameren Leuten. Noch seltsamer als Paul und die Werkstatt unter den Zügen. Feuchtdreckiges Stadtocker da draußen. Pennerpaul da unten. Kerzenmeerpalast hier drinnen. Marthe auf ihrem Prinzessinnenbett.

Was will die?

Martheprinzessin schaute aus ihrem Martherama in das Meer aus Kerzen und Stadt. Geduldig klopfte sie wieder auf die Matratze. Klaras Blick fiel auf das Mitgebrachte auf der Kommode.

Ein Teller. Mit zwei turmhohen Sandwichhälften darauf.

MATADOR

Eine feingliedrige Hand schob sich durch den Samtvorhang. Sie hielt eine Münze, spielte mit dem Schillern des Lichts auf ihr.

Die Hand sank zwischen den Bahnen des schweren Samtvorhangs bis auf den Boden, schließlich gab sie die Münze mit einem Schnippen frei. Sie rollte über das Parkett, zwischen den Schuhen der wenigen einsam Tanzenden hindurch, bis zur anderen Seite der Tanzfläche, wo sich ein gelackter Pumps auf sie stellte.

Willa nahm die Münze auf, nickte der Hand zu und gab ihren Giganten den Einsatz. Inmitten eines Taktes starb ein cooler Jazz für einen heißen Tango.

Der schwere Vorhang flog auf und gebar einen schlanken, maskierten Matador in einem hautengen, reich bestickten, schillernden Kostüm und rosa Wadenstrümpfen.

Er tippte an seine schwarze Montera, dann brandete er in flamboyanten Ochos über das Parkett.

DER EINGEBILDETE KRANKE

»Komm, guck nicht so grumpy. Was sollen *wir* denn sagen?«

Felix zeigte keine Anzeichen, dass Winnies Aufmunterung zu ihm durchgedrungen war.

Aureo versuchte es ebenfalls. »Ane Ende wirde alle gute. Un wenne nichte wirde gute, iste nichte Ende.«

»Wenn ihr meint.« Felix klatschte eine Film- und Theaterzeitung auf den Tresen. Die Doppelseite mit Rollenangeboten war nach vorn geklappt und mit Kringeln übersät, die allesamt wieder durchgestrichen waren, manche davon so aggressiv, dass sich der Kugelschreiber tief in das Papier gegraben hatte. Er vergrub die Stirn in verkrampften Händen. »Ich weiß nicht mal mehr, ob ich überhaupt noch spielen kann.«

Eckerd hatte sich mit einer ganzen Flasche Highland Park in der Nähe postiert und ihn im Blick behalten. Er goss Felix' Tumbler randvoll, drehte die Theaterzeitung zu sich und studierte die Doppelseite.

Felix nahm einen riesigen Schluck, um gleich wieder auf den Tresen zu sacken. »Denkt nicht, ich wäre weich! Leiden ist mein Bruder. Meine Seele trägt die Wunden der Besonderen. Wunden, die ein besonderes Leben schlug. Und es ist wahr: Wird die Seele nicht verletzt, ist alle Inspiration vereitelt. Nur die Verletzten schwingen sich auf, besonderer zu sein als ihre Väter und Mütter. Sich schindend, erheben sie sich über den Makel der Gewöhnlichkeit, um zu den Prinzen und Prinzessinnen zu werden, die zu sein ihnen ihre Eltern selbstsüchtig versprachen oder bitter versagten. Würden wir alle von Herzen geliebt, wir wären bar jeder Kunst und jeder Errungenschaft. Rund und rosa würden wir an Mutters Brüsten nuckeln, bis wir selbst unbedarft kichernd Kinder zeugten, die wiederum rund und rosa an unseren Brüsten nuckelten. Doch wären wir auch frei von Krieg. Denn nur der baut die größte Bombe, der am wenigsten ein Prinz sein durfte. Der Teufel selbst ist einer, der ungeliebt aus dem Paradiese flog. Also ist der Krieg eines Einzelnen Linderung von Schmach und Verletzung, wie auch die Kunst es ist. Vielleicht verleihen wir uns darum reihum Preise. Wir loben, dass einer sich dem Malen verschrieb anstatt dem Töten. Danke für den Film, die Plastik oder das Buch, das kein Nervengas wurde. Wer weiß?« Felix glitt vom Stuhl, stand so gebeugt wie gebrochen vor ihnen. »Werdet ihr der Grausamkeit meiner Lage gewahr? Wie ist's dem Künstler, dem die Welt Linderung versagt? So einer bin ich. Ein einziger, offener Abszess.«

Eckerd hatte ergriffen zugehört und gleichzeitig die Stellenangebote durchgesehen. Er klopfte auf eine Annonce. »Was ist damit?«

Felix überflog die Zeilen in störrischem Pessimismus, dann wischte er trotzig darüber hinweg. »Kein Ernsthafter inseriert in so einem Blatt eine Hauptrolle.«

Eckerd hielt ihm die Zeitung hin. »Aber so steht es da.«

Felix nahm sie und streckte seinen Arm, bis er lesen konnte. »Theater! Abend für Abend. Wie soll das gehen? In mir toben drei chronische Leiden!« Er hustete besonders erbärmlich, um dem Gesagten Nachdruck zu verleihen, dann leerte er seinen Highland Park in einem Zug. »Und wie zynisch ist diese Rolle! Der eingebildete Kranke!«

Eckerd goss nach. »Wer könnte einen Kranken besser spielen als ein echter Kranker?«

Felix sah durch blau-rote Augenränder in die Runde. »Ist hier einer, der dies Wortspiel amüsant finden möchte?«

Eckerd ließ nicht locker. »Das ist deine Rolle! Sei so krank, dass niemand Nein sagen kann!«

»So leicht es aus dir klingt, so leicht ist es nicht.«

»Ist es. Geh, schlaf dich aus, hol dir die Rolle, und dann kommst du wieder und schmeißt ne Runde. Oder auch zwei.«

»Ich danke von Herzen, Eckerd von Herzen, aber dafür bin ich schon zu tot.« Felix schob Eckerd die Zeitung hin. »Verbrenn sie. Es ist vorbei.«

»Es ist nie vorbei, du ...«

Felix wehrte ab, klopfte auf den Tisch und wankte zum Vorhang.

Beeindruckt sahen sie zu, wie er in den schweren Samt trat und ihn so zurückschlug, dass er sich um seine Schultern legte wie der wehende Umhang eines Feldherrn, der nach geschlagener Schlacht über ein weites Gemetzel blickt, nur um bald darauf für immer in den dunklen Abgründen der Geschichte zu verschwinden.

»Männer, ich werde jetzt in den Abort schreiten und mich totkacken.«

Die Runde lachte.

Eckerd lachte nicht. Er hielt die Lippen zu einem Strich gepresst, während er Felix' Tumbler sehr lange auf der Bürste des Spülbeckens glucksen ließ.

EIN ORT NAMENS PAUL

Paul störte, dass er schnarchte.

Es erinnerte ihn daran, dass er noch lebte. Es frustrierte ihn zunehmend, je mehr sein Bewusstsein aus dem traumlosen Schwarz aufstieg, in dem es gerne geblieben wäre. Ein garstiges Grunzen beendete die gnädige Regentschaft des Weggetretenseins auf der Guillotine der Realität. Paul presste trotzdem die Augenlider zusammen.

Check: Dein Nacken ist steif. Dein Kopf liegt im rechten Winkel auf deiner Schulter, und dein Mund steht weit auf. Ein Mundwinkel ist feucht. Du hast gesabbert, bis in den Kragen. Klassische Musik. Die Band ist gegangen.

Die Band ist gegangen! Es könnte sehr spät sein.

Paul öffnete vorsichtig die Augen. Er erschrak.

Der Eckerd-Kellner saß ihm gegenüber, imposant wie eine Osterinselstatue. Er saß da, als ob er immer schon dagesessen hätte, bemerkenswerterweise glotzte er nicht oder starrte, er teilte einzig mit ihm den Raum. Beachtlich, angesichts seiner Präsenz. Paul sagte etwas, weil Eckerd nichts sagte.

»Was überlegen Sie? … du?«

»Ich habe mich gefragt, wie es dir wohl gehen muss, *Paul.*«

Check: Er kennt deinen Namen. Er weiß, wer du bist. Er sitzt hier schon gottweißwielange und hat dich nicht rausgeschmissen. Er hat dich schlafen lassen. Er denkt darüber nach, wie es dir geht. Das ist schräg. Schräg genug, um sofort abzuhauen. Aber noch ist nichts passiert, außer dass du aufgewacht bist. Reiß dich zusammen. Abhauen kannst du immer noch.

Pauls überdehnte Halsmuskulatur zog seinen Kopf unter Schmerzen in die Senkrechte. Sein Körper richtete sich auf, ohne dass er ihm Anweisung dazu gegeben hatte.

»Und was ist jetzt, wo du weißt, wer ich bin?«

»Weiß ich das?«

»Das weiß ja wohl jeder.«

»Und was jeder weiß ist alles, was es zu wissen gibt?«

»Nein.«

»Daher habe ich mich gefragt, wie es dir geht.«

Paul verblüffte, dass Eckerd auf nichts Spezielles hinauszuwollen schien. Er saß einfach da und schien in sich zu wandern, und dort gab es keinen Raum, in dem ein fertig gemaltes Bild von Paul hing. Vielmehr schlenderte er durch einen Ort namens Paul und war offen zu sehen, ob es ihm da gefiel. Irgendwann kam er zurück.

»Magst du Menschen? Wäre ja verständlich, wenn nicht.«

»Ich mag nicht, was sie sagen.«

»Na ja, Menschen sagen etwas, um anderen besonders gleich zu sein oder sich von ihnen zu unterscheiden.«

»Von mir wollen sich alle besonders unterscheiden.«

»Ist ja kein Wunder. Wenn ein paar sich von dir ganz besonders unterscheiden wollen, wollen das plötzlich alle.«

»Und keiner fragt, wie es wirklich war.«

»Wenn man fragt und die Sache dann ganz anders aussieht, wäre man ja vorher im Unrecht gewesen. Wer gibt das schon zu?«

»So gesehen mag ich Menschen nicht.«

»Möchtest du gerade lieber allein sein?«

»Du versuchst ja nicht, dich von mir zu unterscheiden.«

Als ob damit ein Fundament gegossen war, teilten sie die Stille der Nische, in der alles gleich wichtig war. Paul spürte, was den Ort so besonders machte, den Eckerd geschaffen hatte. Es war ein gütiges Einverständnis, in dem jedes Gefühl und jede Ansicht gleichberechtigt existieren durfte. Paul fühlte sich weder geehrt, hier sein zu dürfen, noch angeprangert oder gar bedroht. Auch nicht genötigt. Er fühlte nur Eckerds vorbehaltlosen, natürlichen Respekt vor ihm als Menschen. Wäre Pauls Selbstwertgefühl nicht viel zu beschädigt, er wäre gern Eckerds Freund geworden. Aber der Gedanke erodierte, je länger ihr verschränktes Schweigen andauerte.

Eckerd war derjenige, der es nach einer Weile brach. Er kam Paul schwerer vor. Als ob etwas auf ihm lastete.

»Wenn du dich umbringst … ist dann niemand traurig?«

Pauls Puls machte einen Kaltstart. »Wie kommst du darauf, dass ich mich umbringen will?!«

»Weiß nicht … Ich habe darüber nachgedacht, was du gesagt hast. Dass es wichtige Fakten gibt, die niemand über dich weiß. Oder die niemand wissen will. Wahrscheinlich, weil sie unter den Tisch gekehrt wurden, weil sie die Ungeheuerlichkeit deiner Geschichte weniger ungeheuerlich gemacht hätten, was schlecht für den Unterhaltungswert gewesen wäre. Dann habe ich mich gefragt, wenn mir etwas so Schreckliches, Unerklärbares passiert wäre, ob ich es würde klarstellen wollen, und bin zu dem Schluss gekommen, dass ich es müsste, und wenn es das Letzte wäre, was ich täte, weil solche Ungerechtigkeit mich auffressen würde. Dann allerdings ist mir eingefallen, dass man mir ja bisher nicht geglaubt hätte und es mit Sicherheit auch in Zukunft nicht tun würde, egal, was ich sagen würde, außer – und da sind wir wieder beim Machen – ich würde das Einzige in die Waagschale werfen, das mir geblieben wäre. Mein Leben. Würde ich mich umbringen, würde ich damit mächtig auf den Tisch hauen. Denn jemand, der bereit ist, für seine Version der Dinge zu sterben, ist in höchstem Maße glaubwürdig.«

Paul hätte es nicht besser zusammenfassen können. »Schwachsinn.«

»Wahrscheinlich. War ja auch nur ein Gedankenspiel. Weiß ja auch nicht, ob ich so weit gehen würde, wenn ich in der Situation wäre. Aber Selbstmord wäre eine Option. Und ich müsste nicht miterleben, falls meine Rehabilitation scheitert. Ich stelle mir das wackelig vor, es könnte ja doch eine Menge schiefgehen. Ich könnte gar nicht gefunden werden, ich könnte in ganz anderem Zustand gefunden werden als beabsichtigt, oder meine Nachricht an die Nachwelt würde missinterpretiert oder verbogen werden. Nichts wäre geklärt und mein Hilfeschrei umsonst verhallt. Oder, noch schlimmer, es würde alles so gedreht werden, dass der Gedanke an mich noch mehr Spott und Häme hervorruft, als das schon der Fall ist. Und ich wäre tot und könnte daran definitiv nichts mehr ändern. Diese Vorstellung hat mich so traurig gemacht, dass ich mich am Ende gefragt habe, ob jemand weinen würde, wenn ich mich umbrächte. Entschuldige, aber ich habe mich eben ernsthaft gefragt, was wäre, wenn *du* dich umbringen würdest.« Eckerds Augen waren gerötet und feucht, er schien sich konzentrieren zu müssen, Tränen zurückzuhalten. »Würde jemand weinen?«

»Nein.«

Eckerd schien an einem traurigen Ort zu sein, der von Sekunde zu Sekunde trauriger wurde.

»Wäre nicht alles leichter, wenn man dich *nicht* fände? Wenn du dich in Luft auflösen würdest und somit einfach alles vergessen wäre? Wenn du weg wärst, könnte dir echt mal egal sein, was man über dich denkt oder nicht.«

Paul musste zugeben, dass er den Gedanken gehabt, aber direkt wieder verworfen hatte. Sich einfach aus dem Staub machen! Einfach akzeptieren, dass alles unfassbar scheiße gelaufen war, und den Stecker ziehen. Tot und raus. Er spürte, wie sehr ihm dieser Gedanke missfiel.

Check: Sich aufzulösen, erfordert dezidierte Planung. Und eine wirklich gute Idee. In einen Vulkan springen, zum Beispiel. Gibt's hier aber keine. Ein Stahlwerk mit einem Hochofen, in den du dich nachts stürzen kannst.

Die Idee löste ein kurzes Hochgefühl in ihm aus.

Eckerd tupfte sich mit einem Ärmel die Augenwinkel. Dann stand er auf und atmete tief durch. »Ich hätte eine Idee. Ich weiß, was wir machen können. Aber da sich meine liebe Schwester gerade mal in Luft aufgelöst hat, muss ich hinter die Bar. Ich denke, es geht nicht mehr lange. Wenn alle weg sind, komme ich wieder. Okay?«

Paul nickte.

Eckerd schob sich aus der Nische und machte sich auf den Weg zur Bar.

Pauls Nacken krampfte.

Eine Idee. Ideen sind dazu da, etwas besser zu machen. Bes-

ser von scheiße ist aber immer noch scheiße. Die Dinge werden schlimmer, wenn einer eine Idee für dich hat.

Paul begann, sich ebenfalls aus der Nische zu schieben. Eckerds Schatten fiel auf ihn.

»Du bist doch noch hier, wenn ich wiederkomme?« Es war nicht wirklich eine Frage.

»Ja, klar. Ich bin da.«

»Sicher?«

Paul nickte verhalten. Wie alles in seinem Leben waren die Dinge innerhalb von Minuten kompliziert geworden. In einem anderen Leben war er mit Leib und Seele Polizist gewesen, weil es ein Richtig und ein Falsch gegeben hatte. Er war darin aufgegangen, dem Richtig zu seinem Recht zu verhelfen und das Falsch dem Richtig zuzuführen. Aber seit dem einen Tag war *er* falsch. Egal, wo er auftauchte, irgendwann wurde es mindestens kompliziert, meistens katastrophal.

Die Band spielte einen zarten, schmachtenden Tango. Paul hatte nie bewusst Tango gehört, und nach dem Tag X hatte er nichts mehr besessen, mit dem man Musik abspielen konnte. Jetzt drang sie tief in seine Seele und erlaubte ihr, zu weinen.

Der schillernde Matador hielt in elegischer Pose vor Pauls Nische. Aus seiner Maske musterte er ihn mit schräg gelegtem Kopf, schließlich schritt er wieder davon. Er schien genauso traurig zu sein wie Paul. Er hatte seine schwelgenden Runden gedreht, hier und da innegehalten, nur um wieder weiterzuschreiten, weil es nichts von dem gab, nach dem er verzweifelt suchte. Seine Haltung war stolz und, soweit Paul es hätte sagen können, seine Bewegungen perfekt, aber sein Gestus so traurig, dass er sich ihm zutiefst verbunden fühlte.

Der Matador kam zurück, stoppte einen provokanten Meter vor ihm, stützte eine Hand in eine weit ausgestellte Hüfte und musterte ihn. Ihre Blicke trafen sich, allerdings konnte Paul seine Augen erst in den Löchern der Maske lesen, als sie sich panisch weiteten.

Der Matador hastete zum Vorhang und verschwand.

Willa beendete ihren letzten Tango mit einer langen, ausladenden Verbeugung, während ihre Giganten bereits ihre Instrumente einpackten. Aureo klatschte ergriffen. Als Willa sich erhob, warteten *os gigantes* schon am Vorhang.

Aureo tippte eine Textnachricht.

Partidas.

Eckerd trat neben Willa. »Applaus für die wunderbare Willa und ihre Giganten!«

Aureo klatschte. Paul war herrlich tief in Willas Musik versunken gewesen, aber er hatte Hemmungen, seine Dankbarkeit kundzutun. Er war unbehelligt geblieben und wollte, dass es so blieb.

Die Instrumentenkoffer klapperten, als die Giganten sich im Pulk vor Willa durch den Vorhang schoben.

Aureo fand Marthes Blick und ließ den Zeigefinger kreisen, und als sie mit vielen Papierstreifen kam, zahlte er sie alle.

Winnie ließ seine Zähne leuchten. »Thanks! Aber du fährst jetzt nicht mehr, oder?«

»Is werde gehole.«

Sie sinnierten noch eine Weile vor sich hin, bis sich plötzlich ein Rauschen aus der Stille erhob. Es schwoll an, pulsierte und nahm bedrohlich an Intensität zu, bis ein heftiger Windstoß den schweren Vorhang aufstieß. Zwischen den flatternden Stoffbahnen blitzte gleißendes Licht.

Perplex klammerten sich alle an den Tresen, Paul stieg auf das Sitzpolster der Nische und starrte über die hohe Lehne hinweg zur Tür. Nur Aureo trank in Ruhe aus. Als das Rauschen tiefer wurde, klopfte er auf den Tresen und nickte zum Abschied.

»Boa noite, homens.«

Aureo verschwand durch den wehenden Vorhang. Bald darauf schwoll das pulsierende Rauschen noch einmal infernalisch an, um wieder abzuebben, als der Helikopter in die Nacht hinausschwebte.

Winnie nahm einen tiefen Schluck.

»Morgen hol ich mir auch so einen.«

Auf Marthes cremefarbenes, mit geschmiedeten Rosen und Kränzen verziertes Prinzessinnenbett zu kommen, erwies sich als schwieriger, als Klara gedacht hatte. Auf dem hohen Bettrahmen türmten sich drei Matratzen, und darauf, zwischen monströsen Kissen mit ausgefransten Kanten, gezogenen Fäden und Löchern, lauerte ein riesenhafter, fetter Kater. Als Klara oben war, fauchte er, woraufhin Marthe ihren Arm schwer auf ihn legte, bis er flach in die Matratze gepresst aufgab. Sicherheitshalber krabbelte Klara über Marthe hinweg und ließ sich auf der anderen Seite in ein riesiges Plüschkissen sinken.

Argwöhnisch beobachtete sie, wie der Kater sich Marthes mechanisch kraulende Finger gefallen ließ, wobei *kraulen* es nicht richtig traf. Ihre Fingernägel strichen von hinten nach vorn über seinen Kopf, gruben sich kurz über seinen Augen in die Kopfhaut und zogen sie darauf unerbittlich zurück, bis seine Augen grotesk aus dem Schädel traten. Die zum Bersten gespannte Kopfhaut zog den Kopf unerbittlich in den Nacken, bis er den Rücken berührte.

Zu Klaras Verwunderung machte der Kater dabei keinerlei Anstalten, sich aus Marthes Griff zu winden, er gab nur ein langes, gurgelndes Stöhnen von sich, bis die Prozedur von Neuem begann. Klara fragte sich, wie sich diese Art der Liebkosung hatte entwickeln können, ohne dass der Kater Marthe im Todeskampf das Gesicht zerfetzt hatte. Würde Marthe so was bei ihr versuchen, würde sie ihr mächtig eine scheuern.

Marthe reichte Klara den Teller. Schließlich nahm sie einen der Sandwichtürme und musterte ihn skeptisch.

Muss das so hoch sein?

Ein Schaschlikspieß hielt die vielen Lagen von Salat, Ei, Tomate, Gurke, Käse, Schinken und verschiedenen Soßen aufeinander. Man konnte unmöglich hineinbeißen, ohne sich einzusauen. Obenauf lag eine Blume. Dieses Sandwich war maßlos. Es wollte *beeindrucken*. Es *bezweckte* etwas. Es wollte *ablenken*. Klara führte den Turm an der Nase entlang. Niemand könnte unter all dem

Schinken, Käse, Gewürz und Soßen die chemischen Geschmäcker von Drogen oder K.o.-Tropfen herausschmecken.

Marthe sah belustigt zu, wie sie die einzelnen Lagen auseinanderspreizte, um zu sehen, ob sich etwas Schädliches dazwischen verbarg. Schließlich nagte Klara an ein wenig Käse mit Gurke und Remoulade. Marthe grinste. Dann presste Klara den Turm mit beiden Händen zusammen und biss todesmutig hinein.

Es schmeckte wunderbar. Gierig biss sie immer wieder ab, sodass der köstliche Klotz schnell kleiner wurde.

Die Wärme der Armee von Kerzen begann, das beschlagene Glas zu klären. Die Lichter der Stadt mischten sich allmählich in das Meer aus Flammen, bis Nah und Fern anfingen, sich zu etwas Neuem zu ordnen.

Alles Gute war nah. Und alles Schlechte fern.

Klara kämpfte auf ihrem riesigen Plüschkissen gegen ihre schweren Lider.

Du musst wach bleiben. Wachsam. Du wolltest nach Paul sehen.

Sie zwang sich, die Beine zur Bettkante zu schieben.

»Du hast es wirklich wunderschön hier in deiner Riesenlaterne.«

Marthe lächelte.

»Und vielen Dank für das … Brot.«

Marthe nickte.

Klara ließ die Beine baumeln. »Wir hatten mal einen Lemming. Den fand ich total doof, weil ich lieber ne Katze wollte. Aber ich hab ihn trotzdem nie auf den Balkon gelassen, weißt du, was ich meine?«

Marthe nickte.

»Paul ist ein Waschlappen. Und ein dreckiger Dieb. Er hat mir Geld geklaut und es hier verfressen. Aber das macht er nicht, weil er gemein ist. Er ist einfach lebensblöd. Wie der Lemming. Also … vielen lieben Dank, aber ich muss jetzt runter und nach dem Idioten sehen.«

Marthe räusperte sich.

Es war ein bemerkenswertes Räuspern, weil es entschied, dass

Klara auf dem Bett bleiben würde. Marthe schob den schläfrigen Kater rigoros vom Bett, warf ein paar der großen Kissen auf den Boden und boxte Klara das riesige, schwere Plüschkissen auf, bis es dick und weich war.

Klara saß steif wie ein Stock. Marthe krabbelte zu ihr und stupste sie. Klara zuckte, aber sie versuchte, sich nichts anmerken zu lassen. Marthe stupste sie, pikste und kitzelte sie, bis Klara ihre Blockade aufgab und sich giggelnd in das riesige Kissen kippen ließ.

Marthe warf ihr eine kuschelige Decke über und stopfte die Ränder rundherum unter ihren Körper, bis er sicher eingepackt war. Nur der Kopf schaute aus dem Paket heraus, und ein Arm, in dessen Hand Marthe die zweite Sandwichhälfte legte.

Klaras Lider schienen Tonnen zu wiegen. Sie lallte ein wenig, als sie sprach. »Gehst du noch mal runter? Würdest du dann bitte mal nach Paul Blödmann sehen?«

Marthe nickte.

Klara klappte den Mund auf, so weit es ging, biss ab und mampfte glücklich. Ihre Augen waren nur noch Striche. »Ach, ist auch egal.«

Die gläserne Tür des Martheramas schloss sich leise.

Durch Klaras zuckende Lider flimmerten das Kerzenmeer und die Lichter der Stadt.

Nur einen kleinen Moment. Paul Lemming muss mal alleine klarkommen.

VISIONARY FLASH

Eckerd hatte hinter der Bar fertig aufgeräumt, dabei bewusst Lärm gemacht und sich wortkarg, müde und geschäftig gegeben, aber Winnie sog immer noch an seinem Tropic Thunder, dessen Rest in dem riesigen Glas ein unappetitliches Grau angenommen hatte. Schließlich ignorierte Eckerd ihn einfach, kramte in den Fächern unterm Tresen und schickte sich an, hinter der Bar vorzukommen. Winnie schaute glasig auf die Holzbox unter Eckerds Arm.

»Cooler Vintagekasten. Ihr habt echt krasses Zeug hier. Sag mal …« Winnie winkte Eckerd heran.

Eckerd kam und legte den Kasten auf dem Tresen ab. »Was?«

»Das ist echt ne monster user experience hier. Was hältst du davon, wenn ich in deinen Laden einsteige und wir das Ding richtig groß machen? Mit nem geilen Franchisingkonzept, voller globalization und so. Das cooking ist hammer, n bisschen müssen wir das natürlich noch anpassen auf local tastes. Burger und so, you know? Das swagge Styling hier ist unsere weltweite corporate identity, das machen wir überall copy-paste, wir hiren für die ganzen Stores einfach ne Crew von Setdesignern aus Hollywood, die bauen das alles nach, just like that. Und BOOOM, gibt's *Von Herzen* in Vegas und den Universal Studios mit eigenem Merchandising und deinem picture auf mugs in fünf Größen! What do you think?«

Eckerd versuchte zu erspähen, was Paul machte, aber er konnte nur seine Beine sehen. »Mal ehrlich, meinst du, Abdullah kommt noch?«

»Nope. War letztes Mal auch so mit seiner Mom. Ich krieg dann wieder ne Mail.«

»Dann wird's ja schwierig mit BOOOM.«

»Na ja, ich könnte für n Übergang die Money Makers checken. Ich seh die ja gleich. Vielleicht gehen die mit venture capital rein, bis ich Abdullahs Kohle habe. Bestimmt sogar. Scheiße, das Ding ist hot. Das fliegt.«

»Money Makers?«

Winnie beugte sich vor wie einer, der Insiderwissen preisgab.

»Money Makers. Daher sind die fünfundzwanzigtausend. Innerhalb von einem Tag. Autobahnraste, Umschlag, BAM!«

»Du hast dir das Geld für diesen Abdullah geliehen?«

»So was von easy. Die findest du im Web, ganz clean, mit trusted shop und so. Total flexibel. Ich hab mir direkt mal fünfzigtausend kommen lassen. Brauchte n neuen suit, nen fancy Leihwagen und so. Ich kann ja nicht wie n Hobo zu nem Zehn-Millionen-Dollar-Meeting aufkreuzen, you know?«

Eckerd sah ernstlich besorgt aus. »Und wie zahlst du das ab?«

»Gar nicht. Einmalbarrückzahlung inklusive Zinsen. Ist ja nur ne Zwischenfinanzierung, bis ich die Mios hab.«

»Und wie hoch sind die Zinsen?«

»Zehn Prozent.«

»Im Jahr?«

»Wo lebst du denn? Pro Tag. Aber keine Bürgschaft oder so was.«

»Hast du mal ausgerechnet, wie viel das bis heute ist?«

»Hatte ich mal vor, aber war so viel zu tun in der letzten Zeit.«

»Und wann ist Zahltag?«

»Sollte letzte Woche sein. Da wollte Abdullah eigentlich schon da gewesen sein, aber, like I said, seine Mom hatte Grippe, deswegen hat er auf heute verschoben. Wer weiß, was heute los war, ich denke, der fliegt von Dubai rein oder so.«

Eckerd deutete auf Winnies malträtiertes Gesicht. »Und dass das Geld nicht da war, hat Money Makers nicht gefallen.«

»Na ja. Die Angestellten haben … sagen wir … wahrscheinlich keinen Bachelor. Aber der Boss ist total nett.«

»Wann ist denn jetzt Zahltag?«

Winnie sah auf seine nagelneue Panerai. »In etwa … einer Stunde.«

»Und wenn du wieder ohne Geld auftauchst?«

»Man kann ja über alles reden.«

»Wo trefft ihr euch?«

»Auf ner Baustelle. Aber da wird im Moment nicht gebaut. Ist also diskret. Der Chef meinte, die würden mich einfach abschreiben, wenn ich die Kohle nicht habe.«

Eckerd klang alarmiert. »Dich oder die Kohle?«

»Was weiß ich? Meint doch dasselbe. Bro, die kennen das, die verleihen jeden Tag Geld und haben bestimmt so was wie ne Ausfallversicherung. Wahrscheinlich muss ich's dann gar nicht mehr zurückzahlen. Ich geh einfach hin und rede mit denen.«

Eckerd wurde papierweiß. »Hast du mal daran gedacht, dass die dich umbringen?«

»Was guckst du denn für Filme? Meinst du, ich bin blöd? Das ist n modernes Business. Ich sag doch: trusted shop. Außerdem, was hätten die davon? Dann wär die Kohle doch ganz weg.«

»Für mich heißt das, dass die dich so lange verprügeln, bis sie sicher sind, dass sie ihr Geld nicht bekommen. Das wird lange sein, und dann bringen die dich um, weil du sonst zur Polizei kriechst!«

»Bullshit.«

»Ach ja? Und das macht dir keine Sorgen, dass ihr euch auf einer verlassenen Baustelle trefft?«

»Du machst dir echt zu viel Kopf, Mann. I can handle that, you know. Außerdem wird das alles smooth laufen.«

»Ach ja? Die haben dich doch schon mal windelweich geprügelt.«

»Dickie, seit ich meinen visionary flash hatte, flowt es im universe. Alles läuft auf einen horizon hinaus, und der ist mega! Once in a lifetime, you know? Ich hatte meinen Flash, hatte die Intuition und quitte meinen Job, krieg die Mail von Abdullah, der mit zehn Mios reingeht, krieg die Kohle von Money Makers für das bridge financing, Abdullahs Mom wird krank, ich kriege neue Koordinaten, und BAM, stolper ich in deinen Joint und finde genau die immersive experience, die auf meinen visionay flash passt. Wenn das Zufall ist, weiß ich's nicht. Das wird *gigantic*, der Rest ist Details. Und wenn man dabei mal auf die Fresse kriegt, so what.«

In Eckerd schien es wild zu arbeiten, er lehnte sich über den Tresen, ganz nah an Winnie heran. »Die werden dich in ungefähr einer Stunde *totfoltern*.«

Eine Zeit lang war es still, Eckerd polierte lange ein einziges Glas. Winnie fühlte sich schuldig. Die atmosphere war so inspiring gewesen.

»Dickie, ich reveal dir jetzt was. Danach wirst du dich nur noch bepissen vor Freude, dass wir beide uns heute connected haben. Wir gehen ab wie Sau!«

Eckerd war sprachlos.

Winnie trank, dann kramte er einen ausgebeulten Umschlag aus seiner Sakkotasche und ließ den Inhalt auf den Tresen rollen. »Das, my friend, is the future. Mein visionary flash!«

Eckerd beugte sich herunter, um zu sehen, was vor ihm auf dem Tresen lag, kramte stirnrunzelnd in den Fächern unter dem Tresen und kam wieder hoch, um genau den gleichen Gegenstand neben den von Winnie zu legen.

Eckerd sah Winnie zutiefst besorgt an. »*Das* ist es? Eine *Teeblume*?«

Winnie sah ihn triumphierend an. »Exactly! Und jetzt mach mal ne richtig geile Barista Milk. Wie für n Latte macchi.«

Verwirrt trat Eckerd an die Espressomaschine. »Okay … Mager, fett, Soja, Mandel, Hafer oder Cashew?«

»Great range, Dude. Egal.«

Eckerd stellte Winnie ein hohes Glas mit aufgeschäumter Milch hin, der grinsend seine Teeblume hineinwarf. Eckerd verschränkte die Arme auf dem Tresen und legte das Kinn darauf, wie Winnie es tat. So wartete jeder auf seiner Seite der Theke, starrte das Glas Milch an und beobachtete, was sich im Innern tat. Winnies Augen leuchteten.

»Ich hab doch erzählt, dass ich diese stupid Nikolaus-Nonsenskiste gekriegt hab. Da drin haben n paar von den Teeblumenkugeldingern neben nem bag Kaffee gelegen. Weiß der Geier, wie lange. Der Tee schmeckt jetzt total nach Kaffee. Und dann, BAM, haben meine Neuronen gefeuert.«

Einige Minuten länger starrten sie auf das Glas, bis tatsächlich aus dem Weiß der Milch etwas kam. Ein fieser Krake, der aus einem spermatozoischen Urschleim Dutzende dunkle, lappige Tentakel von innen gegen das Glas presste, um das umgebende Weiß faulig braun zu färben.

Eckerd verzog das Gesicht. »Sieht nicht aus, als ob ich das trinken möchte.«

»Trink, Mann.«

Eckerd nahm einen Schluck. Er hob eine Augenbraue. »Okay. Gar nicht schlecht. Tee und Kaffee in einem.«

»Das ist *Teefee*! BOOOM! Newsflash! Starbucks und Nestlé können zumachen!«

»Sieht aber scheiße aus.«

»Gott, Dickie, sei nicht so limited! Stell dir das mit durchsichtiger Milch vor!«

»Wo gibt's die denn?«

»Keine Ahnung, die inventen wir gleich mit! Ist n Upgrade. Shit, weißt du, was das heißt, durchsichtige Milch? Hat noch keiner gemacht! Gott, bin ich gut drauf. I'm a fucking genius!« Winnie schlug mit der flachen Hand auf den Tresen. »Die Kombi bringt billions! Siehst du? Hab gewusst, wie gut wir interacten! Also, bist du in? Dann geh ich nämlich jetzt los und hol mir die Startkohle von Money Makers.«

Eckerd wurde laut. »Sag mal, will das nicht in deinen Kopf? Das Einzige, was gleich passiert, ist, dass du Teil eines Betonfundaments wirst, nachdem man dich stundenlang grausam gequält hat.« Er klang verzweifelt.

»No offense, aber mal ganz ehrlich, Dickie: Du wirst mir langsam n bisschen zu goth. Also, bist du on board oder nicht?«

»Ich? Also, ich ... ja, okay, bin dabei.«

»Geil! BAAAAM! Komm, wir kippen darauf einen, und dann hau ich ab zu dem Meeting mit Money Makers und mach das Ding fett. Und jetzt champagne, deal?«

»Klar.« Eckerd goß zwei Gläser ein, eines mit Sekt, eines mit Wasser, kam nach vorn und schob sich neben Winnie auf einen Barhocker.

Sie ließen die Gläser klirren.

»Auf deine immersive experience und meine innovations! Wir werden stinky rich!«

Winnie wollte gerade trinken, als Eckerd sein Wasser wieder abstellte. Er hob den Finger.

»Warte. Etwas fehlt noch.« Eckerd wandte sich ab.

Winnie hörte ein hölzernes Schaben. Er war aufgeregt. Das war der perfect moment. Rocket launch. Er war so gut drauf, er könnte heute noch tausend solcher innovations raushauen.

Dann spürte er einen zarten Luftzug, und plötzlich entzündete sich in seinem Kopf ein ganzes Feuerwerk. Eine A-bomb, ein Big Bang, Splash, BOOOM. Ein neuer visionary flash im Anmarsch. So heftig hatte er das noch nie. Es musste eine noch gigantischere Geschäftsidee sein. Ein Superdeal. Der Megaseller. Er bekam ihn nur noch nicht so ganz zu fassen, aber er kannte das. Es dauerte einen Moment, bis nach einem Flash die Megaerkenntnis kam.

Eckerd liefen Tränen über die Wangen. Er stand eine Weile hinter Winnie, mit hängenden Schultern, die Keule in der losen Hand. Winnie lag nach vorn gesunken, das Gesicht mit einer Wange flach auf dem Tresen. Von hinten sah er aus, als ob er im Rausch eingenickt war, von der Seite leuchteten seine Augen von dem visionary flash, der ihn im letzten Moment ereilt hatte. Nur eine kleine Abflachung an seinem Hinterkopf war ein leicht zu übersehendes Indiz für den organischen Totalschaden, den die Keule im Inneren verursacht hatte. Eckerd hob Winnies grellorange Baseballkappe auf, zog sie ihm über den Kopf und wischte sich mit einem schweren Seufzer die Tränen aus dem Gesicht.

»Du bist ein … *Ungeheuer*!«

Eckerd fuhr herum.

Paul stand hinter ihm. Er wankte ganz nah an Eckerd heran. »Wie kannst du so was machen?!«

Eckerd spannte seine Muskeln an. Er packte die Keule hinter seinem Rücken fester. »Was meinst du?«

Paul spuckte, als er ihn anfuhr. »Du kennst mich überhaupt nicht! Du hast keine Ahnung, was ich durchgemacht habe! Und dann kommst du einfach daher mit der Wahnsinnsidee, ich soll einfach die Fresse halten und mich irgendwo still und leise umbringen. Weißt du, wie ich so jemanden nenne?! Ein *Arschloch*! Wie kannst du so was sagen? Noch mal zum Mitschreiben! Ein *Arschloch*!«

»Das freut mich.«

»Ach, das freut den Herrn? Hast du gut über mich gelacht?!«

Eckerd trat vor.

Paul kam in Rücklage.

»Es freut mich, dass du dich so aufregen kannst. Das heißt, dass noch Leben in dir steckt.«

Paul stieß an Winnie, entschuldigte sich, und als nicht der Hauch einer Reaktion kam, ging er in die Knie und spähte unter den Schirm der Baseballkappe. Er konnte Winnies Augen nicht sehen, wohl aber seinen aufstehenden Mund. Sein Kiefer war auf dem Tresen kleben geblieben, als sein Körper zusammengesackt war, der Mund war dadurch aufgeklappt und hatte die leuchtend weißen Schneidezähne freigelegt, die herausstanden, als ob sie am Tresen nagen wollten. Paul trat zur Seite. »Hast du dir den mal angesehen? Der ist voll weggetreten.«

»Hast du dich langsam abgeregt?« Eckerds Stimme klang müde, fast brüchig. Seine Augen waren gerötet. Er sah unglücklich aus.

Paul wollte es nicht, aber es machte ihn betroffen. »Alles okay mit dir?«

Eckerd lehnte sich auf den Tresen. »Geht schon. Ich kümmere mich gleich um ihn.« Er ließ die Keule heimlich hinter den Tresen gleiten.

Paul schob ihm Klaras durchnässte dreißig hin. »Okay … dann werd ich jetzt mal gehen. Ich hoffe, das reicht.«

»Behalt das. Hör mal, ich verstehe, dass dich wütend gemacht hat, was ich gesagt habe. Entschuldige, aber hier war die Hölle los. Möchtest du meinen Vorschlag noch hören?«

Nein, möchte ich nicht! Ich will jetzt los und mich umbringen!

»Ja, klar …« Paul spähte hinter sich. Hier ging es um wirklich private Dinge, und er wollte nicht, dass irgendwer etwas davon mitbekam, aber der Kopf des Sturzbesoffenen lag noch genauso auf dem Tresen wie vorher. »Sag mal, wollen wir den nicht auf ne Bank legen oder so?«

»Gleich. Du bist jetzt wichtiger.«

Paul konnte nicht anders, als sich geehrt zu fühlen. Und die Aussicht, kurz vor Schluss Eckerd noch mal ein wenig über sich erzählen zu können, war verlockend. Schließlich war Eckerd der letzte Mensch, der mit ihm gesprochen haben würde.

Hinter Eckerd, Meter entfernt am Ende der Bar, tauchte plötzlich die Pilotin auf und lehnte sich an den Tresen. Sie sah zu ihnen herüber. Pauls Hochgefühl sank. Wenn sie kam und zuhörte, war das etwas ganz anderes. Sie würde auch heraushören, was er nicht erzählen wollte, da war er sich sicher.

Paul beugte sich zu Eckerd. Er flüsterte. »Was macht sie da?«

Eckerd drehte sich zu der Pilotin um. »Was machst du da?«

Ihr Mund formte Worte, die Paul nicht verstand.

Eckerd schon. »Sie guckt, was du so machst.«
»Ah.«
Eckerd winkte sie heran. Sie blieb hinter seiner Schulter und musterte Paul. Es machte ihn nervös.
»Du redest nicht gerne, oder?«
Sie sprach etwas in Eckerds Ohr.
Eckerd sprach. »Gerade nicht.«
»Ah.«
Paul war sich selten dümmer vorgekommen. Sie flüsterte wieder in das Ohr, ohne den Blick von Paul zu nehmen.
Das Ohr sprach. »Sie fragt, wie's so geht. Gut?«
»J-ja danke. Geht gut.«
Sie trat vor, um Winnie zu mustern. Seine Hand hielt noch den Fuß des riesigen Cocktails, dessen üppiges Fruchtbouquet hoch über ihm aufragte. Marthe sah Eckerd besorgt an. Er sah traurig aus.
»Er ist vor dem Tropic Thunder in einen sicheren Hafen gesegelt.«
Marthe lächelte, aber offensichtlich war sie zu müde, der Allegorie zu folgen. Sie schüttelte ihre Skepsis mit einem Schulterzucken ab, flüsterte Eckerd etwas ins Ohr und zeigte bedeutsam nach oben. Er nickte. Dann lächelte sie Paul noch einmal unverbindlich zu und verschwand im Dunkel neben der Bar.
Paul wartete, dass Eckerd das Geflüsterte wieder übersetzte, aber er tat es nicht. Paul verpackte seine Neugier.
»Deine Schwester, richtig?«
»Ja, Marthe.«
»Ah. War's was Wichtiges?«
»Vielleicht. Sag mal, ist da wirklich keiner, der sich um dich schert?«
»Nein, wieso?«
»Weil mich das fertigmachen würde.«
»Ich hab kein Telefon, ich hause in einer verlassenen Werkstatt. Wer sollte da hinkommen? Okay, letztens ist da so ne Göre aufgetaucht, die dachte, das ist n Abenteuerspielplatz oder so, aber sonst, nein.«

Eckerds Finger tappten einen Rhythmus auf dem Tresen.

»Vorhin … Ich hab echt nicht gemeint, dass du dich umbringen sollst. Das ist so unsagbar traurig, wenn sich einer selbst umbringen muss. Ist auch grausam, wenn es schiefgeht.«

Es dauerte, bis Paul ahnte, auf was Eckerd hinauswollte. »Du meinst nicht etwa, ich soll mich umbringen *lassen*?«

Eckerd streckte sich, seine Hand suchte etwas hinter dem Tresen. Sie fand es. »Wenn das die einzige Lösung wäre: ja.«

Paul war kurz davor, wieder in seinen Wutmodus zurückzufallen, bis ihm klar wurde, welche unfassbare Bürde, welches Gebirge aus Bürden das von ihm nehmen würde.

Daran hast du nie gedacht. Wie auch? Um so etwas kann man ja schlecht jemanden bitten.

»Wie soll das gehen?«

Eckerds Arm schnellte nach vorn.

Paul zuckte von einem trockenen Knall zusammen, und er hätte nicht sagen können, ob er von außen oder von innen kam. Er zuckte zusammen, aber sein Geist erhob sich in der berauschenden Schwerelosigkeit genommener Last.

Eckerd füllte ein Glas mit dem Sekt, mit dessen knallendem Korken er Pauls Selbstumkreisungen hatte unterbrechen wollen. Das andere füllte er mit Wasser.

Pauls Herz raste, aber in seinem Kopf arbeitete es fieberhaft. Das war eine ganz neue Farbe auf der Palette! Wenn er sich umbringen lassen konnte, wäre das Problem seines würdevollen Abgangs gelöst, denn der, der ihm diesen unglaublichen Gefallen tat, hätte Kontrolle über die Umstände, in denen man ihn fand. Er könnte dafür sorgen, dass man ihn in Würde und unter gepflegten Umständen fand, und dafür, dass die Situation keinen Spielraum für negative Interpretationen ließ. Paul sah Eckerd genau an. Würde er das ernsthaft für ihn tun? Eckerd hob feierlich sein Glas.

»Was hältst du davon: Du wirst unser Oberkellner!«

»*Bitte?*«

»Du. Hier. Kellner.«

Paul fühlte sich, als ob er durch die Himmelspforte gebeten und direkt wieder hinausgestoßen worden war. Neben bodenloser

Enttäuschung fühlte Paul, wie sehr ihm jedes Gefühl für Moral abhandengekommen war. Dass er ernsthaft geglaubt hatte, dass ihn ein Barbesitzer, den er gerade erst kennengelernt hatte, aus Nächstenliebe umbringen und für die Nachwelt inszenieren würde … *Kellner*. Paul winkte ab.

»Völlig ausgeschlossen. Das würde nie funktionieren.«

»Warum? Für mich hast du die allerbesten Referenzen.«

»Ich mache Menschen Angst. Wenn ich hier anfange, würde es hier so leer sein wie Tschernobyl nach dem Gau.«

»In den Grenzgebieten, in denen sich viele unserer Gäste bewegen, kennst du dich bestens aus.«

»*Auskennen?* Ich werde mich *umbringen*. Heute. Außerdem habe ich noch nie als Kellner gearbeitet.«

»Du warst doch Polizist. Ist fast dasselbe. Du kriegst ein Signal, kommst dahin, hörst dir was an, schreibst es auf und berichtest, es geht den üblichen Dienstweg, und am Ende fährst du noch mal hin und guckst nach dem Rechten.«

Paul schüttelte entschieden den Kopf. Eckerd schnitt mit dem Kellnermesser ein Stück von dem Sektkorken ab und presste ihn zurück in den Flaschenhals.

»Es war nur eine Idee. Ein Vorschlag. Nimm den Champagner und denk noch mal drüber nach. Ich könnte jedenfalls dringend Hilfe gebrauchen. So, und jetzt kümmere ich mich mal um unseren Freund hier.«

»Ich helf dir.«

Eckerd sah Paul eindringlich in die Augen. »Geh und entscheide, Paul Paulsen.«

Paul drehte sich um. Eckerd sah ihm hinterher, bis er mit der Sektflasche durch den Vorhang getrottet war. Es wurde wunderbar still. Eckerd trank Wasser, legte das kühle Glas an die Stirn und atmete tief durch.

»Heilige Exkremente! Bestärke mich, sollte ich je solches Getränk von dir fordern!«

Eckerd fuhr herum.

Felix wedelte mit Winnies Baseballkappe.

»Unser Entrepreneur scheint seine Performance ein zweites

Mal deutlich überschätzt zu haben. Wäre es möglich, dass ihm ärztliche Kompetenz zuteilgebracht werden muss? Wenn ihr mal schauen wollt, das wird ein grausamer Kater!«

»Ich glaube, der Kater wird sich in Grenzen halten.«

»Er starrt ins Leere. Sollte nichts unternommen sein?«

Eckerd nahm Felix die Kappe ab und zog sie Winnie notdürftig über den Kopf »Ich kümmere mich. Ganz bestimmt.«

»Wohlan. Schüttete Herr Abdullah sein Füllhorn über Winfried aus? Es würde seinen Zustand ansatzweise erklären.«

»Hast du wirklich geglaubt, der kommt und zahlt?«

»Glaubte ich daran, mein Leben wäre Makulatur, denn mir passierte solches nicht. Maître, ist der Münzfernsprecher im Foyer noch operabel? Ich würde mich daranmachen, alsbald einen Kundigen für unseren Gewinner auszurufen.«

Eckerd griff hinter den Tresen, holte aus und schlug ansatzlos zu. Es klatschte trocken. »Ich glaube nicht.«

Wie vom Blitz getroffen, blieb Felix für einen Moment wie angefroren stehen, dann wankte er.

Eckerd lockerte seinen Griff um die zusammengerollte Theaterzeitung und legte sie in Felix' zittrige Hände.

»Ich kümmere mich um ihn, und du kümmerst dich um die Rolle! Komm wieder als der eingebildete Kranke und schmeiß ne Runde! Oder wir kommen zur Premiere! Okay?«

Felix warf störrisch den Kopf in den Nacken und schritt rücklings Richtung Ausgang.

»Mon ami, niemand versuchte wie du, meiner Existenz Hoffnung und Gelegenheit zu spenden, aber meine Verfassung lässt es sinnlos sein. Aber ja, das bekritzelte Manifest meiner Jämmerlichkeit nehm ich an mich. Von Herzen, sei bedankt für den fantastischen Abend. Und größten Respekt vor deinem Strahl! All das werde ich niemals vergessen. Sei meines ewigen Dankes gewiss, bis ich sterbe. Allerdings – das wird aller Voraussicht nach nicht mehr lange sein. Au revoir!«

Eckerd applaudierte, bis Felix verschwunden war.

Dann stemmte er sich schwer aus dem Barhocker und zog Winnie die Kappe ordentlich auf den Kopf. Eine ganze Weile blieb er in stiller Andacht bei ihm, weinte noch ein paar Tränen, dann klopfte er ihm auf die Schulter und machte sich schleppenden Schrittes auf den Weg nach oben.

WIE SONST AUCH

Als Marthe lautlos eintrat, schlief Klara tief und fest, wobei sie die zweite Hälfte des üppigen Sandwichs so fest umklammert hielt, dass rundherum Remoulade, Ketchup und Senf zwischen ihren Fingern hervorquollen.

Marthe ging um das Bett herum und versuchte, Klaras Finger vorsichtig aufzubiegen, aber sie schienen den klaren Auftrag zu haben, die Beute auf keinen Fall loszulassen. Marthe pulte das Sandwich stückchenweise aus ihrer Faust und steckte sich die Stücke in den Mund, weil sie zu glitschig waren, als dass sie es bis zum Teller auf der Kommode geschafft hätten.

Klara schnarchte gleichmäßig, selbst als Marthe ihr den verbliebenen Brei aus Soßen und matschigem Toast von den Fingern leckte. Erst als sie die nasse Hand auf die Decke bettete, murmelte Klara von weit her. »Is alles ... gut?«

Marthe strich sanft über Klaras Wange. Sie tauchte wieder tief.

Wie sonst auch zog Marthe sich aus, kletterte von der anderen Seite auf das riesige Bett, lag nackt in der Wärme ihres Kerzenmeeres unter dem Glasdach in Sternen.

Klaras schlafender Kopf kippte an Marthes Schulter. Kurz darauf klatschte ihre glitschige Sandwichhand auf Marthes nackten Bauch, wo ihre Finger von wilden Träumen zuckend Spucke und Soßenreste verteilten. Als Klaras träumende Finger begannen, Marthe in die Bauchdecke zu kneifen, drehte sie sich auf die Seite. Die Hand hing erst eine Weile zuckend über ihrer Schulter in der Luft, schließlich tastete sie sich weiter, fand Marthes Busen und knetete ihn.

Marthes gütiges Stirnrunzeln blieb, selbst als sie längst eingeschlafen war. Ihre riesige Laterne auf dem Dach des *Von Herzen* leuchtete weit in die Nacht.

Es kam ihm alles wie ein Fiebertraum vor.

Jetzt, wo das *Von Herzen* nur noch ein schwacher roter Schein am Ende einer langen Straße war, zwang ihn lediglich die Flasche in seiner Hand, daran zu glauben, dass er wirklich da gewesen war. Bei all den seltsamen Menschen, der rotledernen Frau, bei Marthe und bei Eckerd, der ihn zu seinem Kellner machen wollte. Der ihm einen Sekt geschenkt hatte.

Sekt. Klebrige Anzahlung. Emotionales Druckmittel. Bestechung nahezu. Du, ein Kellner! Wahnwitzige Idee.

An einer Kreuzung stopfte Paul die Flasche in den Mülleimer eines Ampelmasts und stapfte die Straße hinunter.

Okay, Eckerd kann nicht wissen, wie man auf dich reagiert. Sonst wäre ihm sein Angebot im Hals stecken geblieben. Jemandem einen Job als Kellner anzubieten, dem Menschen so zusetzen, dass er sich umbringen muss!

Paul wartete ein paar Nachtschwärmer ab, dann schlich er zurück und nahm die Flasche wieder an sich.

Von der Kreuzung aus konnte man in eine lange Straße sehen, an deren Ende, hoch über den Dächern, Lichter in der Schwärze der Nacht schwebten. Der feuchte, böige Wind tat gut.

Die Brücke über den Fluss.

Sie war Paul schon öfter durch den Kopf gegangen, aber sie hatte nicht in sein Portfolio relevanter Todesarten gepasst, weil man einfach verschwand. Springen demonstrierte oder erklärte nichts. Und es entsprach nicht seinem Verständnis von Würde, als aufgedunsene, fischäugige Wasserleiche gefunden zu werden. Allerdings, von der Brücke zu springen war einfach, sicher und unumkehrbar.

Du hast keine Uniform an. Die Uniform war immer ein fester Teil deines Plans. Aber manches lässt sich nicht planen.

Es dauerte, bis Paul die steile Brücke erreicht und sich auf dem Fußweg gegen die scharfen Böen zum Scheitelpunkt vorgearbeitet hatte.

Eckerd hatte recht. Vergiss die Uniform. Vergiss dich. Es wird danach egal sein. Auch wenn es dir gerade überhaupt nicht egal ist.

Paul kletterte über das Geländer.

Ein paar schwarze Kähne trieben mit oder stampften gegen den schwarz glitzernden Fluss, zäh kroch er vom Horizont heran, bis er sich schäumend an der Verteidigungslinie aus Betonschiffen brach, aus denen die turmhohen Brückenpfeiler ragten. Ein Polizeiboot trieb zwischen ihnen durch, auf dem niemandem auffiel, dass vor dem Geländer ein Paul stand, der sich an nur einer Hand hielt, während in der anderen eine Sektflasche baumelte. Eine Bö ließ ihn schwingen, aber es machte ihm nichts. Er fühlte keine Angst, denn er brauchte keinen Plan. Es war klar, was zu tun war. Paul entkorkte die Flasche mit einem Biss.

Ein Toast darauf, wie scheiße das Leben ist. Ein Schluck Sekt. Ein Ende.

Paul nahm einen tiefen Schluck.

»Hau ab!«

Paul zuckte zusammen. Er zwang sich, nach unten zu sehen. Direkt unter ihm, auf einem weinfassgroßen Bolzen, von dem aus eines der schenkeldicken Brückenkabel hoch in die Nacht ragte, saß rittlings ein Mann.

Paul musste gegen den Wind rufen. »Was machst du da?«

»Wonach sah es denn aus, Arschloch?«

»Wieso sah?«

»Weil ich gesprungen bin.«

Check: ein Geist. Wundert dich das?

»Warum wolltest du dich umbringen?«

»Das ging dich nichts an!«

»Demnach bin ich auch schon gestorben?«

»Klar. Warum warst du sonst hier?«

Paul ging in die Knie, um ihm den Sekt zu reichen. »Da hattest du wohl recht.«

Der andere reckte sich nach der Flasche, packte sie und trank gierig.

Check: doch kein Geist.

»Hattest du mir noch was übrig gelassen?«

Der andere reichte Paul die Flasche zurück. »Pardon. Hatte nicht gedacht, dass du sie zurückwolltest.«

Paul musste sich sehr nach unten dehnen, um sie zu greifen. Seine Hand, die sein ganzes Sein hielt, krampfte, aber es war ihm egal.

»Wie hast du geheißen?

»Paul. Und du?«

»Paul.«

Jeder schüttelte still für sich den Kopf.

Paul trank das bisschen, das noch in der Flasche war, und ließ sie fallen. Der Wind trug sie zur Seite und unter die Brücke, wo sie tief unten am nächsten Brückenpfeiler zerplatzte.

»Warum wolltest du springen?«

»Ich hatte mich wegalgorithmisiert.«

»Was musste ich mir darunter vorstellen?«

»Ich hatte ein Programm geschrieben, das das, was ich geliebt habe, noch schöner machen sollte. Eleganter.«

»Das hörte sich doch gut an. Was hattest du denn geliebt?«

Pauls Stimme bebte. »Das Schreiben.«

»War es erfolgreich?«

»Es brachte Millionen.«

»Das war doch wunderbar. Warum saßest du dann hier?«

Paul umarmte seine Knie und ließ den Kopf daraufsinken, ein schluchzendes Paket auf dem martialischen Brückenbolzen. »Es lernte. Irgendwann schrieb es besser als ich.«

In einem heulenden Seufzer ließ sich Paul vom Bolzen gleiten. Der scharfe Wind nahm ihn, trug ihn zur Seite und unter die Brücke, wo er auf dem Betonschiff des nächsten Brückenpfeilers zerplatzte.

Paul stand weit herausgelehnt, hing über der Tiefe und spähte nach unten.

Er befahl seiner Hand, loszulassen.

Gottes Sohn sah so klar auf Eckerd herab wie selten.

Eckerd hatte sich ohne Bekreuzigung am Fuße Jesu auf den Boden geworfen, ohne vorher Weihrauch anzuzünden wie sonst. Er betete fünf Vaterunser, bevor er zur Sache kam.

»Herr, bitte verzeih die Trägheit meines Glaubens, aber erst heute fühle ich sicher, dass ich in deinem Auftrag handele. Ich bete, dass du zufrieden bist und dass ich dich richtig verstehe. Ich darf erst handeln, wenn es mich zutiefst ergreift. Ich muss leiden, um dem anderen Leid zu nehmen. Es ist ein Tausch.«

Eckerd sah zu Jesus auf. »Eigentlich ist das wie bei dir. Du hast auch gelitten für die Erlösung anderer. Also … aller.« Er presste die Stirn wieder auf den Boden. »Vergiss das bitte. Es war anmaßend.«

Er lag eine Zeit im Halbdunkel.

»Herr, mussten es gleich drei Notleidende sein? Ich fürchte, dass ich den Falschen gewählt haben könnte! Ich dachte erst, es wäre dieser Paul, aber Marthe sagte mir, dass ihm ein Mädchen gefolgt ist. Jemand, der sich um ihn sorgt. Dann war da noch Felix, und am Ende erkannte ich die Katastrophe, auf die Winnie zusteuerte. Und doch könnte ich so falschliegen! Wenn Paul sich umbringt, hätte ich seine Not verkannt und mich dann wahrscheinlich auch bei den anderen geirrt. Kommt er, um hier zu arbeiten, wäre ich schon sicherer, dass ich richtig gewählt habe. Oh Herr, sollte ich dir den Falschen geschickt haben, lösche mich aus! Lasse einen Blitz niederfahren und ahnde meine Unfähigkeit!«

Eckerd lag demütig zu Jesus' Füßen, und als ihn nach einer Stunde kein Blitz ausgelöscht hatte, schlief er bäuchlings ein.

Um halb fünf morgens stieg er pfeifend die Treppe hinunter und fand Winnie genauso am Tresen wie zuvor. Eckerd ging hinaus, stieg in seinen Minilaster und fuhr zum Großmarkt, wie sonst auch.

Nur Fleisch würde er heute nicht kaufen.

Nur die tapfersten Kerzen, die ihren Docht noch nicht im eigenen Wachs ertränkt hatten, kämpften noch mit Wärme gegen das kalte Glas.

Marthe befreite sich sanft aus Klaras Umklammerung, ließ sich steif vom Bett gleiten und biss sich auf die Unterlippe, bis ihre Beine nach dem starren Liegen wieder willens waren zu gehorchen. Der Kater drängte sich grob an ihr vorbei, als sie hinaus aufs Dacht trat. Neblige Flügel aus Rauch und Dunst breiteten sich an ihr vorbei nach draußen aus, bis sie die Tür lautlos hinter sich geschlossen hatte.

Die eisige Morgenluft schmeckte nach weichem Regen und herbem Teer, Nieselregen prickelte auf ihrer Haut wie winzige Igel. Sie dehnte ihre festgelegenen Muskeln, ließ die Kälte in sich eindringen und sah zu, wie die Blässe ihrer Haut ein zartes Lilablau annahm.

Sie trat von der Dachpappe auf das feuchte Moos des äußersten Dachrands, bis ihre Zehen das bröselige Bitumen der Kante umschlossen. Sie sah weit über die Dächer in den Morgen, hockte sich hin, erleichterte sich und sah den warmen Schwaden nach, die von der Kante zwischen ihren Füßen aufstiegen. So hockte sie eine Zeit lang und beobachtete die Fenster der Häuser gegenüber. Alle waren schwarz, alle bis auf drei. Gewöhnlich waren es nur zwei.

Im ersten Fenster onanierte ein Mann. Er machte das fast jeden Tag. Er wartete immer, bis Marthe sich an die Dachkante hockte, dann fing er an. Und wenn er sie auf der Straße traf, grüßte er nie.

Im zweiten Fenster stand auch ein Mann. Gewöhnlich schaute er durch ein Fernglas, aber heute hatte er aufgerüstet und richtete eine Kamera mit einem sehr langen Objektiv auf sie. Die Farbe der Kameralinse wechselte in kurzen Abständen von einem dunklen Rosa zu Schwarz und wieder zurück zu Dunkelrosa, woraus sich folgern ließ, dass der Mann viele Fotos brauchte. Im dritten Fenster, direkt neben dem zweiten, war eine Frau, die kurz darauf verschwand.

Dann erschien sie im zweiten Fenster, hinter dem Mann mit der Kamera, und schlug unbeholfen auf ihn ein, schließlich entwand sie ihm seinen Fetisch und warf ihn aus dem Fenster.

Marthe verfolgte die Flugbahn der Kamera über die erstaunlich lange Zeit, die sie brauchte, bis sie auf der Straße zerschellte.

Der Mann und die Frau hatten bisher jedes Mal freundlich gegrüßt, wenn sie Marthe auf der Straße getroffen hatten. Das würden sie jetzt wahrscheinlich nicht mehr tun.

Der Nieselregen ließ nach, am Horizont rissen bereits die Wolken auf, und der Morgenhimmel trug die wildesten Farben. Es würde ein wunderbar klarer, kalter Frühlingstag werden.

Als Marthe zurück in das Glashaus trat, roch die dicke Luft überwältigend nach Wachs, Rauch und kaltem Duftkerzenduft und darunter nach Körper, Katze und Kissen und irgendwo dazwischen nach etwas Neuem, Reinem, das sich mit dem anderen nicht so richtig verbinden mochte.

Marthe kletterte aufs Bett, setzte sich auf ihre Waden und schaute auf Klara. Sie hatte das Gesicht tief im Kissen vergraben, schnarchte nicht mehr und atmete ruhig und kraftvoll. Marthe strich ihr eine Strähne aus der Stirn und legte eine kühle Hand auf ihr heißes, pink-weißes Ohr, das frech aus dem glatten schwarzen Haar hervorguckte. Dann küsste sie sanft Klaras Stirn, ließ sich vom Bett gleiten, warf sich ein einfaches Kleid über und griff sich ein Paar Schuhe, die sie erst anzog, als sie die gläserne Tür hinter sich geschlossen hatte. Leise verschwand sie durch ihr Spalier von Merkwürdigkeiten durch den Dachzugang nach unten.

DORNRÖSCHEN

Klara stieß das stinkende Kissen von ihrem Gesicht. Ihr Puls raste. Als sie aus ihrem narkoseartigen Schlaf aufgewacht war, hatte diese Marthe nackt neben ihr gelegen. Sie musste sich Klaras Hand auf den Busen gelegt haben, denn Klara hatte ihn im Halbschlaf geknetet wie ein Baby vor dem Stillen – bis sie ganz wach geworden war und realisierte, was sie da geknetet hatte.

Widerlich.

Sie hatte sich gezwungen, die Hand auf dem Busen zu belassen, und war erleichtert, als die Frau sich unter ihr aus dem Bett gewunden hatte, um in den Regen hinauszugehen. Wie versteinert war Klara liegen geblieben und hatte versucht, die Nacht Revue passieren zu lassen, um panisch festzustellen, dass sie einen kompletten Filmriss hatte. Das Sandwich. Es mussten Drogen darin gewesen sein, sonst wäre sie nicht so schlagartig weggetreten gewesen.

Klara widerstand dem Reflex, vom Bett zu springen und blind draufloszurennen. Ihr Körper fühlte sich kochend heiß an. Das musste von den Drogen kommen. Oder von dem, was diese Marthe und Wasweißwernoch mit ihr angestellt hatten, als sie weggetreten gewesen war.

Als diese Marthe auf das Dach hinausgegangen war, hatte Klara sich von der Bettkante rutschen lassen und war auf den Knien zwischen zwei Kommoden an das Glas gekrochen, um sie zu beobachten. Wie ein Raubvogel hatte sie sich ganz vorn an die Dachkante gehockt und aufs Dach gemacht. Diese Marthe hockte nackt am Abgrund und badete im eiskalten Regen. Sie war zäh und frei von Angst. Und was in ihrem Kopf vor sich ging, war Furcht einflößend. Medusa. Perseus aus Stein. Seegurkenkotze. Klara schauderte es, wenn sie sich ausmalte, wozu sie fähig sein mochte. Sie war gefährlich.

Als Marthe wiederkam, war Klara panisch zurück ins Bett gesprungen und hatte den Teller näher zu sich gerückt, um sich damit notfalls zu verteidigen. Dann hatte sie das Gesicht im Kissen vergraben, um sich nicht zu verraten. Während die Frau eine gefühlte Stunde lang wie ein Geier auf sie heruntergestarrt hatte, musste Klara sich zwingen, glaubhaft flach und gleichmäßig zu atmen, was sie in ernsthafte Atemnot gebracht hatte. Sie hatte sich zwingen müssen, nicht zu zittern, als die Perverse mit der Hand ihr Ohr abgedeckt und ihren Mund endlos lang auf ihre Stirn gedrückt hatte. Wäre sie nur einen winzigen Schritt weitergegangen, Klara hätte ihr den Teller an die Schläfe geschmettert. Glücklicherweise war sie bald darauf gegangen.

KERZENWACHS

Marthes Hände ballten sich zu Fäusten. Ihre Knöchel traten weiß hervor und die Fingernägel bohrten sich tief in die Handflächen. Tränen stiegen ihr in die Augen.

Sie hatte Winnie die Kappe vom Kopf gezogen und die Senke auf seinem Hinterkopf abgetastet. Auf einem handtellergroßen Areal war sein Schädel in kleine Stücke gebrochen. Sein blassoranges Gesicht lag seitlich auf seiner platt gepressten Wange, die auf dem Tresen eine Wulst bildete wie ausgelaufenes Kerzenwachs. Seine Augen hatten jeden Glanz verloren, das Braun der Iris war verblasst und näherte sich dem Ton der Augäpfel an, die ihrerseits gelber und dunkler geworden waren. Allein seine Mimik spiegelte noch den beseelten Ausdruck einer guten Gelegenheit.

Mehr Tränen kamen, mit dem Ärmel scheuerte sie sich die Schleier aus den Augen, als Klara plötzlich im Raum stand und die Bar umrundete.

Marthe konnte Winnie gerade noch die Kappe über den Kopf ziehen und sich vor ihn stellen.

VAMPIR

Klara erstarrte, als sich ihre Blicke trafen. Marthes Augen waren rot wie die eines Vampirs. Sie stand vor jemandem, der mit dem Kopf auf dem Tresen lag. Als ob sie ihn ausgesaugt hätte. Klara klammerte sich an den Teller, den sie von oben mitgenommen hatte.

Reiß dich zusammen. Das ist Schwachsinn.

Oder?

Klara bog möglichst weiträumig um die Bar und winkte aus halbwegs sicherem Abstand. »Hi. Guten Morgen. Da hab ich aber tief geschlafen.«

Was faselst du da? Du würdest dir selbst nicht glauben.

Klara krallte sich an den Teller, dass sie fürchtete, er könnte bersten.

Werfen und rennen oder abgeben und vielleicht gefangen werden.

So kindlich wie möglich trat sie gerade so nah an Marthe heran, dass sie ihr den Teller reichen konnte.

»Hier. Vielen Dank. Das war sehr lecker. Hast du Paul gestern noch gesehen?«

Wahrscheinlich hat er sich längst umgebracht, weil du zugedröhnt worden bist und nichts machen konntest.

Marthe nahm den Teller sanft entgegen. Sie nickte.

»Du siehst wütend aus. Was ist los?«

Marthe zuckte mit den Schultern.

Klara wurde kalt.

Mach, dass du hier wegkommst!

Klara zeigte auf Winnie. »Mann, hat der sich abgeschossen.«

Marthe presste die Lippen zusammen.

»Das ist echt widerlich, wie sich manche volllaufen lassen. Da müsst ihr echt mal besser aufpassen.«

Marthe nickte.

»Also, ganz lieben Dank für alles. Entschuldige, aber ich hab gleich Mathe. Ich muss los.«

Der Marthe-Vampir lächelte lieb und verständnisvoll. Man hätte es glauben wollen. Klara ging rückwärts und winkte, bis sie den Vorhang im Rücken spürte. Lächelnd schob sie sich durch den Stoff.

Dann rannte sie, so schnell sie konnte.

TOT IRGENDWO

Klara blieb erst stehen, als sie den Weg neben der Eisenbahnbrücke erreichte. Keuchend stützte sie die Hände auf die Knie, dann in die Hüften, dann wieder auf die Knie.

Sie sah sich um. Niemand war in der Nähe. Sie inspizierte ihren Bauch. Keine roten oder blauen Stellen. Einfach ihr Bauch. Sie fuhr sich mit der Hand in die Hose und tastete. Alles normal.

Langsam kroch ein widerliches Gefühl in ihr hoch.

Kochend heiß ... Kein Wunder unter einer Decke bei tausend Kerzen.

Filmriss ... Du hast ewig nicht mehr tief geschlafen.

Was, wenn dich gar keiner angefasst hat?

Was, wenn alles nur lieb gemeint war?

Dann ist das alles so verdammt peinlich, dass du denen nie wieder unter die Augen treten kannst, du Psycho!

Andererseits ... Das Ablecken hast du nicht geträumt. Und du hast dich noch nicht fertig untersucht!

Außerdem ... Das ist ein perverser Laden, wo Besoffene halb tot auf dem Tresen zusammengesackt pennen. Und Marthe sah wirklich aus wie ein Vampir. Vielleicht hat sie den Typ wirklich ausgesaugt.

Andererseits ... Du warst in Marthes Zuhause. Sie hat dich umsorgt, in eine flauschige Decke gekuschelt, mit einer kühlen Hand deinen heißen Kopf gekühlt und dich auf die Stirn geküsst. Du hast die Stadt von oben durch ihr Kerzenmeer gesehen, durch ihr Martherama.

Wieder andererseits ... Diese Marthe war nackt gewesen. Als du aufgewacht bist, war deine Hand auf ihrem Busen. Auf dem Busen einer Frau, die einen singenden Jungen Seegurkenkotze trinken lässt.

Du gehst da nie wieder hin!

Auf der anderen Straßenseite trat jemand aus dem Haus. Er stutzte über das blasse Mädchen, das abwesend mit der Hand in der Hose vor dem Weg bei der Eisenbahnbrücke stand.

Klara zog die Hand heraus, zeigte ihm einen gestreckten Mittelfinger und dazu eine Grimasse, die ihn gesenkten Kopfes zu seinem Auto eilen ließ.

Verwirrt, verschwitzt, verunsichert.

So wollte Klara auf keinen Fall auf Paul treffen. Die Chaosgedanken saugten Kraft, was offensichtlich wurde, als sie versuchte, das krumme Holztor der Werkstatt aufzuziehen. Sie musste daran zerren und reißen, bis es quietschend aufschwang.

Klara trat durch den Eingang wie Django vor einem Shootout,

zückte ihr Handy, öffnete eine Text-App mit weißem Hintergrund und stellte die Helligkeit des Displays auf Maximum. Blenden und anschweigen würde sie ihn, bis er sich um Kopf und Kragen sabbelte.

Sie zuckte zusammen.

Ein Zug donnerte über die Werkstatt hinweg.

Der Lärm der Züge hatte sie nie gestört, aber jetzt schallte er unendlich viel lauter, das Donnern drückte die Wut aus ihrer Seele wie aus einem Schwamm. Klara zog sich auf ihr Lager zurück. Als sich das Donnern entfernte, sog sich ihre Seele voll mit Traurigkeit.

Paul würde nicht mehr kommen.

Er war tot.

Irgendwo.

Der Depp.

Und sie hatte es nicht verhindert.

Falls er sich umgebracht hatte.

Sie würde warten, wenigstens ein bisschen.

Klara lauschte der erwachenden Stadt. Unter all den Geräuschen war keines dabei, das zu Paul gehörte.

Nach einer Weile hörte sie ein Weinen.

Es war ihr eigenes.

DREI FÜR WINNIE

Winnie lag aufgebahrt in der Mitte der Küche auf der Anrichte. Stillschweigend hatten sich Raphael, Marthe und Lolita in einer Linie hinter ihm aufgestellt, als das Knattern des roten Kleinlasters von der Straße her zu hören gewesen war.

Als Eckerd pfeifend mit den ersten Kisten des Großmarkteinkaufs unter dem Arm hereinkam, stand er nicht nur vor Wut und Entsetzen. Er stand vor einem Tribunal.

Raphaels entzündliches Gesicht glomm rot aus dem Halbdunkel.

»Du hast versprochen, das nie wieder zu tun!«

Eckerd stellte die Kisten ab. »Pardon, das habe ich nicht versprochen.«

»Das heißt, es geht so weiter?«

Eckerd breitete die Hände versöhnlich aus. »Das ist wirklich gut, dass du das ansprichst. Lasst uns das gerne mal klarstellen, damit hier keine Willkürlichkeiten im Raum stehen.«

»Willkürlichkeiten? Wir reden von Toten! Mehrzahl!«

»Vergegenwärtigen wir uns doch mal, was gestern passiert ist. Da war ein schrecklicher Notfall, und ich habe geholfen.«

»Was für n Notfall? Die ganze Zeit hörst du dir lieb jeden Quatsch an, den die Gäste verzapfen, und auf einmal fängst du an, ihnen die Schädel einzuschlagen!«

»Es musste sein. Winnie hatte sich auf sehr schlechte Menschen eingelassen. Er wäre totgefoltert worden. *Totgefoltert*. Kannst du dir vorstellen, wie grauenvoll das ist?«

»Wie kannst du da so sicher sein?! Der hat doch total an seine komischen Teekaffeekugeln und seinen Araber geglaubt! Vielleicht hätte der das mit den Geldleuten hingekriegt.«

»Hast du gelauscht?«

»Natürlich habe ich gelauscht. Außerdem habe ich mir schon gedacht, dass du es wieder tust.«

»Es ging ja nicht anders. *Die Macht des Bösen lebt von der Feigheit der Guten.* Hat schon Johannes Bosco gesagt.«

»Ich glaube, ich weiß, wen man böse nennen wird, wenn wir verhaftet werden.«

»Alle Ängstlichkeit kommt vom Teufel. Der Mut und die Freundlichkeit sind von Gott.« Eckerd zeigte nach oben. »Wir stehen alle unter seinem Schutz, macht euch das klar.«

»Ah, super. Hörst du Stimmen oder so?«

Eckerd wandte sich kopfschüttelnd zur Tür. »Warum soll man erklären, was man sicher weiß?«

Raphael ließ die Schultern hängen. »Warte. Müssen wir den wirklich zerlegen? Könnten wir ihn nicht einfach irgendwo begraben? Zerlegen ist widerlich.«

»Es ist würdelos, jemanden einfach zu verscharren.«

»Zerteilen etwa nicht?«

»Ihr bereitet ihn vor. In vollem Respekt. Und dann geht er auf in den anderen. Ihr macht es doch mit Respekt, oder?«

»Doch, klar.«

»Ganz sicher? Ich muss es wissen, wenn es anders ist.«

»Ja, natürlich. Wir reden nicht schlecht und werfen auch mit nichts rum.«

»Dann bin ich beruhigt.«

Eckerd war schon auf dem Weg nach draußen, als Marthe ihm in den Weg trat und ein Tranchiermesser auf ihn richtete. Eckerd zeigte keine Regung, aber als Marthe bleich vor Wut mit dem Messer vorrückte, trat er doch ein paar Schritte zurück.

»Es ist, wie es ist. Er habe nun mal diese Aufgabe von ihm, und wer wäre ich, wenn ich sie nicht trotz aller Widrigkeiten nach bestem Wissen erfüllen würde? Und wenn ich mich dafür von meiner eigenen Schwester erstechen lassen muss, dann ist das auch sein Wille. Vielleicht wird es dann richtig interessant, und wir sehen, was wirklich Gottes Plan ist.«

Marthe zitterte vor Wut. Sie ließ das Messer in der Hand flippen, dass der Messergriff auf Eckerd zeigte, und stieß ihn damit vor die Brust.

Eckerd nahm das Messer an sich. »Nun gut. Also dann. Meister, spiel, was du gestern als Letztes gespielt hast. Und spiel es laut.«

Raphael verknotete die Finger ineinander. »Bitte, ich hör Brahms' Vierte nur, wenn ich traurig bin.«

»Hier sind doch alle traurig.«

Zähneknirschend legte Raphael Brahms' Vierte auf.

Eckerd ließ das Tranchiermesser mit flach gelegter Klinge unter der Knopfleiste von Winnies Satinhemd entlanggleiten. Die abspringenden Hemdknöpfe klickten, als sie zu beiden Seiten auf dem Metall der Ablage landeten. Eckerd zog Winnies Körper zu sich an die Kante, platzierte zwei Eimer und stach an zwei Punkten tief in Winnie hinein. Brahms' Vierte überdeckte das Plätschern, mit dem sich die Eimer füllten. Eckerd schärfte das Messer mit ein paar routinierten Strichen, setzte es auf einer Seite an Winnies Schlüsselbein und zog es bis zum anderen durch, dann schnitt er von der Halswurzel bis nach unten. Er zog die Haut zu den Seiten ab, legte den Brustkorb frei, dann nahm er ein Kochbeil, teilte mit einem exakt dosierten Schlag das Brustbein und zog es mit einem trockenen, kräftigen Ruck auseinander. Innerhalb weniger Minuten hatte Eckerd erste Innereien herausgelöst und sie fein säuberlich getrennt in verschiedene Schalen gelegt, die er sorgsam mit Frischhaltefolie abdeckte, außer einer, in der er schwer Verwertbares sammelte, wie Winnies Luftröhre, die obenauf lag.

Raphael sah ihm auf Zehenspitzen über die Schulter. »Das kannst du aber gut.«

Eckerd ließ das Messer in Winnies Oberschenkel stecken.

»Enkel eines Schweinebauern.«

»Du hörst auf?!«

Eckerd sah in die Runde bleicher Gesichter. »Ich kann es, aber es ist nicht meine Aufgabe. Mir ist gerade klar geworden, dass ich unseren Gästen ab jetzt mehr Aufmerksamkeit schenken muss. Ich bin ja meistens allein im Service. Ich mache ja teilweise auch noch die Bar.«

Marthe feuerte einen bösen Blick.

Eckerd grinste. »Wo warst du denn gestern, als so viel los war, Schwesterchen?«

Marthe presste den Mund zu einem wütenden Strich.

»Ist ja nicht schlimm. Aber das sagt mir, dass wir uns besser aufstellen müssen. Wir sollten unser Team um einen Kellner verstärken.«

Lolita streifte Winnies Luftröhre wie eine Fingerpuppe über den nackten Zeigefinger und wackelte damit, als ob sie spräche. »Und wer sollte unser neuer Kellner sein?«

»Ich habe gestern jemanden kennengelernt, der gut passen würde. Sein Name ist Paul Paulsen, er …«

Raphaels Gesicht glühte, wo es nicht verschorft war. »Bist du irre?«

»Hallo, da schwingt aber Aggression mit. Gibt es ein Problem, von dem ich wissen sollte?«

»Ein Problem? Nö, ist total super, den perversen Polizisten im Team zu haben.«

»Er hatte unglaubliches Pech. Wie du mit deiner Haut.«

Winnies Luftröhre meldete sich zu Wort. »Könnte es eventuell ein Problem werden, dass hier neuerdings Menschen zerteilt und gebraten werden, die Paul Kellner Expolizist dann demnächst den Gästen serviert?«

»Er kommt ja erst nachmittags. Falls er zusagt.«

Raphael konnte nur noch krächzen.

»Und wovon hängt das ab, ob der zusagt?«

»Es geht ihm nicht so gut gerade. So gar nicht. Wenn er nicht kommt, hat er sich wahrscheinlich umgebracht.«

»Na, dann hoff ich einfach mal das Beste.«

»Was sollen die Animositäten? Ihr seid euch doch gar nicht unähnlich. Ihr beide habt was, das an euch klebt und nach dem ihr beurteilt werdet.«

»Ich muss mich ja wohl nicht mit dem vergleichen lassen! Das ist ein Perverser!«

»Und woher weißt du das?«

»Jeder weiß das. Und ich will nicht, dass er kommt.«

Eckerd sah Marthe und Lolita an. »Noch jemand dagegen, dass ich weniger arbeiten muss?«

Marthe schnaubte verächtlich.

Raphael stützte den Kopf in die Hände. »Der war Polizist. Der findet raus, was hier läuft.«

»Das würde nichts ändern. Wir tun das Richtige und sind beschützt.«

Lolita ließ die Fingerkuppe über die sehnigen Querrillen der Luftröhre gleiten, schließlich warf sie sie zurück in die Schale. »So beschützt, dass Paul Kellner Expolizist kein Problem damit hat, dass wir hier Leichen zerteilen?«

Eckerd machte sich auf den Weg nach draußen. »Er kommt ja erst nachmittags. Da seid ihr ja längst fertig.«

Sie sahen ihm wütend hinterher.

Er kam noch mal hinter dem großen Regal hervor. Brahms spielte zum letzten großen Crescendo auf. Eckerd sah auf einmal klein aus, fast demütig.

»Wir können ja nur einen kleinen Teil unseres Lebens selbst bestimmen. Aber ich möchte euch ehrlich sagen, dass ich diesen seltsamen, wundersamen Weg, auf den Gott uns zusammengeführt hat, mit niemand anderem auf der Welt lieber gehen würde als mit euch.« Eckerd wartete, dass jemand was sagte, aber Brahms' Vierte hinterließ ein Vakuum, in dem kein Gedanke Sprache fand.

»Hallo? Ist jemand da?« Es kam aus dem Vorraum.

Drei starrten bleich zur Tür.

Eckerd straffte sich. »Ich geh mal nachgucken. Vielleicht ist das schon euer neuer Kollege. Macht ihr inzwischen weiter, bitte?«

»Machst du Witze?!«

»Was denn? Ich sprech kurz mit ihm, und er geht wieder. Sonst macht doch noch mal den Brahms an.«

DAS ÜBLICHE

Zunächst hatte es sie erschreckt.

Aber dann begriff sie, dass ein neuer Segen im Anmarsch war. Aus allen Rohren, die hier unten mündeten, ergossen sich immer neue Schwälle immer neuer Köstlichkeiten.

Das meiste des ersten Segens lag immer noch dort, es war zu viel und zu schwer, als dass ihn die Schwälle der letzten Stunden fortspülen konnten, allerdings hatte sich seitdem mehrfach das Übliche darüber ergossen. Das Übliche, das sich aus den Rohren über den Segen ergoss, gehörte nicht zu dem, was eine Ratte als geschmackvoll oder auch nur als nahrhaft bezeichnet hätte.

Aber jetzt türmte sich ein neues Schlaraffenland so hoch auf dem alten, dass sie hoffen konnte, dass sich das Übliche nicht vollends darüber ergießen würde.

Trotzdem blieb sie sitzen, auf dem Absatz im gemauerten Sammelkanal, und wartete.

Man musste vorsichtig sein. Unter allen Umständen.

Wer konnte wissen, wann neuer Segen kommen würde?

TEIL ZWEI

PAUL

KRAMPF

Pauls Hand hatte gekrampft.

Es war der Moment gewesen, in dem der Suchscheinwerfer des Polizeiboots Paul gestreift hatte; den Paul da unten auf dem Brückensockel, der sich zu einer verdrehten Puppe in einem Klecks aus Blut und Innereien gemacht hatte.

Der Paul oben an der Brücke hatte nach unten gestarrt, um zu begreifen, was genau er da sah, und als er es begriff, hatte seine Hand ihn bereits freigegeben, worauf seine andere Hand das Geländer gepackt und sich festgekrallt hatte. Paul da oben hatte die Nachricht von Paul da unten verstanden. Dass er das Momentum, sich von der Brücke zu stürzen, verpasst hatte.

Als sich der Kegel des Suchscheinwerfers an dem Brückenpfeiler nach oben tastete, hatte sich Paul schon unter Aufbietung all seiner Kräfte über das Geländer gezogen und auf den Fußweg fallen lassen. Er war sicher, man hätte ihm die Schuld für den Tod des anderen Paul in die Schuhe geschoben, hätte man ihn entdeckt.

Als Polizisten die Absprungstelle im Vorbeifahren von der Brücke aus inspizierten, war Paul unter Schmerzen aufgesprungen, um ein paar Meter in einer Gruppe Morgenjogger mitzulaufen. Danach hatte er sich noch einige Male auf den Fußweg hinter die Bande zur Fahrbahn geworfen, um weiteren Blicken aus patrouillierenden Streifenwagen zu entgehen, bis er sich endlich von der Brücke geschleppt hatte.

Auf dem Weg zurück zum *Von Herzen* hatte Paul ein schlechtes Gewissen gehabt, denn er hatte sich ausnehmend gut gefühlt. Paul war geplatzt. Also war Paul frei. Das war unlogisch, aber es fühlte sich verdammt noch mal so an. Vorerst.

Im *Von Herzen* hatte Paul einige Minuten im Vorraum gewartet, und als niemand kam, war er in den großen Raum getreten, wo engagierte Stimmen aus der Durchreiche gedrungen waren, die sich über seine Arbeitszeiten auszutauschen schienen. Um nicht distanzlos zu erscheinen, hatte er erst gerufen, als er wieder zurück im Vorraum war. Als Eckerd daraufhin aus der Küche gekommen war, hatte er sein Angebot in freundlichen, knappen Worten präzisiert: Arbeitszeit von siebzehn bis null Uhr oder auch mal länger, sieben Tage die Woche, Urlaub nach Absprache, aber im Moment erst mal nicht, freie Kost, neun die Stunde bis zur vollständigen Einarbeitung, Trinkgeld konnte er behalten, Arbeitskleidung: dunkle Hose und weißes Hemd. Ein Schulterklopfen später stand Paul wieder auf der Straße, was ihm recht gewesen war. So war ihm Gelegenheit genommen, irgendwelchen Unsinn zu faseln, der ihn die Stelle direkt wieder gekostet hätte. Auf dem Rückweg zur Werkstatt hatte Paul gegrübelt, warum dieser Job überhaupt wichtig war. Schließlich hatte er ihn spontan erst mal ausgeschlagen.

Er brauchte einen letzten Schubs.

Es war einfach, sich im Affekt umzubringen. Leider konnte man Affekt weder erzeugen noch beschließen. Affekt kam oder er kam nicht. Leider war Selbstmord ohne Affekt schwer. Wirklich sehr schwer.

Hoffnung machte einem einen Strich durch die Rechnung. Hoffnung, dass das Leben besser wurde. Schmerzvolle Langmut, bis die seelischen Bedürfnisse dermaßen ins Bodenlose geschraubt waren, dass es dann doch beendet werden musste. Blöd.

Man konnte versuchen zu sterben, indem man einfach aufgab. Das hatte Paul monatelang praktiziert. Er hatte vor der Unsäglichkeit seiner Existenz kapituliert. Aber das hatte sich als paradox erwiesen. Kapitulation bedeutete warten, dass es endete. Das dachte sich gut, tatsächlich hieß es aber verhungern, verdursten oder ersticken. Qualvoll. Es erforderte eisernen Willen, quasi das Gegenteil von passivem Warten auf ein Ende.

Ein weiteres Hindernis waren Ansprüche. Der Anspruch auf einen Tod in Würde, der Anspruch auf ein ästhetisches Bild des eigenen, abgelebten Körpers und der Anspruch auf Richtigstellung der Umstände, die zum Tod geführt haben würden. Sehr komplex und planungsintensiv, was der üblichen inneren Zerrissenheit und Verzweiflung eines Selbstmörders diametral entgegenstand.

Daher wollte Paul unbedingt diesen Job, bei dem sein Scheitern vorprogrammiert war. Wenn er trotz allen Einsatzes ein weiteres Mal an seinen Mitmenschen gescheitert sein würde, konnte er endgültig abtreten. Er hätte wirklich alles probiert. Jeder weitere Versuch wäre sinnlos, alle Hoffnung eliminiert. Diese letzte Bestätigung seiner Aussichtslosigkeit würde ihn aktiv sein Ende suchen lassen, vielleicht würde sie ihn sogar so wütend machen, dass er die Gnade eines Affektes erfuhr. Das motivierte ihn. Und die Planung eines würdevollen Todes würde ihm im geregelten Umfeld einer Arbeit leichter fallen, vor allem, weil er regelmäßig gut zu essen bekommen würde und das wiederum seine Hirnfunktionen spürbar verbessern würde.

Schön war, dass Eckerd ihm den Job selbst angeboten hatte. Es war vorhersehbar, dass Pauls Anwesenheit zwangsläufig Schaden anrichten würde, aber Eckerd war das Risiko sehenden Auges eingegangen. Warum auch immer. Bei diesen Menschen würde er scheitern dürfen. Bei genau diesen Menschen *wollte* er scheitern. Es gab ihm ein Hochgefühl wie schon lange nicht mehr.

Später, in der plakativen Mittagssonne, sah alles nicht mehr ganz so einfach aus. Was kommen würde, machte Paul müde. Er hatte lange nicht gearbeitet. Vielleicht konnte er gar nicht mehr arbeiten. Weil sein Hirn unfähig geworden war, sich auf etwas zu konzentrieren. Der Gedanke machte ihm Angst. Er war ein Loser geworden.

Das ist das Einzige, was nicht passieren darf! Du musst den Job perfekt machen! Sonst ist es vorbei mit der Rehabilitation des zu Unrecht angeprangerten Polizisten. Du steigst sonst ab vom perversen Polizisten zum perversen Loser. Horror! Reiß dir den Arsch auf! Räum auf, bring die Werkstatt in Schuss und schmeiß den Golem raus!

JEP

Paul schlich vorsichtig an das offene Tor der Werkstatt heran in der Angst, dass der Besitzer gekommen war, um nach dem Rechten zu sehen. Doch als er nach längerem Warten eintrat, fand er nur Golem-Klara schlafend auf der Werkbank. Ansonsten war alles unverändert, die Spindwand voller bunter Latschen und der Boden in der Mitte des Raums ein Farbpulverchaos von Klaras Schildermalerei.

Er hob einen Zinkeimer und ließ ihn auf den Betonboden krachen. Klara fuhr hoch, ihr panisches Gesicht ein papierweißes Oval um aufgerissene rote Augen mit weitläufig verschmiertem Lidstrich. Der Anblick erschreckte ihn ein bisschen.

»Sorry. Wollte die Wanne mal leer machen. Was ist los? Du siehst verheult aus.«

Klara rieb sich den Lidstrich noch mehr um die roten Augen. »Alles gut. Und du? Noch immer nicht tot?«

»Ich hatte ein Jobmeeting.«

»Ach ja? Lecker gegessen von meinem Geld?«

Paul gab vor, sich umzusehen. »Was für n Geld? Meinst du das hier?« Er ließ zwanzig der dreißig möglichst unauffällig aus der Gesäßtasche seiner Hose fallen, hob sie auf und hielt sie Klara vor die Nase.

Sie steckte sie weg.

»Pass mal n bisschen besser auf deinen Kram auf, bevor du andere beschuldigst.«

»Was ist das für ein Job?«

»Ich bin jetzt Oberkellner.«

»Bitte?!«

»Oberkellner.«

»Das machst du nicht!«

»Du weißt nicht, wo, du weißt nicht, warum, aber du bist dagegen. Weil du gegen alles bist, was mich betrifft.«

»Entschuldige, aber du bist der perverse Polizist. Wer bitte stellt jemanden wie dich ein? Was will der von dir? Was hat der für n Film laufen? Was ist das überhaupt für n Laden?«

Das wüsstest du gern, damit du da auch noch stören kannst.

»Kennst du nicht. Ist ein bisschen weg von hier. Ist super da, super Leute. Ist an der Zeit, nach vorn zu sehen.«

»Aber doch nicht mit so was!«

»Das kann ich wohl besser beurteilen. Ab jetzt werden die Dinge hier wieder ordentlich laufen. Und da wir gerade dabei sind, ich würde die Tage gerne mal mit deinen Eltern reden.«

»Warum das?«

»Wie du sagst, ich gelte als landesweit bekannter Perverser. Und wenn jemand Anstoß daran nimmt, dass eine Zwölfjährige bei ebendiesem Perversen ein und aus geht, dann möchte ich wenigstens, dass die Eltern dieser Zwölfjährigen Bescheid wissen und mir bestätigen, dass sie es billigen. Sonst wäre es nämlich schnell vorbei mit meinem neuen Start. Klingt das fair?«

Paul genoss den Anflug von Respekt in Klaras Miene.

Deine Eltern werden dir einen Riesenvogel zeigen, wenn du fragst, ob du bei mir abhängen darfst. Und wenn du trotzdem herkommst, flippen die aus, lassen mich abtransportieren, und du hast einem zerstörten Sack wie mir die letzte Chance versaut. Das willst du nicht, also Schachmatt. Verzieh dich, kleiner Golem!

Es dauerte, bis Klara nickte.

»Fair. Machen wir. Wann?«

Paul schluckte. »M-morgen … früh?«

Klara checkte den Kalender ihres Smartphones, legte sich auf die Seite und zog die Decke über den Kopf.

»Jep. Um acht?«

Danach verhielt Paul sich leise. Für heute war alles gesagt.

Er verpackte seine Uniformhose akkurat in einer Plastiktüte und verstaute sie in einer alten Ledertasche, die er in einem Wäschekorb unter ein paar dreckigen Klamotten begrub. Dann nahm er den Korb, zog seine Baseballkappe über und ging.

Der Hipster war bestimmt nur für kurze Zeit in der Stadt. Wahrscheinlich wohnte er in einem untervermieteten Zimmer einer schicken Wohnung in dem Szeneviertel, in dem er gerade auf eine freie Waschmaschine wartete. Und vermutlich dachte er, dass es cool war, im Waschsalon vor einer Chromwaschmaschine das *Wall Street Journal* auf einem Tablet zu lesen.

Er hatte eine ähnliche Größe und Statur wie Paul.

Er trug einen modernen, teuren Anzug.

Er bekam einen Anruf und ging vor die Tür.

Er hatte ein weißes Hemd in seinem Waschkorb.

Paul hatte den gesamten Nachmittag für den Diebstahl eines halbwegs passenden weißen Hemdes eingeplant, aber ein Conference Call vor dem Salon reichte, dass er einen Rundgang startete, das Hemd in seiner Jacke verschwinden ließ, mit argloser Miene und tiefgezogener Kappe zu seinem Platz zurückkehrte und das Hemd im Waschkorb unter seinen Klamotten verschwinden ließ.

Berauscht von seinem fantastischen Lauf, wagte er eine zweite Runde und ließ ein riesiges, geblümtes Nachthemd mitgehen, als seine kubanisch-karibische Besitzerin dem harntreibenden Effekt von zwanzig plätschernden Waschtrommeln nachgeben musste.

Das Nachthemd duftete nach Sonne, Kokosnussöl und Güte.

Paul taufte es Laurette.

Hinter der nächsten Straßenecke holte Paul die Uniformhose aus der Tüte, rollte das weiße Hemd darin ein und schob beides in die Ledertasche. Laurette kam in die Tüte, die er auch in die Tasche stopfte. Lieber hatte er ein wenig Staub auf der Hose, als etwas von Laurettes Duft zu verlieren.

Den Korb mit den alten Sachen ließ er in einem Hauseingang.

»Das ist meine Nische! Die Marlowe. Nummer Acht.« Die Rose in der Hand des Hageren zitterte.

Die Dame beugte sich über das Telefon auf dem Tisch und faltete ihre gepflegten Hände davor. »Ich war ja wohl zuerst hier. Bitte, Sie stören uns.«

Der Hagere knurrte, aber als es die Dame unbeeindruckt ließ, sprach er wieder. »Ich bin hier in der Marlowe verabredet.«

»Das tut mir leid. Rufen Sie einfach aus Ihrer neuen Nische an, und wenn Ihre Verabredung kommt, rufen wir Sie zurück. Oder wir schicken sie direkt zu Ihnen. Oder ihn oder es.«

Der Hagere sah sich in der schwarzsamtenen Nische um, aber er sah kein *wir*. Nur die feine, schlanke Dame in ihrem mittelgrauen, klassisch minimalistischen Kaschmirkleid. Er schnüffelte, nahm aber nur Gerüche von benutzten Polstern, ehemals verschütteten Spirituosen und dem dezenten Ausklang ihres Parfums wahr.

»Und wo ist Ihr Lover?«

»Bitte, es ist unser erstes Date.«

Er knurrte.

Ein dampfender Teller schwebte in die Nische.

»Un *trait de génie*!« Paul hielt den Teller tiefer. »Für Nichtfranzosen: der Geistesblitz.«

Die Dame winkte nonchalant ab. »Danke, ich hatte nichts bestellt.«

Der Hagere winkte auch ab. »Ich habe zwar etwas bestellt, aber das ist es nicht.«

»Nicht?«

»Ich bekomme mein Essen anders.«

»Wie denn? Es ist mein erster Tag. Sagen Sie, wie, und Sie bekommen es natürlich genau so, wie Sie es gewohnt sind.«

»Später. Wir haben hier gerade was zu klären. Sagen Sie der Frau, dass ich immer diese Nische habe und dass sie sie umgehend verlassen soll!«

Paul überlegte, was ein echter Kellner sagen würde. »Da es dem

Herrn so wichtig ist, wäre es in Ordnung, wenn Sie mit einem Glas Champagner in eine andere Nische übersiedeln? Es sind noch einige zur Auswahl.«

Die Dame strich sich eine dicke graue Strähne aus dem feinen Gesicht und sah Paul aus klaren hellgrauen Augen an. »Es ist dem knurrenden Herrn offensichtlich egal, aber im Gegensatz zu ihm warte ich nicht auf eine Verabredung, sondern ich *habe* sie bereits, und er stört dabei ganz gewaltig.«

Der Hagere krähte. »Und wo ist Ihr Geist, den nur Sie sehen können?«

Die Frau lehnte sich zurück und gab das Telefon frei. Es war aus schwarzem Bakelit mit elfenbeinweißer Wählscheibe, eines, wie es in den Sechzigerjahren auf dem Tisch eines Stardetektivs einer amerikanischen Schwarz-Weiß-Serie geklingelt hatte, um einen neuen Fall einzuläuten. Ein elegantes Telefon mit breitem Hörer und kantiger Linie, ein maskulines Telefon. Ein Gentleman im Smoking. Die Dame streichelte zärtlich darüber.

»Philip und ich würden jetzt gerne wieder für uns sein.«

Der Hals des Hageren wurde fleckig. »Wollen Sie uns verarschen?«

»Von Ihnen habe ich nicht erwartet, dass Sie uns verstehen, aber bestimmt ist unser lieber Kellner deutlich einfühlsamer. Bitte, da mein Freund kabelgebunden ist, bin ich bei der Wahl der Nische leider unflexibel.«

Paul sah sich Hilfe suchend nach Eckerd um, der in einiger Entfernung mit einem Gast sprach und ihnen den Rücken zukehrte. Dafür stand Marthe neben ihm. Paul wusste nicht, wie, aber sie schien im Bilde zu sein. Sie nahm der Dame das Telefon aus den Händen und inspizierte die Unterseite.

Paul sah ihr über die Schulter. »Kann man die Telefone tauschen?«

Marthe deutete auf das Kabel. Es war fest in das Gehäuse eingelassen. Mit Bedauern legte sie der Dame das Telefon zurück in den Arm. Sie polierte es mit dem Ärmel ihres Kaschmirkleids, bis jeglicher Fingerabdruck verschwunden war, schließlich zog sie ein Designerportemonnaie aus ihrer Designerhandtasche.

»Wie viel wollen Sie für ihn?«

Marthe wehrte ab.

Die Stimme der Dame bekam einen flehentlichen Unterton. »Bitte, es muss sein. Wie viel?«

»Gott, ist das romantisch!« Tina war zu ihnen getreten. Ihre kleinen Augen waren feucht. »Nun gebt ihr doch das Telefon! Sie möchte es doch so.«

Der Hagere verschränkte die Arme. »Die will doch nur ihren Platz behaupten. Oder was meinen Sie, Kellner?«

Tina drängte sich zwischen Marthe und Paul. »Ja, neuer Kellner, warum tust du nichts, um ihr zu helfen?«

Paul stammelte etwas, das keiner Sprache entsprang.

Tina legte den Kopf schief. »Ich kenne dich.«

»Ja, von gestern. Da war ich noch Gast. Wir haben uns kennengelernt, als du ...«

»Du bist Paul Paulsen.«

Paul wäre zu gern am Fuße des Brückenpfeilers zerplatzt.

Tina entriss der Dame das Telefon und wählte eins eins null. Ihre Stimme dröhnte von überallher. »Achtung! Eine Durchsage! Falls ihr es noch nicht wisst, der neue Kellner ist Paul Paulsen. Der perverse Polizist! Der arbeitet jetzt hier! Noch mal. Paul Paulsen. Der perverse Polizist!«

Ein Raunen ging durch den Raum. Tina nickte zufrieden, als die Ersten aufstanden und kamen, um den perversen Polizisten live zu sehen. Marthe sah sie wütend an. Tina setzte nach.

»Das war bestimmt ein Versehen, aber das geht gar nicht!«

Eckerd erschien hinter Tina. »Das war kein Versehen.«

Tina sah an Eckerd hoch. »Du *wusstest*, wer das ist, Eckerd?«

»Klar, wer weiß das nicht.«

Tina schallte aus der Saalanlage. »Die Geschäftsleitung hat den Perversen mit Absicht eingestellt! Stellt euch vor, was der Perverse mit eurem Trinkgeld macht!«

Paul wurde schlecht.

Tina hielt die Sprechmuschel zu und stellte sich auf Zehenspitzen. »Feuerst du ihn jetzt?«

»Nein.«

Paul breitete flehentlich die Hände aus. »Tina …«

Tina kreischte in den Hörer. »Wer's noch nicht weiß – der macht perverses Zeug mit kleinen *Kindern* und mit *Leichen*! Wollt ihr etwa damit was zu tun haben?! Ich jedenfalls nicht!« Sie knallte den Hörer auf die Gabel, dass die Dame zuckte, und gab ihr das Telefon zurück, das sie sofort von allen Seiten mit ihrem Kaschmirschal schrubbte.

Unruhe breitete sich aus. Viele sammelten sich um die Nische und starrten auf Paul.

Tina schubste sich aus dem Pulk und marschierte zum Ausgang. »Wer hierbleibt, ist genauso pervers!«

Manche gingen noch zu ihren Plätzen, um Jacken und Taschen zu holen, andere hatten sie schon dabei. Willa spielte ein Pianosolo, als ihre Giganten zusammenpackten und dem Mob mit scheppernden Instrumentenkoffern folgten. Waldo winkte Lolita zum Abschied. Nur die Dame blieb bei Philip in der Marlowe.

Eckerd lehnte sich neben Lolita an den Tresen und sah dem Tross in mäßiger Verwunderung hinterher. »Das ging aber schnell auf einmal.«

Paul hatte mit üblen Reaktionen gerechnet, aber nachdem alles friedlich begonnen hatte und stundenlang richtig gut gelaufen war, trieb ihm die plötzliche, heftige Ablehnung Tränen in die Augen.

Marthe fixierte Eckerd, und als er keine Anstalten machte, etwas zu unternehmen, verließ auch sie den Raum.

Eckerd stupste Paul an. »Und? Das war's jetzt?«

»Was meinst du?«

»Du fängst was an, es geht schief und Schluss.«

»Was soll ich denn machen? War doch klar, dass mir das um die Ohren fliegt.«

»Klar war das klar. Ich hab mich nur gefragt, ob du aufgibst.«

Paul zuckte mit den Schultern. Er dachte nach, wandte sich ab, ging aus dem Raum. Hinter dem Vorhang begann er zu rennen.

Raphael krähte aus der Durchreiche. »Gib's zu, Eckerd. Das war echt ne blöde Idee von dir, den einzustellen. So, wie das gerade in die Hose gegangen ist, bringt der sich garantiert heute noch um.«

»Das ist hässlich von dir. Es hat doch gut angefangen.«

Raphael spuckte aus. »Ich bin nun mal hässlich.«

KOLLEKTIV

Paul keuchte. Tinas nächtlicher Exodus war weiter gekommen, als er gedacht hatte. Als er das Ende des Trosses erreichte, plagten ihn Seitenstiche.

»Bitte. Wartet einen Moment.«

Tina brüllte von vorn. »Weiter!«

Sie gingen weiter.

»Bitte. Nur einen Moment.«

Der Tross hielt. Paul stoppte einige Meter hinter ihnen, im Schein einer Straßenlaterne, und sah, dass nicht sein Bitten die Truppe gestoppt hatte, sondern Marthe, die Tina den Weg mit verschränkten Armen versperrte.

Es war warm. Aber Paul fror.

»Ja, ich bin Paul Paulsen. Und wir würden hier nicht auf der Straße stehen, wenn nicht jeder von euch eine Meinung über mich hätte. Deswegen trage ich einen Vollbart und meistens eine Baseballkappe. Weil die Hölle losbricht, wenn mich einer erkennt. Deswegen bringe ich mich auch bald um.«

Ein Raunen ging durch den Tross.

Tina blökte von hinten. »Viel Erfolg dabei!«

»Es bedeutet mir viel, dass Eckerd mich gefragt hat, ob ich sein Kellner werde. Könnt ihr das verstehen, ich wäre gerne noch ein paar Tage unter Menschen. Ich würde den Job gerne so gut machen, wie ich kann, auch wenn ich vom Kellnern keinen Schimmer habe. Ihr braucht auch kein Trinkgeld geben. In ein paar Tagen bin ich weg.«

Tina blökte wieder. »Klar. Um noch ein paar Tage perverses Zeug zu machen!«

Die Gesichter, die Paul gerade erweicht hatte, erhärteten sich wieder. Marthe trat neben Paul ins Licht der Straßenlaterne und legte einen Arm auf seine Schulter. Paul streckte sich unwillkürlich, und als Lolita an seiner anderen Seite erschien, hob er sogar das Kinn.

Der pummelige Sohn, der seine sexwütige Mutter im Keller eingesperrt hielt, der Hagere, der lieber ein Hund war, die schlanke Sängerin, die ihre Haut wie ein wallendes Kleid trug, mit ihren drei kleinwüchsigen Musikern, die petzende Rädelsführerin, die an die ganz große Liebe glaubte, und all die anderen starrten aus dem Dunkel auf die drei im Licht der Straßenlaterne, auf die schöne Störrische, in deren Welt sie sich Abend für Abend treiben ließen, auf die blutrote Lederette, der alle gerne hinterherstarrten, und den asketischen Vollbärtigen in Uniformhose und Designerhemd, der ein landesweit bekannter Perverser war.

Lolita stemmte eine Hand in die Hüfte und senkte das Spielbein, bis das Leder knarzte. »Und was macht ihr morgen, wenn zu Hause die Wände näher kommen?«

Niemand antwortete.

Lolita schritt davon, Marthe hakte sich bei Paul ein und zog ihn mit sich. Bald signalisierte das Klappern der Instrumentenkoffer, dass die Band nachkam. Mehr Schritte folgten, schließlich setzten sich alle in Bewegung. Selbst Tina sagte keinen Ton.

Zurück am *Von Herzen*, lehnte sich Lolita neben der Tür an die Wand und salutierte Paul mit einem breiten Gratislächeln.

Im Vorraum klebte er an Marthes Arm, bis der Tross an ihnen vorbeigezogen war. Sein Herz raste. Sie legte eine Hand darauf und fühlte in ihn hinein. Er spürte nur, wie es wild gegen ihren Handteller hopste. Marthe klopfte seine Brust wie ein gutes Pferd, ließ ihn stehen und trat über die Zunge durch den riesigen Mund.

Als sie verschwunden war, schaffte Paul es gerade noch zur Toilette, um sich zu übergeben.

Während er auf den Schwall starrte, der sich vor lauter Rührung in die Schüssel ergoss, wurde ihm klar, dass er gelogen hatte. Er hatte gar nicht unter Menschen sein wollen. Er hatte vorgehabt, sich nach dem ersten Misserfolg voller Selbstmitleid aufzugeben. Aber so, wie Marthe und Lolita sich gerade hinter ihn gestellt hatten, konnte er seine letzte Würde nur noch retten, indem er in den paar Tagen, die er noch lebte, Respekt errang. Das Kollektiv war bezwungen, aber er hatte nichts dazu beigetragen. Es waren Marthes Autorität und Lolitas Frage nach dem Morgen gewesen, die den Mob zur Räson gebracht hatten.

Paul gab sich drei Tage.

Drei Tage würde er schuften wie ein Tier.

SPIESSRUTENLAUFEN

»Was war eigentlich falsch mit dem *trait de génie*? Sprech ich das falsch aus?«

Eckerd las in einer *Food Couture,* einem Gourmetmagazin. »Klingt recht gut für einen Nichtfranzosen, wieso?«

»Der knurrende Hagere, der sich vorhin mit der Dame um die Marlowe gestritten hat, wollte sein Gericht nicht. Irgendwo hab ich den auch schon mal gesehen. Kennt man den?«

»Pardon, das hätte ich dir sagen sollen. Das ist Charles Chmid, der Finanzhai. Privat wäre er gerne ein Hund. Ein Dalmatiner, glaube ich. Er wartet auf sein Frauchen. Oder Herrchen, das weiß man nicht so genau.« Eckerds Arm tastete nach etwas hinter der Durchreiche und kam mit einen knallroten Fressnapf zurück. »Er frisst immer daraus. Was er bestellt, wird normal gekocht, aber dann durch den Wolf gedreht. Kein Besteck. Nur reichlich Servietten.«

Paul notierte es. »Ah, gut ... kultivierter Hund, der hinter einer Rose wartet.«

»Er hat auch einen Doktor, glaube ich.«

»Kam denn je ein Frauchen oder ein Herrchen?«

»Kein einziges. Traurig, oder?«

»Traurig.«

Eine Hand aus der Durchreiche schnappte den Fressnapf. »Könnt ihr bitte aufhören, mir dazwischenzufummeln?!«

Es gab ein Geräusch, als ob Erbrochenes in einen Eimer prasselte, dann stellte die Hand den Napf mit gemustem *trait de génie* zurück in die Durchreiche. Als Paul den Napf auf dem Arm hatte, rasselte das Rollo herunter.

Er zuckte mit den Schultern. »Ich geb Charles dann mal sein Fresschen.«

Die Münze rollte über die Tanzfläche, bis Willas Pumps sich auf sie stellte. Ein Fingerzeig von ihr genügte, dass ein morbider Tango aus den Instrumenten quoll und sich auf jedermanns Seele legte.

Die Hand an der Stirn, den Kopf im Nacken, schritt der Matador die Einsamen ab, ohne zu finden, was immer er suchen mochte, für alle sichtbar verletzt, aber stolz, zu sein, was er war; ein Bild der Sehnsucht.

Paul war zurück von seiner Runde und lud leer gegessene Teller in die Durchreiche.

»Raphael, bist du da?«

»Wo sonst, Arschloch?«

Eckerd sah Paul an. »Überhör ihn einfach.«

Paul breitete etliche Zettel auf dem Tresen aus. »Wie wollen wir das machen, wollt ihr mitschreiben, oder teilen wir die Zettel unter uns auf?«

Eckerd überflog das Sammelsurium aus Notizen. »Was ist das alles?«

»Wünsche unserer Gäste, ich konnte mir nicht alles merken. Waldo möchte Nüsse, aber nur die krummen, ich denke, er meint Cashews, leicht gesalzen und ein bisschen scharf. Andrea, die das Date mit dem Telefon in der Marlowe hat, möchte gerne Röstzwiebeln auf ihrem *trait de génie*, Charles fand den *trait* ein wenig durch, aber ansonsten superb und hätte gern einen Americano und einen Grappa. Kommt das dann auch zusammen in den Napf? Und Tina will gefälligst eine Margarita mit rosa Salzrand.«

»Tina redet mit dir?«

»Sie kommandiert. Ich glaube, sie weiß gar nicht, dass es rosa Salz tatsächlich gibt. Sie will mich nur terrorisieren, glaube ich. Ach ja, einer meinte noch, bunte Servietten wären schön.«

Raphael gackerte. »Eckerd, ist der irre?!«

Eckerd legte eine schwere Hand auf Pauls Schulter. »Willst du das jetzt jeden Abend so durchziehen?«

»Warum nicht?«

Irgendwo im Dunkel wurde ein Topf in ein Becken geworfen. »Weil das tierisch nervt!«

»Gib mir eine Pfanne, dann röste ich die Zwiebeln selbst.«

»Ein Schritt in die Küche, und du bist tot.«

»Dann brauch ich die gerösteten Zwiebeln von dir. Eckerd, haben wir rosa Salz?«

»Klar, gleich neben dem Blattgold.«

»Okay, verstanden. Kann ich dann normales Salz haben? Ich mach's mit ein bisschen Rotwein rosa. Es klebt eh am Rand. Da winkt einer. Bis gleich.«

Raphael flehte aus den Schatten. »Bitte! Der geht mir so was von unglaublich auf den Sack! Kannst du den keulen, bitte? Heute noch?«

»Was hast du eigentlich? Er nimmt seinen Job doch ernst. Gibt es da was, das ich wissen sollte?«

»Wieso? Kannst du den etwa ertragen?«

»*Trait de génie*. Mit Röstzwiebeln.«

Andrea lehnte sich zurück und nahm die Arme vom Tisch, damit Paul bequem servieren konnte.

»Das ist sehr lieb von Ihnen. Ich habe mich noch gar nicht bedankt.«

»Wofür?«

»Für Ihr tiefes Verständnis. Wir teilen ähnliche Erlebnisse. Auch wenn Ihre heftiger sind, nehme ich an. Dürfte ich Sie um etwas bitten, auch wenn es nicht ganz … korrekt ist?«

Paul errötete. »Wenn ich es möglich machen kann, gern.«

Andrea beugte sich weit über Philip. Sie flüsterte. »Helfen Sie uns! Philip und ich wollen durchbrennen.« Sie zeigte Paul zweihundert in ihrer Tasche.

Paul sah zu Marthe, die ihn von der Bar aus im Blick hatte. »Das kann ich nicht machen. Tut mir wirklich leid.«

»Ach ja? Tut es das? Aber klar, Sie sind Polizist, Sie müssen so sein. Aber Sie sind ja auch pervers, da könnten Sie ja mal fünf gerade sein lassen.«

Paul spähte zur Bar. Eckerd lud gerade Drinks auf sein Tablett und ließ sich von Marthe was flüstern.

»Polizist war ich in einem anderen Universum. Und ich verstehe … euch sehr gut.«

»Also helfen Sie uns?«

Eckerd trat an die Nische. »Hat hier jemand den Plan, wild und romantisch mit einem unserer besten Mitarbeiter durchzubrennen?«

Andrea wurde blass.

Eckerd legte eine Hand auf Pauls Schulter. »Und damit meine ich ausnahmsweise nicht dich, Paul.« Er beugte sich zu Andrea. »Ich wüsste, wie wir …«

Andrea saß plötzlich kerzengerade. »Philip.«

»… Philip an meiner Schwester vorbeischleusen.«

»*Das* würden Sie für uns tun?!«

»Ich würde die Ewigkeit, die Marthe nicht mehr mit mir sprechen wird, auf mich nehmen, ja.«

Andreas Augen glänzten. Eckerd zwinkerte Paul zu.

»Danke Paul, mach doch gerne Schluss für heute. Wir möchten dich nicht mehr zum Mitwisser machen als nötig. Marthes Zorn ist furchtbar.«

Paul sah zu Marthe. Eckerd klopfte seine Schulter.

»Erster Tag hier, Wahnsinn. Macht er super, oder?«

»Ja, macht er super.«

Paul ging. In der Ferne ruhten Marthes Augen auf Andrea, die Eckerd etwas zuflüsterte.

»Wie wollen wir es denn machen?«

»Was sagt denn Philip dazu?«

»Philip wäre natürlich gerne bei mir.«

»Auch wenn der Preis hoch ist?«

»Wie meinen Sie das?«

»Die Kastration. Sind Sie sich beide dessen bewusst?«

Andrea erschrak und presste eine Hand auf Philips Hörmuschel. Eckerd setzte sich vor sie und legte ihr das schwarze, stoffummantelte Telefonkabel in die Hand.

»Wir würden seinen vitalsten Teil durchtrennen müssen. Den

Teil, der seine primäre Aufgabe trägt, seine Fähigkeit zur Kommunikation. Wir würden ihn zu einer funktionslosen, stummen Hülle machen, und ich überlege, ob wir damit nicht zu weit gehen. Ich fürchte, ja. Meinen Sie nicht?«

Andrea wurde bleich. Sie biss sich auf die Unterlippe. »Wie konnte ich nur so blind sein. Ich danke Ihnen. Wirklich. Herzlichen Dank. Ich könnte mich prügeln für so viel Blindheit!«

»Nicht doch. Wir erzählen es Philip einfach nicht. Es ist nie gesagt worden. Noch nicht einmal gedacht. Und wann immer Sie kommen möchten, reserviere ich für Sie und Philip die Marlowe.«

»Aber ich kann nicht ertragen, dass ihn jemand anderes anfasst!«

Eckerd drückte Andreas schlanken Arm. »Aber, aber. Wer wird denn so eifersüchtig sein? Ich passe auf, dass er keine Dummheiten macht.«

Andrea seufzte, schließlich nahm sie die Hand von der Hörmuschel. »Danke. Wir könnten nicht dankbarer sein. Ich kann gar nicht in Worte fassen, wie wichtig Philip in meinem Leben ist.« Dann hielt sie Philips Hörmuschel noch einmal zu. »Entschuldigen Sie, wenn ich kompliziert bin. Aber ich bin noch traumatisiert von meiner letzten große Liebe. Leander. Ist fünf Jahre her. Man hat mich einfach nicht mehr zu ihm gelassen.«

»Das muss schrecklich gewesen sein. War er auch ein Telefon?«

»Nein. Leander war ein Geländer. Die Erinnerung an ihn macht mich heute noch wahnsinnig. Wie er links vom Eingang steht, so voller Würde, während niemand ihn beachtet. Tausende gehen an ihm vorbei, und doch ist er so allein.«

»Aber Sie waren da für ihn.«

»Jeden Tag wäre ich da gewesen. Aber man wollte nicht, dass ich ihn besuche.«

»Wieso das nicht?«

»Der Bischof hat verboten, dass ich vor der Kathedrale schlafe.«

Klara hatte Paul vor einem Supermarkt warten lassen. Kurz darauf war sie wortlos mit einer Plastiktüte wieder herausgekommen und hatte ihn in eine Bahn geschoben. Jetzt drängte sie ihn an einer Haltestelle heraus, die er nicht kannte. Während der Fahrt hatte er noch nicht mal darauf geachtet, in welchem Stadtteil sie waren, seine Gedanken waren ständig um den Text gekreist, den er Herrn und Frau Meyer erzählen würde. Er hatte sich so ziemlich jedes Szenario ausgemalt, aber es konnte gar nicht anders sein, als dass sie asozial waren. Wer außer komplett Asozialen würde seine minderjährige Tochter bei einem Perversen schlafen lassen?

Allerdings, wenn Klaras Vater ein bis über beide Ohren tätowierter Prolet war, würde Paul eins auf die Fresse kriegen, wenn er ihm Vorhaltungen in Bezug auf seine Erziehung machte.

Die monotonen, verwitterten Plattenbauten, an denen Klara Paul vorbeiführte, waren nicht dazu gebaut worden, jemanden glücklich zu machen. Schon damals nicht, als sie neu gewesen waren, und heute noch weniger. Hier war nichts als Resignation. Versuche der Bewohner, ein bisschen Schönes in die ewig gleichen Wohneinheiten zu bringen, waren lange verblasst, aufgrund mangelnder Mittel gescheitert oder irgendwelchen Notwendigkeiten zum Opfer gefallen. Die winzigen Balkone waren blockiert von rostigen Satellitenschüsseln und Stapeln aufgetürmter Leergutkisten, oder sie waren einfach zugeplankt worden, um den winzigen Behausungen ein wenig Raum hinzuzufügen. Alle Balkone zeigten nach Norden, als ob der Architekt eine sadistische Freude daran gehabt hatte, den Bewohnern seines Werks jede Annehmlichkeit zu vergiften. Die ursprünglich grellen Farben, die man irgendwann um die immer gleichen Hauseingänge gepinselt hatte, damit die Kinder wieder nach Hause fanden, waren verblichen und abgeblättert.

Paul folgte Klara über einen Hof aus geborstenen Betonplatten, aus denen Unkraut und Disteln sprossen. Schon auf dem Hof stieg Paul der Geruch von muffigem Linoleum, Tütenessen und billigem Aktionsfleisch in die Nase. Trotzdem atmete er tief ein, um noch ein wenig Außenluft mit in den Wohnblock zu nehmen, auf den Klara zusteuerte. Die letzten Meter nahm sie im Hopserlauf, wie sie es wahrscheinlich schon als kleines Kind getan hatte, als es hier noch Kinder gab, die Kreidequadrate und lustige Tiere auf die Betonplatten gemalt hatten. Klara war zu Hause.

Bis zum Aufzug konnte Paul die Luft anhalten, dann würgte ihn der beißende Gestank von kaltem Zigarettenqualm, den stickige Heizungsluft aus dem Spalt einer nikotingelben Wohnungstür trieb. Paul überlegte, was so schlecht daran gewesen wäre, Klaras Eltern einfach anzurufen.

Ihre plötzliche Mädchenhaftigkeit störte ihn. Er wollte davon nichts wissen. Der Plan war, den Golem bei seinen Proleteneltern abzuliefern und ihnen seinen Text zu erzählen. Der Golem würde einen hinter die Löffel bekommen, ordentlich Hausarrest kriegen, und Paul würde seine Ruhe haben.

In dem quietschenden, unglaublich langsamen Aufzug roch es nach Schimmel, harzigem Schmieröl und Schweiß. Paul wagte sich nicht auszumalen, wie es in der Wohnung riechen mochte. Er sah schon vor sich, wie er sich direkt in der Diele auf ihre Füße übergab. Das wäre schlecht. Sie würden ihn für einen Freak halten.

Du bist *ein Freak.*

Der Aufzug stoppte mit markerschütterndem Kreischen im obersten Stock, zwei Zentimeter unterhalb der Geschosskante. Paul fluchte, als er daran hängen blieb und in den Flur stolperte.

Der schmale Gang war ein Chaos aus Schuhregalen, an allen Seiten gepflastert mit Aufklebern, voller zerlatschter Schuhe, die in der Summe einen überwältigend scharfen, käsigen Geruch verströmten. Tapfer sog Paul auch diese Luft ein, als Vorsichtsmaßnahme auf das, was in der Wohnung auf ihn warten mochte.

Klara schloss auf und trat in die dunkle Diele.

»Hi Mam, ich bin wieder da!«

Marthe schob das Rollo der Durchreiche nach oben und spähte in die Küche.

Raphael saß mit einer Schüssel vor der Anrichte und blinzelte aus dem Halbdunkel. »Du siehst ja schrecklich aus! Hast du Eckerd auch so lange beobachtet?«

Marthe nickte und spähte weiter ins Dunkel der Küche.

»Nein, hier ist keine Leiche. Draußen auch nicht, glaube ich. Er hat sich lustig mit der Telefonfrau unterhalten und ist einfach ins Bett gegangen. Willst du auch was Gerstenschleim? Schmeckt scheiße. Ist aber noch warm.«

Marthe kam in die Küche und setzte sich zu Raphael, füllte sich etwas von dem Brei in eine Schale, probierte und schüttelte sich.

Raphael goss ein wenig Ahornsirup über die graue Masse.

»Ich darf ja nicht, aber damit geht es.«

Marthe probierte eine Löffelspitze und nickte.

Sie aßen schweigend. Irgendwann schwoll das Gedröhne des Morgenverkehrs kurz an, die Küchentür schwang auf, und Eckerd trug den ersten Schwung Großmarkteinkäufe herein.

»Was für ein traumhafter Morgen! Was esst ihr da?«

Eckerd bekam eine Schale.

Er hob eine Augenbraue. »Ist … ausbaufähig. Aber okay. Voll gesund, oder?«

Raphael versuchte auszumachen, ob Eckerd irgendetwas davon ernst meinte.

»Ist noch viel im Auto?«

»Einiges. Ich bring's rein, und ihr packt es weg, wenn ihr fertig seid? Ich hab super Maispoularden und Forellen. Und richtig gute Entrecôtes.«

Raphael standen Tränen der Erleichterung in den Augen. Sie saßen bei ihm und aßen, was er aß. Und Eckerd hatte Fleisch *gekauft*.

Okay, es war immer noch genug Frank und Winnie im Gefrierschrank, dass sie für immer in den Knast gehen würden. Aber sie würden niemanden mehr zerteilen müssen. Wie früher.

Aus dem sanften Wasserrauschen, Klappern und Knistern, das zu hören war, schloss Paul, dass Klara in die Küche gegangen sein musste. Kurz darauf kreuzte sie den engen Flur mit einer Vase voller einfacher, fröhlicher Blumen und einer Schale Chips, dann verschwand sie in einem anderen Raum, wo sie mehr sanfte Geräusche produzierte. Schließlich kam sie zurück.

»Was stehst du da rum?«

Paul schloss die Wohnungstür hinter sich und trat auf einen perfekt gesaugten Teppich.

Perfekt gesaugt. Es stinkt nicht. Es duftet nach Blumen, Kräutern, Putzmittel und Wandfarbe.

Er folgte Klara in ein winziges Wohnzimmer, das ein knuffiger rosa Zweisitzer fast ausfüllte. Paul wanderte entlang des kaum einen halben Meter breiten Pfads, der um das Sofa herum zu einer Balkontür führte. Schubladenschränkchen jeglichen Stils säumten die Wände, jedes kaum tiefer als ein Taschenbuch, die schmalen Ablagen prallvoll mit Souvenirs, Aufstellbilderrähmchen und Stofftieren. Die Wände waren gespickt mit Hängeregalen jeder Art, voll mit tausend kleinen Figuren, Sprüchen für jeden Gemütszustand und mehr bunten Rähmchen. Paul interessierten die Flächen zwischen den Regalen, die mit Fotos von Klara und ihrer Mutter gepflastert waren; einen Vater fand er auf keinem von ihnen. Die älteren Fotos waren in allen möglichen Positionen und Lebenslagen aufgenommen worden, während Klaras Mutter auf den jüngeren immer links von ihr stand und sie ansah, anstatt in die Kamera zu lächeln. Auf einem zierlichen Glastisch vor dem Sofa standen hübsche, gedeckelte Keramikgefäße, eines liebevoll naiv bemalt mit einem dicken Herzen, andere mit weiteren Ornamenten, die sich Paul nicht erschlossen.

Viel zu viel von allem. Sehr, sehr viel Liebe.

Offenbar war hier jeder Moment so wertvoll gewesen, dass man ihn durch ein Foto, ein Souvenir oder ein Stofftier für immer festhalten wollte. Ein tätowierter, besoffener, prügelnder Prolet hatte hier schlichtweg keinen Platz.

Klara öffnete die Tür zu dem winzigen Balkon, auf dem gerade ein hochlehniger Gartenstuhl und ein Tischchen Platz hatten, und tauschte die Vase mit den frischen Blumen gegen ihr Pendant auf dem Tischchen, das eigentlich fast noch genauso frisch aussah. Die kleine Schale mit Kartoffelchips daneben sah auch nicht aus, als wäre sie angetastet worden, trotzdem tauschte Klara sie aus. Dann beugte sie sich zu jemandem im Gartenstuhl, den Paul nicht sehen konnte, da ihm die hohe Lehne die Sicht versperrte.

»Hi Mam, Paul ist hier. Möchtest du mit ihm sprechen, dass ihr euch mal kennenlernt?«

Paul konnte die Antwort nicht hören, aber Klara nickte und kam zurück ins Wohnzimmer, um Paul Platz zu machen.

Er kam sich vor wie ein Kleinkrimineller, der gleich der Chefin einer weltweiten Verbrecherorganisation gegenübertreten würde. Er traute sich nur bis zur Tür.

Riffelglasscheiben schotteten den Balkon zu den Seiten von den Nachbarn ab, aber nach vorn konnte man durch das Spalier von schäbigen Plattenbauten erstaunlich weit in die graue, windige Ferne sehen. Der allgegenwärtige, kränkliche Geruch des Viertels war hier oben kaum wahrnehmbar. Paul sog die kühle, raue Luft tief ein. Auch draußen roch es nach Kräutern. Schließlich schob er sich auf den Balkon.

»Guten Tag Frau Meyer, ich bin Paul. Paulsen.«

Eine sehr zierliche Person saß in dem Gartenstuhl. Sie hatte sich kuschelig eingepackt in eine Decke, ihren Kopf umspielten dicke Strähnen schwarz-grau melierter Haare, sodass Paul von der Seite nur einen Wangenknochen sah, der sich unter dünner Haut abzeichnete. Mam hatte die Hände in den Schoß gelegt. Es waren sehr dünne Hände.

»Schläft sie?«

»Nein.« Klara trat an die Balkontür. »Ich vermisse ihr Räuspern.«

Paul realisierte, dass es die Frau war, die nach Kräutern duftete.

»Mam hat ein ganz bestimmtes Räuspern, wenn ihr was nicht passt, und eines, wenn ihr was peinlich ist. Ein ganz leises, wenn sie nicht antworten mag, und ein lautes, wenn sie etwas Wichtiges sagen will, wofür sie eine tiefe Stimme braucht. Mams Räuspern ist mein Richtig und Falsch.«

Die Liebe, mit der Klara das sagte, stieß in Paul eine Tür auf, die er sofort wieder zuschlug.

Mam sah friedlich aus. Wie ein Rinpoche, ein tibetanischer Geistlicher, der, auf einen heiligen Berg gegangen und von Wind und Trockenheit bewahrt, für immer in die Ferne blicken würde.

»Woran ist sie gestorben?«

»Kannst du das anders sagen?«

»Warum … ist sie, wie sie ist?«

»Sie ist nur noch traurig gewesen.«

»Weil dein Vater weggegangen ist?«

»Nein, das findet sie gut. Wir sind immer viel weggefahren von dem Geld, das er bezahlt hat. Er hat eine andere Familie, die von mir nichts weiß. Sie ist vorher immer gern unter Menschen gewesen. Sie hatte Freunde und ging aus. Hat sich knallbunt angezogen.«

»Und weswegen wurde sie dann traurig?«

»Ihre Haut wurde schlecht auf einer Seite. Da ist sie nicht mehr rausgegangen. Und als lange Zeit keine Freunde mehr kamen, hat sie nichts mehr getrunken. Nur noch Chips gegessen.«

Paul beugte sich über Mam. Die Haut auf der abgekehrten Seite ihres Gesichts sah böse verändert aus.

»Was ist das?«

»Man sagt Niacinmangel dazu. Das kriegen manche, wenn sie kein Fleisch essen. Man kriegt schlimme Haut davon.«

»Und warum hat sie dann nicht einfach Fleisch gegessen?«

»Mam stirbt lieber, als dass ein Tier für sie stirbt.«

»Aber sag mal, Niacin … ist das nicht einfach irgendein Vitamin? Das kann man doch sicher überall kaufen.«

»Klar, Niacinpillen. Aber keiner konnte Mam erklären, dass die Pillen nicht aus Tieren gemacht werden. Sie will nicht, dass ihr Körper etwas braucht, das es in Tieren gibt. Sie will so jemand nicht sein. Mam ist der tierliebste Mensch der Welt. Ich glaube, sie ist überhaupt der liebste Mensch auf der Welt.«

»Dir ist aber klar, dass Mam nicht hierbleiben kann, oder?«

Klara schob sich zwischen Paul und Mam, legte einen Arm um sie und drückte sie. Es knarzte leise.

»Wo soll sie denn hin? Unter die Erde, wo es stinkt und sie zerfressen wird? Sie hat Platzangst. Sie hasst, wenn es stinkt. Hier hat sie es gut.«

Paul schossen Tränen in die Augen. Er floh zurück in das winzige Wohnzimmer. Sein wässriger Blick wurde geflutet von Hunderten von Foto-Klaras, großen, kleinen und ganz kleinen, auf dem Arm, im Arm oder angelehnt, angekuschelt an immer die gleiche, warmherzige, sensible Frau, an der man glücklich einschlafen, nur Schönes träumen und aus ganzer Seele weinen konnte, weil danach alles wieder ganz und gar gut war. Ein Mausoleum. Ein Schrein. Aus purer Liebe. Paul schnappte nach Luft.

»Wie hast du das gemacht?«

»Was?«

»Das sie ist, wie sie ist.«

»Ich hab gegoogelt, wie man das in Ägypten gemacht hat. Sonst wären ja die Fliegen gekommen.«

Als Klara zurück in die Wohnung trat, taumelte Paul auf sie zu und nahm sie in den Arm. Klara stieß ihm einen Ellenbogen in die Rippen.

»Was soll das denn?!«

»Ich dachte, du bist traurig.«

»Warum sollte ich traurig sein? Meine Mam ist immer für mich da. Sie hört mir zu. Probier es aus. Setz dich zu ihr und erzähl ihr, wer du bist. Deswegen bist du doch hier. Und dann sehen wir, ob sie was dagegen hat, dass ich in der Werkstatt bin und von da aus meine Sachen verkaufe.«

KÄSEGLOCKE

Wie lang warst du in der Wohnung und hast Mam alles erzählt? Stunden. Der kleine Golem geht zur Schule, und du quatschst mit einer Mumie. Eine Doppelstunde Sport hat Klara sausen lassen, damit du Mam triffst.

Die beiden hätten eine glückliche Familie sein können, Mam hätte nur ein paar Tiere essen müssen. Und ihrer Tochter fällt nichts Besseres ein, als in einer schimmligen Werkstatt, über die tagein, tagaus Züge donnern, bei einem Selbstmörder abzuhängen. Übrig geblieben. Klara ist einfach übrig. Ein Pusteblumensamen, der auf einen Parkplatz fiel. Bizarr, was die mit ihrer toten Mutter gemacht hat. Noch bizarrer, dass du das nachvollziehbar findest. Das sollte dir ernsthaft Sorgen machen. Aber es ist absolut inakzeptabel und unethisch, Mam auf dem Balkon zu lassen! Ihr Vater hat Schwein. Er hat sich rausgekauft, und es funktioniert.

Aber das ist alles nicht dein Problem. Okay, du könntest versuchen, Klara zu überzeugen, Mam da wegzuholen, aber du kennst ihre Antwort. Mam ist da für sie, was ja irgendwie auch stimmt. Aber man sollte was tun … Aber ganz sicher solltest du das nicht sein. Weil das nichts ändert. Wenn du anfängst, dich zu kümmern, wäre das reine Heuchelei. Wenn du tot bist, ist ja Schluss mit Kümmern. Sie darf ihr Ding von der Werkstatt aus machen, und der Rest geht dich nichts an. Das mit Mam kommt eh irgendwann raus. So was kommt immer raus. Die Dinge nehmen ihren Lauf. Leider.

Tot. Du solltest auch längst tot sein. Zwei Wochen, seit du da arbeitest. Ist die Stimmung in den letzten Tagen besser? Irgendwas ist jetzt entspannter als vor zwei Wochen. Da hätte dir Marthe keine Eiswürfel in den Kragen gesteckt oder Tabasco ins Bier gekippt. Der »Verlangen Sie Unmögliches«-Zettel auf deinem Rücken war blöd von ihr. Aber sie hat auch nicht gelacht, als du den Sektkübel vor ihr ins Spülwasser geschubst hast. Du wirst Marthe vermissen, wenn du tot bist. Im Gegensatz zu dem Arsch von Koch in seiner dunklen Höhle. Warum lässt dich der Minotaurus nicht in sein düsteres Labyrinth?

Damenbinden. Du darfst nicht vergessen, morgen neue Damenbinden zu kaufen, damit sich die Teller nicht wieder in den Unterarm brennen. Wollen wir mal sehen, wann es Minotaurus zu blöd wird, die Teller über der Gasflamme heiß zu machen, wenn es dir nichts ausmacht. Die zwanzig an Lolita waren den Tipp wert. Schade, dass es so teuer ist, mit ihr zu reden.

Alles ist so teuer. Fragt sich, wie lange die Läden dich noch anschreiben lassen. Rosa Salz, scharfe Nüsse, bunte Servietten und Honey Mustard Pretzelcrush, alles alle. Eckerd und Marthe lachen, wenn du damit ankommst. Aber es gibt keine Revolten mehr, und das hast du nur dir selbst zu verdanken. Plan erfüllt, aber pleite. Gut, dass du dich umbringst. So in drei Tagen? Bevor das nächste dicke Ding kommt? Weil: Es kommt garantiert. Wie bei einer Fliege, die immer wieder vors Fenster knallt. Wie dieser Matador, der seine Runde schreitet, nicht findet, was er sucht, geht und immer wiederkommt. Für was?

Schlaf endlich! Du hättest Laurette überziehen sollen, dann würdest du längst schlafen. Zwei Wochen, und in der Wanne schimmelt immer noch deine Kotze in deinem Blut. Bring dich woanders um. Obwohl, wenn Klara dich in der Werkstatt findet, macht sie vielleicht das mit deiner Leiche, was sie mit Mam gemacht hat. Das wäre die Königsklasse. Aber so was kann man eigentlich nicht mit einer Zwölfjährigen besprechen. Oder vielleicht doch, nach dem Tritt? Rollt die sich nachts bei dir ein, weil es donnert … Es donnert doch andauernd. Ist doch egal, ob es Gewitter oder Züge sind. Und dann springt die auf und tritt dich voll in die Zwölf, weil du im Tiefschlaf eine Morgenlatte hast.

Wie es scheint, lebst du unter einer Käseglocke. Du hast doch mal gewusst, was richtig und falsch ist. Jetzt ist alles falsch. Vielleicht bist du doch das Monster, für das dich alle halten, nur dass du es nicht sehen kannst. Das wäre die neue Nummer eins auf deiner Warum-ich-mich-töten-will-Liste. Töte dich, weil du nicht sehen kannst, was für ein Monster du bist!

Zerschneide mich mit deinen grünen Laseraugen, Supermarthe!

Und aus Eckerd wird Noah. Wow, Eckerd, da hast du aber ein ganz schön großes Kreuzfahrtschiff flottgemacht! Das sieht ja innen aus wie euer Von Herzen*! Die Fleischtelefone sind krass und all die wilden Bilder und Skulpturen! Eckerd, holst du all deine Inkompatiblen und Seltsamen an Bord? Kann ich mit, auch wenn es von mir kein zweites Tier gibt? Würdest du das auch noch für mich tun? Bitte, ich weiß nämlich wie du, dass gleich ein giganti-*

scher Tsunami die Welt vom großen Rest der Menschheit freiradieren wird! In vierzig Tagen sind deine Seltsamen die Wiege der Menschheit! Deine Hysterischen, Enttäuschten, Gescheiterten, Melancholischen, Neurotischen, Schüchternen, Verqueren, Verbohrten, Verbogenen, Verzweifelten und Verhauenen.

Obwohl, wenn die alle an Bord sind, wer ist denn dann noch da draußen? Die Normalen sind doch Fiktion. Oder ist das alles schon passiert, und der Tsunami ist schon längst durchgerauscht? Ich habe die vierzig Tage Weltuntergang unter dem Asphalt meines Selbstmitleids verpennt! Ich bin nackt. Ich war ewig nicht mehr nackt, seitdem.

Das ist ein Traum. Wahrscheinlich war die Arche auch schon ein Traum. Und Marthe. Und Lolita und der bescheuerte Koch. Kann ich zurück in die Arche, bitte? Ich muss weg, hier ist alles schwarz!

Er ist Teil von dem Schwarz, und ich hamstere in meinen Backen, was er mir hineinschiebt. Ich will es nicht, aber er stopft es mir rein und sagt es immer wieder, mit seiner widerlich sanften, rauen Stimme. Hamster, kleiner Hamster. Mir wird übel, und als das Schwarz schwindet, verschwindet auch er, den ich nie finden werde, weil er jeder sein könnte. Jetzt kann ich mich nur noch selbst hassen für alles, was kommt.

Ich liege weich und feucht. Viele Schritte kommen von kurzen Beinen. Ich bin viele Tonnen schwer, ich drehe meine Augäpfel, bis sie schmerzen und ich sie im äußersten Winkel des hellen Türrahmens sehe, die aufgerüschten Hamsterprinzessinnen. Sie stapfen auf speckigen Beinchen herein, quieken wild durcheinander und umkreisen mich, jetzt, wo ich mir langsam wieder vorstellen kann, mich zu bewegen. Sie beäugen mich.

Ich stütze mich auf. Ich liege nackt auf einem fetten, dicken Mann, der auch nackt ist. Hamstermütter wachsen aus dem Boden, turmhoch und böse. Sie fauchen, die Prinzessinnen kreischen. Ich will nicht nackt sein. Ich will nicht, dass sie wegen mir kreischen. Ich stütze mich hoch, ich will weg. Ich habe Panik, mein Herz rast, ich bin tonnenschwer und federleicht; behäbig und blitzschnell. Ich springe auf und sehe, dass ich eine Riesenerek-

tion habe, die ich wie eine Lanze vor mir hertrage. Inmitten der Prinzessinnen baut er sich auf, aus Tausenden von Fotoapparaten, Kameras und Handys. Tausend Blitz Gorden. Ich renne wie ein wildes Tier im Kreis, finde keinen Ausgang, bis er meine Nerven mit dem hässlichen Ladegeräusch von tausend Blitzen zersägt, die alle auf einmal feuern und auslöschen, wer ich war.

Und das, was sie aus mir machen, geht raus in die Welt.

FOOD COUTURE

»Lulur Vanten. Von ihr weiß ich alles über Gastronomie.« Eckerd öffnete einen Schrank seitlich der Bar. Er war voll mit Gourmetmagazinen. »Falls du mal was nachgucken willst.«

Paul hatte sich die Frau auf dem Cover einer älteren *Food Couture* angesehen, weil es auf dem Tresen lag. Soweit er sich erinnerte, hatte er noch nie einen Blick in ein Gourmetmagazin geworfen.

Eckerd zog mehrere Magazine in verschiedenen Sprachen heraus, alle mit der gleichen Frau auf dem Cover.

»Sie ist in allem eine große Ästhetin. Mehr Stil geht nicht. Und sie nimmt dabei kein Blatt vor den Mund. Einfach super.«

Paul grinste in sich hinein. Er hätte das nicht von Eckerd gedacht, aber er schien ein Riesenfan von dieser Lulur zu sein. Er gurrte, wenn er ihren Namen aussprach. Lulurrr. Wenn er dabei bedeutsam seine Stimme senkte, gesellte sich ein gutturaler Laut hinzu. Lullurrrch. Es klang wie der Balzlaut eines sehr großen Vogels. Paul fand, sie ähnelte dem Foto einer Frau, das auf einer Blechkeksdose klebte, von der er sich seit zwei Wochen fragte, warum sie zwischen den Flaschen im Barregal stand. Die Frau auf dem Bild war jünger als Lulur und deutlich schlechter gelaunt, aber der gleiche Typ. Schöne Gesichtszüge, störrisch.

Er zeigte darauf. »Ist das auch Lulur?«

»Das ist Colette. Unsere Mutter.«

Paul kannte Eckerd nicht lange, aber er hatte ihn nie von seiner Familie sprechen hören. Er sah sich die Cover der Magazine noch einmal an. Lulur verdeckte immer ihren rechten Mundwinkel, mit Posen ihrer Hand, Kochaccessoires oder Nahrungsmitteln.

Noch jemand, der etwas von seinem Gesicht versteckt.

Paul sah zu Colette. Sie schien ihm sagen zu wollen, dass es ihr nicht gefiel, auf einer Blechkeksdose zu kleben.

»Das ist aber ein origineller Rahmen für ein Familienfoto.«

»Das ist kein Rahmen.«

Paul schluckte. »Sie ist aber nicht da drin, oder?«

DAMALS : COLETTE

Bernhard hatte Colette während seiner einzigen Auslandsreise auf einer Feria, einem rauschenden Volksfest, im französischen Arles kennengelernt. Colette war die Tochter des Direktors der École Nationale Supérieure de la Photographie, die am Morgen erfahren hatte, dass sie bei der Aufnahmeprüfung für die Universität ihres Vaters durchgefallen war.

Daher gefiel Colette das Leben in Arles nicht, ihre Eltern gefielen ihr nicht, ihre Freunde gefielen ihr nicht, und eigentlich gefiel ihr ganz Frankreich nicht. Sie war dazu gemacht, Teil der künstlerischen Elite zu sein, die sie heute verstoßen hatte.

Nie wieder würde sie mit ihrem Vater ein Wort wechseln (der keine Ahnung von der Bewerbung hatte), und die Häme ihrer Freunde war unerträglich (die allesamt liebevoll versucht hatten, ihr Trost zu spenden). Colette fühlte sich verlacht und verraten.

Bernhard, der kein Französisch verstand, war der Einzige, der sich traute, Colette auf der Feria anzutanzen, worauf Colette Bernhards naive Annäherung abkürzte, indem sie ihn auf sein billiges Hotelzimmer in der Rue de Calade zog, zu dem man von der Place de la République herüberspucken konnte. Sie zog sich aus und befahl Bernhard, dasselbe zu tun. Der rothaarige Affe sollte irgendwas Erniedrigendes mit ihr machen; passend zu dem, wie sie sich fühlte. Bernhard verstand kein Wort, und es war sein erstes Mal. Er tat nichts dergleichen und grinste nur einfältig, was in Colette eine Sicherung durchbrennen ließ.

Sie schrie, fluchte, spuckte, trat, kratzte und boxte ihm ein blaues Auge. Bernhard wunderte sich, dass niemand kam, um zu sehen, was auf dem Zimmer los war, aber die Feria an der Place de la République tobte, sodass er sich in sein Leiden ergab und sich dachte, dass Prügel beim Sex unter Franzosen vielleicht einfach die Norm waren. Nachdem die Tour de Force andauerte, ließen Bernhards Reflexe nach, ihm entging ein Schwinger, den Colette aus dem ganzen Körper mit ineinander verschlungenen Fäusten auf seine Schläfe krachen ließ. Seine Lichter waren schon aus, als er der Länge nach auf den Rücken schlug.

Colettes Atem rasselte, sie schwitzte Bäche. Der einfältige Ausländer durfte einfach so eine Nacht mit der Tochter des Leiters der ENSP verbringen. Bien, er war dafür k. o. gegangen, aber das wäre einem Franzosen nie passiert. Colette hockte sich auf den Ohnmächtigen und sah ihn das erste Mal richtig an. Sie hatte bisher keine Neigung gehabt, einen Mann nackt zu verprügeln, aber es machte ihre Wut erträglicher. Als sie auf Bernhard eingedroschen hatte, hatte sie überlegt, ob sie etwas an ihm mochte. Er war grobschlächtig, weiß und rothaarig. Er wehrte sich nicht. Er bewunderte sie. Ein winziges Gefühl keimte in ihr auf.

Etwas von Bernhard regte sich zwischen ihren Beinen. Sie riss ihm ein paar Brusthaare aus. Bernhard zuckte nicht mal.

Colette ließ das Erregte in sich gleiten und überlegte, ob es überhaupt erotisch war, die Erektion eines Ohnmächtigen in sich zu haben. Sie kam zu dem Schluss, dass sie einem widerlichen Dominationsversuch aufgesessen war. Das Ding in ihr verhöhnte den Knock-out.

Sie sprang auf und verpasste Bernhards Penis einen heftigen Schlag, worauf er an einer Seite ziemlich schnell um mehr als das Doppelte anschwoll. Bernhard regte sich nicht.

Colette atmete durch. Ihr ging es schrecklich, aber besser.

Sie zog sich an und ging.

Als Bernhard aufwachte, machte ihm die Schwellkörperprellung Angst, aber vor allem fühlte er die große Ehre, etwas mit einer *Französin* gehabt zu haben.

Zwei Stunden später stand Colette mit fünf Koffern vor Bernhards Bett und informierte ihn, dass sie nach *Allemagne* auf sein *château* gehen würden. *Château* sagte Bernhard nichts, aber als Colette ein sehr großes Haus in die Luft malte, nickte er.

Am Abend zuvor hatte er ihr seinen Nachnamen gestikuliert, worauf sie sich *de cœur* zusammengereimt hatte. Sie folgerte, dass er ein Landadeliger war, mit dem sie ihren Eltern eins auswischen konnte, indem sie mit ihm durchbrannte.

Als Colette dann wirklich vor dem sehr großen Haus der von Herzens stand, gefiel es ihr nicht.

Es war vor allem deswegen groß, weil viele Schweineställe um einen kleinen Wohntrakt gebaut waren. Dadurch hatte man beim Füttern kurze Wege, man bekam mit, wie es den Schweinen ging, und es war immer warm. Alles Vorteile, die Colette einen Dreck scherten. Sie fluchte auf Französisch, dass die düstere Bude ein Dreckloch war, grauenvoll eingerichtet und baufällig dazu. Deutsch kam ihr nicht über die Lippen, für sie klang es wie das Bellen von Hunden – und *le pire*, das Schlimmste, war für sie der allgegenwärtige Gestank von Jauche und Ammoniak.

Le pire du pire, das Allerschlimmste, war für sie Elmar – was von der ersten Sekunde an auf Gegenseitigkeit beruhte. Er ignorierte sie, um hinter ihrem Rücken bei Bernhard zu ätzen. Der Zwist schürte in Bernhard die Angst, dass Colette wieder zurück nach Arles gehen könnte, was sie auch sofort getan hätte, wenn nicht *le pire du pire du pire* passiert wäre: Sie war durch ihr Wutmanagement an Bernhard schwanger geworden.

Unmöglich konnte sie sich die Blöße vor ihrer Familie geben, schwanger von einem Schweinebauern zurückgekrochen zu kommen. Um Geld zu betteln, kam auch nicht infrage, und alle Hausmittel inklusive Bauchboxen schlugen nicht an, also blieb sie und bekam *le rôti*, den Braten, unter Flüchen und verbreitete jeden Tag so viel schlechte Laune, dass sich irgendwann niemand im Haus mehr grüßte.

Bernhard nannte seinen Sohn Eckerd, nachdem Colette sich geweigert hatte, *la chose*, dem Ding, einen Namen zu geben.

Elmar ließ nicht locker, und nach vier Wintern hatte er es geschafft, Bernhard von Colettes Nutzlosigkeit zu überzeugen. Bernhard verabredete sich mit ihr in der alten Scheune, um über ihren Abgang zu verhandeln, nachdem er Tage vorher alles, was sich als Waffe gebrauchen ließ, sorgsam entfernt hatte.

Es schneite stark, als Bernhard den langen Weg zur Scheune stapfte, und als er eintrat, trug Colette nichts als das Sommerkleid von ihrer ersten Begegnung. Verdattert sagte er seinen auswendig gelernten Text auf, während Colette sich auszog und ihm befahl, dasselbe zu tun. Bernhard gehorchte und grinste dabei einfältig, was in Colette eine Sicherung durchbrennen ließ. Sie schrie, fluchte, spuckte, trat und kratzte, und nach einer ausgiebigen Tour de Force traf Bernhard schließlich ein Schwinger, den Colette aus dem ganzen Körper auf seine Schläfe krachen ließ. Er schlug der Länge nach ins Stroh. Colettes Atem rasselte, sie schwitzte Bäche und hockte sich auf ihn.

Als sich etwas von Bernhard zwischen ihren Beinen regte, ließ sie es in sich gleiten, um sofort zu dem Schluss zu kommen, dass die Erektion ein perfider Versuch war, ihre Dominanz zu verhöhnen. Sie sprang auf und verpasste Bernhards Penis einen heftigen Schlag.

Auch unter wüsten Flüchen schaffte sie es nicht, das feine Sommerkleid über ihren schweißklebenden Körper zu zerren, schließlich zerfetzte sie es in einem wilden Urschrei. Nackt stapfte sie hinaus in den Schnee, den langen Weg zurück zum Haus, um ein für alle Mal ihre Sachen zu packen.

Bernhard erwachte mit einem halben Liter Blut im Penis, den Elmar, der sich in der Scheune versteckt hatte, um zu lauschen, noch vor Ort punktierte. Colette wäre beinah an einer Lungenentzündung gestorben, weil Elmar den Arzt wegen Jesus nicht ins Haus lassen wollte. Bernhard rettete sie, indem er sich das erste Mal in seinem Leben gegen Elmar durchsetzte, die Stubentür abklebte und dem Arzt erzählte, dass sie einen üblen Hausbockbefall auszuräuchern hätten.

Die sechs Wochen Bettruhe waren schlimm für Colette, aber *le pire du pire du pire du pire* war, dass sie sich danach dauernd übergeben musste. Die Aussprache mit Bernhard hatte ihr *un autre rôti* – einen weiteren Braten – beschert, und kein noch so drakonisches Hausmittel half, diesen Zustand zu ändern. Am Ende war es die kleine Marthe, die mit einem knappen Eins zu Null vom Platz ging.

RÖHRENBRATEN

Im *Von Herzen* herrschte Hochbetrieb, aber der erste Schwung Abendessen war durch: *coq céleste*, himmlischer Hahn, auf einer Wolke von leichten Gartengemüsen, oder *rôti tubulaire rougeoyant*, glühender Röhrenbraten, also scharfe Currywurst. Ersteres war vom Markt, Letzteres der Rest der Kooperationen von Eckerd und Gott. Ohne dass Eckerd und Paul es mitbekamen, hatten Raphael, Marthe und Lolita der letzten Wurst aus Frank und Winnie mit einem Champagner das letzte Geleit gegeben.

Eine Weile später war Eckerd in eine Ausgabe der *Food Couture* vertieft, als plötzlich Tina völlig aufgelöst vor ihm stand.

»Eckerd, du musst sie sofort rausschmeißen!«

Sie stand mit zitternder Unterlippe am Tresen, so puterrot, dass ihre Rougekleckse blasser waren als ihre Wangen. Eckerd klappte *Food Couture* zu und beugte sich vor.

»Wen soll ich rausschmeißen?«

Tina hörte ihm gar nicht zu. »Die sind alle weg!«

»Wer ist weg, Tina?«

»Alle! Alle Männer!«

ANGSTHASEN

Sein Schädel würde brechen, wenn er noch öfter gegen die Kacheln geschlagen wurde. Esther hatte sich in seine Haare gekrallt und tobte sich im Stehen an ihm aus. Auch sein Becken würde nicht endlos mitmachen, wenn es von ihrem Unterleib immer wieder mit voller Wucht an die Wand gerammt wurde. Er wunderte sich, dass er ein Stock blieb. Unter den Schmerzen ihrer Stöße war er sicher gewesen, schnell zum Wurm zu werden, doch tatsächlich verhinderten sie, dass er vorzeitig zur Seifenblase wurde. Es wäre ihm peinlich gewesen unter den elf Augenpaaren verängstigter Männer, die zusahen, was Esther mit ihnen machen würde, wenn sie an der Reihe waren.

Esther war zu Charles Chmid in die Nische gegangen und hatte eins-eins-zwei gewählt. Was immer sie gesagt hatte, plötzlich waren alle Nischen leer gewesen. Daraufhin hatte sich Tina bei Paul beschwert, dass niemand mehr da war, dem sie ihre wahre Liebe versprechen konnte. Paul hatte in der Herrentoilette nachgesehen, weil es unwahrscheinlich, aber möglich war, dass elf Männer gleichzeitig austreten mussten. Er hatte den Raum überfüllt gefunden – mit elf gestressten Männern, die auf Esthers Befehl hin versuchten, sich bar jeder Privatsphäre zum Stock zu machen, bis sie an der Reihe waren. Völlig unerwartet hatte Esther Paul gepackt und war an ihm ausgeartet.

Keiner wagte einen Fluchtversuch. So heftig, wie sie sich an Paul austobte, traute sich keiner an ihnen vorbei, zumal er die Tür mit der Schulter blockierte. Nur Waldo schien völlig im Reinen, er saß rosa verschwitzt auf dem Waschtisch und sorgte dafür, dass er bereit war, wenn er an der Reihe war.

Paul fragte sich, wie oft sie seinen Kopf noch an die Wand hämmern konnte, ohne dass ihm die Lichter ausgingen, aber es freute ihn, dass er sich keine Zombiefratzen vorstellen musste wie sonst, wenn er drohte, zur Seifenblase zu werden. Esther schrie in sein Ohr. Er bekam einen Schlag gegen die Schulter. Die Tür flog auf. Eckerd trat ein.

»Ach, hier seid ihr.«

Paul klemmte sein Genital ein, als er den Reißverschluss hochriss. Esther pustete sich eine Strähne aus der Stirn und hielt Eckerd die Hand hin.

»Hallo, ich bin Esther. Eckerd, richtig?«

Eckerd schüttelte ihre Hand. »Derselbe. Da hat aber jemand Appetit.«

Esther machte einen Knicks.

Eckerd zwinkerte den Männern zu. »Alles okay, Jungs?«

Sie nickten stumm und schlichen mit roten Nacken aus der Toilette, nicht ohne sich vorher zu vergewissern, ob jemand im Vorraum war, der richtige Schlüsse ziehen würde. Esther klopfte Paul auf die Schulter.

»Sorry für den Brummschädel. War aber gut, der Fick, fand ich.«

Paul versuchte, ein männliches Geräusch zu produzieren, und als es nicht kam, wandte er sich an Eckerd. »Was Besonderes passiert inzwischen?«

Eckerd grinste. »Definiere besonders.«

Paul tauchte unter Eckerds Arm hindurch in den Vorraum.

Esther zupfte Eckerd am Kragen. »Können wir?«

»Können wir das mit einem Caipirinha kompensieren?«

»Kurzzeitig, ja.«

»Dann mir nach.«

»Ja, Boss.« Esther zog den Saum ihres Kleids von der Taille über die Hüfte und folgte ihm.

FRANK-EN-WINNIE

Marthe hatte Paul gescannt, noch bevor er aus dem Vorhang getreten war. Sein Hemd stand einen Knopf zu weit auf, die Gürtelschnalle hing seitlich vor der Gürtelschlaufe, und auf dem Kopf sah er aus wie ein explodierter Hahn. Sie warf ihm einen Blick zu, dass er sofort umdrehte und an Eckerd und Esther vorbei zurück in den Vorraum stolperte, wo er gerade noch Lolitas Grinsen sah, bevor sie sich wieder draußen vor der Tür postierte.

Pauls Kopf stach, als ob Esther ihn immer noch gegen die Kacheln rammte. Seine Kopfhaut tastete sich wie eine einzige Beule. Er verharrte eine Weile im Vorraum, zwischen Lolitas Häme und Marthes Verachtung, dann schob er sich durch die Küchentür.

Im spärlichen Licht des Gasherds konnte er Raphael ausmachen, der mit dem Rücken zur Tür Gemüse in der Pfanne tanzen ließ. Die Türflügel schwangen aus.

»Hey, Eckerd, das war die letzte Frank-en-Winnie vorhin!«

Paul sah Raphaels Rücken verständnislos an.

»Frank-en-Winnie. Saukomisch, oder?«

»Ich dachte, es wäre Currywurst.«

Raphael erstarrte. »Raus. Sofort.«

Paul lehnte sich an die Anrichte. »Bring mich doch um. Du tust mir einen Gefallen. Mein Kopf platzt. Hast du vielleicht ne Schmerztablette?«

»Selbst wenn. Nein.«

»Mann Gottes, ich hab dir nichts getan! Kann ich wenigstens n Wein?«

»Nein.«

Paul nahm sich trotzdem ein Glas. »Danke. Sehr freundlich. Ich bin Paul.«

Raphael drehte sich immer noch nicht herum. »Paul mit *au* wie in *hau ab*? Ich bin Raphael. Mit *ra* wie in *raus*.«

Pauls Augen gewöhnten sich langsam an die Dunkelheit. Die Küche war recht hoch. Unter der Decke spannten sich Wäscheleinen, auf denen abgetragene Kleidung trocknete, und in einem der Waschbecken schwammen Unterhosen, Socken und eine Schürze in Seifenlauge.

»Du wohnst echt hier, oder?«

Raphael klapperte lauter mit den Pfannen, als er musste.

Paul hob das Glas. »Cheers.«

WICHTIGE GEHEIMNISSE

»Na, war's wild, Waldo?« Lolita blies Rauch in die Nacht.

Waldo stopfte sich sein transparent geschwitztes Hemd in die Hose, als er auf die Straße trat. »Mama ist wilder.«

»Hast du Mama rausgelassen, Waldo?«

Waldo musste sich weit vorbeugen, um auf seine Schuhspitzen zu starren. »Sie ist zu wild, dann.«

»Sagt sie überhaupt noch was?«

In dem Moment kam Tina aufgeregt aus dem Vorraum. Sie

stellte sich neben Lolita auf die Zehenspitzen und setzte an, ihr etwas ins Ohr zu flüstern.

Lolita hob das Kinn. »Geheimnisse kosten zwanzig.«

»Es ist wichtig. Es geht um diese … Nutte.«

»Wichtige Geheimnisse kosten fünfzig.«

Tina seufzte, kramte fünfzig heraus und gab sie Lolita, dann reckte sie sich hoch zu ihrem Ohr und sprach hinein.

Waldo rückte ein wenig näher.

Tina zeigte die Straße entlang. »Haust du bitte ab, Waldo?«

Froh, keine weiteren Mamafragen mehr beantworten zu müssen, schlich Waldo in die Nacht. Tina flüsterte zu Ende. Lolita zog eine Augenbraue hoch.

»*Das* hat sie gesagt?«

»Das hat sie gesagt, die Nutte! Den Eins-eins-zwei-Rundruf hat sie benutzt!«

»Und weil sie das gesagt hat, sind alle in die Toilette gekommen?«

»Es war nicht, *was* sie gesagt hat. Es war, *wie* sie es gesagt hat!«

»Wie hat sie es denn gesagt?«

Tinas Unterlippe bebte.

MEISE

»Wo ist eigentlich Paul?« Eckerd nahm ein Tablett mit Getränken auf und sah sich suchend um.

Marthe zuckte mit den Schultern, als ob es ihr nicht gleichgültiger sein könnte.

Eckerd machte sich auf die Runde, als jemand winkte.

Marthe beobachtete Esther aus Augenschlitzen; wie sie ihre Mähne bändigte, sich den Glanz von Nase und Stirn tupfte und ihr minimalistisches Kleid aus großen, gewebten Harlekinrauten zu förmlicher Perfektion zupfte.

Esther trank den Rest Caipirinha, den Eckerd selbst mixen musste, weil Marthe sich geweigert hatte. Sie bat um Nachschub, aber als Marthe sie nach zehn Minuten immer noch ignorierte, wechselte sie auf den Hocker vor ihr und sank auf den Tresen, um sie reumütig von unten anzuhimmeln.

»Sollte ich jemanden gevögelt haben, den du magst, tut's mir echt leid. Das passiert mir ständig. Ist echt bescheuert. Aber rein mechanisch. Echt. Muss ich jetzt verdursten?«

Marthe knallte ein Glas auf den Tresen und zerstieß darin Limonen, dass es spritzte, schüttete Cachaça darüber, von dem viel danebenlief, kippte etwas Lime Juice hinterher und warf aus einiger Entfernung eine Handvoll Eis hinein. Esthers Kleid bekam dabei einiges ab, aber sie setzte sich nur noch aufrechter hin, sodass sie noch mehr Fläche bot.

»Kein Zuckerrand?«

Marthe leckte sich die Finger an, zog eine Spur Spucke um den Glasrand, leckte die Finger noch mal, tunkte sie in Zucker und pappte ihn an die Kante.

Esther lächelte. »Danke schön.«

Sie trank den Caipirinha über Marthes Spucke, bis der Zuckerrand ganz verschwunden war. Marthe sah weg, um ein Grinsen zu verstecken. Esther sog den letzten Rest Caipirinha aus den Eiswürfeln und stellte das Glas auf den Tresen zurück.

»Schade, dass ich so eine gigantische Männermeise habe. Ich würde unter deinem Fenster singen, bis du mich heiratest.«

KLEINER FROSCH

»Wie bist du eigentlich hier gelandet?«

Paul hatte mehrere Versuche unternommen, mit Raphael ins Gespräch zu kommen, der bisher jede Konversation mit Lautäußerungen oder toten Halbsätzen erstickt hatte. Jetzt drehte er sich eine Zigarette. »Angespült worden. Aufgesammelt worden.«

»Also wie ich.«

Raphael würgte etwas hoch und spuckte es ins Spülbecken.

Paul nahm einen letzten Anlauf. »Hast du was mit den Augen, oder warum ist es so duster hier?«

Raphael schwieg.

Paul wurde es endlich zu dumm. Er stand auf. »Dann will ich mal nicht weiter stören.«

Raphael trat einen Schritt vor. »Kennst du jemanden, der was mit dem Gesicht hat?«

»Nicht wirklich.«

»Ah. Okay. Dann kannst du ja auch nicht wissen, wie das ist.«

»Wie was ist?«

»Ich habe es lieber dunkel, weil hier so viel Edelstahl ist.« Raphael schluckte trocken, seine Stimme klang brüchig. »Ich mag mich darin nicht sehen.«

Er zündete seine Zigarette an. Im Licht des Feuerzeugs konnte Paul ahnen, wie sein Gesicht im Hellen aussehen musste. Schlechtes Gewissen kroch in ihm hoch.

Es gibt Menschen, die mit sich Probleme haben. Nicht mit dir.

Raphael räusperte sich heftig, Er sprach sanft, aber er klang rau. »Sorry. Frosch im Hals. Kleiner Frosch.«

Paul lief es eiskalt den Rücken hinunter. Er hob seine Stimme auf Raphaels Stimmlage und kopierte seinen sanften, rauen Ton.

»*Hamster, kleiner Hamster.*«

Raphaels Augen weiteten sich, bis ihre Pupillen die Lider nicht mehr berührten.

NEMESIS

Paul ging langsam auf Raphael zu.

»Warum ich?«

Raphael stand starr wie eine Puppe.

Paul hechtete auf ihn zu, Raphael schnippte ihm seine Zigarette ins Gesicht, Paul heulte auf, als die Glut sich in seine Wange fraß. Raphael duckte sich an Paul vorbei und rannte zu dem großen Regal, das den Ausgang von der Küche trennte, als Paul von der Anrichte abhob, Raphael aus der Luft niederstieß und mit vollem Gewicht auf ihm landete.

Der Aufprall presste alle Luft aus Raphaels Lungen, er japste, während er sich von Paul quer durch den Raum in die hinterste Ecke schleifen lassen musste. Paul sprang über die Anrichte zurück zum Ausgang, packte einen der hohen Kühlschränke am Türgriff und riss, schob und trat, bis der Gang nach draußen blockiert war. Raphael keuchte am Boden, als Paul zurückkam.

»Falls du glaubst, dass du hier lebend rauskommst, vergiss es, *Truthahnfresse.*«

Marthe spähte durch die Durchreiche in die schummrige Küche.

Eckerd schaute ihr über die Schulter. »Die räumen auf. Wurde Zeit, glaube ich.«

Marthe sah besorgt aus.

Eckerd reichte ihr sein Tablett mit leeren Gläsern und zog das Rollo zu. »Machst du mal ein Pils, einen Sidecar, einen Mojito und einen Lumumba?«

Esther kam zu ihnen. »Ich muss kompensieren. Kann ich helfen? Ich kann das.«

Marthe gab Esther die Flaschen an, sie arbeitete die Bestellung zügig ab. Eckerd verfolgte ihre routinierten Bewegungen.

Esther warf sich neben Marthe in Pose. »Na, Eckerd? Marthe und ich?«

Eckerd ging mit einem Grinsen.

Marthe hob das Rollo wieder einen Spalt weit an und lugte in das Dunkel. Etwas schepperte. Esther trat hinter sie und tastete ihren Nacken ab.

»Das sind ja Drahtseile. Wie bei einem Roboter. Du müsstest echt mal raus aus dem Bums hier.«

Marthe senkte den Kopf, damit Esther ihren Nacken besser bearbeiten konnte, und spähte unter ihren Brauen in die Küche. Nur Schemen waren zu erkennen. Etwas krachte.

Als Esther ihren Ellenbogen tief in Marthes Schultermuskeln drückte, ließ sie das Rollo zufallen und legte den Kopf auf die Ablage vor der Durchreiche. Es bebte, als etwas Großes umfiel. Ein Gast stand auf und ging, weitere folgten ihm. Esther beobachtete wach den Raum, ihr Ellenbogen hörte auf, Marthes Muskeln zu bearbeiten.

»Sorry, aber das ist zu gut, um es auszulassen.« Sie rauschte hinaus.

Raphael zog ein Tranchiermesser aus dem Messerblock.

Er hatte Paul getäuscht; er war zu einer Seite gezuckt, um zur anderen zu dem Messerblock zu springen. Paul näherte sich. Raphael stach in die Luft. Paul griff sich das Kochbeil. Raphael versuchte, ihn mit zittrigen Paraden des Tranchiermessers auf Abstand zu halten, aber ein Schwung des Kochbeils reichte, um ihm das Messer aus der Faust zu schlagen. Raphael riss eine Besteckschublade auf und begann, Paul mit Gabeln und sägeklingenbesetzten Steakmessern zu bewerfen, wovon eines in Pauls Oberschenkel stecken blieb. Paul stockte und zog sich das Messer aus dem Bein. Es blutete kaum, aber als sein Finger durch das Loch in seiner Polizeiuniformhose fuhr, setzte etwas in ihm aus. Er begann, wie ein Schimpanse zu grunzen und Raphael mit äffischen Schwingern des Kochbeils von der Besteckschublade wegzutreiben. Er sprang an ein Vorratsregal und schaukelte unter grellem Kreischen daran. Raphael schrie, als es plötzlich kippte.

»Was ist das für ein Höllenlärm?« Andrea hatte Eckerd herangewinkt, der gerade von einem Gast kam, der sich ebenfalls schon über den Lärm beschwert hatte.

»Das sind Bauarbeiten. Wir demontieren gerade.«

»So spät?«

»Es sind Spezialarbeiten. Sehr tief greifend. Und nötig.«

»Wer arbeitet denn jetzt noch? Sind das Ausländer?«

»Berserker. Aber bitte verraten Sie mich nicht.«

»Natürlich nicht. Aber der Lärm tötet alle Romantik.«

»Kommen Sie doch morgen wieder. Philip ist ja für Sie da.«

Andrea haderte, dann hob sie den Hörer und hauchte hinein. »Gute Nacht, Liebster …« Sie hielt inne.

Eckerd verstand. »Ich lass euch dann mal.«

Als er außer Sichtweite war, säuberte Andrea das Steakmesser von ihrem *filet de millions* und begann, Philips Kabel durchzusäbeln. »Es tut mir unglaublich leid, Liebster, aber es muss sein.«

Sie stopfte ihn in ihre Tasche und schritt gerade so schnell aus dem Raum, dass es nicht auffiel.

Testosteron, Adrenalin.

Schwitzende Männer, die sich schlugen. Esther hatte sich sehr beherrschen müssen, nicht in die Küche zu gehen, und sich stattdessen halb in der Tür der Herrentoilette postiert. Schließlich hatte sie einen der Kämpfenden schon durch, also blieb nur noch sein Gegner. Nur einer, während hier viele vorbeikommen würden. Sie nahm eine Hornbrille aus der Handtasche. Hornbrillen waren Brandbeschleuniger.

Eine Frau mit einer prallen Handtasche kam ihr entgegen, dahinter ein reiner Männerpulk. Esther freute sich. Frischfleisch.

Sie steckte den Kopf aus dem Türrahmen, schob sich die Brille auf die Nasenspitze und schaute mit Rehaugen darüber hinweg. Aus der Küche krachte und schepperte es.

»Entschuldigung … Ich habe solche Angst …«

Es gab keinen, der nicht abbog.

Paul bleckte die Zähne und schmatzte.

Er hockte vor dem umgestürzten Regal, das auf die Anrichte gestürzt war und Raphael unter zentnerweise Mehl, Nudeln, Reis, Zucker, Kaffee, Öl und Essig begraben hatte, allerdings war er im Nebel geplatzter Mehltüten nicht auszumachen. Von der Kochinsel zischte es, ein Stoß Sprühfett kreuzte eine der Gasflammen. Ein Flammenstoß schoss auf Paul zu und versengte ihm den Bart. Er packte eine Pfanne vom Herd und schleuderte das heiße Fett darin gegen Raphael, als der die nächste Flamme gegen Paul schicken wollte. Raphael duckte sich und schrie, als ihn ein Ausläufer des Fettes traf. Es wurde still. Nur das Rauschen der Gasflammen war noch zu hören. Und ein leises, gläsernes Klacken.

Raphael spähte vorsichtig über den Herd. Paul stand gebückt mit baumelnden Armen auf der anderen Seite. Er machte Riesenaugen und gurgelte, als er ihn sah. Beide Wege zum Ausgang waren gleich weit, beide führten an Paul vorbei. Und in der Mitte des Herds, auf der größten Flamme, lag eine Flasche Rum.

Eckerd blätterte in einer Ausgabe von *Bouche Culturelle.* Als Marthe sich zu ihm gesellte, deutete er auf ein Foto.

»Wie findest du das Geschirr? Da kann man sein Logo draufdrucken lassen.«

Marthe legte den Kopf schief. Sie nickte anerkennend.

Sie waren respektvoll, stellten sich brav der Reihe nach an, hielten sich an die Regeln, die sie aufstellte, gaben ihr Bestes und ertrugen alles, was sie mit ihnen machte. Der Kampf in der Küche war auch auf der Herrentoilette deutlich zu vernehmen, die Endzeitstimmung heizte Esther an. Immer wilder packte sie sich einen nach dem anderen und stellte sich vor, dass es ihre Stöße waren, die das Haus beben ließen. Es berauschte sie und ließ sie seit Langem wieder auf einen Orgasmus hoffen. Und selbst wenn es nicht dazu kam, wie immer, war es gut, weil sich normalerweise kaum mehr etwas steigern ließ. Ihrer Nymphomanie tat es gut, sie hatte ihr Übliches etwa verdoppelt. Für die Jungs war es auch gut. Die Kratzer, Prellungen und Schleudertraumata würden heilen, und die Erinnerung würde bleiben. Es war etwas Besonderes. Für alle.

Sie rammte einen der Männer so hart sie nur konnte und verscheuchte damit die Frage, die sie sich morgen stellen würde. Wie heute sich steigern ließ.

Raphael versuchte, Paul in die eine oder andere Richtung zu täuschen, aber er tänzelte, bereit, jede Finte zu parieren. Raphael starrte auf die Flasche Rum auf der Gasflamme. Das Etikett war schon völlig verbrannt. Er rannte los. Paul sprang, krallte ihn sich und warf ihn um, als der Rum explodierte. Die Scherben sirrten knapp über ihre Körper hinweg und regneten als tausend Querschläger auf sie herab. Der Feuerball stieg zur Decke, wo ihn die badewannengroße Dunstabzugshaube aufsog. Die Detonation in ihrem Inneren ließ das Haus beben und die Abzugshaube mit einem monströsen Knall auf den Gasherd krachen.

Menschen standen an ihren Fenstern, um nach der Ursache des ominösen Donners Ausschau zu halten.

Lolita beobachtete das *Von Herzen* von der anderen Straßenseite. Es war so still, dass sie die Glut knistern hören konnte, als sie an ihrer Zigarette sog.

Die Fensterscheiben waren noch intakt, der Vorraum war dunkel, es brannte also nicht. Allerdings wurde Lolita nervös, als ein Tross Männer das *Von Herzen* verließ, die humpelten oder sich die Köpfe hielten, aber als sie sich die Hemden in die Hosen stopften und sich abklatschten, schnippte sie die Zigarette auf die Fahrbahn und ging zurück auf die andere Straßenseite.

Aus der Herrentoilette kamen noch mehr Ramponierte, und niemand nahm Notiz von ihr. Sie spähte durch die Bullaugen der Küchentür. Nichts war zu erkennen, die Luft war dick von Staub und Dreck.

Lolita ging durch den Mund.

Nach dem gewaltigen Beben war es still geworden.

Esther war ohnehin mit allen durch, mit manchen mehrfach. Nur einer war übrig.

»Diese Irrelevanz bringt dich doch auch um, oder?«

Esther inspizierte ihr Spiegelbild. Sie war rot, als ob sie zu heiß gebadet hatte, aber der eine würde den Zustand nicht verschlimmern. Einer ging immer.

»Entschuldige, was bringt mich um?«

»Irrelevanz. Sonst würdest du das hier nicht machen, oder? Weißt du, ich wollte mal Boxen bauen, also Lautsprecher, besonders gute Lautsprecher. Hast du mal gesehen, wie viele gute Lautsprecher es gibt? Es ist irrelevant, wenn ich noch mehr davon baue. Es wird nicht den Lauf der Geschichte ändern. Es wird nichts besser machen, verstehst du? Es ist immer irrelevant, egal, was wir tun.« Er ließ die Hosen fallen. »Lass uns gegen die Irrelevanz anficken.«

»Weißt du, wie viele Leute ficken? Es ist völlig irrelevant, wenn wir jetzt auch ficken. Es wird auch nicht den Lauf der Geschichte ändern. Es wird nichts besser machen, verstehst du? Irrelevant. Wie du sagst.«

Errötet zog der Mann die Hosen hoch und floh.

Das Schicksal konnte gemein sein, dass ausgerechnet so einer der Letzte war. Es gab drei Milliarden erektionsfähige Männer. Sie würde nicht alle schaffen. Einen konnte man auslassen. Sie richtete sich die Haare und zog den Saum ihres Kleids von der Taille nach unten.

Raphael hörte nur noch einen scharfen Ton. Er sprang auf, ohne Gleichgewichtssinn, krachte in das große Regal, das die Küche vom Ausgang trennte, und begann, Paul mit Geschirr zu bewerfen.

Ein Teller, wie ein Diskus geworfen, traf Paul zwischen die Augen, als er sich aufrichtete. Er taumelte, einschießender Schmerz paralysierte ihn, was Raphael dazu nutzte, an einem Kühlschrank hochzuklettern, um sich über ihn zur Küchentür zu retten. Paul griff eine Kasserolle, drosch und brüllte auf ihn ein, bis Raphael abglitt und auf den Rücken klatschte. Paul sprang auf seinen Brustkorb und hob die Kasserolle hoch über den Kopf, im Gesicht nichts als blinde Wut. Raphaels Augen weiteten sich zu panischen Kugeln. Mit allem, was seine Muskeln hergaben, schlug Paul zu.

Raphael schrie, als die Kasserolle mit einem infernalischen Knall direkt neben seinem Ohr den steinernen Küchenboden traf. Pauls Atem rasselte. Raphael wimmerte. Nach endlosen Sekunden ließ sich Paul neben ihn auf den scherbenübersäten Boden kippen.

Lolita inspizierte den Stapel Gourmetmagazine, der auf dem Tresen lag. Esther kam barfuß herein, hielt ihre Pumps an den Absätzen und leuchtete rosig.

»War das krass. Wie Vögeln bei einem Flugzeugabsturz. So möchte ich mal abtreten: Orgasmus und Boom. Ich krieg ja keinen, aber das war ein Fastgasmus!«

Lolita musterte Esther unter tiefen Brauen. »Ist so eine Vaginalhysterie nicht furchtbar anstrengend?«

»Total. Und ich nehm ja nicht mal Eintritt wie du. Gott, wär ich reich.« Esther lehnte den Kopf an Lolitas Schulter. »Entschuldige bitte, wenn ich dir den Umsatz versaut habe.«

»Anlehnen macht hundert.«

»Hundert? Ich mach was falsch. Hab ich nicht. Kannst mir in alle Taschen fassen.«

Lolita rümpfte die Nase und begann, in einer *Life is a Dish* zu blättern. Aus der Küche kam kein Laut.

Sie nickte zur Durchreiche. »Sollte man nicht mal nachsehen?«

Eckerd nahm sich eine neue *Beeftastic* vor. »Wen meinst du mit *man*?«

Lolita blätterte, irgendwann klappte sie *Life is a Dish zu* und verabschiedete sich in den Schatten neben der Bar, wo ihre Absätze noch ein gutes Dutzend Mal klackten, bis sie den Kellerabsatz erreicht hatten.

KARIBIK

»Und jetzt?«

»Kiffen.«

»Hast du nen Joint?«

»Besser.«

Raphael raffte sich auf und wankte zu einem Karton, den er aus einer Lücke zwischen zwei Kühlschränken zog. Er kramte darin herum, schließlich grub er eine Gasmaske aus dem Zweiten Weltkrieg aus. Nachdem er noch ein paar andere Dinge aus dem Karton geholt hatte, humpelte er zum Gasherd, zündete eine der Flammen, legte ein Teesieb darauf und brachte darin kleine Kohlewürfel zum Glühen.

Paul rappelte sich hoch und trat hinter Raphael, um zuzusehen, wie er den kaffeekannengroßen Filter vom Atemschlauch der Gasmaske schraubte und aus dem Inneren ein Röhrchen mit einem verdickten Ende zog, den Behälter darunter mit Wasser befüllte und dann das Rohr zurück auf das Gefäß steckte. Er stopfte ein paar graugrüne wollige Klumpen aus einer Plastiktüte in das verdickte Ende des Rohrs und verschloss es mit Alufolie, in die er kleine Löcher stach. Dann kippte er die kleinen, glühenden Würfel aus dem Teesieb auf das Alu, verschloss den Filter und schraubte ihn an den Atemschlauch.

Paul grinste. Er hatte schon eine Menge Wasserpfeifen gesehen, aber nie so eine.

»Wo hast du denn *die* Bong her?«

»Hat mal n Lover für mich gebaut. Der war Nazi.«

»Du warst mal mit nem Nazi zusammen?«

»Krieg ich dafür jetzt noch mal eins in die Fresse?«

»Nö, schon gut. Ich kenn auch n Nazi. Ist aber nicht mein Lover.«

Mit dem Fuß schob Raphael einen Haufen Scherben zur Seite und ließ sich dann vor der Anrichte auf den Boden sacken. Er zog sich die Gasmaske über und atmete tief ein. Seine Pupillen wuchsen zusehends in den runden Augenfenstern, während Rauchschwaden aus den Ventilen an den Kieferwinkeln der Maske traten. Er zog sie ab und reichte sie Paul. Der streifte sie über, hustete, dann ließ er sich neben Raphael gegen die Anrichte kippen. Er giggelte.

»Gut?«

»Geil. Aber dich find ich immer noch scheiße.«

Raphael zuckte mit den Schultern. »Klar. Nur du leidest und niemand sonst.« Er kam ganz nah und spähte in die Bullaugen der Maske. »Stell dir mal vor, du wärst ich.«

»Ach du Scheiße … ganz bestimmt nicht.«

»Dann gib die Maske zurück.«

Paul hielt sie fest. »Warte. Okay. Ich bin du … bin ich dann auch schwul?«

»Ja, bescheuerte Hete. Du bist schwul, gerade aus dem Knast ausgebrochen und wirst gesucht.«

Die Gasmaske dampfte. Pauls Pupillen wuchsen. »Warum war ich im Knast?«

»Wegen Kleinscheiß, tut nichts zur Sache.«

»Warum musste ich ausbrechen? War doch nur Kleinscheiß, ich hatte bestimmt nicht lange abzusitzen, oder?«

»Stimmt. Aber deine Mitknastis dachten, du bist ansteckend.«

»Ach ja, ich hab ja ne Truthahnfresse.«

»Genau. Wegen so was wird man da drinnen totgeprügelt.«

»Okay. Ich musste also da raus. Wie hab ich das angestellt?«

»Ein Freund hat dir geholfen. Egal. Jetzt bist du also draußen, aber jeder Bulle erkennt deine Fresse, du hast keine Kohle und keine Ahnung, wohin.«

Paul nahm die Gasmaske ab. »Warte. Reden wir von dir oder von mir?«

»Von mir. Kiff nicht so heftig.«

Paul setzte die Maske wieder auf. »Okay. Was mach ich?«

»Du rufst einen alten Bekannten an, der eigentlich ein oberkriminelles Arschloch ist, und der bietet dir einen Job an, bei dem du hunderttausend verdienen kannst. Damit kannst du in irgendeine Bananenrepublik fliegen, wo dich keiner kennt, und da führst du ein bescheidenes Leben am Strand in irgendeiner Strohhütte und hörst Reggae, bis du tot in den Sand kippst.«

»Geil. Was muss ich tun?«

»Dein hochkrimineller Auftraggeber will verhindern, dass in dem Megaprozess, der gerade gegen ihn losgeht, ein bestimmter schmieriger Fettwanst gegen ihn aussagt. Der bekommt aber schon Zeugenschutz und darf sogar in einer Suite wohnen, allerdings in einem Durchschnittshotel, wo ihn keiner finden soll. Dumm nur, dass die Journaille ihn längst gefunden hat, weil die heiß auf die Story sind. Und weil sich jeder denken kann, dass irgendwer versucht, ihn mundtot zu machen, sitzen Tag und Nacht Polizisten Schichten vor seiner Zimmertür ab.«

»Und einer davon bin ich.«

»Nein. Du bist schwul, hast eine Truthahnfresse, wirst gesucht und willst einfach nur an den Strand.«

»Okay.«

»Um an den Fettwanst heranzukommen, musst du vorbei an einem Polizisten, der niemanden an ihn heranlässt und der alles, was geliefert wird, wieder wegschickt. Und dann ruft dich dein fieser Auftraggeber an, dass es noch vier andere Säcke gibt, die auch gegen ihn aussagen wollen. Was machst du?«

Die Gasmaske dampfte. Es dauerte, bis sie sprach. »Ich nehme den Job doch nicht an.«

»Doch, tust du. Du brauchst die hunderttausend. Hütte am Strand oder Tod im Knast. Du denkst lange nach, und als dir einfällt, wie du das hinkriegst, holst du dir dreimal nacheinander einen runter.«

Die Gasmaske hustete. »Tu ich nicht. Ich muss fünf Menschen umbringen.«

»In deinem Plan bringst du nicht einen einzigen um.«

»Unmöglich.«

»Nicht unmöglich, wenn man Fetti bei etwas so Perversem und Peinlichem erwischt, dass er als Kronzeuge komplett unglaubwürdig wird. Dann würden die anderen vier, die auch auspacken möchten, die Klappe halten, weil ihnen sonst das Gleiche blüht.«

Die Gasmaske wimmerte. »Aber mir ist das perverse Peinliche passiert. Niemandem sonst!«

»Willst du jetzt wissen, was passiert ist, oder nicht?«

»Okay … was mache ich?«

»Erst mal hast du Glück. Vor dem Hotel hängt ein Plakat, auf dem steht, dass einen Tag vor dem Prozess der *European Very Young Miss Beauty Contest* stattfindet, wo fiese Mütter ihre dreijährigen Mädchen aufrüschen wie Kim Kardashian und Dolly Parton. So mit Arsch- und Tittenpolstern. Echt, das machen die. Und darauf holst du dir fünfmal hintereinander einen runter.«

»Weil ich das geil finde?«

»Nein, weil diese Veranstaltung der eine Baustein ist, der deinen Plan absolut perfekt macht. Und wenn du fertig damit bist, dir fünf Mal einen runterzuholen, klaust du eine Schachtel Betthupferl vom Etagenservice.«

»Betthupferl?«

»Die Pralinen, die von den Zimmermädchen auf die Kopfkissen gelegt werden. Betthupferl. In die spritzt du K.o.-Tropfen und legst die Schachtel dann wieder dem Etagenservice hin. Jeder von denen ist natürlich gecheckt worden, aber der pflichtbewusste Polizist traut natürlich keinem und nimmt dem Zimmermädchen die Betthupferl ab.«

»Woher weiß ich, dass der Polizist die Betthupferl isst?«

»Die Schachtel liegt neben ihm. Es ist sterbenslangweilig vor der Tür. Natürlich isst er davon. Er geht k.o. Du schleppst ihn in die Abstellkammer vom Etagenservice, denn die Zimmermädchen sind durch mit Putzen. Du schlüpfst in seine Uniform, ziehst dir die Mütze tief ins Gesicht, dass man deine Truthahnfresse nicht sieht, klopfst an die Tür von Fettis Suite und fragst ihn, ob er Bock auf Pralinen hat, denn die hast du gerade gecheckt und die sind sauber. Fetti wäre nicht Fetti, wenn er für Pralinen nicht aufmachen würde. Vom Flur zum Wohnzimmer frisst er schon die Hälfte auf, du gehst hinterher und laberst ihn voll, um zu checken, ob alles glattgeht, und bis dahin ist dein Plan perfekt.«

Paul nahm die Maske ab. »Der Plan ist scheiße. Fetti hat nämlich ein Herzproblem, und die K.o.-Tropfen geben ihm den Rest.«

»Nicht ganz. Dein Gesicht gibt ihm den Rest. Ja, die K.o.-Tropfen machen ihr Ding, er wankt, und weil du nun mal da bist, krallt er sich an dich. Dabei fällt deine Mütze runter, und er sieht deine Fresse. Sein Herz will rasen, kann es aber nicht wegen der Tropfen. Er fällt tot auf den Teppich, weil er dich angesehen hat. Deine Fratze hat ihn umgebracht. Das bist du. Eine Todesfratze.«

Paul hockte sich vor Raphael. »Okay, ich bin eine Todesfratze. Aber es ist erledigt. Fetti kann nicht mehr reden. Hunderttausend verdient, die Karibik ruft. Was will ich noch mit dem Polizisten in der Abstellkammer?«

Raphael wich Pauls Blick aus. »Du musst was Krasses machen, sonst sagen die anderen vier aus, und du kriegst nichts.«

Paul kam ganz nah an Raphael heran, seine riesigen Pupillen jagten ihm Schauer über den Rücken. »Es *war* krass. Fetti ist tot. Trotz Zeugenschutz. Das hätte gereicht.«

»Die vier sind krasser. Die kennen tot. Tot beeindruckt die gar nicht.«

Paul schlug gegen die Stahlblechverkleidung der Anrichte. »Was mache ich mit dem Polizisten?!«

Raphael zitterte. »Du gehst zu ihm in die Kammer und lässt das Licht aus. Er darf dich nicht sehen, sonst kann er dich beschreiben. Du gibst ihm was.«

»Was gibst du ihm?«

»Ecstasy. Ketamin. Roofies. Und Viagra. Viel Viagra.«

Paul packte Raphael am Hals und würgte ihn. »Ich flüstere *Hamster, kleiner Hamster,* während ich dem Polizisten die Drogen in den Hals stopfe. Und als er sich wehrt, stopfe ich mit dem Schlagstock nach, richtig?«

Raphael röchelte, dann nickte er. Paul drückte stärker zu. »Ich lege den nackten Polizisten auf Fettis stinkende Leiche. Was mache ich jetzt?«

Raphaels Augen traten hervor. Der Schorf in seinem Gesicht platzte an manchen Stellen. Paul ließ ein wenig locker.

Raphael japste. »D-du rufst vom Zimmertelefon bei der Organisatorin dieser perversen Mädchenveranstaltung an. Du sagst, du bist vom Fernsehen und bietest Liveinterviews für die tollen Kandidatinnen und ihre tollen Mütter in Zimmer sechsfünf an. Die Mütter sind so mediengeil, dass sie ihre Dreijährigen packen und losrasen, bevor die Organisatorin zu Ende sprechen kann. Sie liefern sich ein Rennen, weil jede die Erste sein will, was heißt, dass du sehen musst, dass du aus dem Zimmer kommst. Vorher machst du aber noch das Fenster auf und brüllst den Journalisten unten auf der Straße zu, dass hier oben ein Tatort ist, worauf die auch losrennen. Dann haust du ab.«

Paul packte Raphaels Hals so fest, dass er beim Sprechen spuckte. »Okay. Jetzt stellst du dir was vor. Du bist Paul Paulsen, der Polizist. Ein flüchtiger Kleinkrimineller hat dich überwältigt und irgendwo im Dunkeln mit Drogen vollgepumpt, weswegen du erst mal völlig weggetreten bist, als du aufwachst. Du öffnest die Augen. Du liegst auf einer nackten, fetten Leiche. Um dich herum stehen etliche, grell geschminkte Dreijährige, glotzen dich an und kichern, weil die keine Ahnung haben, was sie da sehen, während sich nebenan die Mütter wundern, wo das Fernsehteam bleibt. Du bist todmüde von den einen Drogen, und gleichzeitig kocht dein Blut von den anderen Drogen. Völlig orientierungslos springst du auf und tobst wie irre durch den Raum – mit einer Riesenerektion. Dein Herz rast, wie ein wildes Tier jagst du die Mütter, die gerade hereinkommen, weil es für dich turmhohe Monster sind, und stichst den kreischenden Hamsterprinzessinnen mit deinem Penis die Perücken von den Köpfen. Alle schreien durcheinander, während sich hinter ihnen ein Pulk sensationsgeiler Pressefotografen sammelt, der den Ausgang blockiert, sich wie ein Keil nach vorne schiebt und Tausende von Fotos schießt! Seitdem bin ich in der Hölle!«

Paul ließ ein wenig locker. Raphael war lila-blau angelaufen.

»I-ich … bin auch nicht in der Karibik.«

Paul stieß einen markerschütternden Schrei aus.

DVOŘÁK

Nach dem infernalischen Schrei hatten sie alle auf das heruntergelassene Rollo zur Küche gestarrt. Niemand hatte etwas gesagt.

Esther nahm Marthes verkrampfte Hand und massierte sie. Sie drückte auf einen Punkt. Es knackte leise, und Marthes Miene entspannte sich.

Dann hörten sie ein Knarzen auf der Zungenbrücke, der Vorhang wurde beiseitegeschoben, und Paul trat ein. In sich gekehrt, durchquerte er den Raum, schob sich auf einen Barhocker und trank das geschmolzene Eis aus Esthers Glas. Marthes Augen nahmen jedes Detail von ihm auf, seine Hände am Glas, den selbstversunkenen Ausdruck hinter seinem Bart, seinen langsamen, tiefen Atem, die Ruhe nach Wut, Kampf und Erkenntnis.

Esther stieß Marthe an. »Er sieht aus wie sein großer Bruder.«

Marthe nickte.

Eckerd sah Paul über den Rand seiner *Beeftastic* an. »Alles geklärt?«

Paul nickte.

»Haben wir noch einen Koch?«

Paul nickte.

»Du siehst besser aus.«

Esther nickte.

Marthe schob das Rollo hoch und spähte ins Dunkel.

Eckerd stellte sich neben sie. »Alles okay da drin?«

Raphael lallte. »Alles top.«

»Mal im Ernst.«

»Zerstörung, so weit das Auge reicht. Dvořák hilf!« Raphael ließ Dvořáks Requiem aufspielen.

Es gab allen das Gefühl, die letzten Überlebenden einer globalen Katastrophe zu sein.

Paul lehnte sich neben Eckerd an die Wand. »Den Schaden arbeite ich ab.«

Eckerd ging aus dem Raum. »Natürlich arbeitest du ihn ab.«

Paul folgte ihm in die Küche.

Marthe drückte Esther einen Kuss auf die Stirn, strich ihr eine Strähne hinters Ohr, umrundete die Bar und trat ins Dunkel, wo sich das gedämpfte Knarzen ihrer Schritte nach oben verlor.

Esther goss sich einen Tullamore Dew ein. Das war ein seltener Moment. Niemand beachtete sie. Und sie sorgte nicht dafür, dass sie beachtet wurde. Hier waren mächtige Dinge im Gange. Mächtiger als ihre Vagina, und das wollte was heißen. Es war lange her, dass sie so wenig wollte. Im Moment war es nur, den Schritten der Männer auf den Scherben zu lauschen. Den Schritten des Kochs, den Schritten von Paul, Eckerd und Dvořák, die in Schwere vereint das Schlachtfeld abschritten und die toten Dinge zählten.

Seit Pauls schrecklichem Schrei hatten er und Raphael nicht mehr miteinander geredet, aber gemeinsam die Arbeitsfläche der Anrichte ausgebeult, auf die das Vorratsregal gestürzt war, als Paul Affe es zu Fall gebracht hatte; und die Seitenverkleidungen, in die Paul Psycho eine beängstigende Delle direkt neben Raphaels Kopf geschlagen hatte.

Jetzt trug Paul den Berg havarierter Vorräte ab, während Raphael Scherben fegte und Eckerd die Küche mit Worten neu einrichtete.

Paul sah es zuerst.

Es lehnte am großen Regal zum Ausgang, ein schlichtes türkises Kostüm, das an Marthe zu einer atemberaubenden Abendrobe wurde. Ein Paar einfacher Perlensandaletten wurde kostbar an ihren grazilen Füßen, es wartete am Rande einer ausgedehnten Pfütze aus Rotwein, Mayonnaise und Frittenfett. Nur die große grobe, ausgebeulte Ledertasche an Marthes Arm wollte nicht dazu passen.

Marthe gab Eckerd einen Wink und nahm ihn zur Seite. Paul beobachtete verstohlen, wie sie flüsterten. Er hatte schon oft gesehen, wie Marthe dabei Eckerds Unterarm im Rhythmus ihrer Worte drückte, jetzt gruben sich ihre Fingernägel tief in seine Haut. Eckerds Miene spiegelte felsenfeste Verlässlichkeit, aber auch einen Anflug von Betroffenheit über das Misstrauen, das ihm entgegengebracht wurde. Marthes Blick sezierte Eckerd förmlich, trotzdem änderte sich seine aufrichtige Miene nicht.

Sie stach ihm zum Nachdruck einen Finger in die Brust, schritt über die Pfütze zu Paul, hakte ihn bei sich ein und zog ihn aus der Küche. Raphael machte einen langen Hals, bis sie aus dem Raum waren.

»Jetzt mal ehrlich. Ist das fair?«

Eckerd legte Raphael eine Hand auf die Schulter.

»*Viele aber werden die Letzten sein, die die Ersten sind, und die Ersten sein, die die Letzten sind.* Markus zehn einunddreißig. Aber vielen Dank, dass du das sagst, das erinnert mich an unseren wilden Gast, den wir ganz allein gelassen haben.«

»Der Gast hilft gerne aufräumen.« Esther stand barfuß auf einem Bein vor dem großen Regal und wischte sich Porzellansplitter von der Fußsohle.

Eckerd feixte. »Super Arbeitskleidung.«

Esther zog ihre Pumps an. »Geh raus und lass mich hier kompensieren, Marthes großer Bruder, sonst richtet sich mein Elan auf dich.«

Eckerd sah Raphael an. »Okay für dich?«

Raphael nickte heftig. Eckerd schob sich an Esther vorbei.

»Na dann, wie ihr wollt. Raphael, dann sprechen wir morgen über den tollen Induktionsherd aus der *Beeftastic*.«

Raphael senkte seine Stimme um eine Oktave. »Klar, Eckerd, machen wir.«

»Was hast du Eckerd gesagt? So hab ich dich bisher nicht mit ihm reden sehen.«

Marthe verlängerte ihre Schritte, was ihm sagte, dass ihn das nicht das Geringste anging. Paralysiert vom geschmeidigen Spiel ihres blanken Rückens in dem unerwartet tiefen Rückenausschnitt, musste Paul ein paar Schritte joggen, bis er wieder neben ihr war.

»Wo gehen wir hin?«

Marthe zuckte mit den Schultern.

Sie steuerten auf den alten Rotlichtbezirk zu, es kamen mehr Kneipen und Bars, vor denen Marthe immer kurz stoppte, um zu schauen, was darin los war. Paul begann, sich Sorgen zu machen.

So frei er sich mittlerweile in der Parallelwelt des *Von Herzen* bewegte, hier draußen konnte er jederzeit Chaos auslösen.

Zwar sah er passabel aus, sein Designerhemd hatte in dem Küchenkampf wundersamerweise kaum etwas abbekommen, und das Loch in der Uniformhose fiel im Halbdunkel nicht auf, aber sein Gesicht war nach wie vor ein Riesenproblem. Paul senkte den Blick und schließlich den Kopf, je mehr Nachtschwärmer ihnen entgegenkamen.

Vor dem Eingang eines Vierundzwanzig-Sieben-Minimarktes stand ein dürrer Siebzigjähriger auf einem Eimer, nur in Unterhose, mit rotem Frotteehandtuch um die Schultern wie ein Superheld und goldener Papierkrone auf dem Kopf. Er sang *Smooth Operator*.

Etwas weiter näherten sie sich einem Eingang zu einem Hof zwischen zwei Bordellen, aus dem Bass wie ein rhythmisches Erdbeben drückte. Marthe bog ab in den Kessel voller Menschen. Panik stieg in Paul auf, bis er merkte, dass sich niemand für ihn interessierte, da alle damit beschäftigt waren, selbst beachtet zu werden. Er schob sich durch das Feld bis hin zu Marthe, die ihm schon mit Bier entgegenkam. Sie zog ihn tiefer in den Hof durch einen Wald zuckender Leiber, bis direkt vor den Bass, einem Stockwerk aus kubikmetergroßen Würfeln, die nichts als Druck spuckten. Direkt davor war eine Lichtung, selbst Kampferprobten war es hier auf Dauer zu heftig.

Marthe begann zu tanzen.

Paul hatte nie gesehen, dass sie sich zu einem Rhythmus bewegte, jetzt verschmolz sie mit den mächtigen Stoßwellen und tanzte, dass seine Augen nicht aufhören konnten, an ihr zu saugen.

Nach einiger Zeit fürchtete er, dass der Bass seine Zellen zum Platzen brachte und seine Haut bald Blasen warf. Sein Gehör war kurz vor der Kapitulation und drohte, aus seinem Kopf zu kriechen, um sich in Sicherheit zu bringen.

Irgendwann gab er auf, dagegen ankämpfen zu wollen. Er ließ sich gehen, ließ sich vom Bass massieren, wurde zu seiner Marionette und ließ zu, dass er sich selbst vergaß. Er kam Marthe nah, sie berührten sich viel, lachten übertrieben, tranken Bier, das gleich wieder aus den Poren floss, wanden sich im Vollrausch der Endorphine, die ihnen der Bass aus den Drüsen drosch. Als er ihnen irgendwann nichts Neues mehr zu bieten hatte, ließen sie ihn im Hof zurück.

Sie gingen weiter, und Marthe legte einen Arm um Paul, der sich dann auch traute und ihr die Ledertasche abnahm. Nach ein paar Metern zog sie so an seinem Arm, dass er Mühe hatte, sich gerade zu halten.

Er wunderte sich, dass er während der Stunden im Hof nicht eine Sekunde daran gedacht hatte, dass ihn jemand erkennen könnte. Jetzt, mit Marthe im Arm, kam die Angst zurück. Die Leute taxierten ihn, aber er merkte bald, dass sie nur überlegten, was er draufhatte, dass er jemanden wie Marthe im Arm hielt.

Paul war viel zu karamellisiert, um auf den Weg zu achten, und erschrak, als er auf die Brücke führte. Am Scheitelpunkt lehnte Marthe sich ans Geländer und sah über den windgepeitschten schwarzen Strom in den klaren Nachthimmel.

Paul starrte auf das Brückengeländer. Es war verwittert und stumpf, nur eine Stelle vor ihm glänzte. Seine Stelle. Hier hatte seine Hand gekrampft und ihn nicht sterben lassen. Diesmal krampfte sie nicht, sie hielt die schönste Frau der Welt, und nichts schien idiotischer, als sich umzubringen.

Aber die Gründe dafür sind immer noch da. Und gehen nicht weg.

Marthe muss alles wissen.

Aber wenn du ihr alles erzählst, geht alles kaputt.

Aber wenn du nichts erzählst, geht auch alles kaputt.

Es dauert nur länger. Und am Ende wird es hässlicher.

Marthe sah ihn an.

Paul begann zu reden.

Er erzählte ihr von der Bewachung des Kronzeugen, er erzählte von Raphael, der ihn ausgetrickst hatte. Er erzählte die ganze Geschichte, während der Wind an ihnen zerrte und keinem von ihnen kalt war, weil sie die Arme umeinandergelegt hatten.

Marthe sah in den Mond, ab und zu sah sie ihn an, und das Verständnis in ihrem Blick ließ ihn dahinschmelzen. Er erzählte ihr alles, ohne Ausnahme. Wie er zum Perversen wurde wegen der Fotos, auf denen er nackt mit einer durch übergroße Balken zensierten Megaerektion zwischen grell geschminkten Kindern in der Luft schwebte. Wie er …

Sie küsste ihn.

Ihr Kuss schmeckte nach Meer, Ingwer und Pfirsich, er fütterte ihn mit Zuversicht, Illusion und Rausch.

Paul sorgte sich, wonach sein Kuss schmeckte. Bestimmt nach Bart, Zahnfleisch und Bier. Es stürmte, aber sie hörte lange nicht auf, ihn zu küssen, und als sie es tat, deutete sie fragend in beide Richtungen der Brücke.

»Wo ich wohne? Da können wir nicht hin. Wirklich nicht.«

Marthe sah dermaßen enttäuscht aus, dass Paul erschrak.

Wenn du sie nicht mitnimmst, ist es aus.

Wenn du sie mitnimmst, ist es auch aus, aber du hast wenigstens noch einen Moment Zeit mit ihr. Und Zeit, dich damit abzufinden.

Es endet so oder so.

Paul zeigte ihr die Richtung. »Aber es ist nicht schön da.«

Marthe ging voraus. Ihre alte Tasche zog an Pauls Arm wie ein Mühlstein, und seine Seele war ein Feld, auf dem sich Euphorie und Horror mit schweren Waffen beschossen.

»Man kann wieder kochen. Einigermaßen.«

Esther war zu Eckerd hinter die Bar gekommen, streifte ihre staubigen, verklebten Pumps ab und schwang sich auf die Ablage neben ihm.

Eckerd hatte noch mehr Profi-Kochinselsysteme mit Induktion in der *Kitchen Profession* gefunden und einen Plan der Küche gemalt, in den er gerade verschiedene Komponenten hineinskizzierte.

»Das ist doch super.«

»Raphael schläft. Er ist völlig fertig.«

Eckerd nahm die *Beeftastic* als Lineal und zog ein paar waagerechte Linien. »Kein Wunder.«

»Wir haben nur geräumt und geputzt, die ganze Zeit.«

Eckerd drehte die *Beeftastic* und malte senkrechte Linien. »Natürlich habt ihr nur geputzt und geräumt. Er ist schwul.«

»Zur Not ist er auch ne Hete, hat er gesagt.«

»Woran lag es dann?«

»Wir konnten uns nicht auf die Körperöffnung einigen.«

»Ah.«

Esther goss sich einen doppelten Tullamore ein. »Schade, eigentlich. Mann, hat der nen Schlong.«

Eckerd legte den Bleistift zur Seite. »Du weißt aber schon, dass du extrem bist.«

»Ist das so? Ich weiß nicht. Kann man selbst ja immer schlecht beurteilen.«

»Geht es dir gut damit?«

»Mir geht's dauergut.«

»Mal ehrlich.«

»Total. Wegen der Syphilis. Hatte ich echt mal, vor Jahren. Syphilitischer Schläfenlappen. Seitdem find ich eigentlich alles geil. Verändert die Balance der Hormone. Chronische Euphorie. Dazu kommt ein übersteigertes Nähebedürfnis gepaart mit einem krassen Mangel an Urvertrauen, was gebietet, dass ich mit möglichst vielen Männern schlafe, aber mit keinem zweimal. Mit Frauen schlafe ich so gut wie nie, weil bei denen meine väterliche Minderwertigkeitskompensation nicht anspringt. Und dieselbe hartnäckige Vatermacke will alle Männer dominieren. Alle. Weswegen es Städte gibt, die ich quasi durch habe.«

»Macht dich das glücklich?«

»Meine Hormone macht das überglücklich.«

»Aber ist das richtiges Glück?«

»Man fühlt, was man fühlt. Meinem Hirn ist es egal, ob es einen richtigen oder falschen Hormoncocktail kriegt. Es säuft ihn und geht darauf ab. Es liegt doch auf der Hand. Was mein Mix aus psychischen Deformationen und hormoneller Dysbalance mir rät, ist anstrengend, monoton, unbefriedigend, aufreibend, wahllos und bedenklich. Na ja. Und manchmal auch gefährlich, gesetzwidrig, unmoralisch, unloyal, exzessiv, unhygienisch, frustrierend, unästhetisch, brutal, verletzend und unglaublich mühsam.«

»Das ist doch schrecklich.«

»Andererseits ist es aufregend, spannend, muskelaufbauend, konditionsfördernd, herzstärkend, kalorienverbrennend, lockernd, intensiv, unkonventionell, spontan, kommunikativ, gewinnbringend, aggressionsmindernd, kurzweilig, aktivierend, durchblutend, spannend, lustig, lehrreich – und geil.«

»Du könntest mehr aus dir machen. Du bist intelligent.«

»Ich bin total inkonsequent. Ich kann an nichts dranbleiben. Und wenn ich was haben möchte, fahre ich mein Pensum runter, nehme mir ein oder zwei Stunden Zeit, setze mich auf nur einen Mann und bekomme es. Da ist kein Platz für Bildung oder für Jobs und Freunde. Ich versaue Beziehungen, wenn ich nur durch die Tür komme. Du kannst dir gar nicht vorstellen, wie gerne ich Marthe als Freundin hätte. Würde aber nie funktionieren. Ich würde jeden Kerl vögeln, den sie mag. Gegen mich ist kein Kraut gewachsen. Ich krieg sie alle.«

»Aber du bist so positiv.«

»Ich sag doch, syphilitischer Schläfenlappen.«

»Hast du nie versucht, was zu ändern?«

»Such dir was aus. Schwitzhütten, Tibet, Psychoanalyse, Hypnose, Psychopharmaka, Fressen, Fasten, Kloster, Pfahlsitzen,

Kampfsport, Familienaufstellung, Tangotanzen, Prostitution. Ich weiß ganz gut, was mit mir los ist, glaube ich. Ach ja, und dass ich mich danach allein und schmutzig fühle, war nach drei Jahren Psychoanalyse und circa fünfzig Schwitzhütten Geschichte. Wie soll man sich auch allein fühlen, wenn man mindestens eine Fußballmannschaft pro Tag vögelt? Ich wäre gern mal allein, aber es juckt mich, und dann muss ich mich kratzen. Schade. Ich wüsste gern, was man so am Ende einer Schwitzhütte fühlt.«

»Du fühlst nichts?«

»Alles. Aber keiner meditiert lange, wenn ich dabei bin.«

»Ist das nicht, wie besessen zu sein?«

Esther zog sich den Saum ihres Kleids auf die Taille hoch, schob sich vor Eckerd auf den Tresen und stellte die Füße weit voneinander entfernt auf die Ablage.

»Wenn einer meint, ich wäre besessen, kann ich nur sagen, falsch. Ich besitze.«

PERSEIDEN

Tausendvierhundert Lichtjahre hatte er zurückgelegt, nachdem ihn eine gigantische Explosion aus dem Sternbild des Perseus gerissen hatte. Der Komet war schnell, eins Komma acht Millionen Kilometer pro Stunde, als ihn eine neue Sonne einfing, die ihn zwischen ihre Planeten zog und gleich zurück ins All schleuderte, nur um ihn wieder hereinzuzerren und wieder und wieder auf die neue Bahn zu schicken. So zog er Hunderttausende von Malen einsam seine Ellipsen, bis er an Schwerkräften zerbrochen und von Sonnenwinden zersetzt in Abermilliarden von Splittern zerfiel, die von nun an als Meteore derselben Bahn um die Sonne folgten. Bei jeder Umrundung kreuzte sie ein Planet, in dessen Atmosphäre Tausende von ihnen an einem ganz bestimmten Abend verbrannten. Und das, nachdem sie eins Komma vier eins acht acht sechs Millionen der Jahre dieses Planeten unterwegs gewesen waren, vom Sternbild des Perseus, weswegen die Wesen, die auf dem Planeten lebten, sie Perseiden nannten.

Diejenigen der Wesen, die das gleißende Vergehen eines der Meteore am Nachthimmel verfolgten, waren überzeugt, dass er einzig für sie starb und deswegen gerne seine letzte magische Kraft für die Verwirklichung ihrer Wünsche gab.

Sie fragten sich nie, woher er das Bewusstsein hatte, dass er wissen konnte, was Wünsche waren und wie man sie verwirklichte, und woher er überhaupt magische Kräfte hatte.

Der alte Komet hatte bestimmt gern die lange Reise auf sich genommen, er war gern daran zerbrochen und verbrannt, um Teil solcher Magie zu werden.

Denn es funktionierte, dass er Wünsche wahr machte.

Weil die Wesen es glaubten.

IRRWISCH

Ein Gleißen funkelte aus dem Schnitt im Schwarz.

Er heilte gleich wieder, nur um von neuen gleißenden Schnitten abgelöst zu werden. Auch sie klafften nur kurz im Nachthimmel und verschwanden in Sekunden.

Die Sternschnuppen ließen ihre Augen funkeln. Paul und Marthe wollten so sehr nichts verpassen, dass sie versuchten, möglichst wenig zu blinzeln. Arm in Arm waren sie den dunklen, immer ärmeren Straßen gefolgt, die sie zur alten Werkstatt unter der Eisenbahnbrücke führten. Für Paul waren sie Spiegel seines Gemüts, das sich übermäßig über den bunten Strauß wundervoller, neuer Wendungen gefreut hatte und sich nun mit dem schmutzigen Grau der Gewissheit abfinden musste, dass sein Glück gleich wieder enden würde.

Marthe hatte sie zuerst gesehen, als sie in den Weg bei der Eisenbahnbrücke eingebogen waren, die Perseiden, den Kometenregen. Sie hatte Paul geküsst, dann hatten sie in den Himmel gesehen und sich etwas gewünscht. Paul hatte bei jeder Sternschnuppe um das Gleiche gebeten, es irgendwann vermessen gefunden und damit aufgehört. Es war, wie es war.

Er zog das klemmende Holztor zur Werkstatt auf.

»Da sind wir.«

Marthe trat ein.

Im fahlen Schein der Straßenlaterne war es nur eine alte Werkstatt, glücklicherweise hatte das zugige Tor verhindert, dass sich üble Gerüche stauen konnten. Ein Zug donnerte über sie hinweg und ließ alles vibrieren, aber Marthe schien weder der Lärm noch der feine Mörtelstaub zu stören, der im fahlen Laternenschein silbrig auf alles herabrieselte.

Ihr Blick suchte die Wände nach einem Lichtschalter ab, aber Paul stellte sich davor, bevor sie ihn finden konnte. Mit der Zeit schien sie sich ein wenig an das Dunkel zu gewöhnen, sah sich in der Werkstatt um, stoppte vor der fleckigen Matratze und betrachtete sie wie ein expressionistisches Gemälde. Paul schauderte, als er es mit ihren Augen sah.

Das ist die Landkarte all deiner Peinlichkeiten.

Er zog sie davon weg.

Marthe grinste verwundert über die martialischen Zimmermannsnägel, die ein regelrechtes Nadelkissen aus den Spindtüren des langen Schranks machten.

Nicht ein Flip-Flop hing mehr daran.

Paul kroch es kalt in den Nacken. Er hatte nicht eine Sekunde an Klara gedacht und daran, dass sie da sein könnte, aber sie war weg, wirklich weg. Ihr Bett auf der Werkbank war verschwunden, die bunten Pappen fehlten, die aufgebrochenen Tonerkartuschen waren weggeräumt, der Boden sauber gefegt. Nur das grellbunte *Tibet* leuchtete noch an der Wand. Es gab Paul einen Stich.

Warum? Egal. Ist doch gut so. Vor allem jetzt.

Marthes Hand strich über die Köpfe der Nägel auf den Spindtüren. Paul eilte vor und sah in den Waschraum. Das Licht der Straßenlaterne fiel herein.

All das Blut. Die Wanne voller Blut, Kotze und Schimmel.

Paul mochte sich nicht ausmalen, wie es für Marthe aussehen musste, wenn sie den Waschraum sah. Wie ein grauenvoller Tatort. So grauenvoll, dass man sich nicht wundern musste, dass keine erkennbare Leiche mehr herumlag.

Bevor er Marthe hatte erzählen können, dass er versucht hatte, sich in der Wanne und anderswo umzubringen, hatte sie ihn geküsst. Er hatte zwar vorher schon groß angekündigt, dass er sich umbringen würde, aber es hatte niemand wirklich ernst genommen. Außerdem waren seitdem zwei Wochen vergangen, er lebte immer noch, und alle hatten sich an ihn gewöhnt. Wenn Marthe das Schlachtfeld hier sah und er es mit einem missglückten Selbstmord begründete, wirkte das mehr als armselig oder höchst gefährlich. Marthe würde gehen, weil sie ihn jämmerlich fand – oder panisch vor ihm fliehen.

Panisch fliehen. Nachdem sie dich geküsst hat.

Er stellte sich in den Türrahmen.

»Entschuldige, ich muss hier kurz mal was machen. Bitte nicht reinkommen. Ist auch keine Überraschung. Einfach nicht reinkommen, bitte. Bin gleich wieder da.«

Sie musterte ihn, nickte und ging zurück zu ihrer Tasche in der Nähe der Matratze.

Der Waschraum war unverändert. Hier hatte Klara nicht aufgeräumt, sie hatte den Raum nie benutzt, hatte nur im Eingang gestanden, als er die Sauerei veranstaltet hatte.

Paul suchte nach einem Lappen, mit dem er das Blut verwischen konnte, und nach etwas Großem, das die Wanne mit dem schimmligen Blut abdecken würde. Er fand ein Handtuch, das dreckiger nicht sein konnte, und ließ Wasser darüberlaufen, zog sein Hemd aus, hängte es an einen Haken und scheuerte mit dem Handtuch wild auf den Blutflecken herum, bis die Umrisse so verwaschen waren, dass man sie auch für Öl halten konnte.

Paul fand nichts, das groß genug war, um die Wanne abzudecken. Das Wasser stank nach süßfauligem Eisen, und es war zu viel, als dass man es kurzerhand ausschöpfen konnte, zumal im Waschraum kein Eimer stand. Die Wanne daneben war leer. Sie würde in die andere passen und unter sich begraben, was Marthe nicht sehen durfte. Paul versuchte, die Wanne anzuheben, doch sie war schwerer, als sie ausgesehen hatte. Zitternd hob er sie bis an die Brust, um sie in die andere Wanne zu wuchten, als ihn die Kraft verließ und sie mit einem Höllenlärm auf den Betonboden krachte.

Paul keuchte. Gleich würde Marthe im Durchgang erscheinen. Sie würde sehen, was sie nicht sehen durfte.

Er lauschte.

Ein leises, undefinierbares Rauschen drang von nebenan zu ihm. Keine Schritte. Kein fragendes Gesicht. Ein ungutes Gefühl kroch in ihm hoch.

Laurette.

Marthe hat Laurette gefunden. Deswegen ist es so still. Es gibt nicht viele Gründe für ein riesiges Frauennachthemd auf deinem Bett. Und jeder davon ist peinlich, abartig oder beides. Marthe ist auf jeden Fall abgehauen.

Es dauerte, bis er sich traute, um die Ecke zu schauen.

Marthes alte Ledertasche lag schlaff am Boden. Ein Werkzeugschrank in der Nähe der Matratze war zu einem See geworden, einem See aus Kerzenlicht, der die nackte, kalte Werkstatt in Gold tauchte und einen wilden Duft von Vanille, Erdbeer, frisch gewaschener Baumwolle und Gummibärchen verströmte.

Marthe zündete gerade die letzten Kerzen an, als sie Paul sah. Sie löschte die fauchende Gasflamme des Sturmfeuerzeugs und musterte seinen schweißglänzenden Oberkörper mit schief gelegtem Kopf, bis es ihm so peinlich wurde, dass er sich mehrmals räusperte. Als sie ihr Kostüm abstreifte, hörte Paul auf zu atmen. Marthe warf es über eine Stuhllehne und ging auf ihn zu.

Sie kam ganz nah, hielt seinen Blick, löste seinen Gürtel und trat zurück, als ihm die Polizeiuniformhose auf die Schuhe fiel. Ein Zug donnerte über sie hinweg, und Marthe sah fasziniert zu, wie das Beben ihre nackte Haut mit Silber bestäubte.

Paul fühlte sich bizarr, an den Knöcheln gefesselt von seiner Uniformhose, noch in seinen Schuhen und einer fiesen Unterhose aus der Altkleidersammlung. Marthe streifte ihre Sandaletten ab, setzte die nackten Füße auf den staubigen Beton und sah Paul zu, der wild strampelte, um sich aus Schuhen und Hose zu befreien und sich die fies gemusterte Unterhose herunterzureißen.

Paul unterdrückte ein Japsen, und als er sich beruhigte, aßen seine Augen von ihr – wie selbstverständlich sie dastand, als ob sie nie etwas auf der Haut getragen hatte, wie makellos weiß und rot sie leuchtete. Paul fühlte sich wie etwas, das man aus Unlust nicht fertig gemacht hatte.

Dann erst sah er, wovor er sich am meisten gefürchtet hatte. Marthe nahm sie, roch an ihr, strich über sie, dann ließ sie sie am ausgestreckten Arm entrollen wie ein Banner.

Laurette.

Paul staunte genauso wie Marthe, er hatte sie auch nicht so riesig in Erinnerung mit ihren knallbunten Tropenblumen. Er räusperte sich.

»Hatten mal was miteinander. Hat sie hier vergessen. Ist ewig her.«

Marthe trat ganz nah an ihn heran, stülpte ihm Laurette über, trat wieder zurück und musterte ihn mit breitem Grinsen.

Paul stellte sich detailliert vor, wie er von einer Tretmine zerfetzt wurde, um das Bild zu verscheuchen, das er gerade von sich hatte.

Du Monument der Peinlichkeit.

Marthe tauchte unter Laurettes Saum, schob sich an Paul hoch, tauchte vor ihm aus Laurettes Kragen auf und küsste ihn.

Paul wollte sich auf keinen Fall anmerken lassen, dass er nur schnappend geatmet hatte, seit sie auf ihn zugekommen war, und je länger der wunderbare Kuss dauerte, desto mehr raubte er ihm die Sinne.

Dann ließ Marthe sich plötzlich rückwärts auf die Matratze kippen und zog Paul mit sich. Er versuchte, nicht mit vollem Gewicht auf ihr zu landen, indem er den Kopf vorstreckte und den Nacken anspannte, wodurch sein Gesicht mit voller Wucht neben ihrem Hals auf einem großen Fleck in der Matratze einschlug. Es roch grausam, zumal der Aufprall die letzte Luft aus ihm presste und er nicht anders konnte, als tief einzuatmen. Seine Gedanken rasten.

Marthe-Laurette ist Meer, Ingwer, Pfirsich, Sonne, Kokosnussöl, Güte, Haut und Pferd. Du-Matratze bist Bart, Zahnfleisch, Bier, Schimmel, Schweiß und Kotze. Sie darf einfach nicht auf der schlimmsten Zeit deines Lebens liegen. Nicht auf deiner Verzweiflung, nicht auf deinem Selbsthass, nicht auf deinem Frust auf die Menschheit und auf keinem deiner Todesgedanken.

Paul packte sie und wälzte sich, bis sie auf ihm lag. Etwas stach ihn. Wochenlang hatte er um ihn herumgeschlafen und ihn schließlich vergessen. Aber er hatte gewartet. Und jetzt schlug er zu.

Fedesto. Feder des Todes.

Marthe klebte auf Paul und knabberte an seinem Ohr, er spürte glücklich, dass er zum Stock wurde, trotz der rostigen Spitze, die seinen Rücken ritzte. Er spannte sich über Fedesto wie eine Brücke, gerade genug, dass er ihn nicht mehr kratzen konnte.

Zwischen ihnen glühte es, sie glitten übereinander und ineinander in Laurettes knallbunten Tropenblumen, und Paul betrank sich an dem irrwitzigen Duft von Meer, Ingwer, Pfirsich, Sonne, Kokosnussöl, Güte, Vanille, Erdbeer, frisch gewaschener Baumwolle und Gummibärchen.

Marthes Atem rasselte, sie bäumte sich auf, ihre Arme tobten, sie krallte ihre Finger in Laurette und riss sie auf, schlüpfte aus ihr wie ein weißes Reptil, hockte sich auf ihn und stieß auf ihn herunter. Pauls Brücke brach ein, Fedesto drang mit jedem Stoß tiefer in seine Haut und rührte in seiner Nierengegend.

Paul stöhnte und zuckte, jetzt aus Schmerz. Bunte Punkte tanzten in seinen Augen. Der Stachel, der schwere Duft und Marthes Haut mit dem unwirklichen blau-weißen Schimmer im goldenen Licht, ihre Iris grün wie Gift, Sehnen und Adern, die aus ihrer feinen Haut traten, als wollten sie herausspringen und umherlaufen; in dem Gemenge aus Schmerz und Lust sah Paul einen leuchtenden Irrwisch, der auf ihm hockte, der Ahnungslose in eine fremde Welt entführte, aus der sie nie wieder zurückkehren würden. Paul war mehr als bereit, ihm zu folgen, und Fedesto, der seine Niere pürierte, stellte sicher, dass der Irrwisch ihn nicht vorzeitig zur Seifenblase machte.

Der Irrwisch bebte. Sein Körper bäumte sich auf. Sein Hals war ein Bündel zum Bersten gespannter Kabel unter dünner Plane, sein Busen flach gezogene Polster auf sehnigen Brustplatten, gestauter Atem sprühte in feinen Tröpfchen durch seine Zähne. Er zuckte, stieß nach, bis sich der Blick verklärte und Marthe nass geschwitzt auf Paul klatschte.

Der Irrwisch war weg.

Auf Paul lag ein riesiger, keuchender Albinofrosch, und es hätte ihm nicht gleichgültiger sein können, dass Fedesto in seinem Rücken steckte.

Irgendwann, als ihr Atem tief und gleichmäßig ging und hinter dem staubigen Oberlicht die letzten Meteore als kleine Striche starben, weinte er vor Glück.

WEN MAN LIEBT

Esther saß immer noch oben auf dem Tresen vor Eckerd mit dem Saum auf der Hüfte, hatte eine halbe Flasche Tullamore Dew geleert und unterhielt sich mit ihm, wie sie sich schon lange nicht mehr unterhalten hatte. Sie sprachen über Induktionsherde, die Intelligenz von Schweinen und vergeigte Chancen, über die man im Nachhinein froh sein konnte, weil sie doch nicht so toll gewesen wären. Ihre Hand war dabei an ihre Scham gewandert, sie hatte sie mit einem Eiswürfel gekühlt, bis er geschmolzen war, hatte daran gezupft und gespielt – und es irgendwann gelassen. Eckerd hatte einfach nicht reagiert. Darauf war Esther zu den Eiswürfeln zurückgekehrt, weil es wirklich guttat. Und mit Eckerd war es wirklich schön. Sie nippte an ihrem Tullamore.

»Wie ist das bei dir?«

»Was ist bei mir?«

»Wer oder was macht dich an? Auf was stehst du?«

»Was ist daran so interessant?«

»Vielleicht kann ich ja was lernen.«

Eckerd grinste. »Hast du noch ein anderes Thema?«

Esthers großer Zeh schob die Zeitschriften auf der Ablage auseinander, eine *Eating Eye* kam zum Vorschein, darunter eine *Mangérotique* und eine *Screamcream*, ganz unten eine Ausgabe von *Kücheninseln.* »Hm. Noch mal Induktionsherde?«

»Die haben wir durch, oder? Waren gut, deine Ideen.«

»Okay, dann die Frage aller Fragen: Wen liebst du?«

Es war kaum sichtbar, aber Eckerd errötete. Esther warf den

Eiswürfel ins Spülbecken und parkte ihre Unterarme auf den Oberschenkeln. Eckerd schwieg. Sie beugte sich etwas vor, um ihm besser in die Augen zu sehen.

»Lass mich raten. Marthe. Du liebst deine Schwester.«

»Klar liebe ich Marthe. Über alles. Ich würde alles für sie tun. Weil sie meine Schwester ist. Mehr nicht. Also falsch.«

»Okay … Dann hast du was mit der Ledergranate, die mit ihrer bloßen Anwesenheit ein Vermögen verdient. Könnte ich verstehen. Die ist heiß.«

»Ich mag sie sehr, aber auch falsch.«

»Echt? Mal ehrlich. Hätte ich das Geld, ich würde sie bezahlen, nur um sie einmal ohne Leder zu sehen.«

»Falsch. Völlig falsche Richtung.«

»Muss ich mich totraten?«

»Du kommst nicht drauf. Außerdem habe ich es noch nie jemandem gesagt.«

»Ich schwöre, ich schweige wie ein Grab. Ist sie hässlich? Oder ist es ein Er oder Es?«

»Nein, nicht hässlich. Jedenfalls für mich nicht. Und nein und nein.«

»Was muss ich tun? Ich platze gleich.«

»Dich nicht lustig machen.«

»Was glaubst du, was ich alles schon gesehen habe? Warum sollte ich mich über den Mann lustig machen, mit dem ich den ersten entspannten Abend seit Jahren habe, ohne dass er was von sich in mir lässt?«

Eckerd schwieg.

Sie ließ ihn nicht aus dem Blick.

Er druckste herum. »Alle.«

»Bitte?«

»Alle. Ich liebe alle Menschen. Nicht einen speziellen. Alle.«

»Das ist … krass.«

»Es ist aber so. Ich liebe alle Menschen. Alle gleich.«

Esther nahm den nächsten Eiswürfel. Er half beim Nachdenken.

»Wow … dann musst du ja ein riesiges Herz haben. Von so was hab ich noch nie gehört. Ist das irgendwo dokumentiert?«

»Keine Ahnung, warum das so ist und ob noch jemand auch so empfindet. Ich bin viel rumgereist, bevor Marthe und ich das hier aufgebaut haben. Und da ist mir das klar geworden. Ich liebe alle Menschen.«

»Echt alle? Das sind über fünfzig Prozent mehr als bei mir.«

»Lieben. Nicht vögeln. Außerdem wolltest du dich nicht lustig machen.«

»Ich bin ganz weit weg davon, mich lustig zu machen. Das ist nur völlig außerhalb meiner Vorstellungskraft. Alle gut finden, okay. Aber alle *lieben*? Menschen tun furchtbare Dinge. Die furchtbarsten.«

»Sie wissen es nicht besser. Sie suchen und tun dabei oft das Falsche. Sie wissen nicht, was ihnen fehlt. Sie sehen sich nicht. Oft müssen sie leben, was ihnen angetan wurde. Ich liebe sie für ihre Tapferkeit. Für die Wege, die sie finden. Ja, stimmt, viele verirren sich. Sie haben keinen Halt.«

»Und du gibst ihnen Halt, also, zumindest einem Teil von ihnen.«

»Ich gebe ihnen einen Ort und tue, was ich kann.«

»Und wer gibt dir Halt?«

Eckerd zeigte nach oben.

Esther überlegte. »Marthe?«

»Gott. Und Jesus.«

In Esther arbeitete es sichtlich. »Das macht Sinn. Ein Familienmitglied wäre jedenfalls mit Ratschlägen zu so einer Gefühlslage klar überfordert. Sag mal, kann ich dich mal in den Arm nehmen? Einfach nur in den Arm? Ich wüsste gerne, wie das ist.«

»Klar.«

Eckerd sah schon breit aus, aber als Esther ihre Arme um ihn schlang, kamen sie ihr grotesk kurz vor. Sie musste sich weit strecken, und doch reichten ihre Unterarme bei Weitem nicht um ihn herum. Seine dünne Haut war wie ein Trommelfell über das Darunter gespannt, über definierte Muskeln, starke Sehnen und dicke, pulsierende Adern. Sein Körper war warm, sehr warm und fest. Unverrückbar. Ein mächtiger Fels, der einen sonnigen Tag lang Wärme getankt hatte. Aber ein Fels. Sie spürte vieles, aber vor allem spürte sie seine Unabänderlichkeit. Sie kam sich albern vor, dass sie ihr malträtiertes Geschlecht mit Eiswürfeln gekühlt hatte. Egal, was sie von sich entblößen oder veranstalten würde, er würde bei sich bleiben. Alles an ihm war stand- und statthaft. Was er gesagt hatte, war ganz und gar glaubhaft. Er liebte alle und alle gleich, während sie mit gespreizten Beinen und kleinen Gedanken vor ihm saß.

Als sie ihn losließ, musste sie ihre nackten Zehen anstarren, um ihm nicht in die Augen zu sehen. So unauffällig wie möglich zog sie sich das Kleid zurück auf die Schenkel.

Eckerd lächelte. »Kann ich dich was fragen?«

»Alles, mein höheres Wesen.«

»Hast du mal jemanden wirklich geliebt?«

»Klar. Ist gar nicht so lang her. Aber das tut nichts mehr zur Sache, weil ich's total vergeigt hab. Und lass uns nicht wieder davon anfangen, dass ich verbogen bin. Egal, welchen Ort meiner Seele du heilen willst, mindestens ein Doktor war schon da.«

»Sorry, das war nicht meine Absicht.«

Esther glitt vom Tresen, stellte sich auf die Zehenspitzen und gab Eckerd einen zarten Kuss auf die Wange. »Danke für alles, großer Mann. Ich geh dann mal zurück auf die Wildbahn. Drei bis fünf müssten heute noch drin sein.« Sie schnupperte an ihm. »Duftet sehr verlockend, deine Unschuld.«

Eckerd sah Esther nach, wie sie auf nackten Füßen zum Ausgang watschelte wie ein kleines, nachdenkliches, müdes Mädchen. Dann hielt sie inne und kam zurück.

»Die Schuhe.«

Eckerd reichte sie ihr. Esther streifte sie über und sah an sich herunter.

»Gott, sehen die scheiße aus.«

Sie spuckte sich auf die Finger, beugte sich tief, bis sie ihre Schuhspitzen berühren konnte, und rieb die Panade aus Mehl, Dreck und Frittenfett davon ab. Dabei fiel ihr etwas aus dem Dekolleté und baumelte von ihrem Hals. Eine Kette mit einem Anhänger von der Größe eines Taubeneis.

Eckerd beugte sich vor. Etwas Graues war darin, auf einer Seite war es schwarz und ausgehöhlt, wie weggebrannt. Es schwamm in einer Hülle aus Glas.

»Frank.«

Esther richtete sich auf. »*Was* hast du gesagt?«

»Der, den du liebst. Er heißt Frank, nicht wahr?«

»Woher weißt du das?«

Eckerd deutete auf das Amulett. »Sein Hoden in Glas. Der, den es voll erwischt hat.«

»Du kennst meinen Geiger? War er hier?«

»Ja.«

»Ich habe überall nach ihm gesucht. Weißt du, wo er ist?«

»Ja.«

Esther strahlte, doch dann ließ sie die Schultern hängen. »Der will mich bestimmt nicht sehen. Ich war wirklich scheiße zu ihm. Und ich kann's ja auch nicht wiedergutmachen. Kann sie ja schlecht wieder ankleben.«

»Er bewundert dich.«

Esther schossen Tränen in die Augen. »Wie kommst du darauf?«

»Ich weiß es. Wir haben lange geredet. Und dann hat er für uns gespielt.«

»Und? Wie war er?«

»Ich werde es nie vergessen.«

»Ich wusste es! Vielleicht hat es ja doch was Gutes, dass ich ihm die Eier abgeschossen hab. Jetzt, wo er Zeit hat, sich zu konzentrieren, wird er endlich ein großer Geiger. Wo ist er?«

»An einem sicheren Ort.«

»War er in Gefahr?«

»Nein.«

»Ist er krank?«

»Nein, auch nicht.«

»Ist er wieder in Schwierigkeiten?«

Eckerds Augen wurden feucht. »Er war noch nie so frei von Schwierigkeiten.«

Esther liefen Tränen die roten Wangen hinunter. »Das freut mich wirklich sehr. Aber was ist es dann? Soll ich nicht zu ihm?

Es geht ihm jetzt gut, und ich soll ihn nicht wieder in eine Krise stürzen? Ist es das?«

Eckerd lief eine Träne die Wange herunter. »Quatsch.«

»Du weißt, was mit mir los ist. Und du weißt, dass bei mir die Hormone regieren. Aber wenn ich die Chance hätte, wieder mit meinem mageren Geiger zusammen zu sein, würde ich alles dafür tun. Ich hatte die Möglichkeit nur total abgeschrieben. Du glaubst gar nicht, wie furchtbar ich zu ihm war. Bitte Eckerd, kannst du mich zu ihm bringen? Ich will nur mit ihm reden. Vielleicht kann er mir ja verzeihen. Er ist der Einzige, der mich je genommen hat, wie ich bin. Mit ihm ist alles schöner.«

Eckerds Hand tastete unter der Ablage. »Bist du dir denn absolut sicher?«

»Zehntausendprozentig. Wo ist er? Ist es weit?«

Eckerd weinte, als er lächelte. »Überhaupt nicht.« Er zeigte zum Ausgang. »Nicht weiter, als ob er da durch den Vorhang käme.«

Esther sah unwillkürlich dorthin.

Eckerd holte aus.

Esther schien eine Frage zu haben. Sie wandte sich um.

»Eck…«

Die Keule schlug auf ihrer Schläfe ein.

Eckerd stand lange über Esthers gefallenem Körper. Seine Tränen tropften auf sie herab.

Schließlich fiel er neben ihr auf die Knie und drehte sie auf den Rücken. Ihre schönen Züge trugen noch die Euphorie, die aus ihr gestrahlt hatte, aber in ihren großen Augen lag eine Ahnung. Die Ahnung, dass sie nicht einfach ein großes Geschenk bekommen würde. Dass sie etwas viel Größeres dafür geben musste.

Eckerd verschränkte ihre Finger auf dem Herzen und streckte ihre Beine aus.

»Ich bete, dass ihr schnell zueinanderfindet. Auf dass ihr ewig zusammen sein könnt. Gute Reise, liebe Esther. Alles Gute, lieber Frank.«

Marthe lag schwer auf ihm.

So schwer, dass er wusste, dass sie fest schlief. So fest, dass selbst die vorbeidonnernden Züge sie nicht aufgeschreckt hatten, die Züge, die ihren makellos weißen Rücken über Nacht mit hauchfeinem Mörtelstaub gepudert hatten.

Marthe lag schwer auf ihm.

Die Kerzen waren zusammengeschmolzen, hatten sich in ihrem Wachs ertränkt und die Kommode mit einer eiscremebunten Mondlandschaft überzogen; flüssiges Wachs war auch über die Seiten getreten und hatte auf dem Fußboden ein ganzes Fort aus getropften Türmchen erbaut. Es war empfindlich kalt in der Werkstatt, Pauls Hände und Füße waren taub vor Kälte, so kalt, dass er Marthe nicht anfassen mochte, die überall gleichmäßig Wärme ausstrahlte. Marthe, die Dinge wusste, die sie nicht wissen konnte. Die flüsterte, aber nie laut sprach und auf zwanzig Meter hörte, was man sagte. Die nichts mitnahm als Kerzen in einer alten, hässlichen Tasche und damit einen hässlichen Ort in Gold tauchte. Die ihre Welt so wild und frei gestaltete, dass Abend für Abend Menschen kamen, um darin einzutauchen. Marthe, die mit ihm im Nachthemd einer riesigen Kubanerin geschlafen hatte, anstatt ihn auszulachen. Die mit ihm auf der Landkarte der schlimmsten Zeit seines Lebens lag.

Marthe lag schwer auf ihm.

Jetzt, im Morgenlicht, in dem alle Geister zu durchsichtig waren, um sie sehen zu können, sah er sich dafür umso deutlicher. *Er* war der Irrwisch. Er war der Geist eines Toten, der Marthe in einen Sumpf zog und in eine fremde Welt entführte, die niemanden glücklich machte. Die Welt der Meinung. Die Meinung über ihn und die Meinung über sie, wenn sie zu ihm stand. Er konnte so gut zu ihr sein, wie er wollte, er würde ihr schaden. Auch wenn es gestern gut gegangen war, er blieb das Monster, das alle in ihm sahen. Marthe sah es auch, aber es hatte sie nie gestört, weil ihre Welt voller wunderbarer Monster war, die niemandem schadeten.

Marthe lag schwer auf ihm.

Die Meteore hatten seinen Wunsch erfüllt. Nie hätte er gedacht, dass etwas wie gestern passieren würde. Die letzte Nacht hatte jede seiner düsteren Vorahnungen Lügen gestraft. Vielleicht war es doch möglich. Das Schlechte konnte durchbrochen werden.

Marthe lag schwer auf ihm.

Er zuckte, als ein Zug über sie hinwegraste.

Ich werde mich nie daran gewöhnen. Wie kann sie dabei schlafen? Niemand schläft bei so was.

Marthe lag schwer auf ihm.

Zwischen ihnen war es glitschig. Paul arbeitete sie vorsichtig von sich herunter. Fedesto rührte in seiner Niere. Er biss sich auf die Unterlippe, bis Marthe auf Laurettes Fetzen glitt.

Paul mochte sich nicht ausmalen, welchen Schaden der rostige Stahl in ihm anrichtete. Unter ersticktem Stöhnen verschob und wand er sich, bis er irgendwann einen Winkel fand, in dem Fedesto aus ihm heraussprang. Es tat höllisch weh, er kroch an den Rand der Matratze, richtete sich auf, verdrehte sich, um die Einstichstelle zu sehen, und war froh, dass kaum Blut austrat.

Er sah auf Marthe herab.

Der Bass. Sie tanzt an dem lautesten Ort, an dem du je warst, und hört über zwanzig Meter, was jemand sagt. Das ist übermenschlich.

Wieder ein Zug. Donner. Und darunter, weißer als das Morgenlicht, ein schlafendes Wesen höherer Art.

Sie redet nicht. Sie flüstert. Und drückt dabei Eckerds Arm.

Paul zog einen Schubladenwagen heran.

Ihr entgeht nichts. Ihr Blick ist überall.

Etwas in ihm konnte nicht anders. Er stieß den Schubladenwagen um.

Hundert Schraubenschlüssel tanzten auf dem Beton, Hämmer schlugen auf, Sägen, Feilen, Bohrer, Fräser schepperten, und der Terror des aufschlagenden Blechschranks hallte tausendfach von den Steinwänden wider, fraß an seinen Nerven.

Eine einsame Schraubenmutter sprang aus dem Chaos hoch zur Decke, fiel herab auf die Matratze und hüpfte einmal, um Marthes Nase sanft anzustupsen.

Sie schlug die Augen auf, sie waren sanft grün, wie samtiges Moos. Paul kniete sich zu ihr. Sie lächelte. Er formte lautlos Worte.

Guten Morgen.

Marthe lächelte, sie streckte die Arme nach ihm aus. Dann wanderte ihr Blick von ihm in den Hintergrund, zum Boden. Auf die tausend lauten Dinge, die dort lagen.

Paul bewegte stumm den Mund. *Du hörst mit den Augen.*

Marthe richtete sich auf, die Sehnen an ihrem Hals spannten sich, dass sie hervortraten.

Paul formte drei Worte. *Du. Bist. Taub.*

Marthes Augen wurden Gift.

Paul formte mehr Worte. *Warum hast du's verschwiegen? Ich habe dir alles über mich gesagt.*

Marthe zog die Knie an und wippte vor sich hin. Sie kratzte sich über die Beine. Es hinterließ Striemen.

Paul setzte nach. *Ich habe dir alles über mich gesagt. Und du hast in den Mond gesehen.*

Marthes Handballen schoss nach vorn, stieß alle Wut in Pauls Brust und ließ ihn rücklings in das Meer aus Werkzeug kippen. Sie sprang auf, griff ihre Sandalen und das Kleid, streifte es erst über, nachdem sie lange aus der Tür war.

Paul rappelte sich auf, so schnell er konnte, humpelte nackt aus der Tür, hielt sich die Niere und rannte den Weg hinunter bis zur Straße, aber er konnte sie nirgends ausmachen.

Er brüllte ihr in alle Richtungen hinterher, bis ihm klar wurde, wie sinnlos es war.

PILLEN

Paul lag auf der Matratze. In Uniform.

Fedesto bohrte sich wieder irgendwo in seinen Rücken, aber es war ihm egal. Er lag, wie er gefunden werden wollte; mittig auf der Matratze, die Arme seitlich von sich gestreckt. Er hatte die Uniform angezogen und dann die Schlaftabletten aus dem Badezimmerschränkchen geschluckt, die seit zwanzig Jahren abgelaufen waren. Zwanzig Phanodorm waren es gewesen, die Schachtel war schon verblichen und fleckig gewesen, aber die Tablettenstreifen darin waren wie neu. Er hatte sich auf der Matratze drapiert, wie man ihn finden sollte. Jetzt wartete er, dass der Tod kam.

Kometen kommen und machen deinen sehnlichsten Wunsch wahr. Und du zerstörst ihn. Du, der auf alles eine Antwort braucht. Der alles auf sich bezieht. Niemand anders ist schuld. Du hast den Werkzeugschrank umgeschmissen. Du, niemand sonst. Nicht die öffentliche Meinung, nicht das Schicksal oder ein Fluch. Du machst alles kaputt. Du hast dir die Maske abgerissen und ihr deine hässliche Fratze gezeigt. Und nichts kann das rückgängig machen.

Paul spürte, wie eine heiße Welle anrollte. Ein fester Druck von innen auf seinem Herzen.

Gleich hört es auf zu schlagen.

Es fühlte sich an, als ob ein Ballon in ihn eingenäht worden war. Und er blähte sich unaufhaltsam auf. Der Druck wurde schlimmer. Schmerzen. Schweiß drang ihm aus den Poren.

Er hatte sich das anders vorgestellt. Dass er wegdämmern würde. Dass sein Herz im Halbschlaf aussetzte. Dass er zu müde sein würde, als dass es ihm etwas ausmachte. Schweißgebadet rollte sich Paul auf die Seite. Adrenalin kochte in seiner Blutbahn. Er krümmte sich. Er keuchte. Der Druck wanderte.

Was ist das?!

Er explodierte. Alles schoss aus ihm heraus, es drängte in die Beine seiner Uniformhose und hoch bis zum Bund, ohne dass er es irgendwie kontrollieren konnte. Ihm wurde übel, er übergab sich. Er lag da und röchelte, versuchte zu begreifen, was mit ihm geschah, als eine zweite Welle anrollte, die noch mehr aus ihm heraustrieb. Sein Körper wand und wälzte sich, ohne dass er etwas dagegen tun konnte. Er erbrach sich wieder, sah nur noch Schleier und Punkte – und darin plötzlich einen schwarzen Schemen mit weißem Schädel.

Da ist er. Der echte Tod.

Der Tod beugte sich zu ihm herunter.

»Sorry. Hätte nicht gedacht, dass es so krass ist.«

Paul wischte sich über das Gesicht. Der Schleier aus Tränen, Schweiß und Galle lichtete sich ein wenig.

Der Tod war Klara.

Sein Arm schnellte nach vorn, um sie zu packen, und griff ins Leere. Er musste würgen. »Was zum Teufel ist das?«

»Abführpillen. Von Mam. War ja klar, dass du irgendwann Pillen schluckst. Aber sorry noch mal, dass es so heftig ist.«

Eine neue Welle überrollte ihn, ließ ihn zucken und sich übergeben, bis nur noch Galle kam.

»Ich dachte, du bist endlich weg.«

»Nö, wieso?«

»Deine Sachen sind weg.«

»Alles verkauft.«

Eine neue Welle ließ Paul krampfen, aber es wurde langsam weniger. Es war das Letzte, was er wollte, aber er musste weinen.

»Ich will tot sein.«

»Würde ich auch an deiner Stelle. Das muss man erst mal hinkriegen, etwas so zu versauen. Du hast aus einem Einhorn ein Pony auf drei Beinen gemacht.«

»Du warst hier?!«

»Jep.«

»Du hast dich versteckt!«

»Hätte ich Guten Tag sagen sollen?«

Paul zitterte. »Das ist pervers!«

»Echt jetzt? Was ihr da gemacht habt, ist pervers. Aber so seid ihr Erwachsenen. Alle pervers.«

»Du hast das Nachthemd auf die Matratze gelegt.«

»Dachte, sie verschwindet, wenn sie es sieht. Aber dann ging's ja erst richtig ab.«

»Gib mir die Schlaftabletten!«

»Nein.«

Paul wimmerte. »Warum lässt du mich nicht sterben?«

»Weil's ihr jetzt bestimmt nicht besser geht als dir. Du warst unglaublich scheiße zu ihr. Okay, sie ist auch krass. Ich hatte sogar mal Schiss vor ihr. Aber jetzt tut sie mir einfach nur leid.«

»Du *kennst* sie?«

Klara stand auf, trat vor die Tür und atmete tief ein.

»Ich geh mal. Sonst muss ich auch noch kotzen.«

»Ja, hau bloß ab!«

Klara ließ die Tür offen, als sie ging. Blanke Wut ließ ihn von der Matratze kriechen und hinter ihr herwanken. Etwas lief ihm aus den Hosenbeinen, dann wurde alles um ihn herum schwarz.

FRIEDEN

Sie wollte nichts. Sie konnte sich auch nicht vorstellen, dass sie was wollte, und das war unglaublich schön. In dem dunklen Raum fühlte sie sich warm und geborgen. Irgendwo draußen war vieles, Geräusche und Stimmen, aber hier drin war nichts. Alles war hier weit entfernt.

Esther hatte vergessen, wie sie hergekommen war, aber es interessierte sie auch nicht sehr. Dann fiel ihr ein, dass sie jemanden suchte. Und dass da jemand war, der sie zu ihm bringen wollte, aber sie hatte von beiden den Namen vergessen. Als sie ihr Gedächtnis durchforstete, fiel ihr auf, dass sie sich auch an ihren eigenen Namen nicht mehr erinnern konnte.

Die Stimmen begannen zu stören. Es waren Laute darunter wie bei einem Tier. Ein Tier, das sie kannte. Und die Geräusche von Stößen gegen Körper. Jemand war aufgebracht.

Sie schlug die Augen auf.

Etwas Langes schwebte an ihr vorbei. Ihr gefiel die Form. Es war ein Bein, ein schönes Bein. Sie hatte es oft gesehen, sie kannte die Form des Knies, des Knöchels. Es war ihr Bein, das auf Händen an ihr vorbeigeschwebt kam.

Ein Gesicht beugte sich über sie. Es war noch weißer, als sie es in Erinnerung hatte, und viel sorgenvoller. Eigentlich war es entsetzt. Die schönen Augen waren gerötet, sie hatten geweint und saßen in blaugrauen Ringen. Aber es war immer noch das schönste Gesicht, das sie sich vorstellen konnte, und es trug den einzigen Namen, der ihr einfiel.

Marthe.

Sie wollte nicht, dass Marthe sie traurig ansah. Sie hätte ihr gerne einen frechen Witz erzählt, aber sie hatte sie alle vergessen.

Marthes Gesicht kam zu ihr herunter und küsste sie auf den Mund, zumindest glaubte sie das, denn sie sah ihre Wange ganz nah und dahinter ihr Ohr. Sie spürte den Kuss nicht, aber er machte sie glücklich. Endlich hatte sie eine Freundin.

Marthe lächelte und weinte. In ihrem Blick lag so viel Liebe.

Marthe hatte ein Messer und senkte es.

Marthes Hand strich über sie und schloss sie wieder in den warmen, friedlichen Raum.

Der Name fiel ihr wieder ein.

Frank.

Sie wollte Frank suchen.

Vor ihr tat sich ein heller Raum auf. Sie würde dorthin gehen und nach ihm fragen.

FREUNDIN

Marthe war den ganzen Weg durch etliche Nebenstraßen zurückgeirrt. Viele hatten sich nach ihr umgedreht, teils aus Lüsternheit über ihr tief ausgeschnittenes Abendkleid an einem geschäftigen Morgen, teils aus Neugier, was geschehen sein mochte, dass sie teilnahmslos durch die Straßen streifte, mit Perlensandaletten, die lose an ihrer Hand baumelten. Angesprochen hatte sie jedoch niemand.

Vor dem *Von Herzen* hatte sie sich gesammelt und war die Treppen hinauf bis zum Dach gestiegen, um sich umzuziehen. Zurück im großen Raum, war sie hinter die Bar getreten und hatte das türkise Kleid in den Mülleimer gestopft. Auf dem Tresen stand immer noch das Caipirinhaglas, aus dem Esther über ihre Spucke hinweggetrunken hatte. Marthe hatte es mit einem Lächeln gespült.

Es war kurz vor neun, um neun kam Eckerd für gewöhnlich vom Großmarkt mit dem prall gefüllten Kleinlaster, den sie immer gemeinsam entluden. Marthe war von der Bar in die Küche getrottet, ihr war der Boden aufgefallen, der gestern noch ein Meer aus Chaos gewesen war und der jetzt blitzsauber glänzte.

Als sie aufgesehen hatte, war Esthers nacktes Bein auf Raphaels Armen an ihr vorbeigeschwebt. Dann hatte sie gesehen, was Raphael und Lolita entgangen war: dass Esthers Augen ihrem Bein folgten. Sie war zu Lolita gesprungen und hatte sie von Esther weggestoßen. Raphael war mit dem Bein zu einer Ablage geflohen, und sie war zu Esther geeilt, die rücklings auf der Anrichte lag und immer noch in Richtung des Beins sah, das inzwischen aus ihrem Blickfeld verschwunden war.

Alles, was Marthe blieb, war zu beenden, was ohnehin zu Ende gegangen wäre.

Lolita und Raphael starrten auf den Boden, keiner wagte, ihrem Blick zu begegnen. Sie hatten Angst. Nackte Angst vor dem, was sie als Nächstes tun würde. Aber Marthes Blick traf keinen von ihnen. Er traf jemand anders.

VOLLIDIOT

Paul hatte nicht aufwachen wollen, und als es doch passierte, war es immer noch der gleiche verdammte Morgen.

Er hatte in einer Lache von dem gelegen, was aus ihm herausgeflossen war, hatte versucht, den Atem anzuhalten, bis er starb, und sich dafür gehasst, dass er nicht genug Willen dazu aufbrachte. Bei der ersten kleinen Bewegung hatte er sich dermaßen geekelt, dass er aufgesprungen war und sich die Uniform vom Körper zerrte. Dann hatte er die Tüten entdeckt. Auf der einen stand, von Hand geschrieben, *VOLL*. Auf der anderen *IDIOT*.

In der *VOLL*-Tüte war alles gewesen, um sich in einen menschlichen Zustand zurückzuversetzen, außerdem waren ein Putzmittel und ein Müllsack darin gewesen, während die *IDIOT*-Tüte ein kräftiges Frühstück samt duftendem Kaffee enthalten hatte. Paul hatte sich vorgenommen, nichts davon als Entschuldigung zu akzeptieren, trotzdem hatte er die unrettbare Uniform in den Müllsack gesteckt, den Durchfall aufgewischt und sich an dem kleinen

Waschbecken so lange wund geschrubbt, bis er sicher gewesen war, klinisch rein zu sein. Die neue Hose und das Hemd passten, und die Schuhe würden es auch, wenn er sie erst einmal eingelaufen haben würde.

Er hatte sich in einer der Spiegelscherben begutachtet und darin einen Kellner gesehen und beschlossen, einer zu sein. Er würde die Schäden der letzten Nacht abarbeiten. Und wenn sie ihn loswerden wollten, mussten sie ihn gewaltsam hinausschmeißen.

Auf dem Weg zum *Von Herzen* hatte er tausend Entschuldigungen und Einleitungssätze für jede mögliche Gelegenheit geübt, in der er Marthe antreffen konnte. Er hatte sich nicht eingebildet, er könnte irgendwas reparieren, aber er wollte ihr wenigstens klarmachen, dass er wusste, was er angerichtet hatte, und wie sehr er sich dafür verachtete. Die Magie war verschwunden, was blieb, war grausame Realität, in der er ihre Wut und Ablehnung ertragen musste, bis er vollends abgestottert haben würde, was sein Ego zerstört hatte. Ab jetzt war sein Leben Strafe. Er würde nichts anderes tun als arbeiten.

Ohne Lolita vor der Tür hatte das *Von Herzen* verlassen ausgesehen. Überhaupt war es ungewohnt gewesen, so früh am Tag den Vorraum zu betreten, der im Morgenlicht eine Reinigung nötig hatte. Paul hatte Geräusche aus der Küche gehört, und da er dort weitermachen wollte, wo er gestern aufgehört hatte, ging er hinein.

Oberflächlich war die Küche betriebsbereit, aber es war unübersehbar, wie ramponiert alles war. Sein Herz stockte, als er Marthe hinter der Anrichte sah. Lolita stand blass davor, und Raphael war gerade dabei, ein großes Stück Fleisch auf die Ablage zu legen.

Marthes Blick traf ihn wie ein Schrotschuss ins Gesicht.

Dann bemerkte ihn Raphael, er trat unwillkürlich zurück, wodurch Paul das Fleisch im Ganzen sah, nicht nur die Schnittfläche. Ein Frauenbein. Die Filter seiner Wahrnehmung brachen zusammen. Sein Hirn schrie, dass es Esther war, die da auf der Anrichte lag, dass Marthe ein Messer hielt und Lolita genauso.

Er hätte das Bewusstsein verloren, hätte nicht jemand hinter ihm gesprochen.

»Hallo Paul.«

Paul fuhr herum.

Eckerd war hinter ihm in die Küche getreten, beide Arme bepackt mit Großmarkteinkäufen.

Pauls Blick zuckte zwischen ihnen hin und her, Fußbreit für Fußbreit schob er sich so unauffällig wie möglich Richtung Ausgang. Eckerds Blick folgte ihm, aber er machte keine Anstalten, ihn aufzuhalten, selbst als er neben ihm war.

Paul rannte, wie er noch nie gerannt war.

PATIENT NUMMER EINS

Raphael ließ sich auf die Knie fallen. Er schluchzte.

»Wir sind am Arsch. Ich werde totgeprügelt im Knast!«

Eckerd trat an ihn heran. »Hab Vertrauen. Niemand wird …«

Marthe war zu Eckerd gesprungen und schlug ihm die Faust mitten ins Gesicht.

Seine Nase blutete, aber er ließ die Arme hängen und stellte sich offen vor sie. Marthe schlug wieder und wieder zu. Die Wirkung der harten Schläge war deutlich auf Eckerds Haut zu sehen, aber er ließ es geschehen. Er nahm, was sie ihm gab. Marthe ohrfeigte und bespuckte ihn, er nahm auch das. Sie trat, sie schlug seinen Körper, dann wieder sein Gesicht. Er ertrug es. Ein Schlag ließ seine Augenbraue platzen, und doch machte er nicht den kleinsten Versuch, auszuweichen oder dem Schlag die Wucht zu nehmen. Ein Strom von Blut lief an seinem Auge entlang die Wange herunter.

Die anderen standen nur da und sahen zu, wie Marthe Eckerd verprügelte. Sie tat es, um ihn für das, was er Esther angetan hatte, nicht töten zu müssen.

Dann sank sie vor der Anrichte auf den Boden und weinte stumm vor sich hin. Minutenlang fiel kein Wort. Eckerd stand nur da, während die anderen dem Blut zuhörten, das von seinem Gesicht auf den Boden tropfte. Mit der Zeit nahm die Frequenz ab, irgendwann hörte es auf. Lolita und Raphael erschraken, als Eckerd plötzlich sprach.

»Esther ist jetzt bei Frank. Sie können für immer zusammen sein. Wisst ihr, ich suche mir das nicht aus. Er sagt mir, was zu tun ist.«

Lolita zündete sich eine Zigarette an. »*Der* Frank? Reden wir von Patient Nummer eins?«

»Esther liebte ihn über alles.«

Marthe sah aus, als ob sie gleich aufspringen und Eckerd die Kehle herausreißen würde.

Raphael stand auf und verschränkte die Arme. »*Der* Frank, den du gekeult hast, weil er das Geigespielen nicht auf die Reihe gekriegt hat? Dann hast du dich verzählt. Er hatte nämlich Esther. Sie hat an ihn geglaubt. Und wenn sie die Einzige gewesen wäre; sie hätte sein Gefiedel toll gefunden.«

»Sie hätten nicht zusammengefunden. Esthers Neigung hätte es unmöglich gemacht. Keiner von beiden wäre glücklich geworden.«

»Sie hat aber gesagt, dass sie nicht unglücklich ist.«

»Hast du wieder gelauscht?«

»Schon vergessen? Esther hat mit mir die ganze Scheißküche zusammen wieder flottgemacht. Da redet man miteinander. Sie war schlau und sehr nett. Ich hab sie sehr gemocht. Und ich kann dir sagen, sie hatte kein Problem damit, den ganzen Planeten durchzuvögeln. Kein bisschen.«

»Aber sie hatte ein Problem damit, es ohne einen Freund zu tun.«

»Den du gekillt hast.«

»Weil er nie glücklich geworden wäre, weil Esther so war, wie sie war. Sie hat ihm die Hoden abgeschossen.«

»Wir drehen uns im Kreis.«

Eckerd wandte sich zur Tür.

»Entschuldigt bitte, aber ich möchte jetzt für die beiden beten. Ich verstehe, dass ihr es nicht sehen könnt. Aber ich suche mir das wirklich nicht aus.«

Marthe packte eine Fleischgabel, sprang Eckerd in den Weg und richtete die beiden nadelspitzen, fingerlangen Zinken auf seine Brust. Sie drängte ihn zurück zur Anrichte und warf ihm ein kleines Messer hin.

Eckerd sah aus, als ob er etwas sagen wollte, aber dann nahm er das Messer auf und begann, Esther weiter zu zerteilen.

Daraufhin befahl die Fleischgabel Raphael, den Ofen anzuwerfen, und Lolita, einen Tisch im großen Raum zu decken.

HERRMANN

Er krallte sich an das Geländer, keuchte vor Seitenstichen.

Paul war über alle Schmerzen hinweggerannt, um schnell zur Wache zu kommen, aber als er davorstand, sträubte sich alles in ihm, durch die Tür zu gehen. Bilder der lebendigen Esther drängten in sein Bewusstsein; Esther, die wild gewesen war, klug und witzig und Marthes neue Freundin. Die ihn wieder und wieder gegen die Kacheln gerammt hatte. Esther, die von denen, die er Freunde genannt hatte, in diesem Moment auf der Anrichte zerteilt wurde.

Er dachte an die möglichen anderen Opfer und dass er keine Ahnung hatte, wie viele es waren. Wut und Trauer würgten ihn. Aber er konnte das Morden beenden. Er musste nur ein paar Stufen nehmen und durch die Tür gehen, durch die er tausend Mal gegangen war. Und trotzdem weigerte sich alles in ihm, die Wache zu betreten. Er konnte den alten Kollegen nicht unter die Augen treten und die neuen Freunde nicht verraten, trotz allem, was er heute gesehen hatte. Und er hasste sich dafür.

Zwei Beamte kamen aus der Tür und schlenderten selbstgefällig die Stufen herunter. Paul senkte den Kopf, zog sich nach nebenan zurück, in die Hofeinfahrt einer pleitegegangenen Schreinerei, und beobachtete den Eingang der Wache. Er kannte immer noch fast jeden, der ein und aus ging, und jedes Mal gab es ihm einen Stich, wenn er jemanden von seiner ehemaligen Wache kommen oder gehen sah. Die allermeisten waren brave Familienmenschen, sie schrieben Strafzettel, schlichteten Streitereien, brachten Betrunkene nach Hause und regelten den Verkehr, wenn Ampeln ausfielen. Für sie war das, was er zu melden hatte, utopisch. Außer vielleicht für Herrmann. Herrmann war nichts zu heftig.

Paul hatte die Wache in etwa eine halbe Stunde beobachtet, als Herrmann aus der Tür trat. Jeder seiner Schritte sagte, dass er Gelegenheit suchte, Ärger mit noch größerem Ärger niederzuknüppeln. Als ob er sich auf ein Handgemenge freute, oder besser, eine Schlägerei, um jede Rechtfertigung zu haben, Fratzen zu ballern. Herrmann liebte Fratzenballern.

Paul war speiübel, aber das, was er in der Küche gesehen hatte, war so grauenvoll, dass es ihn von seinen Emotionen trennte, es versetzte ihn in einen dumpfen Arbeitsmodus, der ihn handlungsfähig hielt. Im Moment ein Vorteil, denn Herrmann schwach gegenüberzutreten war immer ein Fehler. Er zischte leise, als Herrmann die Einfahrt passierte. Er fuhr herum, erkannte Paul sofort, packte ihn und drückte ihn in den Schatten der Einfahrt. Paul versuchte es mit einem Grinsen.

»Hallo Herrmann.«

Herrmann war kleiner als Paul, aber doppelt so breit, kurz rasiert und puterrot vor Wut.

»Was hast du an *ich seh deine Fresse nie wieder* nicht verstanden?!«

»Glaubst du, ich wäre hergekommen, wenn es nicht unglaublich wichtig wäre?«

»Hau ab. Du stinkst nach Problemen.«

»Da hast du recht. Ich habe ein Problem. Es geht um Mord.«

Herrmann stieß Paul in den Hof, in eine übel riechende Ecke. »Wen hast du gekillt?«

»Ich? Niemanden. Ich wollte wieder auf die Beine kommen. Habe einen Job. Ich bin Kellner in einem Bistro für einsame Leute.«

Herrmann grinste böse.

Paul ließ sich nicht beirren. »Heute bin ich früher zur Arbeit gekommen. Ich gehe in die Küche. Und jetzt pass auf: Der Besitzer von dem Laden, seine Schwester, eine Angestellte und der Koch stehen um die Leiche einer Frau und zerteilen sie.«

»Glückwunsch. Passt doch zu dir.«

»Das ist kein Witz, Herrmann.«

»Bitte. Erzähl deinen kranken Scheiß woanders. Hau einfach ab.«

»So routiniert, wie das aussah, machen die das nicht zum ersten Mal. Geh mit einem Team da rein und stellt den Laden auf den Kopf. Ihr werdet euch wundern, was ihr findet. Aber ich würde mich beeilen. Die wissen, dass ich Polizist war. Die können sich denken, dass ich hier bin und die anzeige. Die sind garantiert jetzt schon dabei, Beweise zu vernichten. Wie gesagt, besser, ihr geht so schnell wie möglich da rein.«

Herrmann schnaubte aus. »Dazu müsste ich den Scheiß erst mal glauben. Außerdem rückt ganz bestimmt keiner aus, wenn der Tipp von dir kommt.«

»Dann sag halt nicht, dass er von mir kommt.« Paul gab Herrmann ein Streichholzbriefchen mit dem Logo des *Von Herzen*. »Hier. Adresse steht hintendrauf.«

Herrmann drehte das Briefchen zwischen den Fingern. »Wo lassen sie die Leichenteile denn verschwinden?«

»Sie braten das Fleisch und servieren es den Gästen. Die haben natürlich keine Ahnung, was sie da essen.«

»*Das* hast du gesehen?«

»Nicht direkt. Aber es kam mir komisch vor, am Anfang. Nur konnte ich es da noch nicht einordnen.«

»*Was* kam dir komisch vor?«

»Es schmeckte seltsam.«

Herrmann warf Paul das Streichholzbriefchen ins Gesicht. »Das reicht, perverses Arschloch.«

»Ich hatte ja keine Ahnung, was ich da esse!«

Herrmann zog seinen Schlagstock und stieß ihn Paul vor die Brust. »Verzieh dich!«

»Weißt du, wer der Koch von dem Laden ist?«

Herrmanns Schläfen pulsierten. »Wer?«

»Der, der mich damals auf die Leiche des Kronzeugen gelegt hat.«

Herrmann drosch auf Paul ein, bis er ihn aus der Einfahrt getrieben hatte. Als sich die ersten Passanten zu ihnen umdrehten, hörte er auf und ging Richtung Wache. Paul ging ihm hinterher.

»Ich weiß genau, wie das klingt. Aber es geht um Mord.«

Herrmann spuckte Paul vor die Füße. »Das klingt wie dein

krankes Hirn. Und wenn ich deine Fresse hier noch einmal wiedersehe, mach ich dich noch viel kränker!«

FRESSEN

Lolita musste sich Mühe geben.

Marthes Fleischgabel hatte ihr befohlen, zwei der quadratischen Tische aneinanderzuschieben, einzudecken und dezent zu dekorieren. Marthe platzierte Eckerd gegenüber von Lolita, sie selbst setzte sich vor Kopf.

Raphael kam mit einer großen Bratenplatte und hievte sie in die Mitte des Tischs. Dann ging er und kam mit den Beilagen wieder: allerlei Sorten mediterranes Gemüse und krosse Süßkartoffelchips. Marthe schwang die Fleischgabel wie einen Taktstock, der ihm befahl, auf dem Absatz kehrtzumachen und die Beilagen wieder wegzubringen. Gehorsam parkte er sie hinter der Durchreiche. Marthe machte ihm Angst. Eckerd winkte ihn heran.

»Setz dich zu uns, Meister. Bis heute Abend kommt ja keiner.«

Raphael zögerte, dann setzte er sich an das andere Kopfende, weil es am weitesten von Marthe entfernt lag. Stumm saßen sie um den dampfenden Braten, niemand nahm etwas.

Marthes Fleischgabel sagte an, dass jetzt Essenszeit war.

Lolita verschränkte die Arme. »Du erinnerst dich, dass ich kein Fleisch esse?«

Raphael scherte hinter Lolita ein. »Und ich darf nichts anderes als meinen Brei.«

Marthe hämmerte den Griff der Fleischgabel auf den Tisch. Alle beeilten sich, die kleinsten Scheiben zu erwischen. Marthe stand auf und legte jedem drei große Scheiben dazu. Sie selbst nahm sechs.

Die anderen schnitten möglichst winzige Stückchen ab und schluckten sie unzerkaut hinunter, auch wenn Raphael wirklich sein Bestes gegeben und Esther köstlich zubereitet hatte.

Marthe dagegen fraß. Sie zerpflückte die Bratenscheiben mit den Fingern, stopfte sie in den Mund und schmatzte. Sie prostete ihnen zu und lachte laut, als ob sie eine tolle Zeit hätte. Sie starrten beschämt auf den Tisch. Marthes dröhnende, sonst nie benutzte Stimme quälte sie. Sie aßen noch winzigere Stücke.

Marthe rammte die Fleischgabel in den Tisch.

Erschrocken schnitten sie größere Stücke ab, stopften sich die Münder und machten ihr Schmatzen nach. Und als sie die Fleischgabel aus dem Tisch zog, damit in die Luft stach und wieder dröhnend lachte, lachten sie auch und taten, als ob es etwas zu feiern gäbe.

Als sie aufgegessen hatten, war Marthe längst fertig und legte jedem vier Scheiben nach. Sie selbst nahm acht. Raphael japste.

»Du kannst mich erstechen, aber mein Körper kann das nicht ab. Morgen ist meine Haut rohes Fleisch.«

Marthes Gabel stach Luft.

Raphael aß weiter, aber schließlich sprang er auf, rannte hinter die Bar und erbrach ins Spülbecken.

Lolita schob ihren Teller von sich. Marthe kam von hinten und drückte Lolita die Zinken der Fleischgabel zwischen zwei Nackenwirbel. Sie zog den Teller wieder heran und zwang sich mehr Fleisch hinein. Ihr Atem begann zu rasseln, in ihrem engen Korsett drückte das Fleisch auf ihre Lungen. Marthe drückte ihr die Gabel fester in den Nacken, Lolita aß mehr. Sie rang nach Luft. Alle zuckten zusammen, als Marthe das Tranchiermesser packte und es durch die ledernen Schnüre des Korsetts gleiten ließ. Lolitas praller Torso ließ das Korsett auseinanderklappen, sodass es von ihr glitt und schlaff auf den Stuhlsitz sackte.

Marthe setzte sich und fraß weiter. Alle schielten auf ihren sonst so flachen Bauch, der sich grotesk in ihren Schoß wölbte.

Als Raphael sich fertig übergeben hatte, kam er wieder an den Tisch, mit riesigen, blutunterlaufenen Augen. Ein panisches Gespenst.

»Kriegst du eigentlich mit, was hier passiert, Eckerd?! Das ist kein Spaß. Das ist alles wirklich schlimm! Verstehst du das? Schlimm! Deine Schwester frisst ihre Freundin. Wir sitzen hier und essen Esther auf, die uns geholfen hat, unsere verwüstete Küche in Ordnung zu bringen, während dein Kellner auf der Polizeiwache ist und uns völlig berechtigterweise ans Messer liefert! Das ist alles ganz schrecklich schlimm! Und du hast das alles angezettelt mit deinem Scheißauftrag von Gott! Oder Gott hat das angezettelt. Was weiß ich! Das ist auf jeden Fall alles unglaublich schrecklich schlimm!«

Lolita nickte verhalten. Marthe grölte und wedelte mit einer Scheibe Braten. Eckerd sagte nichts. Raphael setzte sich wieder und verschränkte die Arme.

»Stört es eigentlich niemand, dass hier gleich eine Hundertschaft Polizisten einfällt?«

Eckerd drehte den Stuhl, um Raphael besser anzusehen. »Es kommt keine Hundertschaft. Nur Paul. Er braucht einfach einen Moment, und dann kommt er zurück.«

»Wer außer Eckerd glaubt, dass das passiert?« Lolitas Stimme klang flach, jeder Raum in ihr war gefüllt.

Eckerd sprach leise, aber in ihren Ohren dröhnte es. »Das ist genau das, was alles so furchtbar macht. Dass ihr nicht glaubt. Ja, es ist schrecklich hart. Aber es ist in seinem Sinne. Also, wenn ihr gehen wollt, geht. Vorausgesetzt, Marthe lässt euch.«

Marthe hatte offensichtlich Spaß daran, unverständliche Laute zu blöken.

Lolita stand auf.

Raphael ebenfalls. »Wir gehen. Das ist der nackte Irrsinn hier.«

Eckerd wandte sich zu Marthe, er sprach lautlos. *Was ist mit dir?*

Marthe stopfte nach und prostete ihm zu.

Eckerd wandte sich an die anderen. »Dann macht euch mal schnell auf den Weg, bevor die Hundertschaft kommt, die nie kommen wird.«

Raphael schnaubte. »Wie kannst du dir so sicher sein?«

»Ich war mir nie sicherer. Was machst du, wenn Paul jetzt hier reinkommt, sich zu uns setzt und mit uns isst?«

»Was meinst du mit *jetzt*?«

»In der nächsten Minute. Würdest du dann glauben, dass das alles einem höheren Plan folgt, so schlimm es im Moment auch aussieht?«

»Klar. Aber vor allem glaube ich, dass das nicht passiert.«

»Lolita?«

Lolita starrte die blökende, fressende Marthe an. »Tausend, wenn er nicht kommt.«

Eckerd nickte.

Marthe fraß.

Eckerd hockte sich vor sie und formte Worte. *Kannst du bitte aufhören, das in dich hineinzustopfen?*

Marthe fraß weiter.

Eckerd sprach jetzt hörbar. Er flehte. »Bitte, hör auf damit. Ich weiß, was ich dir versprochen habe. Und ich mochte Esther genauso. Aber du hättest sehen sollen, wie sehr sie zu ihrem Frank wollte. Sie hat überall nach ihm gesucht. Wie in Salomos vierzehn zehn, *wenn das Herz traurig ist, so hilft keine äußerliche Freude.* Ehrlich, ich wäre glücklich, wenn sie hier mit uns sitzen würde. Aber für sie wäre es grausam.«

Marthe ließ eine Scheibe Braten an spitzen Fingern baumeln, leckte sie ab und küsste sie. Dann biss sie hinein, riss ein Stück heraus und schüttelte den Kopf, dass es spritzte.

Still zählte Raphael die Restsekunden. Lolita tat dasselbe, bei fünfundfünfzig hielt sie die Hand auf.

»Ich glaube, der Herr hat dich abgezockt, Eckerd.« Raphael feixte.

Es knarzte.

Jemand trat aus dem Vorhang.

Eckerd stand auf.

»Hallo Paul. Wo warst du?«

Paul spürte ungläubige Blicke auf sich. »Luft schnappen. War ein bisschen viel alles.«

So, wie die starren, wissen die genau, wo du warst. Gleich kommen sie und schneiden dich in Stücke. Und was ist mit Eckerd passiert?

Niemand packte ihn. Paul sah in ihre Gesichter. Sie sahen immer noch zutiefst verblüfft aus.

Alle, außer Eckerd, auf dessen weißem Hemd Blut leuchtete. Er lächelte.

»Glaubt ihr mir jetzt?«

Raphael und Lolita setzten sich.

Paul blieb, wo er war. »Ihr macht das nicht das erste Mal, oder?«

»Was meinst du?«

»Menschen umbringen und essen.«

»Es ist das erste Mal, dass wir davon essen. Wir hatten einen schrecklichen Disput darüber, weil ich Esther zu ihrem Geliebten gebracht habe. Darüber sind alle furchtbar traurig und wütend auf mich. Und Marthe findet, dass wir alle von ihr essen müssen, damit wir verstehen, was wir Ungeheuerliches tun. Habe ich das richtig zusammengefasst?«

Lolita und Raphael nickten verhalten. Marthe hämmerte mit dem Gabelgriff auf den Tisch und ermahnte alle, weiterzuessen. Alle setzten sich wieder. Alle außer Paul.

»Paul, ich fürchte, dass du um ein frühes Mittagessen nicht herumkommst, wenn du dich setzt. Aber Raphael hat sich wirklich alle Mühe gegeben.«

Paul blieb am Vorhang. Er sah Marthe an, mit der er noch vor ein paar Stunden unter Kometen gestanden hatte. Ihre Knöchel waren wund, offenbar hatten sie Eckerds Augenbraue platzen lassen. Ihre Zähne rissen Stücke aus dem Braten wie ein Tier. Stücke von Esther.

Das ist alles so krank. Aber wenn du wegläufst, ist niemand mehr da, der sie aufhalten könnte. Die würden weiter morden. Weil niemand davon weiß. Und du wärst schuld.

Paul setzte sich an den Tisch.

Marthe stand auf und legte ihm acht Scheiben Esther auf den Teller. Als er zögerte, davon zu essen, kratzten die Zinken der Fleischgabel über seine Halsschlagader.

Lange Zeit sagte niemand ein Wort. Marthe schickte Raphael noch zwei Mal, die Bratenplatte aufzufüllen, zwang ihn aber nicht wieder, mitessen zu müssen. Stattdessen bekam Paul stets die doppelte Ration der anderen. Dabei trat Marthe jedes Mal hinter ihn und spielte mit der Fleischgabel an ihm, stach ihn sogar einmal in die Schulter, als er langsamer gegessen hatte. Sie selbst verlangsamte ihr Tempo bis auf die Pausen, in denen sie ihre Befehle durchsetzte, nicht, bis sie plötzlich stockte und leer in den Raum starrte. Sie zitterte.

Paul sah mit Sorge auf ihren prallen Bauch, der in ihrem Schoß lag wie ein Findling.

»Warum habt ihr zugelassen, dass sie so viel isst?«

Lolita sah ihn kalt an.

Marthe kippte auf den Boden. Sie würgte, aber presste sich die Faust auf den Mund, um in sich zu behalten, was ihr Körper dringend loswerden wollte. Eckerd sprang auf, kniete sich neben sie und versuchte, die Faust von ihrem Mund zu zerren, aber Marthe packte sie mit der anderen Hand und drückte noch fester auf den Mund. Verzweifelt zog Eckerd fester an ihrem Arm, aber Marthe wand sich und trat Eckerd mit voller Wucht vor die Brust, sodass er auf den Rücken fiel. Sie kippte auf den Boden und zuckte.

Eckerd schrie, dass alle zusammenfuhren. »Es tut mir leid! Bitte hör auf! Dann höre ich auch auf.«

Sie starrten ihn an.

»Ich mach's. Ich gebe meinen Auftrag auf.«

Marthe krampfte in einem neuen Würgereiz, aber sie zwang sich, alles in sich zu behalten.

»Bitte, ich gebe meinen Auftrag auf, wenn du aufhörst.«

Marthe lockerte die Faust. Sie erbrach, krümmte und wand sich. Betroffen starrten sie auf die unmenschlichen Mengen, die sie von sich gab, und es wurde immer noch mehr. Irgendwann blieb sie liegen wie ein schlaffer Ballon.

Paul beugte sich über sie. »Ich glaube, sie atmet nicht mehr!«

Sie starrten auf Marthes fleckigen Körper. Keiner atmete, bis endlich ein schwaches Heben ihrer Rippen zu erkennen war. Eckerd schluchzte.

»Ich bringe sie ins Bett. Würdet ihr bitte sauber machen, ist das in Ordnung?«

Raphael und Paul nickten.

Eckerd hob Marthe sachte auf und trug sie nach oben. Lolita ging nach unten in das winzige Bad neben ihrer Kammer, kniete sich vor die Toilette und steckte sich den Finger in den Hals.

Nach einer Weile kam Eckerd mit einem frischen Hemd und

versorgter Platzwunde zurück in den großen Raum. Alles war wieder hergerichtet, sogar die Tische waren für den Abend gedeckt. Er ging in die Küche.

»Das sieht ja super aus da draußen.«

»Wie geht es Marthe?«

»Sie schläft. Wie es in ihr aussieht, kann ich nicht sagen.« Eckerd trat zu Paul. »Ich hätte dich von Anfang an einbeziehen sollen. Und ich sehe, dass das alles sehr schwer zu verstehen ist. Weißt du was? Wir beide fahren jetzt los und kaufen ein Schwein.«

FELDER

Der Fahrtwind toste in Pauls Ohren, als ob jemand fest hineinblies und dann mit der flachen Hand daraufschlug.

Der Zweitakter des roten Minilieferwagens sägte, sie fuhren auf Landstraßen, die mit fünfundvierzig Stundenkilometern kein Ende nahmen, knatterten durch Alleen unter Millionen Bäumen hindurch und holperten über Feldwege mit tausend Kurven, allesamt gesäumt von endlosen Flächen, die sich bis weit hinter den Horizont erstreckten.

Pauls Augen tränten.

Vielleicht, weil Eckerd das Cockpit des Minilieferwagens ausfüllte und er auf dem äußersten Ende der Fahrersitzbank an ihm klebte, seitlich aus der halb offenen Tür hing und der Fahrtwind an seinen Augen fraß.

Vielleicht tränten sie aber auch, weil die besten Freunde, die er je gehabt hatte, Mörder waren, die ihre Gäste zu Kannibalen machten.

Oder weil er diese Freunde verraten hatte.

Ausgerechnet an Herrmann.

Niemand mochte ihn. Er war gewaltbereit, hatte mehr als zweifelhafte Ansichten und eine Schimpfwortfrequenz, die an Tourette grenzte, aber nach ein paar Jahren Streife mit ihm wusste Paul, dass man bei Herrmann eigentlich nur die Drohungen und Flüche ausblenden musste, und man hatte eine einfache, aber halbwegs sinnvolle Konversation.

Paul hatte in einem dunklen Hauseingang auf der anderen Straßenseite gewartet. Nach drei Minuten war Herrmann wieder aus der Wache gekommen und hatte sich nach ihm umgesehen. Als er ihn nicht gefunden hatte, war er zurück zu der Einfahrt gegangen, hatte den Boden abgesucht, sich schließlich gebückt und das Streichholzbriefchen in seiner Jackentasche verschwinden lassen. Er hatte sich noch einmal umgesehen und war dann wieder zurück zur Wache gegangen. Paul hatte sich möglichst unauffällig in den Strom von Passanten eingereiht und war an der nächsten Kreuzung abgebogen.

Als er um die Ecke kam, hatte er plötzlich heftig gezittert, war in den nächstbesten Hauseingang gestolpert und neben der Treppe weinend zusammengebrochen. Aber irgendwann hatte er sich aufgerappelt.

Jetzt hast du nur noch eine einzige Aufgabe, bis Herrmann mit einem Team kommt und den Laden auseinandernimmt. Mitspielen.

Paul liefen Schauer über den Rücken, als er bemerkte, dass Eckerd ihn während seines gesamten Gedankengangs angesehen hatte. Als ob er mitgehört hätte. Paul war sich sicher, dass es so war.

Eckerd hob trotz des Fahrtlärms kaum seine Stimme, dennoch konnte Paul ihn verstehen.

»Weißt du schon, was du für ein Schwein möchtest?«

Paul musste brüllen, damit Eckerd ihn verstand. »Ich habe keine Ahnung von Schweinen.«

»Wie auch. Es gibt furchtbar viele Arten.«

»Ach ja?«

»Ja, es gibt Hängebauchschweine, Mangalitza-Wollschweine, Angler Sattelschweine, Westerwälder, Bunte Bentheimer, Eichelweideschweine, Ibérico-Schweine, Kunekune und noch viele mehr. Allerdings weiß ich nicht, was mein Vater überhaupt noch an Schweinen hat. Als ich das letzte Mal auf dem Hof war, war alles ganz schön marode. Und das ist drei Jahre her. Bernhard war nie ein begeisterter Bauer. Nach dem Tod von Mutter und Großvater war er sehr allein. Er war sogar beim Psychiater, hat er gesagt. Aber als ich ihn vorhin angerufen habe, klang er ganz okay. Und er hat gesagt, dass er noch Schweine hat. Mehrzahl. Das heißt, du kannst eins aussuchen.«

»Ah.«

Paul registrierte, dass das letzte Haus vor einer Viertelstunde vorbeigezogen war. Etwas störte ihn daran.

Seine Augen brannten. Um den Kopf wenigstens halb hinter die Windschutzscheibe zu bekommen, musste er sich fest an Eckerd schmiegen. Eckerd, der ihm ein neues Leben geschenkt hatte. Eckerd, der für ihn, den perversen Polizisten, sein Geschäft riskiert hatte, indem er ihm einen Job gegeben hatte. Eckerd, der seelenruhig zugesehen hatte, wie Paul seine Küche demoliert hatte, während er seine Wut an seinem Koch ausließ. Eckerd, der nichts dagegen gehabt hatte, dass Marthe ihn entführte, anstatt darauf zu bestehen, dass er das Chaos beseitigte, das er verursacht hatte. Eckerd, den er verraten hatte. Eckerd, der Menschen tötete.

Eckerd steuerte den Minilieferwagen an den Straßenrand. Paul fiel auf, was ihn störte.

Man kann überall Fleisch kaufen. Selbst wenn man besonders gutes will – man muss nicht so weit rausfahren.

Aber hier draußen gibt es keine Zeugen, wenn er dich tötet.

Eckerd stieg aus und trat an den Straßengraben. »Willst du dir nicht auch die Beine vertreten?«

Es klang fürsorglich. Eckerds berühmte, aufrichtige Fürsorglichkeit, an der sich alle labten. Bestimmt auch seine Opfer, kurz bevor sie gegangen waren. Das war das Tolle an ihm. Es gab nie einen Zweifel, dass er meinte, was er sagte. Deswegen war er so ein guter Freund. Gleich würde Eckerd tun, was Paul schon hundert Mal selbst hatte tun wollen. Es war seltsam, dass es jetzt ein anderer tat, aber Paul war bereit. Er war ein Verräter und durfte sich glücklich schätzen, einen Henker wie Eckerd zu haben.

Eckerd blickte über die weiten Felder, öffnete den Reißverschluss und erleichterte sich. Der Strahl reichte bis weit über den Straßengraben.

»Musst du nicht pissen?«

»Ich? Nicht so dringend gerade.«

»Warum fragst du nicht?«

»Was sollte ich fragen?«

»So etwas wie: Hey, Eckerd, warum bringst du Leute um?«

»Warum bringst du Leute um?«

»Ich bringe die zu ihm, die sich nicht sehen können.«

»Wer sieht sich denn schon?«

»Nimm mal ganz normale Paare. Sie leben zwar im Kompromiss, aber meistens schultert einer den anderen, und zusammen machen sie sich größer, als sie sind. Und jetzt nimm mal Einsame. Die können das nicht. Jeden Tag spüren sie die Wucht ihres Seins. Freudige Ernte oder vernichtende Konsequenzen – wenn sie in den Spiegel sehen, sehen sie nur sich. Niemand ist da, der sie mit anderen Augen sieht. Niemand, der sie schöner macht, als sie sind. So zu leben ist mutig. Ich bin stolz auf sie. Für mich sind sie Helden.«

»So, wie du das sagst, möchte ich auch ein Held sein. Aber deswegen muss man sie ja wohl nicht umbringen.«

»Die meine ich auch nicht. Es geht um die, die gar keinen Spiegel haben. Nichts und niemanden, in dem sie sich sehen können. Sie laufen in einem unglücklichen Kreis einer Erfüllung hinterher, die nie kommen wird. Sie laufen sich selbst einen Graben, bis er so tief wird, dass sie nicht mehr über den Wall schauen können. Das ist tapfer, immer so weiterzulaufen. Aber es führt immer nur tiefer hinab. Es tut so unendlich weh, das mitanzusehen. Man darf sie nicht so leiden lassen. Man *darf* das einfach nicht.«

»Sagt wer?«

»Jesus sagt das. Er lehrt Barmherzigkeit, auch wenn es schmerzt. Das ist christliche Pflicht.«

»Aber Töten ist nicht christlich.«

»Jemanden leiden zu lassen, ist nicht christlich.«

»Ist das alles nicht sehr … belastend?«

»Das ist es, mein Freund. *Darum, welche da leiden nach Gottes Willen, die sollen ihm ihre Seelen befehlen als dem treuen Schöpfer in guten Werken.* Das hat Petrus gesagt. Das ist Gottes Auftrag für mich.«

»Und woher weißt du das?«

»Er hat es mir gesagt.«

»Und wie? Als brennender Busch oder so?«

Eckerd sah Paul an, dass er wegschauen musste.

»Entschuldigung. Aber warum müsst ihr sie auch noch kochen und servieren? Sagt dir das Wort *Kannibalismus* nichts?«

»Die, die ich dem Herrn bringe, sollen nicht einsam in der Erde verrotten. Das haben sie ihr Leben lang in ihrem Graben getan. Ihr Erdenkleid leuchtet auf den Zungen der anderen, um dann in sie überzugehen. Dann sind sie bei ihnen, in ihren Körpern und ihren Sinnen. Wir geben sie hin, und sie gehen nicht allein.«

»So wie du es sagst, klingt es fast romantisch.«

Eckerds Strahl versiegte. Er zog den Reißverschluss hoch.

»Das ist es. Er ist schön, und er ist schwer, mein Auftrag.«

»Es *war* dein Auftrag. Du hast Marthe versprochen, dass du aufhörst.« Paul versuchte, Eckerds Blick standzuhalten.

»Da hast du recht.« Eckerd trat hinter Paul und legte ihm seine Hände auf die Schultern. Sie lasteten schwer und heiß auf ihm wie Bügeleisen. Eckerd spähte über die endlosen Felder.

»Was siehst du, Paul?«

»Felder.«

»Du siehst die Felder gar nicht richtig. Du siehst dich.«

»Könnte sein. Woher weißt du das?«

»Weil du überall dich siehst. Schau an dir vorbei. Was siehst du?«

Paul sah Marthe. Sah sie, wie sie ihn mit ihrem neongrünen Laserblick röntgte, sah das sanfte Moos in ihren Augen, bevor sie ihn küsste. Er sah den Irrwisch spucken, sah sie im hämmernden Bass tanzen. Er sah sie Esther fressen. Paul sah über die Felder. Jetzt, wo er hier stand, war ihm egal, was nach ihm kam. Herrmann würde seinen Job auch ohne ihn machen.

»Ich sehe Felder. Einfach nur Felder.«

Eckerds starke Hände wanderten in seinen Nacken. Gleich würden sie sein Genick brechen.

Die Hände drückten, sodass sich eine Verspannung löste, dann klopften sie ihm auf die Schulter.

Paul starrte immer noch über die Felder, die ihm nichts sagten. Er hörte Eckerds Stimme vom Auto. »Kommst du?«

Paul war sich sicher, dass Eckerd ganz genau wusste, dass er von ihm verraten worden war. Aber es perlte an ihm ab, weil er glaubte. Er war ein Mörder. Oder ein Fährmann. Teil eines Ganzen, das sich allen anderen nicht erschloss.

HUMMERHÖLLE

Auf dem Dach trank Marthe aus dem Kopf eines glücklichen Buddhas. Er hatte einen Schlag abbekommen, oberhalb der Ohren fehlte die Glatze und offenbarte das hohle, mit Regen gefüllte Innere des Kopfes.

Auf dem Weg zurück ins Glashaus zog sich Marthe das T-Shirt vom Körper, das Eckerd ihr übergezogen hatte, nachdem er sie ihrer schmutzigen Kleidung entledigt und sie ins Bett gelegt hatte. Es war schweißdurchtränkt, als ob sie damit baden gegangen wäre.

Das Glashaus war ein Ofen. Die Sonne hatte es aufgeheizt, bis Marthe klebrig keuchend aufgeschreckt war und auf das Fußende ihres Bettes gestarrt hatte. Dort hing ein Kleid, figurbetont mit rechteckigem Ausschnitt. Stilvoll für jemanden, der ständig auf der Jagd war. Ein Kleid aus gewebten Harlekinrauten. Esthers Kleid.

Marthe krabbelte zum Fußende, nahm es, legte sich auf den Rücken und erkundete den bunten Stoff mit ihrem Gesicht. Er war ein wenig rauer, als er aussah. Sie roch daran. Schatten eines dezenten Parfums. Unter den Armen der salzige Schweiß eines Angreifers, am Bauch Cachaça, Lime Juice und Limette, der Saum war Mann und Frau. Marthe presste ein Schluchzen in Esthers Kleid, sie wälzte sich darauf, klammerte sich daran, schlang ihre Arme um es herum und zog die Knie ans Kinn. Sie wiegte sich hin und her, bis die hoch stehende Sonne das Glashaus so zum Glühen brachte, dass Marthe irgendwann mehr Schweiß als Tränen schmeckte.

Sie zwang sich aufzustehen, warf einen Kasten aufs Bett, hockte sich davor und entnahm ihm einen Hummer aus Plastik, ein orangerotes Wählscheibentelefon und ein Teppichmesser. Den Hummer schnitt sie auf der Unterseite aus, dass der Hörer des Telefons perfekt hineinpasste, was ihn zum Hummerhörer machte. Sie zog Jeans und ein Tanktop über und ging nach unten.

Im großen Raum riss sie die Sitzbezüge aus der Marlowe, bezog sie mit blutrotem Samt und machte eine Hummerhölle daraus.

EHRE

Bernhard strahlte. »Warum hast du Marthe nicht mitgebracht, Eckerd? Entschuldigung, Paul, aber ich habe Marthe seit Ewigkeiten nicht gesehen. Wie dich, Eckerd. Es ist so viel passiert inzwischen.«

Eckerd lächelte der aparten Rothaarigen an Bernhards Seite zu. »Offensichtlich.«

Sie passten zueinander, allein aufgrund ihrer roten Haare.

»Rebecca und ich haben vor einem Jahr geheiratet.«

Rebecca stieß Bernhard in die Seite. »Du wolltest ja nur im kleinen Kreis feiern. Es ist schön, dass du deinen Freund mitgebracht hast, Eckerd. Wie lange seid ihr schon zusammen?«

Paul hüstelte.

Eckerd legte eine Hand auf seine Schulter. »Paulschatz, wie lange kellnerst du schon für uns?«

Paul errötete. Rebecca nicht.

Überhaupt war Paul einigermaßen verwirrt. Nach Eckerds Erzählungen hatte er einen gebeutelten, desillusionierten Grauhaarigen erwartet, der sich auf seinem verfallenden Hof von einer Depression in die nächste schleppte. Der Mann, der hier vor ihm stand, war zwar zwanzig Jahre älter als sein Sohn, aber von der gleichen beeindruckenden Statur, energetisch, sonnengebräunt und ohne ein einziges graues Haar.

Genauso verwirrte Paul der Hof. Eckerds Erzählungen hatten in ihm das Bild eines verfallenen, trostlosen Ortes entstehen lassen, der nur noch mit viel Ehrgeiz, großem Aufwand und üppigen

Geldmitteln zu retten war. Was ihn hier umgab, war jedoch ein mondäner, minutiös gepflegter, medienwirksamer Landsitz.

Eckerd ließ es sich nicht anmerken, aber er schien sich genauso zu wundern, denn er hatte den Minilaster zunächst in der Hofeinfahrt gewendet, da er dachte, er wäre falsch abgebogen.

Die handgebrannten Ziegel des imposanten französischen Gutshauses leuchteten in allen Nuancen von Zinnoberrot bis Goldorange zwischen weiß gekalktem Fachwerk, das Firstkreuz wie auch die weißen Verstrebungen der umlaufenden Veranda waren reich verziert mit geschnitzten Ornamenten. Das Haus war mit authentischen, traditionellen Materialien und Techniken errichtet worden, ganz so, wie man schon vor Hunderten von Jahren gebaut hatte, und döste in der Sonne mit der Ruhe, noch Jahrhunderte vor sich zu haben. Es war das Zentrum von etlichen Ställen und Nachbargebäuden im gleichen Stil, umgeben von wohlgepflegter Natur bis zum Horizont. Alles hier flüsterte Tradition, was bemerkenswert war, denn alles war neu. Der polierte Stahl dreier turmhoher Getreidesilos reflektierte die Nachmittagssonne auf den Tisch vor dem Gutshaus, der gedeckt war mit ofenwarmem Sauerteigbrot und verschiedenen Sorten Landleberwurst, die ihnen Schuschu servierte, Rebeccas sechzehnjährige Tochter. Sie hatte ihre roten Haare zu Zöpfen geflochten wie ihre Mutter, die betonte, dass Schuschu die Würste in ihrer Kate selbst herstellte.

Es war das erste Mal, dass Paul eine Ähnlichkeit zwischen Eckerd und dem alten Schwarz-Weiß-Foto seiner schmollenden Mutter Colette auf der Keksdose feststellte. Was sich seit seinem letzten Besuch auf dem Hof getan hatte, schien Eckerd nicht zu gefallen. Für Paul war offensichtlich, warum.

Sein Zuhause, das alte, vernachlässigte und notdürftig geflickte Bauernhaus der Familie von Herzen, war zusammen mit den Schweineställen, die an ihm geklebt hatten, dem Erdboden gleichgemacht worden.

Eckerd taxierte die telegene Umgebung, Rebecca, Schuschu und schließlich Bernhard.

»Gehst du noch zum Psychiater?«

»Jeden Tag. Lebenslänglich, wie's aussieht.« Bernhard legte den Arm um Rebecca und gab ihr einen Kuss.

Paul fand, dass Eckerd Colette jetzt sehr ähnlich sah.

Bernhard lachte. Er freute sich, dass alle zusammen waren, obwohl er mehrfach wiederholte, wie gerne er Marthe dabeigehabt hätte. Rebecca schmiegte sich an ihn, knabberte an seinem Ohr und vergewisserte sich an seiner Wange vorbei, ob Eckerd alles mitkriegte. Die siebzehnjährige Zaza, genauso kupfern und sommersprossig wie Rebecca, servierte eine Platte mit *Jamón Ibérico* und Filets in Kräuterkruste.

Mimi kam über den Hof, eine dritte Tochter, in ultrakurzen Shorts und einem über dem nackten Bauch geknoteten Hemd wie ihre Mutter. Sie steuerte eine Mistkarre an zwei Fingern, die selbsttätig auf Ketten fuhr, und winkte ihnen zu, dass ihr roter Pferdeschwanz wackelte. Paul fragte sich, wie viele rothaarige Schönheiten Rebecca noch in die Welt gesetzt hatte.

Bernhard beugte sich zu ihm. »Eckerd sagt, du hast die Ehre, ein Schwein auszusuchen.«

»Ich habe aber leider gar keine Ahnung von Schweinen.«

Bernhard zwinkerte ihm zu. »Das macht nichts. Intuition reicht vollkommen.«

Rebecca hakte sich bei Bernhard ein, als er Eckerd und Paul einlud, ihm zu folgen. Er führte sie zu verschiedenen riesigen Ställen, in denen nur wenige Schweine auf unglaublich viel Platz lebten. In jedem Stall spielte eine besondere Musik, es lagen viele Spielzeuge herum, und es gab Swimmingpools voller bunter Bälle und Gummiringe, die an Bändern von der Decke baumelten. Jedes Schwein hatte seine eigene Kuschelecke auf einer gepolsterten Landschaft mit etlichen Nischen und erhabenen Plätzen, von denen sie wie Löwen über die Savanne schauen konnten.

Paul fiel auf, dass überall kleine Kameras angebracht waren. Allein in der Halle, in der sie gerade standen, hatte er siebenundzwanzig gezählt. Die Kameras waren an teilweise merkwürdigen Orten angebracht, eine klebte an einem Seil mit einem Spielring und filmte von oben, wie ein Schwein daran spielte.

»Ganz schön überwacht hier.«

Rebecca sah Paul an, als ob sie ihn bedauerte. »Das sind Webcams. Die Streams kann man alle auf unserer Website ansehen. Unsere Kundenkinder lieben es, den Schweinen zuzusehen. Die Kinder finden Schweine toll. Jede Woche gibt es einen Namenswettbewerb für jedes Schwein. Unglaublich kreativ, was sich die Kinder so ausdenken.«

»Und wenn das Schwein mit dem tollen Namen dann fehlt?«

»Dann freuen sich die Kinder, dass es einen neuen Wettbewerb gibt.«

In jeder Sektion erzählte Bernhard Paul das Wesentliche über die Schweinerasse, die dort wohnte, aber nach dem fünften Stall brachte Paul bereits die ersten durcheinander und bekam Angst, dass er abgefragt würde. Bernhard machte unbeirrt weiter, er war voll in seinem Element.

»Da hinten, bei dem Wäldchen, wohnen die Duroc-Schweine und unsere Bio-Kunekune. In der nächsten Halle haben wir unsere erste eigene Züchtung, den Langen Fritz. Das ist ein Langschwein mit vier Rippen mehr. Im Moment halten wir sie noch zusammen mit unseren heiligen Schweinen. Die kommen dann in unsere neue Buddhisten-Sektion, wenn sie fertig aufgebaut ist.«

Paul spähte zu Eckerd. Er war ungewöhnlich still, seine Miene in einem sanften Lächeln versteinert. So perfekt und beeindruckend das alles war, hier bekam ein Sohn von seinem Vater eine Führung durch den Ort, an dem er aufgewachsen war. Wie ein Fremder.

Paul fiel etwas auf. »Hier riecht es nirgendwo nach Jauche.«

»Alle unsere Schweine werden basisch ernährt. So produzieren sie kein Ammoniak. Dadurch stinken sie nicht, sie duften sogar. Die Blumengärtner in der Gegend prügeln sich um unseren Mist. Die Halle für die Ibérico-Schweine haben wir nur mit dem Erlös aus Duftmist gebaut.«

»Super Idee.«

»Eigentlich kam sie von Colette. Sie hasste den Geruch von Schweinen. Ich habe damals geforscht und herausgefunden, dass es vom Fressen kommt. Füttert man sie basisch, duften sie.«

Rebecca lächelte. »Das hat Colette aber auch nicht geholfen.«

Sie traten zurück in die Sonne. Ein brandneuer Traktor rollte auf drei Meter großen Rädern an ihnen vorbei. Lili grüßte von oben, Rebeccas Zwanzigjährige mit einem roten Igelschnitt. Bernhard blieb stehen.

»Na, Paul, welches Schwein dürfen wir dir denn einpacken?«

»Ich ... kann mich gerade gar nicht entscheiden.«

»Das macht überhaupt nichts. Piripiri, magst du Paul noch mal herumführen, dass er ein bisschen überlegen kann?«

Eine schlaksige, rothaarige Fünfzehnjährige schlurfte mit mistbeschmierten Gummistiefeln in einem dünnen Sommerkleid heran.

»Ich soll Mimi mit dem Mist helfen, glaub ich.«

»Das kann warten. Nimmst du Paul unter deine Fittiche?«

»Er ist alt.«

»Piripiri?«

»Okay. Glaube ich.«

Paul sah ihnen hinterher, wie sie zurück zur gedeckten Tafel marschierten, vorbei an einem Duroc-Schwein, das sich in einer blitzblanken Badewanne suhlte. Paul hatte also jetzt die Aufgabe, eine dieser wunderbaren Kreaturen aus ihrem Himmel auf Erden zu reißen und töten zu lassen. Das an sich war nicht schön, aber noch viel weniger schön wäre, wenn sie tatsächlich mit einem geschlachteten Schwein zum *Von Herzen* zurückfuhren. Wenn Herrmann und seine Eingreiftruppe erst abends kamen, wenn sie wieder zurück waren, würden sie es schwerer haben, ein Fleisch vom anderen zu unterscheiden. Vielleicht würde er dann wegen dem Schwein nicht glauben, dass es etwas anderes zu finden gab, und wütend abziehen.

Paul fühlte sich grauenvoll. Er hatte Eckerd, Marthe, Lolita und Raphael verraten und mimte den Freund der Familie. Er ekelte sich vor sich selbst. Er hatte den Stein ins Rollen gebracht – und er rollte unaufhaltsam. Hätte er einen Revolver, er hätte sich auf der Stelle erschossen.

»Was sollen wir denn angucken?« Piripiri langweilte sich.

Pauls Blick schweifte über den Hof.

Alles ist brandneu hier. Mit neuester Technik. Die haben den Hof nicht einfach nur flottgemacht. Das war ein Raketenstart.

»Wie sind Bernhard und Rebecca denn so schnell so erfolgreich geworden? Was ist so besonders hier?«

»Der Bernhard und die Mama haben besondere Schweine, die andere nicht so haben, glaub ich.«

»Ja, das ist toll. Hab ich gesehen, aber gibt's noch nen Grund?«

»Und weil die Kinder gucken können, wie die so spielen und so. Und wie wir sie totmachen, ist besonders. Glaub ich.«

»Wie macht ihr sie denn tot?«

»Schön. Wir machen sie schön tot. Mit Hemium, glaub ich.«

»Was ist das?«

Piripiri drehte sich um und steuerte auf eine Halle zu, durch die Bernhard sie nicht geführt hatte. Es war die einzige auf dem Gelände, die fensterlos war.

»Dürfen wir hier einfach rein?«

»Es ist Feierabend, glaub ich.«

Innen war es schummrig und kühl, es roch ein wenig nach Motoröl und Elektrizität. Und nach frisch geschnittenem Gras, obwohl die Halle einen Sandboden hatte. Langsam passten sich Pauls Augen den Lichtverhältnissen an.

»Hier gibt es gar keine Webcams.«

»Aber ein Video, wenn man bei dem Bernhard was kaufen will, glaub ich.«

Drei Wände der Halle waren aus Ziegel und Fachwerk, eine aus Holz, welche die Halle in etwa halbierte. In der Holzwand klafften zwei ovale, zwei Meter hohe Durchgänge kurz über dem Boden. Eine Schiene aus massiven, geschweißten Rohren trat aus dem vorderen Durchgang heraus, beschrieb einen Kreis durch den Raum, um dann in dem hinteren Durchgang wieder zu verschwinden. Paul spähte in den vorderen. Die Schiene verlor sich rasch im Schwarz; unmöglich zu sagen, was darin lag.

Unter der Schiene, nicht weit von der vorderen Öffnung, befand sich eine Plattform, auf die ein Gang zuführte. Er kam von einem Tor auf der anderen Raumseite und war innen mit pinkfarbenen Kunstlederpolstern ausgeschlagen.

Piripiri trat an ein Pult und legte drei Schalter um. Sanftes, warmes Licht blendete auf, Düsen in der Hallendecke versprühten den konzentrierten Duft von frischem Gras, und erhabene Musik erklang, so voll und klar wie ein Livekonzert in einer Kathedrale.

Piripiri drückte einen weiteren Knopf. Sie winkte.

»Du stehst im Weg, glaub ich.«

Paul wurde hart zur Seite gestoßen. Eine Gondel war lautlos an der Schiene aus dem Loch geglitten. Sie war leuchtend pink lackiert und rundherum geschlossen, eine zwei Meter lange, etwas mehr als einen Meter dicke, an den Enden abgerundete Tonne. Die Gondel hielt über der Mitte der Plattform, die rundherum von rosa Kunstlederpolstern eingefasst war. Etwas rastete ein und ließ die Gondel aufklappen, ein Teil der Rundung kam heraus und sank sanft zu Boden. Auf der Innenseite waren winzige Stufen.

Paul stieg auf die Plattform und spähte in die Gondel. Das Innere war mit dickem pinkem Gummi ausgekleidet, der Boden bedeckt mit grellgrünem Kunstrasen.

Wie das Tobezimmer einer Kinderaufbewahrungsstätte. Oder eine hysterische Gummizelle.

In die pinken Gummiwände waren mehrere Bildschirme eingelassen, auf denen hypnotische rosa Muster waberten. Mit leisem Surren zogen sich unterhalb der Bildschirme Klappen in die Wände zurück, Deckel von vollautomatischen Futtertrögen, voll mit duftenden Äpfeln, Hafer und frischen Möhren.

Okay, die Schweine gehen auf eine Gondelfahrt ins Jenseits. Mit psychedelischen Mustern und leckerem Fressen. Aber was killt sie?

Paul spähte nach dem Mechanismus, der die Schweine tötete. Vor seinem geistigen Auge sah er hundert nadelspitze Degen aus den Fugen der Gummiwände schießen. Er setzte sein unbedarftestes Gesicht auf.

»Was macht sie denn tot da drin?«

»Das Hemium, sagt der Bernhard. Glaub ich.«

Paul verstand. Zwischen den Polstern standen winzige Düsen heraus. Während die Schweine fraßen und bestens unterhalten wurden, ersetzte man die Atemluft in den luftdichten Gondeln durch Helium. Nach den anfänglichen Annehmlichkeiten wurden ihre Hirnfunktionen sanft heruntergefahren, und erst wenn sie völlig weggetreten waren, kam das endgültige Aus. Clever. Und gar nicht so teuer, denn Helium gab es als Luftballongas. Und die Kunden zahlten ein Vielfaches des normalen Fleischpreises für das gute Gewissen, etwas zu essen, das im Paradies aufgewachsen und am Ende glücklich gestorben war.

Glücklich.

»Willst du noch was gucken? Mir ist langweilig, glaub ich.«

Paul steckte tief in Gedanken. Diese Anlage war hundertfach geprüft worden, bis sie offiziell freigegeben worden war. Man hatte sie lange Zeit auf Herz und Nieren getestet, um sicherzustellen, dass jedes Schwein, egal, wie robust es sein mochte, friedlich entschlafen war, bevor man es zersägte. Es war *sicher*. Und es gab Entertainment. Okay, für Schweine.

Aber genau das bist du. Ein Schwein.

»Sag mal, kann ich da mal mitfahren, oder ist das kompliziert?«

»Nö. Ist nur der grüne Knopf hier. Und so n roter. Wieso willst du da mitfahren? Wegen dem Hemium?«

»Helium. Ja, ich mag Helium total gerne.«

»Okay. Glaub ich.«

»Echt? Das ist super von dir. Du kannst ihnen ja erzählen, ich wäre in die Gondel gekrochen und du hast es nicht gemerkt.«

»Ich kann doch sagen, du wolltest mal tot sein. Man darf tot sein wollen, glaub ich.«

»Das würdest du tun?«

»Aber du musst dich nackig machen.«

»Wieso?«

Piripiri zeigte auf das Dunkel der hinteren Wandöffnung. »Weil die Säge sonst stumpf wird, glaub ich. Da hat sich mal ein Futtersack verheddert, und das war teuer, hat Mama gesagt. Ich krieg Ärger, wenn du nicht nackig bist.«

Paul zog sich aus bis auf die Unterhose.

»Ganz nackig. Ich krieg echt Ärger sonst.«

»Glaubst du.«

»Weiß ich.«

Paul zog die Unterhose aus und sprang in die Gondel.

»Gut. Kannst anmachen.«

»Okay. Glaub ich. Du bist ja auch schon alt.« Piripiri drückte den Knopf. Die Gondeltür schwang zu.

»Ich bin kurz über dreißig!«

Paul konnte spüren, wie eine schwere Mechanik die eiserne Tür rundherum arretierte und auf eine dicke Dichtung presste. Langsam blendete klassische Musik ein. Mozart. Paul saß auf dem weichen Kunstrasen und lehnte an der pinken Gummizellenwand. Zartes Vibrieren sagte ihm, dass sich die Gondel in Bewegung gesetzt hatte. Die fließenden rosa Muster auf den Bildschirmen blendeten über in Bilder einer saftigen Wiese; so wurden sie zu Fenstern eines kleinen rosa Stalls, durch die man zu allen Seiten hinausschauen konnte.

Paul versuchte sich zu entspannen und pickte ein paar Apfelstücke aus dem Trog. Es waren leckere Äpfel, wie es sie in der Stadt kaum mehr zu kaufen gab, gar nicht mehlig und mit guter Säure.

Das ist es also, dein Ende.

Jetzt war es unausweichlich. Er würde gehen. Und so war es wirklich nicht das Schlechteste. Er fragte sich, ob das ein Geschäftsmodell werden konnte, dass man jedem, der sein Leben beenden wollte, gegen einen Teil seiner Erbschaft diesen Service bereitstellte. Mit einem angepassten Fernsehprogramm natürlich. Und natürlich, ohne zersägt zu werden. Nach der Gondelfahrt würde der Kunde einfach einer Sortierstraße zugeführt werden, in der man auf Straße A eingesargt und auf Straße B kremiert wurde. Straße C würde einen zur Organspende freigeben. D war in seiner Vorstellung das *Von Herzen*, indem man zur Proteinquelle wurde. Also wurde man auf eine Art doch zersägt, wenn man es denn wollte. Was für eine Geschäftsidee!

Paul fiel auf, wie befriedigend er es fand, dass er seine Gedanken nicht mehr mit jemandem teilen musste. Am befriedigendsten war, dass er bald keinen seiner Gedanken mehr mit sich selbst teilen musste. Gleich würde er reden wie Micky Maus. Und dann würde er nie wieder reden. Und er würde nicht zersägt werden, denn die Männer hinter der Wand hatten Feierabend. Allerdings, wenn das Ganze vollautomatisch vonstattenging, war die Säge das, was er verdiente. Er hörte das leise Zischen der Düsen.

Säge. Männer. Feierabend.

Paul erschrak, als ihm klar wurde, was er hier eigentlich tat. Es würde Rebecca und Bernhard ihren kometenhaften Erfolg kosten, denn es würde unweigerlich eine Morduntersuchung geben. Dass auf der Straße in den Schweinehimmel ein Mensch zersägt worden war, wäre ein gefundenes Fressen für die Presse und würde allen ihren Kunden für immer den Appetit verderben. Das wäre das Ende der Farm, Bernhard würde über den erneuten Fall seines Hofes wieder depressiv werden, und Rebecca und ihre Grazien würden ihn verlassen. Falls sie nicht eh alle ins Gefängnis wanderten. All das hatte er nicht bedacht, als er sich egoistisch in die Gondel geworfen hatte. Es war feige. Widerlich. Eine Sauerei.

»Ich bin ein Schwein!«

Paul zuckte zusammen, als er hörte, dass nicht er das sagte. Es klang wie Micky Maus.

Die Bildschirme wechselten das Motiv. Auf allen Schirmen kopulierten jetzt Schweine. Mozart wich einem räudigen Grunzen. Auf jedem Schirm nahm ein wilder Eber eine Sau nach der anderen. Um ihn herum zischte das Helium.

Paul trat wie wild gegen die Tür, trat gegen die Bildschirme, sie brachen, er riss sie heraus, riss wie wild an der Wandverkleidung, legte die nackte Stahlwand frei. Wie verrückt trat und trommelte er dagegen, bis es um ihn herum dunkel wurde, obwohl er wusste, dass auf dem letzten intakten Schirm immer noch kopulierende Schweine flimmerten.

LANDSCHAFT

»Was macht er da?«

Rebecca und Bernhard hatten bei einem Tee über das Marketing der Buddhisten-Sektion gesprochen. Irgendwann war ihnen Eckerds Wegbleiben etwas lang vorgekommen, und sie waren zur Rückseite des Gutshauses gegangen, von wo aus sie ihn auf dem alten, umgestürzten Baumstamm sitzen sahen, von dem aus Bernhard vor vierundzwanzig Jahren Zeuge geworden war, wie sein Sohn drei Schweine übereinander über ein Hindernis fliegen ließ. Bernhard gab es einen Stich.

»Er schaut in die Landschaft.«

Rebecca runzelte die Stirn. »Aber da ist ein Stall.«

»Da war mal Landschaft.«

Zaza trat neben sie. »Kommt ihr mal bitte?«

ROTSCHÖPFE

Sieben Rotschöpfe starrten auf ihn herab.

Pauls Hirn war noch unsicher, ob es tot war, als er die Augen aufschlug. Es sammelte blindwütig Daten, weil noch keine Filter hochgefahren waren.

Ansätze! Rote Haare mit aschblonden und braunen Haaransätzen. Gefärbt! Schuschu, Lili, Mimi, Zaza, Piripiri, Rebecca selbst.

Stroh stach überall in seinen Körper. Vorsichtig hob er den Kopf. Er lag in der selbstfahrenden Karre. Von unten stank es nach Mist. Seine Kleidung hing über dem Rand neben seinen Füßen.

Sieben Rotschöpfe starrten auf ihn herab, drei davon waren minderjährig, und er war nackt. Paul sprang auf, um irgendwohin zu fliehen. Lichter tanzten vor seinen Augen. Er kippte aus der Karre, fiel in den Staub und übergab sich.

Eckerd saß noch immer da, eins mit dem Stamm, als Paul auf ihn zuwankte und sich neben ihn fallen ließ.

Eckerd regte sich nicht. Er sah traurig aus. »Na, war's mal wieder so weit?«

»Tut mir leid, vor deiner Familie.«

»Muss es nicht. Lass uns fahren.«

Die sieben Rothaarigen winkten, bis Eckerds Minilaster hinter einer lang gezogenen Haselhecke verschwunden war. Paul klebte wieder an Eckerd und hing doch halb aus der Tür. Der Fahrtwind zerrte an ihm. Trotzdem lehnte er sich nach einigen Kilometern gefährlich weit nach außen, um Eckerd besser ansehen zu können.

»Wie geht es dir?«

»Weiß nicht.«

»Bernhard hatte keine Chance. Rebecca spiegelt.«

»Was meinst du damit?«

»Hast du die Haaransätze gesehen?«

»Was für Haaransätze?«

»Spiegelung ist ein effektives psychologisches Prinzip. Sie hat sich und ihre Töchter rot gefärbt. Die gleiche seltene Haarfarbe verbindet. Als ob sie alle schon immer verwandt waren. Und immer bedeutet, dass vorher niemand anderes da war.«

Eckerd hielt den Minilaster an. Paul dröhnte der Kopf von dem Helium. Er ließ sich von der Bank rutschen. Eckerd stieg ebenfalls aus.

»Rede weiter. Ganz ehrlich, bitte.«

»Wirklich ehrlich?«

Eckerd nickte.

»Gegen Rebecca ist man machtlos. Wer fünf fast erwachsene Frauen dazu bekommt, sich die Haare zu färben, hat einen eisernen Willen. Das plus Brüste, Hintern, Sex, Geld und Erfolg, davor konnte Bernhard nur dankbar kapitulieren. Er ist happy. Er brauchte nur tun, was sie sagt, und ist dadurch geworden, was sein Vater ihm nie zugetraut hat.«

Eckerd sah Paul lange an. »Ich habe es gefühlt. Aber ich hätte es nie so klar sagen können.«

»Rebecca ist hart. Garantiert kommt die Idee mit dem Helium von ihr. Sie war Psychologin, auf so was kommt nur ein Arzt. Sie hat sich eine Welt gebaut. Nur dass Marthe und du darin leider nicht vorkommen. Eure Familie ist nur noch eine Erinnerung.«

Paul war sich nicht sicher, ob der letzte Satz hilfreich war, aber Eckerd nahm ihn fest in den Arm.

»Danke mein Freund. So kann ich damit umgehen. Ich habe ja auch nicht nachgefragt, als er sich ewig nicht gemeldet hat. Ich war sogar ganz froh, dass Ruhe war. Er war immer so traurig. Für mich ist es in Ordnung so. Wir haben unsere eigene Welt und unsere eigene Familie. Und da ist niemand gefärbt. Wir sind alle echt.«

Etwas in Paul fraß an seinen Eingeweiden. Eckerd stieg ein.

»Lass uns nach Hause fahren. Ich will beten. Mein Amt niederlegen. Versprochen ist versprochen.«

Pauls Kopf drohte zu platzen. Eckerd hatte auf dem Land seiner Kindheit gestanden wie ein Fremder. Paul spürte immer noch, wie unfassbar traurig ihn das machte. Und er, Eckerds neuer Freund und Teil seiner Familie, würde ihn in ein paar Stunden noch sehr viel trauriger machen.

»Ist das okay, wenn ich laufe?«

»Das ist unglaublich weit zu Fuß. Du brauchst Stunden.«

»Mein Schädel platzt. Keine Ahnung, was das Helium alles kaputt gemacht hat. Noch eine Fahrt in dem Knatterding überlebe ich nicht.«

Eckerd nickte und ließ den Motor an.

WALD

Die späte Sonne flackerte durch das Blattwerk des einzigen Waldes, der auf der Strecke lag. Früher einmal hatte Elmar Eckerd erzählt, dass der Wald besondere Kräfte hatte. Er hatte gesagt, dass der Wald dem Schicksal helfe, weswegen viele ihn mieden.

Eckerd hatte geweint, nachdem Paul aus seinem Rückspiegel verschwunden war. Als er sich die Tränen aus den Augen wischte, entging ihm, dass etwas aus dem Unterholz brach. Der Kleinlaster rammte es ungebremst.

KÜNDIGUNG

Eckerd hatte zu viel Weihrauch angezündet.

Als er vom Boden aufsah, konnte er Jesus' Gesicht kaum in den dichten Schwaden ausmachen, aber seiner Miene schien die sanfte Güte zu fehlen, die Eckerd von Geburt an begleitet hatte. Vielmehr schien Jesus auf Eckerd herabzustarren, als ob er wartete, dass er ihm endlich erzählte, was er längst wusste.

»Oh Herr, ich danke dir, dass du mir Paul geschickt hast. Er ist ein wirklicher Freund. Er hat mir heute sehr geholfen, meine Prüfung zu überstehen. Bitte bring ihn sicher zu uns nach Hause. Ich weiß, dass du in mir liest wie in einem Buch, während deine Motive sich mir nur spät erschließen. Daher danke ich dir für diesen Tag. Jetzt weiß ich einmal mehr, dass du uns beschützt und uns nichts, aber auch gar nichts etwas anhaben kann. Es macht mir Mut, dass du uns auch nicht verlässt, wenn ich jetzt ausspreche, was du längst weißt. Marthe wäre heute beinahe unter meinem Auftrag von dir zerbrochen. Noch mal kann ich ihr so was nicht antun. Sie mochte Esther so gern. Sie hatte endlich eine Freundin, und ich musste sie ihr nehmen. Auch wenn ich verstehe, warum du Esther zu dir holen wolltest, es war zu hart für Marthe. Bitte verzeih, aber ich kann deine Mission nicht mehr erfüllen. Du selbst hast mir heute gezeigt, dass ich nur noch *eine* Familie habe, und die ist hier im Haus. Und Marthe ist mir der liebste Teil davon. Ich muss sie beschützen, das habe ich immer. Ich bitte dich inständig, bitte gib mir keine Aufträge mehr. Alles sonst werde ich immer für dich tun. Ich bete, dass du meine Bitte annimmst. Bitte gib mir ein Zeichen. Die Ungewissheit, wie du zu meinem Wunsch stehst, ist qualvoll. Amen.«

Lange lag Eckerd auf dem Bauch und spähte ins Dunkel.

Als eine Stunde später immer noch nichts passiert war, stand er auf und ging nach unten in den großen Raum, wo schon die ersten Gäste warteten.

SU CASA

»Ich suche Paul Paulsen.«

»Er ist bestimmt gleich da. Was trinken Sie? Geht aufs Haus.«

»Bier. Muss aber nicht sein.«

»Doch, muss es. Pauls Freunde sind hier immer willkommen.«

»Hat der welche? Wo ist er denn?«

»Wir waren auf einem gemeinsamen Termin. Er hatte Kopfschmerzen und wollte lieber laufen.«

Marthe kam mit dem Bier. Herrmann musterte ihr Kleid mit den großen, gewebten Harlekinrauten.

»Das Kleid. Das hab ich schon mal gesehen.«

»Wirklich? Wo denn?«

»Wir haben letztens eine Frau in Gewahrsam genommen. Die hat es im Brunnen auf dem Rathausplatz mit einer ganzen Hockeymannschaft gemacht. Haben sich ne Menge Leute drüber aufgeregt. Die hatte so ein Kleid an.«

»Verrückt. Dann kennen Sie Marthes Freundin Esther ja auch.«

Marthes Augen brannten auf Eckerd. Herrmann grinste. »Und Esther kennt jetzt die Wache. Und die Wache kennt sie.«

Jemand räusperte sich hinter ihnen.

»Ihr habt euch ja schon vorgestellt.«

Eckerd sah Paul vergnügt an. »Das ging aber schnell. Ich hätte gedacht, dass du viel später kommst.«

»Nach einer Stunde Laufen bin ich getrampt.«

»Ah. Gut. Ich werd mal ne Runde drehen. Ach und Paul, lass es mal mit Arbeiten heute. Seid meine Gäste.«

»Danke. Sehr nett. Ist das wirklich okay?«

»Ich bestehe darauf. Mi casa es su casa.«

Eckerd nahm Paul zur Seite. »Ich habe gebetet. Keine Aufträge mehr.«

Paul legte ihm eine Hand auf die Schulter. »Das ist großartig. Mehr als großartig.«

Paul sah ihm hinterher.

Zu spät, mein Freund. Gleich bricht hier die Hölle los.

Als Eckerd ging, sah Herrmann ihm nach.

»Das soll ein Serienmörder sein?«

»Standardaussage der Nachbarn von Serienmördern. *Er war immer so freundlich und hilfsbereit.*«

»Psychos sagen nett Guten Tag und tragen Omas die Taschen, um einen zu täuschen. Aber dein Eckerd hier ist ein echter Kumpel. Der fühlt mit. Das kann ein Psycho nicht spielen.«

»Das ist ja das Problem. Er spielt nicht.«

»Und die Rothaarige mordet auch?«

»Ich habe nur gesehen, dass sie Leichen zerteilt. Die in Leder auch. Und der Koch.«

»Der dich nackt auf den toten Kronzeugen gelegt hat.«

»Ja.«

»Scheiße, du bist so ein krankes Arschloch.«

Sie pressten sich an die Wand neben der Küchentür. Paul flüsterte.

»Wann kommt das Einsatzkommando eigentlich? Oder warten die alle schon draußen?«

»Was für ein Einsatzkommando? Ich mach mich doch nicht lächerlich. Wenn ich was finde, ruf ich an. Sei froh, dass ich überhaupt hier bin.«

»Bin ich ja auch. Hast du wenigstens eine Waffe mit? Ich weiß nicht, was der Koch macht, wenn er begreift, wonach wir suchen.«

Herrmann spuckte auf den Teppich. »Das ist ein Scheißkoch, für den brauch ich keine Waffe. Schon vergessen? Ich sehe mich nur um. Warum stellst du mich nicht einfach vor? Sag, wir sind Freunde. Und wenn er gerade ne Leiche aufschneidet, merkt er als Erstes, warum ich hier bin. Ist der überhaupt da? Es ist so dunkel da drin.«

»Er hat was mit dem Gesicht. Er mag keinen Besuch.«

Herrmann zuckte mit den Schultern. Sie schoben sich durch die Küchentür.

»Hi Raphael, nicht erschrecken. Ich hab nen alten Freund dabei. Dürfen wir mal Tag sagen? Das ist Herrmann.«

»Hallo Herrmann. Nicht böse sein, wenn ich mich nicht rumdrehe. Hab nen bösen Sonnenbrand. Sieht scheiße aus.«

Herrmanns Augen durchsuchten den schummrigen Raum nach Hinweisen.

»N Abend Raphael, Paul hat viel von dir erzählt.«

»Hat er das …«

Etwas lag auf der Anrichte, vor der Raphael stand. Ein Körper. Er zog sein Handy.

»Ja. Er sagt, dass Sie unglaubliche Sachen kochen.«

Raphael stand stocksteif da. Vor seiner Brust umklammerte er den Griff eines Tranchiermessers mit beiden Händen.

»Das ist sehr nett von Paul.«

»Ist echt dunkel hier. Wie kocht man, wenn es so dunkel ist?«

»Gefühl. Ich koche nach Gefühl.«

»Und was ist das da vor Ihnen?«

»Sind Sie auch Polizist?«

»Hätten Sie damit ein Problem?«

Raphael packte den Griff des Messers fester. »Nee. Wenn ja, würde ich sagen, sehen Sie sich gerne überall um.«

Herrmann schob sich an Paul vorbei und ließ das Licht seines Handys aufleuchten. Paul starrte auf den Körper, der auf der Anrichte lag. Raphael hatte ihn schon ausgeweidet, er war ungefähr einen Meter achtzig lang. Wahrscheinlich wog er an die hundert Kilo.

Ein Keiler.

Paul starrte auf das tote Wildschwein, unfähig zu begreifen, warum es dort lag. Herrmann begann, die mannshohen Kühl- und Gefrierschränke zu durchsuchen. Beim letzten hielt er inne.

»Scheiße, Paul … ich glaube …du hattest recht.«

Paul wollte zum Kühlschrank treten, aber Herrmann wehrte ab.

»Willst du dir das wirklich ansehen? Es ist ein Kopf.« Er griff in das Kühlfach und warf ihn Paul zu.

Paul stieß einen erstickten Schrei aus.

Herrmann schüttelte sich vor Lachen. »Da hast du den Salat!« Er nahm Paul den Kopfsalat aus den zittrigen Händen und legte ihn zurück ins Fach. »Entschuldigen Sie, Raphael. Paul und ich machen immer Scherze.«

»Lustig. Wirklich sehr lustig.«

»Wollen wir, Paul? Lassen Sie nichts anbrennen, Raphael.«

Raphaels Kehle gab einen klebrigen Laut von sich. Als sie aus der Küche waren, legte er das Messer leise ab, holte tief Luft und trat zum Ofen, um sich zu vergewissern, dass die letzten Stücke Esther nicht zu durchgegart waren.

Herrmann zog Paul auf die Straße.

Pauls Stimme überschlug sich. »Bitte, ich geb dir in den nächsten Tagen Proben, die lässt du dann prüfen, und dann sind die so was von dran, das ist Menschenfleisch, ich hab das ja selbst gesehen, ich …«

»Wenn ich Proben mit deinem Namen einreiche, was passiert dann? Weißt du, was passiert? Weißt du es?«

»Die werden denken, dass ich was mit den Morden zu tun habe. Oder dass ich es war. Aber die morden hier wirklich!«

»Was haben wir gefunden?«

»Die braten und servieren Menschen, ich hab's geseh…«

»*Was* haben wir gefunden?«

»Noch nichts. Aber das sagt gar nichts!«

»Du hast nur eine Chance, das zuzugeben. Bringst *du* Leute um? Oder hast du einfach Spaß daran, mich zu verarschen?«

Paul stampfte auf. »Nein, verdammt!« Tränen traten ihm in die Augen.

»Paul, du bist eine arme, kranke Sau. Und das ist noch das Netteste, was mir zu dir einfällt. Eigentlich möchte ich dir die Fresse einschlagen.«

Paul rannte schluchzend in die Nacht.

Dekadentes Gesöff aus zermatschten Trauben.

Nicht so ehrlich wie Bier, gebraut aus hartem Korn. Herrmann kippte den Rotwein, den Eckerd spendiert hatte, hinunter und sah durch den großen Raum.

Degeneriertes Pack. Zecken.

Sie nährten sich von denen, die ein Leben lang hart arbeiteten, während sie selbst nur dahockten und sich in sich suhlten. Entartet. Aber unterhaltsam anzusehen. Wahrscheinlich war das der Grund, warum dieser Eckerd seinen Laden hatte. Die Zecken waren sein Zoo. Herrmann grinste. Ein Zeckenzoo.

Er, der Wolf, sorgte dafür, dass sich das Pack in Sicherheit wiegen konnte. Sicher genug, damit sie ihren perversen Vorlieben frönen konnten. Bis er kam, der Wolfssturm, in dem sein Wolfsrudel die natürliche Ordnung wiederherstellen würde. Dann würden sie sich auch so einen kleinen Zoo halten. Einen Zoo von denen, die sie beiseitegefegt hatten. Beiseitegefegt in einem Sturm, in dem die Stärkeren wieder regierten, mit einer Ordnung, die klar, rein und hart war wie die Naturgewalten selbst. Nicht so lasch wie der Taubenzüchterverein, für den er noch arbeitete. Der jede wirkungsvolle Aktion fürchtete.

Herrmann aß den Rest von dem Fleisch, das Eckerd ihm gebracht hatte. Es war gutes Fleisch, auch wenn es einen französischen Namen hatte. *Rôti insatiable,* was Eckerd mit *unersättlicher Braten* übersetzt hatte. Normalerweise hätte Herrmann nichts mit so dekadentem Namen gegessen, aber es bestätigte ihm, dass Eckerd sicher kein Mörder war. Er würde wohl kaum so offensichtlich Hinweise verstreuen, wenn er Menschenfleisch servierte. Viel eher zeigte es, dass Eckerd wusste, was der schizophrene Paul über ihn erzählte. Herrmann hätte Paul dafür plattgemacht. Aber Eckerd besaß den Humor, sich darüber lustig zu machen.

Dieser Eckerd war loyal und hatte gute Instinkte. Guten Muskeltonus außerdem. Herrmann malte sich aus, wie beeindruckt der Leiter seines Wolfsrudels wäre, wenn er Eckerd anwerben würde.

Trotzdem, Herrmann war ein Wolf. Ihn wickelte niemand ein. Er rollte ein Stück Braten in eine Serviette und ließ es in seine Jackentasche gleiten. Nur um sicherzugehen. Das Labor des Taubenzüchtervereins durfte gerne prüfen, was Eckerd seinen Gästen servierte. Wenn es stimmte, was Paul gesagt hatte, würde Herrmann sich auf einer Titelseite wiederfinden. Die ganzen Zecken und Dekadenten durften ihn gerne bewundern, solange es sie noch gab. Und wenn er eben Menschenfleisch gegessen hatte, würde ihn sein Rudel dafür bewundern.

Herrmann zuckte zusammen, als Eckerd plötzlich hinter ihm stand.

»Sag mal, Freund von Paul, hast du Paul gesehen?«

»Ist heulend abgehauen, als er das Riesenwildschwein gesehen hat. Wo habt ihr das eigentlich her?«

»Ist mir vors Auto gelaufen. Im Wald.«

»Nett von dir, dass du so nen Psycho hier arbeiten lässt.«

»Er verdient den Job. Nach allem, was er durchgemacht hat.«

»Mir kommen die Tränen. Frag mal, was ich durchgemacht habe.«

Eckerd schob sich neben Herrmann auf einen Barhocker. »Ein Bier?«

Herrmann nickte. »Die haben alle gedacht, ich wär auch so n perverses Arschloch wie Paul. Hat mich fast den Job gekostet. Meine Alte ist abgehauen. Was meinst du, wie vielen ich die Fresse polieren musste, bis die den Mund gehalten haben.«

»Würdest du gerne mit ihm tauschen?«

»Scheiße, nein! Jetzt macht keiner mehr Witze über mich. Außerdem geht eh bald was Neues los. Dann ist das alles egal.«

Die Band spielte einen Fado. Einige wenige drehten sich auf der Tanzfläche, in den Nischen sinnierten ein paar andere Gäste für sich allein. Herrmann zog die Nase hoch.

»Macht dich das verweichlichte Pack hier nicht aggressiv?«

»Aggressiv? Nein. Ich helfe gern. Aber ich bin sehr glücklich, dass du dir selbst helfen kannst.«

»Scheiße, ja. Da kannst du einen drauf lassen!«

Eckerd nickte. Dann erstarrte er.

Hinter Herrmann reckte eine leichenblasse, ältere Frau mit weit aufgerissenen Augen einen Arm weit nach oben. Ihr Handgelenk war scharf nach unten abgeknickt, mit spitzem Finger zeigte sie auf Herrmann. Ihre dünnen blauen Lippen versuchten, lautlos Worte zu formen. Erst machte nichts davon Sinn. Dann erkannte Eckerd, was die Erscheinung ihm sagte.

Bring ihn mir.

DER HEILIGE GEIST

Paul war die ganze Nacht umhergeirrt.

Gegen Morgen war er zur Werkstatt gegangen und hatte eine Weile vor der Tür gestanden und gefroren, aus Angst, Klara könnte da sein. Er wollte ihr nicht über den Weg laufen. Die Ungeheuerlichkeiten des hinter ihm liegenden Tages waren definitiv nichts, was man einer Zwölfjährigen erzählen konnte. Nicht mal einer, die ihre Mutter mumifiziert hatte.

Als er sich endlich in die Werkstatt getraut hatte, war Klara nicht da gewesen. Er hatte jeden Winkel nach ihr abgesucht, aber es war kein Anzeichen auszumachen, dass sie seit ihrem letzten Zusammentreffen da gewesen war. Wahrscheinlich war sie für immer verschwunden. Er war allein mit Laurettes Fetzen und Fedesto gewesen, der klein und spitz aus der fleckigen Matratze ragte. Würgende Leere hatte plötzlich an ihm gefressen, ließ ihn wünschen, dass Klara kam, um ihn zu Mam mitzunehmen, damit er ihr alles erzählen konnte. Auf dem Boden hatten die zwei leeren Papiertüten gelegen.

VOLL. IDIOT.

Paul trat in die Küche.

Eckerd, Marthe, Raphael und Lolita umringten Herrmann.

Paul spürte keinen Drang wegzulaufen. Er stand einfach nur da, und alle wussten, dass er da war, aber niemand grüßte ihn. Er war Luft. Auch das berührte ihn kaum.

Herrmanns Kopf lag unnatürlich flach auf der Anrichte. Niemand redete. Marthe schwieg so wütend, dass es war, als ob sie ganz besonders mit niemandem redete.

Raphael filzte Herrmanns Jacke. Er warf seinen Polizeiausweis und sein Mobiltelefon zu seinem Körper auf die Anrichte. Etwas fiel aus der Innentasche. Raphael hob es auf, faltete es auseinander und hielt es Eckerd hin. Es war die Serviette mit dem Stückchen Fleisch darin.

»Hier. Nur weil du immer meinst, dass wir so toll beschützt sind. Wenn der gute Herrmann das abgegeben hätte, wäre der Herr ganz schön beschäftigt gewesen, das geradezubiegen.«

Lolita schnitt Herrmann die Kleidung vom Körper. Sie alle traten einen Schritt zurück. Bis auf Arme und Hals war seine gesamte Haut übersät mit Tattoos.

Raphael feixte. »Guck mal an, der Adolf.«

Hitlers Konterfei bedeckte Herrmanns breite Brust, ein Arm war tätowiert mit Stukas im Sturzflug und wild feuernden Soldaten, der Bauch mit einer Gruppe prallbusiger Bauersfrauen im Hitlergruß. Der andere Arm war übersät mit Sprüchen wie *Blut und Ehre* und *Reinheit ist Wahrheit* und einer Unmenge an Hakenkreuzen, Runen, Uzis und Reichsadlern dazwischen. Raphael stellte sich näher zu Eckerd.

»Warum sagst du nicht einfach, dass du verhindern wolltest, dass er uns verpfeift? Das würde jeder verstehen. Ich hätte ihn auch gekeult. Ehrlich. Macht ja auch Sinn. Aber gib es einfach mal zu.«

»Ich habe gesagt, wie es war.«

»Dass dir der Heilige Geist erschienen ist in Form einer toten, alten Frau, die dir mit aufgerissenen Augen und stummem Mund gesagt hat, dass du Herrmann auf die Reise schicken sollst?«

»Polemisch ausgedrückt, aber ja.«

Raphael warf sein Messer in die Spüle.

»Weißt du was, Eckerd? Ich hab keinen Bock mehr. Wenn ich mich im Knast wegen meinem Gesicht totprügeln lassen muss, weiß ich wenigstens, warum die das tun. Aber dass jetzt auch noch der Heilige Geist auf den Plan kommt, ist scheiße. Sag einfach, dass du gern Leute killst. Das wäre wenigstens eine Ansage.«

Eckerd breitete die Hände aus. »Bitte, ich weiß, was ihr denkt. Ich hatte es versprochen. Ich habe zu ihm gebetet und meine Aufgabe niedergelegt. Aber wenn man ein solches Zeichen von ihm bekommt, darf man sich nicht widersetzen. So klar hat er noch nie zu mir gesprochen.«

UTA

Uta wusste nicht, warum sie das gemacht hatte.

Schon als sie losgegangen war, war ihr aufgefallen, dass sie besonders blass aussah. Krank nahezu. Dabei fühlte sie sich gut. Und da sie für sich sein wollte, war ihr egal gewesen, wie sie aussah. Sie war spät in das Lokal gegangen, in dem man so herrlich für sich sein konnte – obwohl sie eigentlich überall für sich war, weil sie nicht auffiel. Ihrer Erfahrung nach war sie der unauffälligste Mensch überhaupt. Geradezu unsichtbar. Wenn sie etwas an einem Tresen bestellen wollte, musste sie lange Wartezeiten einplanen. Dazu kam, dass sie schon immer leise sprach, weswegen sie sich lieber über Gesten verständigte. In diesem Lokal war man immer nett zu ihr, wenn man sie erst einmal bemerkt hatte.

An der Bar hatte sie hinter einem kantigen Mann mit ausrasiertem Nacken gestanden und wie immer den Arm gehoben, um auf sich aufmerksam zu machen. Als ihr nach einer Weile nicht mehr einfiel, was sie eigentlich bestellen wollte, hatte sie ihre Hand, aber nicht den Arm gesenkt, denn meistens kam die Erinnerung schnell zurück. So hatte sie wohl unwillentlich auf den Mann vor sich heruntergezeigt, während sie den Kellner anschaute und ihr Mund nach dem suchte, was ihr entfallen war.

In dem Moment hatte der Kellner sie endlich bemerkt. Sie musste ein sehr merkwürdiges Bild abgegeben haben, denn er hatte sie extrem irritiert angesehen.

Uta war das Ganze so unangenehm, dass sie direkt gegangen war. Den Rest der Nacht hatte sie wach gelegen und überlegt, was es war, das sie hatte sagen wollen. Aber es fiel ihr partout nicht mehr ein. Als ob jemand es aus ihrem Kopf gelöscht hatte.

Paul suchte Marthes Blick.

Als er ihn fand, wünschte er sich, er hätte ihn nicht gesucht. Er nahm Herrmanns Handy, warf es auf den Boden und zertrat es. Raphael spuckte in ein Spülbecken.

»Was hast du hier überhaupt noch zu suchen?«

»Bisher hat mich niemand rausgeschmissen.«

Marthe warf Paul ein Messer vor die Füße. Er hob es auf und trat an die Anrichte.

»Ich hab so was noch nie gemacht. Kann ich wenigstens eine kleine Anleitung haben?«

Er zuckte, als Marthe Herrmanns Hand mit dem Kochbeil abschlug.

Reiß dich zusammen. Du bist nur hier, weil du was willst. Und das werden sie dir nicht geben, wenn du das nicht durchziehst.

Paul setzte das Messer an. Er spürte die teigige Haut unter der Klinge. Er musste nur noch schneiden.

Du zerlegst gleich deinen toten Exkollegen. Dann bist du ganz unten angekommen.

Paul zitterte. Er setzte das Messer ab.

Raphael ätzte. »Du bist so eine Memme! Tolle Freunde hast du übrigens.«

Pauls Blick wanderte über Herrmanns Tattoos. »Wir waren keine Freunde. Wir sind nur jahrelang zusammen Streife gefahren. Eckerd hat recht. Manche laufen so lange im Kreis, bis der Graben so tief geworden ist, dass sie nicht mehr über den Wall sehen können. Niemand wollte Herrmann zum Freund haben. Außer denen, mit denen er sich volltätowiert hat. Allen anderen war er viel zu grob.«

Und du bist auch schon viel zu viele Kreise gelaufen. Du kannst kaum noch über den Wall sehen.

Paul packte das Messer und schnitt Herrmann in die Schulter. Die anderen machten sich ebenfalls an die Arbeit.

»Was machen Sie denn Schönes?«

Alle fuhren herum.

Frau Mangold stand in der Küche, fein angezogen mit dem Henkel einer feinen Lederhandtasche in der Armbeuge.

»Komme ich ungelegen?«

Eckerd kam um die Anrichte herum auf sie zu.

»Aber nein. Wie schön, dass Sie uns endlich mal besuchen.« Er zeigte zum Ausgang der Küche. »Wollen wir an die Bar? Ich mache uns einen Kaffee.«

»Das ist sehr lieb, aber danke, nein. Ich bin zum Bingo verabredet. Und da dachte ich, ich komm vorher mal kurz rein und schaue, was Sie hier Tolles machen.« Frau Mangold umrundete Eckerd und trat einen Schritt vor. »Was machen Sie denn Tolles?«

Niemand sagte etwas, aber sie rückten vor Herrmann zusammen.

Frau Mangold stellte sich auf die Zehenspitzen. »Ich weiß es.«

Eckerd baute sich hinter ihr auf. »Was denn?«

Frau Mangold flüsterte konspirativ. »Sie zerlegen einen Mann.«

Sie tauschten alarmierte Blicke.

Frau Mangold raunte ihnen zu. »Und dann nähen Sie ihn wieder zusammen. Wie Frankenstein, richtig?«

Eckerd lächelte. »Ganz genau. Wie Frankenstein. Und dann steht er auf und geht stracks wieder nach Hause.«

Die anderen nickten eifrig.

Frau Mangold wurde ernst. »Für wie debil halten Sie mich eigentlich? Das ist erschütternd. Sagen Sie doch, wie's ist. Wir sind doch unter uns.«

Während Eckerd nach Worten suchte, schob sich Frau Mangold zwischen Paul und Lolita an die Anrichte und inspizierte Herrmann.

»Er sieht wütend aus. Sonst kommen hier nettere Leute her.«

Paul stellte sich hinter sie und sah ihr über die Schulter, um Herrmann aus ihrem Blickwinkel zu sehen.

»Er mochte, dass man Angst vor ihm hatte.«

Frau Mangold runzelte die Stirn. »So sieht er aus, der Nazi. Was machen Sie mit ihm?«

Eckerd flüsterte ihr ins Ohr. »Wir braten ihn und servieren ihn den Gästen.«

Frau Mangold knuffte ihn in die Seite. »Sie sind mir ja einer. Mein Mann hat auch mal Nazi gegessen. Das war im Krieg. Da gab's nichts anderes.«

»Das müssen Sie mir mal in Ruhe erzählen.«

»Gern. Aber ich will Sie nicht aufhalten. Ich wusste doch, dass Sie hier was Tolles machen. Schönen Tag noch!«

Frau Mangold verschwand hinter dem großen Regal. Sie starrten ihr hinterher, bis Eckerd hinter die Anrichte trat und die Arme ausbreitete.

»*Ist Gott für uns, wer mag wider uns sein?* Römer acht einunddreißig. Wer braucht noch mehr Zeichen, dass wir beschützt sind?«

Raphael zog einen Oberarm ab und portionierte ihn.

»Nö, reicht. Aber ist nicht die viel wichtigere Frage, warum wir überhaupt Schutz brauchen, wo du doch Marthe versprochen hast, damit aufzuhören? Ist Herrmann ein Ausrutscher, ein Nachläufer, oder bleibt einfach alles, wie's war?«

»Mit meiner Aufgabe war es wie in Jeremia zwanzig neun; *wohlan, ich will sein nicht mehr gedenken und nicht mehr in seinem Namen predigen. Aber es ward in meinem Herzen wie ein brennendes Feuer, in meinen Gebeinen verschlossen, dass ich's nicht leiden konnte und wäre fast vergangen.*«

»Ich übersetze. Es wird weitergehen.«

Paul sah Hermann an.

Es ist völlig umsonst, dass du hier liegst. Und ich bin schuld.

Er begann, alles um sich herum gleich laut wahrzunehmen, das Schneiden, das Hacken, die Worte, die Gerüche von Fleisch und Organen.

Es ist Zeit. Bevor du nicht mehr über den Wall sehen kannst.

Paul ließ das Messer auf die Ablage fallen und verließ die Küche.

Raphael sah ihm nach. »Wo will der jetzt hin? Kripo? Mordkommission?«

Eckerd zuckte mit den Schultern. »Du weißt doch jetzt, dass es völlig egal ist, wohin er geht und wen er holt.«

»Ja, offensichtlich, aber er könnte auch einfach bleiben und helfen. Dann ginge es nämlich schneller, weißt du?«

Schweigend arbeiteten sie weiter. Nach einer Weile kam Paul zurück. Keiner beachtete ihn, außer Eckerd, der ihm ein aufmunterndes Nicken schenkte. Paul holte Eckerds geschnitzten Holzkasten hinter seinem Rücken hervor. Er zitterte so sehr, dass die Keule im Kasten klapperte.

»Eckerd, darf ich dich bitten, mich zu keulen?«

Eckerd trat so dicht an Paul heran, dass keine Handbreit mehr zwischen sie passte. »Darf ich dich bitten, das sofort wegzulegen und nie wieder anzufassen?«

Paul stellte den Kasten auf eine Ablage in Eckerds Nähe. »Entschuldige. Bitte Eckerd. Keulst du mich? *Bitte?*«

Eckerd lachte. »Das wäre Mord.«

»Du *bist* ein Mörder.«

»Ich handele nur im Auftrag des Herrn.«

Paul fiel vor Eckerd auf die Knie.

»Ich wäre nur einer mehr, was macht das für einen Unterschied?«

Eckerd verschränkte die Arme. »Für mich macht es einen.«

Paul fing an zu schluchzen. »Bitte! Was muss ich tun, dass du mich keulst?!« Er zitterte am ganzen Körper.

Die Keule schlug auf Pauls Hinterkopf ein.

Paul sackte nach vorn, klatschte auf den Küchenboden und blieb reglos liegen.

Marthe und Lolita starrten Raphael an, der sich beeilte, die Keule zurück in den Kasten zu legen. Eckerd packte ihn am Kragen. »Du hast sie angefasst.«

»Er hat doch so darum gebettelt, dass man ihn keult!«

Eckerd zog sich Raphael ganz nah ans Gesicht. »Du hast sie angefasst.«

»Er hat uns verraten. Wir wären um ein Haar alle in den Knast gewandert. Und er hätte das immer wieder getan.«

Eckerd schlug Raphael mit solcher Wucht ins Gesicht, dass seine Füße noch in der Luft hingen, als sein Körper auf den Boden schlug. Wimmernd kroch er in die nächste Ecke, seine geplatzte Gesichtshaut blutete.

Eckerd schloss den Deckel des Keulenkastens, schob ihn zur

Seite und hob Pauls Körper auf eine Ablage an der Seite. Er griff sich ein Messer. Seine Miene war Stein.

»So. Kein Wort mehr. Das wird jetzt beendet.«

Raphael raffte sich auf. Sie fuhren fort, Herrmann zu zerlegen, nur Marthe stand bei Paul und tastete seinen Hinterkopf ab. Dann nahm sie ein Messer und schärfte es, während sie auf ihn herabsah. Sie prüfte die Schneide, legte sie auf seinen Hals und spannte die Haut mit den Fingern.

Dann zog sie die Klinge durch.

SELEKTIVE WAHRNEHMUNG

Das Schlaraffenland machte ihr Sorgen.

Am Morgen war noch viel mehr Leckeres aus den Rohren gefallen, aber damit war auch das Nasse gestiegen, bis es an trockenen Plätzen mangelte. Es gab nur noch die Insel, die inzwischen bis an die Decke reichte und sich trotzdem nur noch wenig aus dem Nassen erhob, und einen winzigen Vorsprung in der zweitobersten Reihe aus Ziegeln, auf dem die Ratte vorher nie gesessen hatte, weil es keinen Grund gegeben hatte, so weit nach oben zu klettern.

Zum Glück trieben sich hier keine Artgenossen mehr herum, mit denen man um Plätze streiten musste, denn seit dem letzten Guss verstopften Unmengen an Leckerem den großen Strom in beide Richtungen. Die Ratte schwamm zur Insel, um zu fressen. Man konnte nie wissen, was als Nächstes kam.

Hans fiel erst am Mittag auf, dass Herrmann nicht zum Dienst erschienen war. Er war froh darüber, denn Herrmann war ihm zutiefst unangenehm. Daher sagte er niemandem etwas. Es durfte ruhig jemand anderem auffallen, dass er nicht da war. Der Nachmittag war ungewöhnlich fröhlich. Es wurde viel gelacht, und man half sich gegenseitig. Irgendwann war jedem aufgefallen, dass Herrmann nicht da war. Aber niemand sprach es an, denn insgeheim wollten alle, dass es so blieb.

Charles Chmid winkte Eckerd heran.

»Entschuldigung, wo ist der nette Kellner, der sonst hier war?«

»Ist mit dem neuen was nicht in Ordnung?«

»Wir haben noch nicht miteinander gesprochen, aber ich mochte den alten. Er hat mich verstanden. Wo ist er hin?«

»Er ist gegangen. Aber vielleicht versteht Sie der neue auch.«

»Der alte hatte gelitten. Das mochte ich. Der neue ist nur … neu.«

»Bitte geben Sie ihm eine Chance. Ich hätte eine Idee. Fragen Sie ihn etwas, das Sie den alten nicht gefragt haben.«

Tina flanierte den Rand der Tanzfläche entlang, in einem zu engen, bedruckten Kleid mit grellbunten Rauten. Nachdem sie die Nischen mit wogenden Hüften auf klackernden Absätzen abgeschritten hatte, kehrte sie an ihren Platz zurück und wählte eins-eins-zwei. Alle Telefone klingelten auf einmal. Sie rekelte sich, als sie den Satz ins Telefon hauchte, über den sie sich bei Lolita so bitter beschwert hatte, stolzierte in die Herrentoilette und drapierte sich auf dem Waschtresen. Es dauerte, bis einer kam. Er machte kehrt, weil er dachte, er hätte sich in der Tür geirrt. Als er sah, dass die andere Toilette rosa war, keine Pissoirs an der Wand hingen und es nach Parfum roch, ging er nach Hause. Tina wartete noch eine Weile, aber nachdem noch zwei Männer auf dem Absatz kehrtgemacht hatten, ging sie auch.

Aureo fühlte sich herrlich schwer.

Er war traurig wie lange nicht mehr. Sonia war noch immer in der Stadt, sie war sogar hier, im gleichen Raum, und doch unerreichbar für ihn. Ihm war zum Weinen, denn ihr Horizont war so unendlich viel weiter als seiner. Er weinte, obwohl er großartige Geschäfte gemacht hatte. Diejenigen, die er respektierte, liebten ihn, und die anderen fürchteten ihn. Aber er brauchte Wehmut, um zu fühlen, wie gut alles war. Er ließ Sonia von seinen besten Leuten beschatten, nur um zu wissen, wo sie war, wenn er Traurigkeit suchte. Für ein Vermögen hatte er seinen Hubschrauber gegen eine Drohne getauscht, um lautlos über ihr schwebend zu weinen, wenn sie auf die Straße ging. Jetzt teilten sie denselben Raum, und es schnürte sein Herz zusammen. Es war wunderbar.

Vor dem *Von Herzen* hatte Sonia Lolita ein Bild von Petrov gezeigt und gegen hundert erfahren, dass sie ihn nicht gesehen hatte. Das Symposium war lange vorbei, und Professor Petrov war immer noch nicht aufgetaucht. Sonia war in der Stadt geblieben, aber langsam gingen ihr die Orte, an denen man nach ihm forschen konnte, die positiven Szenarien, die ihn davon abhielten aufzutauchen, und die Wahrscheinlichkeit, ihn doch noch zu finden, aus.

Es hätte alles deprimierend sein können, zumal russische Schwermut ein besonders dunkler Winter war, der große Leidensfähigkeit forderte. Daher hatte Sonia beschlossen, ihre russische Seele in Saudade zu kleiden. Die Saudade war Urlaub von der Hysterie, ständig fröhlich sein zu müssen. Sie war die Erlaubnis, sich in Schwermut zu wälzen wie in einem dichten schwarzen Pelz vor einem knisternden Kaminfeuer. Sonia hatte sich einen Tumbler randvoll mit Wodka gießen lassen und sich in einen schattigen Winkel auf der anderen Seite des großen Raums zurückgezogen, von dem aus man alles im Blick hatte, ohne selbst aufzufallen. Noch wollte sie sich ein wenig Sorgen um Petrov machen, weil sie sich sonst nie Sorgen machte.

Ein Mann kam an die Bar und erzählte Marthe sein Leben. Sie hörte mit so großer Anteilnahme zu, dass er ihr alles ein zweites Mal erzählte, diesmal rückwärts, um ihr alle Motivationen, warum er etwas getan oder nicht getan hatte, haarklein darzulegen. Marthe nahm so intensiv Anteil an seinem ereignislosen Leben, dass es Raphael grauste. Durch den Schlitz unter dem Rollo sah er, dass Marthe barfuß auf den Scherben eines Glases stand, das sie kurz vorher heruntergeworfen hatte.

Lolita drehte eine Runde. Niemand wollte etwas, von niemandem ließ sich Geld pflücken, aber sie entdeckte Sonias Silhouette im Schatten auf der anderen Seite des großen Raums. Sie holte einen doppelten Wodka von der Bar und ließ sich neben ihr auf einen der Barhocker gleiten, die entlang der Wand aufgereiht standen. Eine Weile schwiegen sie und nippten synchron.

Irgendwann fuhr Sonias Hand unter ihre Perücke und kratzte den Kopf. Lolita beobachtete sie aus dem Augenwinkel, bis die Hand sich zurückzog und die Perücke schief zurückließ. Sonia trank den Tumbler halb leer. Lolita hob eine Augenbraue.

»Sorgen wegen diesem Petrov?«

Sonia setzte ab. »Seltsam, oder? Wenn ich mir Sorgen darüber machte, dass ich mich auf einem Ball befinde, der mit hundertsiebentausend Stundenkilometern durch ein minus zweihundertsiebzig Grad kaltes Nichts rast, dessen Kruste im Verhältnis so dünn ist wie die Schale eines Apfels, nur dass es unter der Schale zweitausend Grad heiß ist, dann wäre das weitaus nachvollziehbarer.«

»Ist es anstrengend, so intelligent zu sein?«

»Nein. Aber wahrscheinlich ist es anstrengend, sich das anzuhören.«

Lolita nickte und trank.

Sonia auch. »Du stellst nur Fragen. Das ist intelligent.«

»Findest du?«

»Fragen sind meistens intelligenter als Antworten.«

»Suchst du mit diesem Petrov nicht nach Antworten?«

»Ich frage mich schon länger, ob das intelligent ist.«

»Sind Antworten nicht wichtig?«

»Eigentlich nicht. Meistens bringen sie nur mehr Fragen.«

»Also ist Intelligenz unwichtig?«

»Intelligenz ist völlig überbewertet.«

»Kokettierst du gerade?«

»Überhaupt nicht. Ich kann es beweisen. Intelligenz ist zweitrangig. Bestenfalls.«

Sonia zog die Perücke vom Kopf und ließ sie in Lolitas Hände fallen. Wie hypnotisiert starrte Lolita auf Sonias Kopfhaut, die kurz oberhalb der Stirn einfach aufhörte. Aus der kreisrund gekappten Kopfhaut stand eine Schädeldecke aus Stahl heraus, wie eine große Mönchstonsur. Lolita musterte sie von allen Seiten.

»Ist das eine Art … Piercing?«

»Autounfall in Sibirien.«

»Mittelalterliche Operationsmethoden?«

»Nein, das waren wirklich kompetente Ärzte. Ich hatte mich nur gegen eine Hauttransplantation von meinem Hintern auf meinen Kopf entschieden. Auf meinem Hintern wachsen keine Haare und ich wollte keinen Voglahila.«

»Was ist ein Voglahila?«

»Vorne Glatze, hinten lang. Die Perücke hätte ich also eh gebraucht.«

Lolita konnte nicht aufhören, Sonias Schädeldecke anzustarren. »War das die richtige Entscheidung?«

»Wer schaut auf einen Kopf, wenn ein solcher Körper darunter ist? Ich sage das nicht aus Eitelkeit.«

Lolita grinste. Sonia grinste auch. »Wetten wir? Ich sage, Hintern ist wichtiger als Kopf.«

»Um was?«

»Um die richtige Antwort, auch wenn sie unwichtig ist.«

Lolita nickte.

Sonia löste sich aus den Schatten und durchmaß den Raum in schwungvollen Schritten, die ihrer Form höheren Sinn gaben. Ihr unglaublicher Körper sonnte sich in Blicken. Selbst Marthes Augen krochen auf Sonias Torso herum, als sie an die Bar trat.

»Zwei Wodka, einmal doppelt, einmal randvoll, bitte.«

Marthe füllte ein, und Sonias Körper durchmaß den Weg zurück mit demselben atemberaubenden Gang. Feuchte Augen klebten an Brüsten, Hüften und Beinen, bis der Schatten sie wieder verschluckte. Sonia gab Lolita ihr Glas.

»Hast du auch nur einen gesehen, dem aufgefallen ist, dass eine Stahlkuppel aus meiner Kopfhaut ragt?«

Lolita schüttelte den Kopf.

Sonia nahm ihr die Perücke ab, setzte sie auf und nahm einen großen Schluck. »Welchen Stellenwert hat Intelligenz, wenn zwei überdimensionale Milchdrüsen und ein pralles Gesäß unter einer ungewöhnlich schmalen Taille bewirken, dass ein Raum voller Menschen das wirklich Ungewöhnliche übersieht?«

»Wärst du lieber dumm?«

»Gern. Dann würden diese Milchdrüsen längst auf dem Vordeck von Aureos Jacht braten.«

»Findest du ihn attraktiv?«

»Wir machen uns traurig.«

»Ist das so was wie lieben?«

»Besser. Es hält viel länger. Ich bin ihm zu intelligent, er mir zu dumm. Unlösbar. Aber eines Tages kommt einer, dem auffällt, wenn ich keine Perücke trage. Der ist es dann.«

Aureo schaute auf den Schatten, von dem er wusste, dass er Sonia war. Seine Sonia mit dem Stahlschädel.

Charles Chmid winkte. Der Neue hielt auf ihn zu.

»Bitte, was kann ich tun?«

»Ich hätte eine delikate Frage. Es ist vielleicht etwas viel verlangt.«

»Fragen Sie. Ich tue, was ich kann.«

Charles öffnete eine Tüte.

»Ich würde das gerne tragen, während ich hier bin. Wäre das in Ordnung? Ich warte nämlich auf mein Herrchen.«

Der Neue blickte in die Tüte. Ein Dress aus mattem Latex war darin, weiß mit schwarzen Tupfen. Und eine Maske, ebenfalls weiß gefleckt. Der Kopf eines Dalmatiners aus Latex.

Der Neue lächelte. »Ich glaube, Sie sind ein wunderbarer Hund. Wie ruft man Sie?«

Charles' Augen leuchteten. »Tink. Ich höre auf den Namen Tink. Sie erinnern mich übrigens an jemanden. Waren Sie mal im Fernsehen?«

»Wenn, war es ein schlechter Film.«

»Ah. Dann gehe ich mich also jetzt umziehen?«

Der Neue warf einen imaginären Ball Richtung Ausgang.

»Ja. Lauf, Tink! Hol das Bällchen!«

Tink biss in die Tüte und hechelte auf allen vieren aus dem Raum.

»Hab ich dir schon gesagt, wie unfassbar scheiße du ohne Bart aussiehst?«

»Es *ist* scheiße ohne. Der Bart war meine Burka.«

Paul saß auf der Ablage, zerkaute drei sechshunderter Ibuprofen, spülte sie mit Weißwein herunter und ekelte sich, dass er immer noch lebte. Sein Hirn hatte schon vor dem Keulenschlag gepocht, als hätte das Helium Teile davon in Gelee verwandelt, aber seit dem Schlag stach es, als ob es ernsthaft beschädigt war.

Es war unübersehbar gewesen, dass Raphael froh war, als Paul die Augen geöffnet hatte, allerdings hackte er seitdem ständig auf ihm herum, weil er gestresst war. Gestresst davon, dass Paul noch lebte, der immer alle Aufmerksamkeit auf sich zog, gestresst davon, dass Paul sich für den Keulenschlag rächen könnte, gestresst davon, dass es ihm leidtat, zugeschlagen zu haben, gestresst davon, dass er Paul irgendwie mochte, obwohl er ihn nicht mochte.

Paul sah ihn eindringlich an. »Ist dir eigentlich klar, in was für einer unsäglichen Scheiße wir stecken? Wir müssen irgendwas tun.«

»Hast du einen Plan, hässliche Hete?«

Eckerds Pfeifen drang aus dem Vorraum.

Paul flüsterte. »Es ist eigentlich kein Plan. Eher Schadensbegrenzung.«

»Und wenn es nur ein Furz ist. Mach es!«

Paul versuchte, unbeschwert auszusehen, als Eckerd um die Ecke bog und die Teller neben der Spüle ablud.

»Na, was macht die Wiederauferstehung, neuer Kellner?«

»Joa. Läuft. Sag mal … was hältst du davon, wenn heute mal keulfreier Tag ist?«

»Wieso gerade heute? Ich weiß ja nicht, wann mir eine neue Aufgabe auferlegt wird.«

»Heute ist Freitag. Freitag ist Fischtag. Du weißt doch garantiert, wieso.«

»Am Freitag ist Jesus gestorben.«

»Genau. Und weil Jesus am Freitag gestorben ist, sollte am

Freitag auch niemand durch Fremdeinwirkung sterben müssen. Macht Sinn, oder? Ausgenommen ein paar Meeresbewohner, vielleicht. Jedenfalls sollte man deshalb freitags nicht keulen.«

»Klingt logisch.«

»Echt?«

»Ja, warum nicht?«

»Gut. Denn wenn am Freitag aus Respekt vor dem Tode Jesu kein Fleisch gegessen wird, macht es Sinn, dass auch am Mittwoch keiner gekeult wird.«

»Wieso?«

Paul übergab an Raphael.

»Fleisch sollte mindestens zwei Tage abhängen.«

Paul übernahm wieder, er klang wie ein Mathematiklehrer. »Wenn einer am Mittwoch gekeult wird, könnte man ihn Freitag servieren, was aber unnötig wäre, weil Freitag Fischtag ist. Also gibt es zwei Tage, an denen man nicht keulen muss.«

Eckerd probierte von einer reduzierten Soße aus einem hohen Topf. »Mmh. Die Jus ist wunderbar, Raph.«

Paul rieb sich die Schläfen. »Du stimmst uns doch zu, oder?«

»Wurde je ein Hammel mittwochs nicht geschlachtet, weil es freitags Fisch gab?«

»Menschen sind doch keine Hammel.«

»Aber der Herr ist ein Hirte.«

»Schau mal, zwei Tage Auszeit sind doch im Sinne des Herrn, oder? Und da wir auch samstags und sonntags arbeiten, wären doch Mittwoch und Freitag …«

»Der Herr ruhte am siebenten Tag, nicht schon am sechsten.«

Raphael warf ein Steak in die Pfanne, dass es spritzte. »Gib doch endlich mal zu, dass du schlicht und einfach Bock hast, Leuten den Schädel einzuschlagen.«

Eckerd brach ein Stück von einem Laib Ciabatta, tunkte es in die Jus und biss herzhaft ab. »Als ob meine Aufgabe nicht schwer genug wäre. Ich muss auch noch das Unverständnis ertragen, das ihr entgegengebracht wird. Aber ich nehme es euch nicht übel, dass ihr so denkt. Ihr seid Techniker, beschränkt auf euren speziellen Aufgabenbereich, und den erledigt ihr hervorragend. Aber hier geht es um Rettung. Um Gnade für Hoffnungslose. Erst danach folgt euer Beitrag. Und auch wenn ich eure Einwände verstehe und respektiere, wird mir gerade klar, dass wir keine Tagesregelung brauchen. Meine Aufgaben kommen direkt vom Herrn, insofern dürfen wir den Fischtag ruhigen Gewissens auslassen, wenn er andere Pläne mit uns hat. Wenn nicht, finde ich euren neuen Vorschlag super.«

»Wir hatten freitags immer schon Fischtag.«

»Umso besser, dass wir immer schon so tolle Ideen hatten.« Eckerd klopfte Raphael auf die Schulter. »Ganz toll, deine Jus, Raph.«

Paul meinte zu sehen, dass Raphaels Gesicht zwischen all dem Schorf errötete. Er wartete, bis Eckerd aus dem Raum war.

»Fühlst du dich etwa geschmeichelt?«

»Hab ich dir schon gesagt, wie unfassbar scheiße du ohne Bart aussiehst?«

UNIVERSUM

Lolita schmiegte sich an die warme Wand, als Paul vor die Tür trat. Der Herbst war freundlich, die Nacht noch lau.

Er nickte einen Gruß, den Lolita unerwidert ließ. Sie zündete sich eine Zigarette an, nahm einen tiefen Zug und ließ ihren Blick über die andere Straßenseite schweifen. Als der Rauch aus ihren Lungen an Paul vorbeitrieb, sog er ihn ein. Geräuchertes Laub und gegerbtes Leder. Als ob Lolita das Material ausatmete, das sie trug. Pauls Augen folgten ihrem Blick.

»Was ist hier draußen eigentlich so spannend?«

»Zehn.«

»Fünf. Oder ich will es nicht wissen.«

Fünf wechselten den Besitzer.

»Ich halte Ausschau. Unter anderem.«

»Nach wem?«

»Nach einem Professor namens Petrov. Sonia sucht ihn.«

»Ah. Und das andere unter dem anderem? Hier ist doch nichts.«

Lolita schwieg, sie fixierte einen Punkt auf der anderen Straßenseite. Paul schob sich näher an sie heran, um zu sehen, was es war. Geschlossene Kneipen. Straße. Ein paar parkende Autos. Lolita rauchte.

»Wie hält man jemanden davon ab, etwas zu tun, von dem er sicher ist, es für Gott zu tun?« Paul inhalierte ihre Ruhe.

»Dreißig.«

»Das war keine Frage. Nur laut gedacht.« Für den Rauch hätte Paul ihr dreißig gegeben. Und mehr. Er überlegte. »Man könnte ihn einfach umbringen.«

Lolita zog eine Augenbraue hoch.

Paul wedelte mit den Händen, um das Gesagte wieder wegzuwischen. »Wieder nur laut gedacht. Ich würde garantiert draufgehen, wenn ich es versuchen würde. Oder er würde wiederauferstehen.«

Lolita sog, bis die Zigarette kurz hinter dem Filter glomm. Paul wartete auf ihren Atem und nahm ihn gierig auf.

»Ohne Eckerd wäre ich verreckt. Ich hätte euch nie kennengelernt. Aber es bringt nichts, wenn ich ihn zur Seite nehme und versuche, ihm das Keulen auszureden.«

Lolita schnippte die Kippe auf den Gehweg. »Ein Tipp macht zwanzig.«

Paul legte zwanzig in ihre grazile Hand. Sie verschwanden.

»Was, wenn Gott es ihm ausredet?«

Paul überlegte, was sie meinte, und lief ins Leere. »Das war's? Mehr hast du nicht drauf?«

Sie fixierte immer noch die andere Straßenseite.

Er rückte noch einmal nah an sie heran, um aus ihrer Perspektive zu sehen, was ihr Interesse verdiente. Ein Besoffener. Er wankte in Schlangenlinien, glotzte irritiert herüber, zu dem schlanken Kellner, der an einer blutroten Lederette lehnte. Er schüttelte sich und torkelte weiter.

Paul fand ermüdend uninformativ, was es gegenüber zu sehen gab.

Was, wenn Gott es ihm ausredet?

Paul dachte logisch, assoziativ, intuitiv und allegorisch darüber nach, um schließlich aufzugeben. Lolitas Rauch, der lederne Duft ihrer Schulter und ein Hauch von mineralischem Make-up begannen den festen Karton seiner Gedanken aufzuweichen. Er kippte seinen Kopf an ihren, um genau zu sehen, was sie sah, auch wenn es die Gefahr barg, dass sie ihn dafür abkassieren würde.

Eine Reihe dunkler Kneipenfenster in alten Häusern mit bunten Fassaden, zusammengehalten von Jahrhunderten von Farbschichten, unter denen sich die alten Stuckelemente nur noch vage abzeichneten. Verstreuter Müll der letzten Happy Hour. In einem der Fenster, ganz klein, konnte Paul seine eigene Reflexion ausmachen, wie er in grotesker Pose mit abgeklapptem Kopf an Lolitas Silhouette klebte.

Uninteressant.

Paul sah Lolita an. Ihr Blick ruhte nicht auf, sondern *hinter* den Häusern auf der anderen Straßenseite, irgendwo auf einem weit entfernten Punkt. Er versuchte, es ihr nachzumachen, und starrte, bis seine Augen brannten. Nach etlichen Fehlversuchen schob er seinen Fokus *hinter* die Kneipen, sogar hinter den Kirchturm, der in der Ferne aufragte. Die Häuserzeile verschwamm. Paul schob den Fokus in die Unendlichkeit. Dann passierte es.

Das Straßenpanorama zerfiel zu einem atemberaubend tiefen Raum. Fenster, Farben, Fassaden und Dächer barsten in abstrakte Formen aus Licht und Tiefe, hatten nichts mehr gemein mit der Straße gegenüber.

Paul kicherte. Er hatte ein Universum aus einer Häuserzeile erschaffen.

Es war schmerzhaft unbequem, so verdreht an Lolita zu stehen, aber Paul fürchtete, die kleinste Bewegung könnte sein buntes Formiversum zerstören. Sein malträtiertes Hirn arbeitete wie verrückt daran, das neue Bild mit Sinn zu füllen. Auf Hochtouren verglich, bewertete und abstrahierte es und lief doch ins Leere. Schließlich gab es auf und ließ zu, dass die Vibration des Kosmos durch seine Augen in ihn eindrang. Das sinnfreie Flirren der Formen ließ ihn selbst flirren. Paul wollte an diesem entkörperten Ort bleiben, sich damit selbst entkörpern. Jedes Ding hier war gleich wichtig, was hieß, dass nichts mehr wichtig war. Das Paradies.

Er hätte sich dankbar sprudelnd aufgelöst, hätte sich nicht ein kleines Gefühl von ganz hinten in die vorderste Reihe gedrängt. Ein hässliches Gefühl, weil es störrisch war und nicht wieder weggehen wollte. Weil es *wichtig* war. Paul war an etwas vorbeigerauscht, bevor sich seine Realität in Tiefe zerlegt hatte.

Bunter Scherbenraum. Splitter. Bleiverglasung. Kirchturm.

Wehmütig zog Paul den Fokus wieder an sich, heraus aus seinem neuen Kosmos, zurück zum Nachthimmel, zum Kirchturm, zur Häuserzeile, zu den Kneipen, Straßen und all dem Müll.

Der Kirchturm.

Man konnte die bunten, bleiverglasten Fenster der Kirche von hier nicht sehen, aber Paul hatte sie vor Augen.

Was, wenn Gott es ihm ausredet?

Wer hat es ihm dann eingeredet?

Auch Gott?

Wie redet Gott einem was ein?

Wie redet Gott überhaupt?

Brennender Busch.

Erscheinungen.

Steintafeln.

Durch seine Diener.

Gottesdiener.

Paul umarmte Lolita, dass ihr Korsett knarzte.

»Du bist unglaublich!«

»Umarmung macht zehn. Plus fünfzig pro Erkenntnis.«

Paul ließ los.

»Kann ich's dir morgen geben?«

Lolita steckte sich eine neue Zigarette an. Sie nickte.

Paul sog den frischen Rauch tief ein und widerstand dem Drang, Lolita zu küssen. Es würde einfach zu teuer. Er ging hinein. Morgen Vormittag würde er es tun.

Der Satz war Lolita so gekommen. Eine Wortspielerei. Sie hatte keine Ahnung, warum Paul so darauf angesprungen war. Lolita konnte seine Umarmung noch fühlen. Sie war schön gewesen.

So völlig frei von Penetrationsgedanken.

UNSTERBLICHE SEELE

Balthasar war schlecht gelaunt. Für den Fall, dass er nicht kürzertrat, hatte sein Arzt furchterregende Szenarien gezeichnet. Ein Blutdruck von zweihundert erlaubte keine Vorfreuden mehr, nur noch mehlige, dünne Puddingsoße, die selbst mit viel Fantasie nach nichts Bekanntem schmeckte. Er saß in der holzigen Dunkelheit seines Lieblingsbeichtstuhls und hielt den Atem an, um dem chemischen Geruch von Gummibärchenaroma und hoch dosiertem Zuckerersatz zu entkommen, als er Schritte hörte.

Zu seinem Ärger stoppten sie in seiner Nähe. Mehr Schritte. Drei. Noch mal Schritte, wieder drei, dann der Schatten eines Mannes, der sich vor dem dunklen Vorhang seines Abteils bückte. Balthasar hob schnell die Füße, aber der Mann hatte ihn schon gesehen. Nebenan ein Knarzen und sofortiges Setzen. Keine Demut. Der Mann war dünn, forsch und offensichtlich auf einer Mission. Balthasar mochte ihn jetzt schon nicht.

»Hochwürden, sind Sie da?«

»Was kann ich für dich tun, mein Sohn?«

»Für mich nichts, danke. Ich komme für einen Freund.«

»Warum kommt dein Freund nicht selbst? Was zu sagen ist, sollte er persönlich mitnehmen, nicht wahr?«

»Das Problem ist, dass er bereits was von hier mitgenommen hat.«

»Hat er etwas gestohlen?«

»Er hat offensichtlich eine missverständliche Empfehlung sehr ernst genommen und dadurch großen Schaden angerichtet. Und der einzige Weg, das zu beenden, ist, dass derjenige, der ihm diesen Gedanken eingeflößt hat, ihm klarmacht, dass alles nur ein Missverständnis war.«

Balthasar mochte den Mann jetzt noch weniger. »Das ist betrüblich, mein Sohn. Um was für eine Art Schaden handelt es sich denn?«

»Mein Freund glaubt, einen Auftrag von Gott zu haben.«

»Ich glaube kaum, dass ein Gottesdiener ihm so etwas mit auf den Weg geben würde, mein Sohn. Unmöglich, möchte ich sagen.

Wir, die wir ihm dienen, sind seine Werkzeuge, niemand sonst. Und das soll hier in dieser Kirche passiert sein, sagst du?«

Paul fischte im Trüben. »Höchstwahrscheinlich. Es ist die nächste.«

»Dann muss ich dir leider sagen, dass du dich irrst, mein Sohn. Wäre es hier passiert, wäre ich derjenige gewesen, der so unglückselig formuliert hätte, und mir käme etwas derartig Absurdes nie aus dem Mund. Was denkt dein Freund denn, was er für einen Auftrag hat?«

»Er glaubt, dass er verzweifelten Menschen hilft, indem er sie zu Gott bringt.«

Balthasar rang nach Worten. »Heiliger Herr im Himmel. Das ist Mord. Du musst damit zur Polizei.«

»Ein Polizist war schon da. Mein Freund hat ihn auch zu Gott gebracht.«

»Dein Freund ist krank! Und du glaubst, solch einen Auftrag hätte ich ihm erteilt? Wie käme ich dazu?«

»Natürlich hat niemand ihm einen solchen Auftrag erteilt. Aber er hat es so verstanden. Erinnern Sie sich an ihn? Er heißt Eckerd. Er ist groß und breit. Rothaarig.«

»Mein Sohn, ich sehe hier drin nicht, wer mir beichtet. Und ihren Namen nennen die Beichtenden auch nicht.«

»Er ist der Sohn eines Schweinebauern.«

Balthasar wurde kalt. Er stockte.

Der Mann bemerkte es. »Sie wissen, um wen es geht, richtig?«

»Ganz und gar nicht, mein Sohn. Ich bin nur entsetzt, mit welcher Absurdität ich mich konfrontiert sehe. Leider muss ich mich jetzt entschuldigen, ich bin längst überfällig mit einem dringenden aushäusigen Termin. Ich wünsche viel Glück.«

Balthasar wand sich aus dem Beichtstuhl und stapfte zum Ausgang. Paul überholte ihn und stellte sich ihm in den Weg.

»Bitte Hochwürden, helfen Sie uns. Er ist kein schlechter Mensch. Ganz im Gegenteil. Er hat mir das Leben gerettet.«

Balthasar legte den Kopf schief. Dann wurde er blass. »Ich erkenne Sie. Sie waren wochenlang im Fernsehen. Ich werde nicht mehr mit Ihnen sprechen.«

»Bitte. Was immer Sie denken, wer ich bin, es tut nichts zur Sache. Ich bin einfach ein Mensch, der Sie um Hilfe bittet, ein schwerwiegendes Problem zu lösen. Schließlich geht es um Mord.«

»An dem ich keinerlei Mitschuld trage.«

»Das sagt ja auch keiner.«

»Nicht?«

»Sie haben Eckerd nie gesehen. Er Sie auch nicht. Keiner weiß, wer den Fehler wirklich gemacht hat. Aber ein echter Geistlicher in Robe muss ihm klarmachen, dass alles ein Missverständnis war.«

»Ich werde ganz bestimmt nicht für Sie lügen.«

»Kommen Sie. Wir wissen beide, dass Sie nicht lügen würden.«

Balthasar baute sich vor Paul auf und zeigte zum Ausgang. »Bei solcher Unverschämtheit sage ich nur: Guten Tag!«

»Sie können sich aufregen, soviel Sie wollen. Aber wenn Sie nicht helfen zu verhindern, dass noch mehr Menschen sterben, würden Sie zu einem Verräter Ihres Glaubens.«

»Das ist wohl maßlos übertrieben. Sagen wir eher, ich würde wahrhaftig bleiben. Aber ich werde für deinen verwirrten Freund beten, mein Sohn. Und für dich auch. Guten Weg noch.« Balthasar wandte sich ab und watschelte davon.

Paul sah ihm fassungslos hinterher, dann fiel ihm etwas ein. »Glauben Sie, was Sie lehren?«

»Was für eine Frage. Natürlich!«

»Dann ist Ihnen klar, was für Sie auf dem Spiel steht?«

»Für mich steht glücklicherweise gar nichts auf dem Spiel.«

»Wenn Sie sich weigern, ihm zu erklären, dass er keinen göttlichen Auftrag hat, jetzt, wo Sie wissen, was das ausgelöst hat, verlieren Sie beim nächsten Mord Ihre unsterbliche Seele.«

Balthasar stoppte. Seine Augen waren geweitet. »Und was, wenn er wütend wird und mich umbringt?«

»Er ist nicht aggressiv. Eigentlich ist er ein guter Mensch. Aber ich verspreche, dass wir Sie jede Sekunde beschützen werden.« Paul gab ihm die Adresse des *Von Herzen*. »Freitag um acht?«

Balthasar nickte zögerlich.

Paul lächelte. »Was essen Sie am liebsten, Hochwürden?«

»In Gegenwart eines Mörders bekäme ich keinen Bissen hinunter.«

»Bitte. Was immer Sie sich wünschen, unser Koch ist fantastisch. Und Eckerd ist kein Mörder. Jedenfalls nicht im klassischen Sinne. Schmorbraten?«

Balthasars Puls stieg. Speichel schoss ihm in den Mund. »Darf ich nicht.«

»Warum nicht?«

»Vielleicht sieht man es nicht, aber ich bin ein wenig füllig.«

»Ach was. Es ist sein Geburtstag. Und ein echter Anlass zum Feiern, denn danach wird alles wieder gut sein. Wir freuen uns auf Sie.«

GESCHENK

Paul hatte eine Versammlung einberufen, nachdem er von der Kirche zurück war. Marthe hatte erst teilgenommen, als er ihr klargemacht hatte, dass er einen Weg gefunden hatte, das Morden zu beenden.

Eckerd kam für gewöhnlich um zehn vom Großmarkt zurück. Um Viertel vor hatte Paul ihnen das Gespräch mit dem Pfarrer kompakt geschildert und nur seine Improvisation mit der unsterblichen Seele wortreich als genialen Schachzug verkauft.

»Über ein Geburtstagsessen mit einem Pfarrer wird er sich riesig freuen.«

Lolita schob die Schnüre ihres Bustiers zu perfekten Rauten.

»Meinst du, dass ihn das Ende auch freut?«

»Wahrscheinlich nicht. Aber erst mal wird er offen aufnehmen, was der Pfarrer zu sagen hat. Und wenn er es ihm geschickt verkauft, ist es vielleicht auch gar kein Problem. Stellt euch das vor. Das Morden hört auf! Findet ihr nicht, dass wir dafür riskieren können, dass er danach womöglich eine Zeit lang schlecht drauf ist?«

Alle nickten.

»Ich brauche ja wohl nicht erklären, um was es geht. Das muss ein Abendmahl werden wie kein zweites. Der Pfarrer kommt um acht. Bitte denkt dran, er hat Angst vor Eckerd. Wir müssen ihn beschützen. Ich verstecke um kurz vor acht die Keule.«

Lolita hob die Hand. »Sorge ich dafür, dass Hochwürden sich wohlfühlt, decke die Tafel und helfe beim Service?«

»Das wäre nett.«

»Fünfhundert.«

»Das meinst du ja wohl nicht ernst.«

»Wollt ihr es mir nachher geben, wenn ihr es jetzt nicht passend habt?«

Marthes Hals wurde fleckig vor Wut. Nach endlosen Sekunden nickte sie.

Lolita nickte auch. »Was denkt ihr, wie lange dauert das Ganze?«

SAUGLASTER

Der Matador hatte eine Münze an Willas Pumps geschnippt, die Giganten hatten hinreißend Tango gespielt, und er hatte stolze Runden gezogen, und doch war sein ganzer Körper Trauer. Auch heute hatte er nicht gefunden, was er suchte. Er krallte sich in den dunklen Samtvorhang, stieß ihn auf und schritt aus dem großen Raum.

Paul hatte einige Teller in die Durchreiche stellen wollen und Raphael im Schatten ausgemacht. Er saß auf der Anrichte und aß sein Gerstensüppchen. Paul schob sich mit den Tellern durch den Vorhang und brachte sie in die Küche.

»Hey, Raph, morgen kannst du zeigen, was du kannst.«

»Ne Scheißarbeit wird das mit dem Vorkochen.«

»Nicht so gut drauf heute?«

»Hätten nicht die üblichen Beilagen gereicht?«

»Nichts darf schiefgehen. Und ich kann mich jedenfalls nicht konzentrieren, wenn ich dabei meinen Ex-Partner essen muss. Lolita und Marthe werden es auch nicht super finden. Eckerd erst recht nicht. Und wenn wir nur die üblichen Beilagen essen, wird der Pater misstrauisch. Also muss die Auswahl so üppig sein, dass es nicht auffällt. Ab morgen wird wieder alles gut. Keine Aufträge von Gott mehr, keine Morde mehr.«

»Ja. Ganz toll. Für euch. Nur ich fresse dann immer noch meinen Schleim, während ich für andere das ganz große Kino koche.«

»Stimmt, das ist blöd. Aber du wanderst nicht in den Knast und wirst nicht totgeprügelt.«

»Toll. Freut mich ganz wahnsinnig.«

Paul setzte sich neben Raphael auf die Anrichte. »Du bist ja richtig mies drauf.«

»Auch wenn das keiner versteht, ich war sehr gern im Knast. Ich hab nun mal die Macke, dass ich auf grobe Kerle stehe. Und für die war ich das allerheißeste Eisen. Ich war mal richtig schön, weißt du?«

»Aber grobe Kerle gibt's doch auch draußen.«

»Nicht so, wie ich sie mag.«

»Weil die was Krasses gemacht haben? Stehst du darauf?«

»Weil sie verzweifelt sind. Die sind Tiger im Käfig. Die Gefangenschaft macht sie aggressiv, ja, aber sie macht sie auch sanft und romantisch. Draußen müssen sie immer nur zeigen, wie fies und brutal sie sind. Und außerdem …« Raphael schluchzte.

Paul reichte ihm eine Rolle Küchenpapier.

»… sind sie noch nicht mal schwul!« Raphael schnäuzte in das Tuch, dass es flatterte. »Aber im Knast ist das anders. Im Knast hatte ich alles. Am Ende sogar eine Liebe.«

»Echt?«

»Ja, Johannes. Aber dann wurde meine Haut schlimm, und alles hat sich geändert. Die anderen dachten, dass ich ansteckend wäre. Johannes hat mich beschützt. Ohne ihn wäre ich totgeschlagen worden. Wir sind zusammen geflohen. Gott, war das romantisch.«

»Wie habt ihr das angestellt?«

»Die Idee kam von ihm. Wir haben wochenlang Bettlaken und Anstaltskleidung geklaut, immer nur ein oder zwei Teile, dass es nicht auffiel. Nachmittags beim Putzdienst haben wir die Lumpen mit unseren Besenstielen tief in die Abflüsse gestopft. Abends fiel schon auf, dass nichts mehr abfloss, und die haben nen Saugbaggerservice gerufen, der kam schon ganz früh morgens. Zum Saugen musste der in den inneren Bereich, und wir sind von oben in den Auffangcontainer des Saugbaggers geklettert, während die Wachen mit Spiegeln untendrunter nach Flüchtlingen gesucht haben.«

»Verstehe ich das richtig? In den Container wird doch die ganze Scheiße reingesaugt.«

»Wenn du verliebt bist, riechst du's nicht so.«

Paul lehnte sich nach vorn, um zu sehen, ob Raphael es ernst meinte. Raphael hatte feuchte Augen.

»Natürlich hat keiner in dem Scheißecontainer nachgesehen. Es wollte ja keiner riechen. Der Laster ist dann ohne weitere Kontrolle zurück zu der Firma auf den Hof gefahren. Wir haben einfach gewartet, bis der Fahrer ausgestiegen ist. Da waren Hunderte von solchen Lastern. Johannes hat unseren Laster kurzgeschlossen, dann sind wir rausgefahren. Einfach so. Zu einem See. Da haben wir nackt gebadet. Gott, war das geil. Er hat mir …«

»Schon gut, verstanden. Was macht Johannes jetzt? Er fand dich doch klasse, auch mit Hautproblemen.«

»Ich sag doch, draußen ist alles anders. Er hat den Sauglaster umlackiert und auf sich angemeldet. Er verdient jetzt legale Kohle damit. Und er hat … er hat …«

»Was?«

Raphael brach in Tränen aus. »Mich einfach verlassen! Es gab nicht mal einen anderen! Ich war ihm einfach nur zu hässlich! Dabei war ich mal so schön!« Raphael ließ sich an Paul kippen und heulte.

»Niemand will mich mehr! Und ich kann nie mehr zurück in den Knast, wo es meine rauen Kerle gibt!«

Paul schob ihn sanft von sich, um ihm in die Augen zu sehen. »Hör mal, ich wollte dir das schon länger sagen …«

»Was denn?«

»Ich habe jemanden kennengelernt, der wahrscheinlich dasselbe Problem wie du hatte.«

»Wieso hatte?«

»Sie ist tot.«

»Oh Gott. Ist es so gefährlich?«

»Weiß nicht. Aber wenn du das hast, was sie hatte, ist es ein Mangel. Dann fehlt dir nur ein Stoff namens Niacin.«

Raphael schnäuzte ein Loch in das Küchenpapier.

»Und wo bekommt man das her? Sind das Pillen oder so?«

Paul sah Raphael an. Ein weinendes Etwas auf der Anrichte. Ein weinendes Etwas, das ihm die schlimmste Zeit seines Lebens beschert hatte. Paul räusperte sich.

»Leider, leider nein. Das gibt es nicht als Pille. Es ist ausschließlich in rohem Fleisch. Am meisten ist in Innereien. Rohe Leber und so.«

»Oh Gott. Dann lieber ein rohes Gesicht.«

»Echt jetzt?«

»Ich war schon als Kind Vegetarier. Und vor meiner Krankheit vegan. Und du bist sicher, dass es keine Pillen gibt?«

»Googel es doch nach, wenn du mir nicht glaubst.«

»Ich glaub dir ja.« Raphael ließ die Schultern hängen. »Aber weißt du, selbst wenn ich wieder schön würde, im Knast haben die mich ganz schön rumgereicht. Ich war so was wie ein Wanderpokal. Wenn ich zu meinen rauen Kerlen wollte, müsste ich mit einem richtig abartigen Verbrechen einsitzen. Dann hätten sie Respekt, und ich könnte mir aussuchen, wen ich will. Aber ich könnte nie einen umbringen. Und schon gar nicht abartig.«

»War ja auch nur ne Idee.«

»Ist ja auch total lieb von dir. Aber das ist echt eklig. Darf man die Innereien wenigstens braten? Mit Schalotten in Barolo oder so?«

»Nee, sorry. Geht gar nicht. Nur roh. Braten macht das Niacin kaputt.« Paul hoffte, dass sein inneres Grinsen sich außen nicht zeigte.

GEBURTSTAG

Heute geschlossene Gesellschaft.

Eckerd leuchtete rosig vor Rührung. Er hatte das Päckchen geöffnet, das Paul ihm im Namen aller überreicht hatte. Darin war ein selbst gelöteter Messingrahmen von Marthe mit einem von ihr gemalten Passepartout in Violetttönen, das einen postkartengroßen Hinweis einfasste, den Paul nach einem Dutzend Versuchen halbwegs leserlich geschrieben hatte.

Das Schild war ein Ratespiel gewesen, und Eckerd hatte recht schnell kombiniert, dass der Anlass für die geschlossene Gesellschaft ein Festessen zu seinem Geburtstag war. Und da man nicht einfach auswärts essen ging, folgerte er, dass jemand Besonderes kommen würde. Er hatte zuerst auf Lulur Vanten getippt und kurz enttäuscht ausgesehen, als alle *kalt* gerufen hatten. Nach einigen, teilweise abstrusen Rateversuchen hätte Eckerd beinahe aufgegeben, als Marthe mit einem Räuspern auf das angedeutete Bleiglasmuster in dem violetten Passepartout hingewiesen hatte.

Eckerd leuchtete rosig vor Rührung.

»Oh. Ist es das, was ich denke? Ein Geistlicher?«

Paul bejahte mit einem anerkennenden Nicken. Sein Herz pochte.

Jetzt kommt der gefährlichste Teil.

»Pfarrer Balthasar.«

Paul beobachtete Eckerd. Wenn ihm der Name etwas sagte, würde sein Instinkt anspringen.

Eckerd wirkte erstaunt. »Oh, sogar ein Pfarrer. Gott, ist das lieb von euch! Von wo kommt er?«

»Von hier, aus dieser Diözese. Kennst du ihn vielleicht?«

»Nein. Aber was für eine schöne Idee! War die von dir?«

Paul nickte bescheiden.

Eckerd klopfte ihm auf die Schulter, kramte in einer Schublade nach doppelseitigem Klebeband und rauschte hinaus, um das Schild an die Tür zu kleben.

Marthe sah Paul düster an, und er wusste, warum.

Sie hatten Eckerd auf sein Zimmer komplimentiert, nachdem er wilden Aktionismus an den Tag gelegt und im großen Raum alle Vorhänge aufgezogen hatte, weil er so stolz auf den Besuch war, dass alle es sehen sollten.

Paul und Lolita hatten die Tafel weiß eingedeckt, nachdem Marthe an beiden Enden halbmeterhohe Skulpturen platziert hatte, riesige, oben aufgeplatzte Eierschalen, aus denen weiß glänzende Köpfe ausgewachsener Porzellandachse herausschauten. Raphael war in seinem Tunnel. Er schnibbelte, rührte, kochte, briet und pfiff dabei zu der Musik, mit der er alle versorgte.

Um Viertel vor acht standen die vier stolz vor der üppigen weißen Tafel, Franz Liszts *Valse Impromptu* perlte in der Luft, zart begleitet von dem Orchester aus der Durchreiche: dem Brummen dreier Öfen, dem Rauschen von Gas und dem Brutzeln und Brodeln etlicher Pfannen. Jeder hatte sich nach seiner Fasson gekleidet, Raphael in eine saubere weiße Kochjacke, Paul in sein weißes Hemd mit schwarzer Hose, Marthe mit ihrem perfekten Bob wie ein Streichholzkopf in ein hochgeschlossenes weißes Kostüm und Lolita in eine so gut wie nahtlose zweite Haut aus weißem Leder.

Paul hatte den großen Raum noch nie mit offenen Fenstern gesehen. Die blaue Stunde fiel herein und mischte das viele Rot der Polster, Wände und Bilder zu einem satten Violett. Ihm lief ein Schauer über den Rücken.

Man sagt, dass jemand stirbt, wenn es violett ist.

Paul schüttelte den Gedanken ab.

Dieses Violett ist ein gutes Zeichen. Das Violett der Bischöfe. Eine göttliche Farbe. Das Einzige, was heute stirbt, ist die dumme Idee, dass Eckerd einen Auftrag von Gott hat.

Paul nahm Marthes und Lolitas Hand, Marthe nahm die von Raphael.

»Ich kann gar nicht sagen, wie glücklich ich bin, dass wir das heute beenden. Klar wissen wir nicht, wie Eckerd es aufnimmt. Und wir müssen Hochwürden unbedingt schützen, das habe ich ihm hoch und heilig versprochen. Aber wir sind ganz kurz vor dem Ziel. Bitte lasst uns eine Minute in uns gehen. Und dann stimmen wir noch einmal genau untereinander ab, wie wir auf die eine oder andere Situation reagieren.«

Sie schlossen die Augen und hielten sich fest an den Händen. Heiße Hoffnung floss von Arm zu Arm, sie atmeten tief bis in die Lungenspitzen und sammelten Mut.

»Bin ich zu früh?«

Sie zuckten zusammen.

Balthasar sah zum Fenster herein.

MÖRDERGRUBE

Ihm war kalt.

Es hatte mindestens zwei Minuten gedauert, bis dieser Paul aufgeschlossen hatte. Das war sie also, die Mördergrube. Dunkel wie ein Grab, bemalt mit niederen Fantasien und einem riesigen, obszönen Mund am Ende des Raums. Was sollte aus so etwas anderes herauskommen als Mord und Totschlag? Und hier war er nun, mit dem Wort eines Perversen als einzigem Schutz, während er mit einem Mörder speisen musste, um ihm den Grund seines Tuns zu entziehen.

Balthasar hatte in den letzten Tagen weitaus öfter gebetet als sonst, oder besser gesagt, er hatte sich beschwert, dass ihm der Herr solch eine Aufgabe auferlegt hatte. Alles in ihm sträubte sich, durch den Mund zu treten, aber er tat es, allein um seiner unsterblichen Seele willen.

Der Raum auf der anderen Seite hatte dagegen gar nichts Diabolisches. Er war reich dekoriert wie eine Wallfahrtskirche, auch wenn die Symbolik der einzelnen Motive sich ihm nicht erschließen wollte. Alles war wild und ungestüm, aber Balthasar beschloss, es fantasievoll zu nennen, denn vieles war mit großem Aufwand repariert oder neu kombiniert worden, und das zeugte von Wertschätzung und Schaffenskraft. Außerdem leuchtete alles in einem bischöflichen Violett. Das ganze Gold gefiel Balthasar auch sehr, und für einen teuflischen Ort lagen zudem zu viele herrliche Wohlgerüche in der Luft. Dazu Beethovens Erste – eine himmlische Wahl. Sie machte ihn immer leicht und beschwingt, auch jetzt, als dieser Paul ihn auf zwei weiß gekleidete Frauen zuführte, die einen großen Rothaarigen flankierten. Das musste dieser Eckerd sein.

Balthasars Augen rollten hin und her, zwischen der gigantischen Cloche in der Mitte der reich gedeckten, herrlich dekorierten Tafel und der ranken Frau, deren weißes Leder so an ihr klebte, dass es sie fast nackt machte, weiß wie ein Knabe, der so züchtig betete, dass er selten in die Sonne trat.

Schnell zertrat er den Gedanken und zwang seine Aufmerksamkeit zurück zu Eckerd, der so offen erfreut auf ihn zuging, dass er daran zweifelte, dass irgendetwas von dem wahr sein konnte, was dieser Paul gesagt hatte. Schon in der Kirche hatte er einen paranoiden Eindruck auf ihn gemacht, und glaubte man den Medien, war er ohnehin total gestört.

»Hochwürden, das ist unser Geburtstagskind, Eckerd von Herzen.« Paul klopfte Eckerd auf die Schulter. »Eckerd, darf ich bekannt machen, Pfarrer Balthasar.«

Eckerd errötete. »Hochwürden, ich kann Ihnen gar nicht sagen, wie überglücklich ich bin, dass Sie uns heute beehren.«

Balthasar wollte es nicht, aber er fühlte sich tatsächlich geehrt. »Die Ehre ist ganz bei mir, da kann ich nur mit Jesaja neun drei sprechen, *du machst groß seine Freude. Vor dir wird man sich freuen, wie man sich freut in der Ernte.*«

Eckerd errötete noch mehr.

Paul musste sich anstrengen, die riesige Cloche von der Bratenplatte zu heben. Der Duft des prachtvollen Bratens masturbierte Balthasars Nase.

»Hochwürden, dürfen wir Sie auf einen Snack einladen?«

Bei all dem Speichel, der sich in seinem Mund sammelte, fiel Balthasar das Sprechen schwer. »Oh, danke, ich bin nicht so hungrig.«

Die vier sahen enttäuscht aus.

»Na gut, aber nur ein winziges Stückchen. Wie heißt es so

schön? *Wenn wir durch den Geist leben, lasset uns auch im Geist wandeln.*«

Eckerd freute sich. »Wie schön. Galater fünf fünfundzwanzig.«

Balthasar nickte wohlwollend.

VERGESSEN

Paul wurde langsam ungeduldig. »Wollen wir uns nicht setzen?«

Eckerd setzte sich an die Mitte der Tafel, Paul bot Balthasar den Stuhl gegenüber an, und Lolita und Marthe nahmen rechts und links neben ihm Platz. Als Paul sich zu Eckerd setzen wollte, hatte der schon seinen Arm auf die Lehne des Stuhls neben sich gelegt.

Als ob der Platz schon reserviert ist.

Paul trat ein wenig zurück und ging in die Knie. Was er sah, ließ ihm das Mark gefrieren. Vorhin, als der Pfarrer zu früh gekommen war, hatte er etwas Wichtiges vergessen. Jetzt lag es auf dem Sitz des Stuhls.

Paul setzte sich auf einen anderen Platz und suchte Marthes Blick. Sein Mund formte stumme Worte.

Er ahnt etwas.

Sie sah ihn erstaunt an. *Glaub ich nicht.*

Doch. Die Keule. Sie liegt neben ihm.

APPETIT

Mit jedem Schluck spürte Balthasar, wie der Wille, seine unsterbliche Seele zu retten, abnahm. Sein Appetit war wirklich ungewöhnlich, aber er konnte sich auch nicht erinnern, jemals einen so perfekten Schmorbraten gegessen zu haben, schon gar nicht mit einer so feinen, bitteren Note. Sie komplementierte die dunkle Frucht, das Leder und die leichte Schokolade des herrlich schweren Weins perfekt. Das Problem war, dass ein Biss in das eine einen Schluck des anderen forderte. Außerdem legte ihm die weißlederne Schönheit mit dem Knabenkörper wachsam Braten nach, und die makellose Rothaarige hielt ihn am Wein. Wer würde da ablehnen? Wer könnte?

Dieser Eckerd war witzig, unglaublich aufmerksam und bibelkundig wie kein Zweiter. Egal, was dieser Mann getan haben sollte, Balthasar fühlte sich in seiner Nähe sicher und überaus wohl – deutlich wohler als in der Anwesenheit seines Kellners.

Er überlegte, ob der Herr ihm durchgehen lassen würde, wenn er in Ruhe zu Ende aß, das absurde Thema einfach unter den Tisch fallen ließ und sich freundlich verabschiedete, um danach eine Zeit lang keine Zeitung zu lesen. Dann wüsste er nicht, wie das hier weiterging, er wüsste nichts von einem eventuellen weiteren Mord und könnte sich daher auch keine schuldvollen Gedanken um seine unsterbliche Seele machen. Er war schließlich Geistlicher, kein Kriminalbeamter. Doch eine kleine Stimme in seinem Kopf sagte ihm, dass es so nicht funktionieren würde.

Balthasar flüsterte einen Dank, als Marthe ihm von dem Amarone nachgoss, dann räusperte er sich und sah Eckerd entschlossen an.

»Der gute Paul hat mir erzählt, was für ein gläubiger Christ du bist, mein Sohn.«

Eckerd zwinkerte. »Das ist sehr freundlich von ihm. Ich tue, was ich kann. Aber messen Sie mich bitte nicht daran, wie regelmäßig ich in die Messe gehe, Hochwürden. Dann sähe ich wie ein Heide aus. Aber ich bete zu jeder Tageszeit.«

Balthasar setzte Güte auf.

»*Nicht dass wir Herren seien über euren Glauben, sondern wir sind Gehilfen eurer Freude; denn ihr stehet im Glauben.*«

»*Aber das ist meine Freude, dass ich mich zu Gott halte und meine Zuversicht setze auf den Herrn, dass ich verkündige all dein Tun.*«

»Wie schön, du kennst dich aus! Siebenunddreißig zweiundachtzig der Psalmen, wenn ich mich recht erinnere?«

»Dreiundsiebzig achtundzwanzig.«

Balthasar schwang seinen Amarone, dass etwas davon aus dem Glas schwappte.

»*Der Herr macht ihre Wüste wie Eden und ihr dürres Land wie den Garten des Herrn, dass man Wonne und Freude darin findet, Dank und Lobgesang.*«

»*Ich freue mich über dein Wort wie jemand, der einen wertvollen Schatz findet.*«

»Psalmen, Hundertneunzehn hundertzweiundsiebzig?«

»Hundertzweiundsechzig. Aber ist ja auch nicht so wichtig. Hochwürden, ich möchte nicht unbescheiden klingen, aber ...«

»Was denn, mein Sohn?«

Eckerd sprach leise, als er sich zu Balthasar beugte. »Dürfte ich Sie um einen Gefallen bitten?«

Balthasar setzte den Wein ab. Ihm fiel es zunehmend schwerer, zu einem Respekt gebietenden Habitus zurückzufinden.

»*Und so wir wissen, dass er uns hört, was wir bitten, so wissen wir, dass wir die Bitte haben, die wir von ihm gebeten haben.*«

Lolita runzelte die Stirn. »Steht das etwa so in der Bibel?«

Eckerd grinste. »Johannes fünf fünfzehn.«

Alle kicherten, dann blieb ihnen das Lachen im Halse stecken.

GIER

Eckerd hatte den Kasten auf den Tisch gestellt und holte die Keule heraus. Nur Balthasar aß genüsslich weiter und trank seinen Wein. Glücklich benebelt schaute er sich die schönen Schnitzereien an, und als Eckerd ihm die Keule hinhielt, ließ er sie sich in die Hände legen und beäugte sie von allen Seiten.

»Das ist antik, oder? Was ist das? Ein Erbstück?«

»Das ist das Zepter unserer Familie. Mein Großvater hat es mir vererbt.«

Balthasar spürte, dass etwas Besonderes von diesem Stück Holz ausging. Es fühlte sich gut an. Es bedeutete etwas. Stärke ging davon aus, mehr als von jedem katholischen Artefakt, das Balthasar bisher in den Händen gehalten hatte.

»Ein tolles Erbstück. Von deinem Großvater, sagst du?«

»Ja. Von Elmar, meinem Großvater. Hochwürden, dürfte ich Sie bitten, es zu *segnen*?«

Balthasar fühlte sich geehrt. Familientraditionen waren etwas Wunderbares und Segnungen seine Paradedisziplin. Die anderen würden dankbar sein, dass er Eckerd zur Feier des Tages sein Familienerbstück segnete. Er sah in die Runde.

Blankes Entsetzen spiegelte sich auf den Gesichtern wider.

In Balthasar arbeitete es, das Holz wurde schwer in seiner Hand. »Und welchem Zweck diente es, das Zepter? Es sieht so funktionell aus.«

»Ich bin der Enkel eines Schweinebauern. Es ist eine Schweinekeule.«

Es krachte, als die Keule aus Balthasars zitternden Händen auf den Teller fiel.

»Das ist ein Instrument des Todes! Wie kommst du darauf, dass ich so was segnen würde?!«

Eckerd sah ihn gelassen an. »Weil der Beruf des Schweinebauern ehrbar ist und das Keulen im Sinne des Herrn, solange es in vollem Respekt vor der lebenden Kreatur geschieht.«

»Ja. Aber nur solange es bei Schweinen bleibt.«

Eckerd nahm die Keule vom Teller, wischte etwas Soße davon ab und sah dabei Paul an.

»Sag mal, Paule, der Balthasar ist gar kein Geburtstagsgeschenk, richtig?«

Paul sah auf die Tischplatte. »Er ist hier, um dir was zu sagen.«

»Ist er das? Na, du bist mir ja einer, Paule.« Eckerd lehnte sich zu Balthasar vor. »Und das wäre, Hochwürden?«

Balthasar konnte fühlen, dass sein Puls stieg. Seine Kehle klebte. Er befeuchtete sie mit einem großen Schluck Amarone und atmete tief durch. »Mein Sohn, ich glaube, du denkst, der Herr sprach zu dir wie in Mose dreiundzwanzig zwanzig.«

»*Siehe, ich sende einen Engel vor dir her, der dich behüte auf dem Wege und dich bringe an den Ort, den ich bestimmt habe,* meinen Sie das?«

»Wunderbar, wie das Wort in dir lebt. Aber weißt du, mein Sohn, so ist es leider nicht.«

Eckerd legte eine bleischwere Hand auf Pauls Schulter. »Wie kommt der Balthasar denn auf so was, Paule?«

»E-er ist Geistlicher. Er weiß solche Dinge.«

»Und was weiß der Balthasar alles von dir?«

»Dass du glaubst, dass du einen Auftrag von Gott hast.«

»Und was noch?«

»Dass du Leute umbringst deswegen.«

»Ah.«

Balthasar beugte sich vor.

»Ist das wirklich wahr, mein Sohn?«

»Nur wenn der Herr es mir aufträgt.«

Balthasar versuchte, so streng zu klingen, dass seine Angst nicht zu hören war.

»Es tut mir leid, aber da muss ich dir klipp und klar sagen, dass das nicht stimmt. Du hast keinen Auftrag von Gott! Das wäre auch ganz und gar unchristlich.«

Eckerd nippte an seinem Wasser. »Der Balthasar. Als ob er dabei war.«

»Ja, tatsächlich *war* ich dabei. Ich war derjenige, dem du gebeichtet hast. Und daher weiß ich auch genau, dass du keinen Auftrag vom Herrn hast!«

»Und wie komme ich dann darauf, Hochwürden? Ich fand, Sie waren recht deutlich.«

»Weil es ein Versehen war. Ich habe dem, was du sagtest, entnommen, du seist ein junger Schweinebauer, der Skrupel hat, Schweine zu keulen. Nur deswegen sagte ich, es wäre im Sinne des Herrn, zu keulen. Und damit meinte ich ausdrücklich Schweine. Das und nichts anderes habe ich gesagt.«

Eckerd legte sich die Keule in den Schoß.

Balthasar bekam das dringende Gefühl, weglaufen zu wollen, aber er war sich sicher, dass er nicht weit kommen würde. »Mein Sohn, ich verstehe, dass das schwer zu akzeptieren ist, aber so ist es nun mal. Sieh es mal so: Es wird niemand mehr zu Schaden kommen, und der Gram geht vorbei. Denk an die Psalmen, dreißig fünf, *denn sein Zorn währt einen Augenblick, und lebenslang seine Gnade; den Abend lang währt das Weinen, aber des Morgens ist Freude.*«

Eckerd starrte auf einen Punkt in der Unendlichkeit. »Also

waren alle meine Versuche, Menschen zu helfen, von Grund auf falsch.«

»Nein, mein Sohn, nichts davon war falsch. Bis auf das Keulen.«

»Ich habe Menschen zu Unrecht zum Herrn gebracht, nur weil ich Sie, Hochwürden, falsch verstanden habe.«

»Es ist passiert, weil du dir diese Aufgabe zu sehr gewünscht hast, die du nun mal leider nicht hast.« Balthasar überlegte, ob es schlau gewesen war, das zu sagen.

Eckerd lächelte. »Oder es ist passiert, weil Sie mir nicht richtig zugehört haben.«

Balthasar wäre zu gern losgerannt. »Einigen wir uns darauf, dass du versucht hast, das Richtige auf die falsche Art zu tun, mein Sohn. Fakt ist, wie schon Johannes der Täufer gesagt hat, *ein Mensch kann nichts nehmen, wenn es ihm nicht vom Himmel gegeben ist.*«

»Ich wollte niemandem etwas nehmen. Immer nur geben.«

»Davon glaube ich dir jedes Wort, mein Sohn.«

Minutenlang sagte niemand mehr etwas. Eckerd starrte vor sich hin, und Balthasars Schweißschübe ließen langsam nach. Dieser Eckerd hatte es gefressen. Jetzt musste er es nur noch verdauen.

Er nahm sich drei daumendicke Bratenscheiben, goss reichlich Soße darauf und stopfte sich ein großes Stück in den Mund, bevor ihm etwas einfiel, das er noch sagen wollte.

»Mein Sohn, das alles passierte unter verwirrenden Umständen. Du weißt doch, wie es in den Sprüchen Salomos heißt, *welchen der Herr liebet, den strafet er.* Komm morgen in unsere Kirche, und ich nehme dir die Beichte ab. Wie in Lukas fünfzehn acht, *also wird auch Freude im Himmel sein über einen Sünder, der Buße tut.*«

Eckerd raufte sich die Haare. »Lukas fünfzehn sieben.«

Balthasar hob einen dicken Zeigefinger. »Du magst dich gut auskennen in seinem Wort, aber sei gewarnt, mein Sohn. Es erzürnt den Herrn, wenn jemand anderes als wir, die sein Wort verkünden, sich aufschwingt, für ihn auf eine Mission zu gehen. Die Einzigen auf einer Mission für ihn sind wir, die Priester und die mit noch höheren Weihen, niemand sonst. Wenn du also das nächste Mal einem Menschen helfen willst, bringe ihn zu uns. Nicht zu ihm.«

Eckerd hatte Tränen in den Augen. »Sie hätten sie kennenlernen müssen, Hochwürden. Es war wie in Jeremia fünfzehn achtzehn; *warum währt doch mein Leiden so lange, und meine Wunden sind so gar böse, dass sie niemand heilen kann?*«

Balthasar hatte noch einen Bissen hinterhergestopft, ohne vorher zu schlucken. Der Fleischklumpen wurde zu groß, um ihn zu kauen, er sprach mit offenem Mund. »Du bist ein guter Christ. Aber du kannst nicht einfach jemanden von seinem Leid erlösen, indem du sein Leben beendest, mein Sohn. Töten ist eine Todsünde.«

»Ist es nicht.«

Balthasar fiel ein wenig Fleisch aus dem Mund. »Wie bitte?«

»*Du sollst nicht töten* ist ein *Gebot*. Ein Gebot ist eine Art *Ratschlag*. Und der lässt sich nun mal nicht immer mit einer Mission vereinbaren. *Liebe deckt zu alle Übertretungen,* Sprüche zehn zwölf.«

Balthasar sprang auf. Sosehr seine Zunge sich mühte, sie schaffte es nicht, das Stück Braten in den Schlund oder in eine Backentasche zu schieben. Einige bespeichelte Fleischfetzchen spritzten über den Tisch, als er laut wurde.

»Du hast keine Mission! Und Töten ist Sünde!«

»Aber keine Todsünde. Wissen Sie noch, was in Lukas sechs einundvierzig steht?«

»Natürlich.«

Eckerd wartete.

Balthasars Mund arbeitete an dem Fleisch. »Was war es noch mal?«

»*Was siehst du aber einen Splitter in deines Bruders Auge, und des Balkens in deinem Auge wirst du nicht gewahr?*«

»Ich nehme an, ich soll das auf mich beziehen.«

»Sie beschuldigen mich der Todsünde, die eigentlich nur ein Gebot ist, und begehen dabei jeden Tag selbst eine. Wie soll ich meine Leidenden zu Ihnen bringen, obwohl Sie noch weniger prädestiniert sind als ich, Menschen zu helfen?«

Balthasar gackerte mit vollem Mund. »Das wäre ein Witz, wenn er komisch wäre!«

»Gier ist kein Witz, Hochwürden. Gier *ist* eine Todsünde.«

Balthasar spuckte, während er wild mit den Armen ruderte. »Das ist ja wohl die blanke Unverschämtheit! Ich habe kaum etwas gegessen! Allein, dass ich das anführen muss, ist infam!«

»Das ist das Problem. Gier verzerrt den Blick. Sonst wäre Ihnen aufgefallen, dass wir alle nur Gemüse gegessen haben. Schauen Sie auf die Teller. Verstehen Sie mich nicht falsch, Hochwürden, hier darf jeder so viel essen, wie er möchte, aber Sie haben fast ein ganzes Bein verspeist. Das ist allein vom medizinischen Standpunkt her heikel. Wie viel bringen Sie auf die Waage? Was tun Sie Ihren Organen an? Was sagt das über Ihr Selbstwertgefühl aus? Hochwürden, wie wollen Sie Heilung spenden, während Sie sich ins Verderben fressen? Wissen Sie noch, Matthäus fünfzehn vierzehn? *Wenn ein Blinder den andern führt, so fallen sie beide in die Grube*, das hat schon Jesus gesagt. Soll ich so jemandem meine Bedürftigen überlassen?«

Balthasar schaffte es, einen Teil des Fleischklumpens herunterzuwürgen. Kurz durchfuhr ihn die Erregung, die er immer verspürte, wenn er schlang. »Das ist das Unverschämteste, was ich je gehört habe!«

»Sehen Sie, wie Sie mit unbequemen Wahrheiten umgehen? Aber von mir verlangen Sie, dass ich einfach akzeptiere, dass ich mehrere Menschen zu Gott geschickt habe, ohne einen Auftrag von ihm zu haben. Ich soll einfach so einsehen, dass ich falschlag und statt Gutem Furchtbares getan habe? Aber gut. Im Gegensatz zu Ihnen werde ich es akzeptieren. Unter einer Bedingung.«

Eckerd lehnte sich weit vor und fixierte ihn. Balthasar trat einen Schritt vom Tisch zurück. »U-und die wäre?«

»Dass Sie zugeben, dass Sie an dem Tag genau das getan haben, was Sie heute Abend getan haben. Sie waren gierig und deswegen unfähig, zuzuhören. Was haben Sie gegessen, als Sie mir meinen Auftrag gaben?«

Balthasar sah auf den Boden. Er schob einen Fuß weit vor, um dessen Spitze über seinen Bauch hinweg sehen zu können.

»E-ein Croque, glaube ich.«

»Wie lang?«

»Ist das wichtig?«

»Wie lang?«

»S-siebzig Zentimeter.«

»Sehen Sie, wie sehr Gier eine Todsünde ist? Wegen siebzig Zentimeter Croque mussten vier Menschen sterben. Oder sagen wir, drei, wegen des ersten bin ich ja überhaupt gekommen. *Ich* bin gekommen. Ich hatte ein Unrechtsbewusstsein – bis ich Ihren Auftrag bekam. Haben Sie eine Ahnung, wie sich das jetzt anfühlt, in besten Absichten so falsch gehandelt zu haben? Ich fühle mich wie in den Klageliedern zwei einundzwanzig, *du hast ohne Barmherzigkeit geschlachtet*!«

Balthasar schluckte den Rest des Bratenklumpens. Ein wohliger Schauer krabbelte ihm über den Rücken.

»Du klingst weniger, als ob dir leidtut, was du getan hast, vielmehr scheint dich zu grämen, dass du nicht der lange Arm des Herrn bist. Ich sage es noch mal: Egal, was ich dir damals geraten habe, es war ein reines Versehen. Nichts weiter. Schall und Rauch. Ich habe dir keinen Auftrag von Gott gegeben!«

Eckerd lehnte sich zurück. »Wer sagt, dass der Überbringer immer weiß, dass er ein Überbringer ist?«

Balthasar schnappte nach Luft, dann straffte er sich. »Wenn du dich weiter belügen willst, mein Sohn, bitte. Denn ab jetzt ist es deine unsterbliche Seele, die am Abgrund steht, nicht mehr meine.«

Er warf einen kritischen Blick in die Runde. »Ich frage mich schon den ganzen Abend, was Sie alle in dieser Ungeheuerlichkeit zusammenhält. Aber ich nehme nicht an, dass es mir jemand erklären möchte. Dieser hübsch gestaltete Ort hier wird es nicht sein. Obwohl, ist das alles nicht ein wenig heidnisch? Ist das noch Dekoration oder schon Gesinnung? Reflektieren Sie doch mal darüber.«

Marthe kniff die Augen zu Schlitzen.

Balthasar setzte ein glasiertes Lächeln auf.

»Nun, es hätte ein schöner Abend werden können. Selbst wenn

es mich in Ihren Augen wieder als Gierigen brandmarkt, bitte richten Sie dem Koch aus, dass er Fantastisches geleistet hat. Auch wenn man hier nur homöopathisch genießen darf, es war köstlich. Ich finde allein hinaus. Gute Nacht.«

Balthasar kehrte ihnen den Rücken zu, schnappte sich in der Drehung noch ein prächtiges Stück Braten vom Teller, hielt es vor die Brust, wo es niemand sah, und stolzierte so erhaben, wie es ihm seine Fülle erlaubte, Richtung Ausgang. Kurz vor dem Vorhang stopfte er sich das Bratenstück in den Mund, um es nicht mit dem muffigen Stoff in Berührung zu bringen, wenn er sich hindurchschob.

Eckerd stand auf und verbeugte sich. »Allerherzlichsten Dank für Ihre Anwesenheit, Hochwürden. Natürlich werde ich Ihr Lob gerne unserem Koch übermitteln. Es freut ihn garantiert über alle Maßen, dass er Herrmann nach Ihrem Geschmack zubereiten konnte.«

Balthasar stockte. Eckerd lehnte sich vor. »Wissen Sie, Hochwürden, kaum einer mochte Herrmann. Er war ein unbequemer, zäher, harter Kerl. Und ein Nazi. Aber sein Bein war köstlich, nicht wahr?«

Der Schock der Erkenntnis ließ Balthasar nach Luft schnappen, dabei sog er sich den Fleischklumpen tief in den Rachen, bis in die Luftröhre. Er röchelte, schob sich die dicken Finger tief in den Hals, aber fischte nur kleine Fetzen. Verzweifelt ruderte er mit den Armen.

Schnell sprang Paul zu ihm und schlug ihm kräftig auf den Rücken. Balthasar erschrak und rang nach Luft, wodurch er den Brocken noch tiefer in seine Luftröhre sog. Ein gewaltiger Krampfhusten explodierte in seinen Bronchien, den Pfropf in der Luftröhre konnte er nicht lösen. Stattdessen entlud sich der Druck in seinem Kopf, ließ sein Gesicht anschwellen und die Augen aus den Höhlen treten. Er sackte auf die Knie.

Paul schrie nach Lolita. »Du hast schmale Hände! Hol das aus ihm raus!«

»Tausend.«

Balthasar zitterte. Marthe und Paul nickten.

Lolita zog einen Handschuh aus und schob Balthasar ihre langen Finger tief in den Schlund. Er übergab sich, fiel auf die Knie und zuckte.

Paul versuchte, ihn aufzurichten, aber er konnte ihn kaum bewegen. Er sah zu Eckerd, der aus den Fenstern schaute, an denen ein paar spät Arbeitende und erste Nachtschwärmer vorbeizogen. Einige warfen einen flüchtigen Blick herein, ohne zu realisieren, was drinnen vor sich ging. Die Nacht hatte die blaue Stunde abgelöst. Das Violett war wieder Ochsenblut und Gold gewichen.

»Bitte Eckerd. Wir müssen ihn auf den Kopf stellen!«

»Hochwürden hat gesagt, ich darf nicht helfen.«

Paul schrie nach Raphael, der kurz darauf aus der Küche gerannt kam und alles versuchte, um zusammen mit Paul, Marthe und Lolita den krampfenden, nach Luft ringenden Zweihundertkilomann auf den Kopf zu stellen. Aber sie fanden an ihm keinen Halt, und als er endlich auf dem Rücken lag, war es ihnen unmöglich, den Körper genug anzuheben, dass sein Hals sich strecken konnte. Sein Vielfachkinn drückte auf seine Gurgel, Balthasar war kaum noch anwesend, seine Spasmen nahmen noch einmal zu.

Paul kreischte. »Eckerd!«

Eckerd kam ohne Eile und sah auf Balthasars zuckende Masse herab. »*Auch wenn wir nicht hinter Gott stehen, stehen wir doch vor ihm.*«

Er stellte sich hinter den Pfarrer, umfasste seine Oberschenkel und stemmte den plumpen Körper unter Aufbietung aller Kräfte nach oben. Er schaffte es, Balthasar ein paarmal zu schütteln, aber außer Schaum kam nichts aus ihm heraus. Die Anstrengung ließ Eckerd zittern, er musste ihn ablegen. Balthasars Schultern kamen wieder auf dem Boden zum Liegen, der Hals knickte nach vorn. Eckerd sah zwischen den massigen Beinen hindurch auf das tiefviolette Gesicht. Verquollene Augen starrten Eckerd an, der blaugraue Mund formte Worte.

»*Du … hast … keinen Auftrag.*«

Balthasar erschlaffte. Sein massiger Leib glitt Eckerd aus den Armen, er klatschte auf den Boden und gab nichts mehr von sich, das Hoffnung machte.

Trotz aller Anstrengung war Eckerd bleich. Er starrte immer noch auf den aufgedunsenen Kopf; das einzig Violette, das dem Raum geblieben war.

Paul stieß ihm vor die Brust. »Warum musstest du ihm sagen, was er gegessen hat?!«

»Du hast ihn geholt, damit er die Wahrheit sagt. Da lüge ich ihn doch nicht an.«

Eckerd stieg über Balthasars leblosen Körper und hielt auf das Dunkel neben der Bar zu.

Paul starrte ihm hinterher. »Was sollen wir denn jetzt machen?!«

Im Schwarz ächzten die Treppenstufen unter Eckerds Schritten. »Wer bin ich, euch was zu raten? Ich habe mich doch in allem geirrt.«

SCHWARZ

Selbst zu viert war es ihnen unmöglich gewesen, Balthasar anzuheben. Still hatten sie die Tafel abgedeckt, ihn in die Tischdecke gewickelt und mit vereinten Kräften durch den Vorhang in den Vorraum und von dort aus in die Küche geschleift.

Paul sah auf Balthasars panikverzerrtes Gesicht herab. Es klagte ihn an. Es sprach zu ihm. *Sie haben geschworen, mich zu beschützen.*

Paul rannte aus der Küche nach oben, wollte Eckerd stellen, sich von ihm schlagen oder auch töten lassen, aber dann rannte er einfach weiter, stieg immer höher, bis ihm Medusas Tür den Weg versperrte.

Er drückte sie auf, stolperte in Wind und heftigen Regen, trat ein in Marthes Garten der Merkwürdigkeiten, vorbei an einem glücklichen Mann, aus dem eine fußballgroße Zecke saugte, und an Amor, der einen Pfeil auf sich selbst schoss. Der schwere Regen erlaubte kaum mehr als armweite Sicht, und doch erkannte er sie in allem, das hier oben stand. Alles hier war sie. Marthe, die alle und alles zusammenhielt. Und er, der alles zerstörte, stolperte hindurch und sah, wie wenig er verstanden hatte. Alles hier sang ein Lied davon, wie reich sie innerlich war. Bei ihr durfte alles miteinander sein. Bei ihm gab es nur Richtig und Falsch. Schwarz und Weiß. Er weinte.

Du hast getan, was du dachtest, das unbedingt getan werden müsste, und andere haben dafür gezahlt. Jetzt bist du wie Eckerd. Ein Mörder. Er hat für Gott getötet, du für dein Richtig und Falsch. Herrmann ist tot, weil du ihn für dein Richtig geholt hast. Und dann bist du abgehauen. Balthasar ist an deinem Richtig jämmerlich verreckt. Obwohl du geschworen hast, ihn zu beschützen. Du bist schlimmer als Eckerd. Eckerd tut immer, was er sagt, und sagt, was er tut. Du tust keines von beiden.

Gierig fraß der Teufel auch das andere Ohr der Frau. Sie hatte rote Haare, und der Teufel trug einen Bart, wie Paul ihn gehabt hatte.

Er stand vor dem gläsernen Haus, ließ sich nass regnen und starrte auf das halbfertige Bild neben ihrem Bett. Es sagte alles.

Paul trat an die Dachkante. Die Tiefe lockte ihn, aber er ließ sich nicht ziehen. Er wollte dort unten nicht fotografiert werden. Er war genug fotografiert worden. Seine Leiche unten vor dem Haus würde ihnen schaden, und er hatte genug geschadet.

Im tosenden Regen geisterte er an der Kante entlang zum seitlichen Ende des Dachs, zu einem Sims und kletterte darauf. Er sah den langen Wasserfäden hinterher, die aus dem Dunkelgrau über ihm in das Schwarz zwischen den Häusern fielen; eine schmale Gasse, aus der es nach Eisen, Stein, Urin und Müll roch. Irgendeine arme Seele würde ihn dort unten finden. Polizisten würden kommen. Ein Arzt würde bestätigen, was alle wussten. Ein schwarzer Kombi. Ende.

Paul starrte auf seine Fußspitzen, die weit in das Schwarz ragten.

Er erschrak, als sich etwas um seine Brust legte.

Arme.

Er bebte, als sie es wärmte, sein todtrauriges Herz. Er zitterte, als er ihren Kuss im Nacken spürte. Sie drückte ihn ganz fest an sich und duftete nach Haut und nach Pferd.

Lange Minuten standen sie da. Und Marthe holte ihn zurück, zurück in den Regen, zurück zu seinen Fußspitzen, die weit ins Schwarz ragten. Ihr Kuss verzieh, ihre Umarmung tröstete.

Irgendwann gab sie ihn frei.

Marthe verschwand aus seinem Rücken, sodass Paul nicht anders konnte, als sich umzusehen. Er sah ihre wunderschöne Silhouette, die der Regen mit jedem ihrer Schritte mehr verschluckte. Er zitterte in seiner verdrehten Pose, schwang sich herum, weg vom Schwarz, hin zu ihr.

Dann glitt er ab.

Plötzlich wurde es still, die glitzernden Fäden hingen in der Luft. Er hing in der Luft.

Wenn er ganz ehrlich zu sich war, hätte er auch nicht die Kraft gehabt, weiterzumachen.

Irgendwo hinten im Regen sah sie sich nach ihm um, aber ihre Blicke trafen sich nicht mehr. Der Sims hatte sie bereits getrennt und raste hinauf ins Dunkelgrau.

Paul nahm es an. Er hatte ihre Umarmung, die er noch immer um seine Brust spürte. Und ihren Kuss in seinem Nacken.

Nur noch ein Schlag, dann tut nichts mehr weh.

KREUZ

Eckerd kaute an einem Daumennagel, bis er Eisen schmeckte.

Er stand unter Jesus und schaute zu ihm auf, und Jesus sah in mildem Mitleid auf ihn herab.

Eckerd holte aus, sprang hoch und schlug Jesus mit der flachen Hand ins Gesicht. Jesus' makellos weiße Wange platzte in Stücke und hinterließ ein schwarzes, gezacktes Loch. Eckerd greinte, Rotz lief ihm aus der Nase. Er spuckte, als er schrie.

»Warum willst du mich nicht?!«

Er ballte die Faust, schnellte hoch und schlug wieder zu, dass Jesus' Kopf in Stücke barst und ihm den Hals aus der Brust sprengte. Eckerd packte Jesus' Schultern und hängte sich daran. Der Torso brach von den Gliedmaßen, die noch an ihren Nägeln hingen, und zerschellte auf dem Boden. Eckerd riss Jesus' Arme und Beine herunter und warf sie an die Wände, wo sie zerschellten, er hängte sich ans Kreuz, bis die Verankerung nachgab und beide Balken auf dem Boden der Kammer auseinandersprangen.

Durch den Staub starrte Eckerd an die Wand, an der eben noch das Kreuz gehangen hatte; das Zeichen des Herrn, Altar seiner Familie und der Held seiner Kindheit.

Jetzt war dort nur noch von den Jahren ergraute Tapete, nur nicht dort, wo das Kreuz sie verdeckt hatte. Da war sie weiß. Ein weißes Kreuz.

Wütend kratzte er mit den Fingernägeln an einer Naht der Tapete, bis er sie zu fassen bekam, und riss einen Streifen heraus. Fetzen für Fetzen riss er das weiße Kreuz aus dem Grau, bis dort nur noch nackter Putz war. Er trat zurück.

Aus der Mitte der Wand ragte eine kleine Klemme, das Ende eines Stromkabels für eine Wandlampe. Ausgehend davon verliefen Fugen, zu den Seiten und von oben nach unten. Sie waren heller als der Putz der Wand. Ein Kreuz.

Eckerd packte das Kabelende. Strom brannte in seinen Fingern, aber er zog, so fest er konnte. Die Kabel sprangen aus der Wand, sprengten den alten Spachtel aus den Fugen.

Eckerd sank auf die Knie. In der Wand, wie von einem riesigen Meißel geschlagen, prangte ein Kreuz.

TEIL DREI

VON HERZEN

UNTERSETZER

Frau Mangold hatte alle ihre Glasuntersetzer nach ihm geworfen.

Es war ihr langweilig gewesen, wie so oft, dann hatte sie den Knall und das Scheppern gehört und war in das Zimmer gegangen, in das sie sonst fast nie ging, weil es mit der Zeit eine Abstellkammer für Dinge geworden war, die sie nicht mehr mochte. Sie hatte aus dem Fenster gesehen, aus dem sie sonst nie sah, weil man von dort aus nur auf die rostige Feuerleiter des Nachbarhauses schauen konnte. Wenn es nach ihr gegangen wäre, hätte sie sie längst abbauen lassen. Schließlich war es *ihr* Nachbarhaus, auf das sie schaute.

Gegenüber, auf dem obersten Geschossabsatz der Feuerleiter, hatte etwas gelegen. Frau Mangold hatte Licht im Zimmer gemacht, um es besser sehen zu können.

Auf dem Gitterrost lag sehr ungesund verdreht der Kellner, der sie immer so nett gegrüßt hatte. Dabei hatte er immer ein wenig traurig ausgesehen. Jetzt lag er da auf der Leiter und war gar nichts mehr, noch nicht einmal mehr traurig.

Er tat ihr leid, also hatte sie ihm ein paar Geschichten von lustigen Dingen erzählt, die sie in ihrer Jugend angestellt hatte. Meistens hatte sie Leute aus dem Hinterhalt mit etwas beworfen. Das hatte sie darauf gebracht, dass sie schon lange nichts mehr angestellt hatte.

So hatte sie begonnen, den Kellner mit den hässlichen Glasuntersetzern zu bewerfen, die sie eh schon viel zu lange gebunkert hatte, weil sie mal ein Geschenk gewesen waren. Von wem, war ihr entfallen, aber immerhin hatte sie mit neun von vierundzwanzig getroffen, trotz des dichten Regens.

Jetzt holte sie sich einen Schwung hässliche Tassen und begann, ihn damit zu bewerfen. Die meisten zerschellten an den Streben des Geländers, aber die letzte kam durch und traf ihn am Kopf. Sie freute sich und holte noch mehr Tassen.

ANGST

Lolita lehnte am Küchentresen und rauchte. Immer wenn sie einen Zug nahm, zwang sich Raphael, ein Stück von Herrmanns roher Leber zu essen.

Anfangs hatte er noch die Luft angehalten und die Stücke im Ganzen geschluckt, irgendwann hatte er sich überwunden, sie zu kauen, um den Stoff, der ihm fehlte, besser freizusetzen, was Lolita mit schlecht verhohlenem Ekel registriert hatte.

Sie warteten, dass jemand kam. Jemand, der anfangen würde zu tun, was getan werden musste. Sie warteten, und trotzdem erschraken sie, als die Flügel der Küchentür aufschwangen und Marthe hinter dem großen Regal hervortrat.

Sie war blass wie ihr eigener Geist, ihre sonst so lebendigen Augen waren matt, ihr Gang schleppend, jede Energie war aus ihr gewichen. Ohne einen von ihnen anzusehen, lehnte sie sich an eine Ablage, starrte wie die anderen beiden auf Balthasar herunter und ließ sich von der Situation foltern. Raphael erlag als Erster der Seuche, etwas sagen zu müssen.

»Das sind zweihundert Kilo Material. Wir werden lange brauchen.«

Lolita verschränkte die Arme. »Was ist eigentlich mit meinen tausend?«

Marthe wurde grau vor Fassungslosigkeit. Aus Angst, sie könnte Lolita erstechen, stellte sich Raphael ihr in den Weg. »Hast du sie noch alle, jetzt danach zu fragen?«

Lolita blies eine lange Rauchfahne in die Luft. »Hab ich versucht, ihn zu retten, oder nicht?«

»Siehst du ihn lustig durch die Gegend springen?«

»War das Bedingung?«

So unauffällig wie möglich nahm Raphael ein Messer an sich, das zu nah in Marthes Reichweite lag. »Weißt du was? Klär das mit Eckerd.«

»Gibt es da was zu klären? Oder habt ihr die tausend gerade nicht? Soll ich anschreiben?«

Marthe griff zu der Stelle, von der Raphael das Messer entfernt hatte, und als es nicht dalag, stieß sie ihn zur Seite, sprang nach vorn und verpasste Lolita eine schallende Ohrfeige.

Raphael packte Marthe und klammerte sich an sie wie ein Äffchen. Sie ließ es zu und verätzte Lolita nur noch mit Blicken. Raphael ließ los und schob sich zwischen sie.

»Bitte! Wir sind alle am Ende. Wir haben alle Angst. Und Lolita wird nun mal geldgierig, wenn sie Angst bekommt. Stimmt's?«

Lolita sog den Rauch ihrer Zigarette tief in die Lungen und blies ihn Richtung Ausgang, um niemanden ansehen zu müssen. Raphael legte nach.

»Stimmt's?«

Lolita äffte ihn nach. »Stimmt's?«

Raphael konnte im Rücken fühlen, wie Marthes Wut Lolita zu Asche brennen wollte. »Bitte, können wir damit aufhören? Es ist Nacht. Wir sind alle fertig. Er kann hier nicht liegen bleiben. Und ich habe überhaupt keine Ahnung, was ich aus ihm machen soll. Ohne Hilfe brauchen wir locker einen Tag, um Hochwürden zu verarbeiten. Apropos, wo ist eigentlich Paul?«

Marthes Wut war eine Schippe glühender Kohlen in Raphaels Rücken gewesen, plötzlich kroch Eiseskälte in ihn. Als er zu ihr sah, glänzten ihre Wangen vor Tränen.

»Was ist mit Paul?«

Marthe strich sich mit dem Zeigefinger quer über den Hals. Es dauerte, bis Raphael ein Wort herausbekam.

»Wie?«

Marthe zeigte zur Decke, dann zum Boden. Schweigend starrten sie auf Balthasar. Der Terror, den sie fühlten, stand ihm perfekt ins Gesicht geschrieben.

Mit voller Wucht trat Raphael in die Seite der Anrichte.

»Scheiße, verdammt, Paul! Du kannst uns doch nicht allein in der Scheiße sitzen lassen!«

Marthe schob sich auf die Ablage, umarmte ihre Beine und vergrub das Gesicht auf den Knien. Lolitas weißes Leder knarzte, als sie ihre Geldhand auf der Hüfte parkte.

WAFFE

Er war wie aus dem Nichts gekommen.

Sie hatten im Dunkel auf Pappen gesessen und zu dem Rhythmus des französischen Oriental-Rap aus der Boombox in ihrer Mitte gewippt, jetzt starrten die drei Fünfzehnjährigen blass vor Schreck den Zombie an, der sich röchelnd vor ihnen aufbaute. Einer seiner Arme hing schlaff an ihm herunter, den anderen hatte er drohend erhoben. Er krächzte. Seine Stimme klang leise, aber bedrohlich in dem Reimgesang, der mit einem Groove aus scheppernden Trommeln von den Wänden widerhallte. Sie fuhr ihnen ins Mark.

»Raus hier.« Der Zombie wankte auf sie zu.

Der Kleinste und Dickste von ihnen sprang auf, die anderen wichen ihm am Boden aus. Eine seiner Gesichtshälften war schwarz vor getrocknetem Blut, die andere ein in die Haut gedroschenes Hämatom aus lila Rauten.

Das Donnern eines Zuges ließ die Werkstatt beben.

Der Zombie wankte vor, aber als sich das Beben in der Ferne verlor, hörten die Fünfzehnjährigen plötzlich auf, zurückzuweichen. Sie starrten an ihm vorbei zu dem zugigen Brettertor. Der Zombie wandte sich um. Dort stand eine kleine schwarze Figur. Sie sprach durch die große Papiertüte in ihrem Arm.

»Hallo Paul.«

Der intakte Arm des Zombies fuchtelte. »Haut ab. Haut alle ab! Ich muss allein sein!«

Die kleine Figur gesellte sich zu den Fünfzehnjährigen und begann, die Tüte auszupacken.

»Das ist Paul. Ihr wisst schon.«

Sie nickten erleichtert, krabbelten zurück auf ihre Pappen und wippten wieder zu dem Oriental-Rap aus der Boombox.

»Das sind Izmir, Arne und Ulrich.«

Paul glotzte die drei an. Izmir war blond gelockt und übersät mit Sommersprossen, Arne ein asiatischer Schlaks und Ulrich ein pummeliger Schwarzer mit einem Afro, breiter als seine hängenden Schultern. Paul wedelte mit seinem intakten Arm zum Ausgang. »Raus. Sofort.«

Klara verteilte Softdrinks und in buntes Papier gerollte Sandwiches.

»Geht nicht. Wir haben ein Problem. Ein richtiges Problem.«

»Ihr habt keine Ahnung, was ein richtiges Problem ist. Aber wenn ihr nicht sofort verschwindet, bekommt ihr eins.«

Die anderen sahen Klara alarmiert an. Sie packte Teelichter aus.

»Ulrichs Vater hat ihn gehauen. Und ihn rausgeschmissen. Kannst du dir vorstellen, wie schlimm das für Ulrich ist?«

Ulrich machte ein Gesicht, das unmissverständlich klarmachte, wie schlimm es für ihn war. Paul beugte sich hinunter zu Klara, bis die Finger seines baumelnden Arms auf dem Boden schleiften.

»Hast du eine Ahnung, wie schlimm gerade alles für *mich* ist?«

Klara breitete Servietten aus und drapierte die Sandwiches darauf.

»Bei dir ist doch immer alles schlimm. Aber Ulrich ist total fertig. Er hat kein Zuhause mehr. Wir müssen jetzt besprechen, was wir tun.«

Pauls Gesicht kam ganz nah. Klara wich keinen Millimeter.

»Nimm die doch alle mit zu dir nach Hause.«

»Du weißt doch, dass Mam keinen Besuch mag.«

»Ich weiß, dass Mam nicht da sein sollte.«

»Geht das wieder los? Lass dir was Neues einfallen.«

»Du bist zwölf. Wie alt sind die? Was machst du, wenn die dich gegen den Strich bürsten wollen?«

»Wenn du so kommst, hau ab.«

»*Ihr* haut ab, sofort! Ich war zuerst hier!«

Sie wippten zu dem Oriental-Rap. Auch Klara, die dabei Teelichter anzündete. Es sah sehr einladend aus.

»Was ist dir denn so Schlimmes passiert?«

»Das erzähl ich garantiert nicht, solange die da sind.«

»Kannst du aber. Das interessiert die nicht.«

»Raus! Alle!«

»Guck dich mal an. Du siehst scheiße aus. Geh doch auf deiner Matratze pennen, damit wir endlich in Ruhe beraten können, was Ulrich jetzt macht.«

Paul starrte auf Ulrich, dem das Kopfnicken zu helfen schien. Klara klappte für alle das Papier von den Sandwiches.

»Sorry, dass wir kein Brot für dich haben. Hab ja nicht gewusst, dass du kommst. Eigentlich hab ich nicht mal gedacht, dass du überhaupt noch lebst.«

Paul glotzte die wippenden Köpfe an wie ein gehetztes Tier, schließlich stapfte er aus der Werkstatt. Unter Schmerzen zwang er sich den Weg hinunter bis zur Straße. Dann schrie er die Nacht an.

Schon das Platzen der ersten Tassen hatte Paul aus der tiefen Unterwelt getrieben, von der er inständig gehofft hatte, dass es das Jenseits war. Ein seltsames Jenseits, wo überall um ihn herum Porzellan zerbarst und Scherben auf ihn regneten. Dann hatte er festgestellt, dass ein Arm nicht mehr funktionierte, und in dem hell erleuchteten Fenster Frau Mangold gesehen, die freudig nach mehr Tassen gesucht hatte. Panisch hatte er sich in den Stand gequält und hatte es unter größten Schmerzen die Feuerleiter herunter bis nach unten auf die Straße geschafft.

Paul stolperte durch die Nacht, war nur noch schmerzendes Fleisch, blutende Seele, eiterndes Herz. Er brauchte einen Platz. Nur für sich. Er fror. Er steckte die Hände in die Hosentaschen. Er spürte sie. Die Munition. Er brauchte nur eine Waffe dafür. Eine furchtbare Waffe. Wenn er sie abfeuerte, wäre die Werkstatt morgen frei radiert. Er würde wieder schlafen können. Heilen. Wieder denken. Paul streunte durch die Nacht. Schließlich fand er sie, seine Waffe. Eine zerkratzte, blind gesprayte Telefonzelle.

Er schob sich hinein und hob den Hörer. Freizeichen. Pauls zittrige Hand fand die Nummer im Telefonbuch. Er sammelte die Munition aus der Hosentasche, steckte sie in die Waffe. Er zielte. Eine Stimme am anderen Ende.

Paul feuerte.

FOIE GRAS

Paul trat unter dem Neonherz ins Haus und sog sie tief ein, die Luft des Vorraums. Sein Herz machte einen Sprung. Es war zu Hause. Er hielt die Flügel der Küchentür fest, glitt hindurch und ließ sie lautlos zuklappen. Er spähte um die Ecke des großen Regals.

So oft hier Körper zu Produkt gemacht worden waren, so grauenvoll es am Anfang gewesen war, so pervers es war, dass sie sich fast daran gewöhnt hatten: Dieses Mal war es obszön. Dass der Pfarrer auf dem Boden liegen musste, war obszön, sein angstverzerrtes Gesicht war obszön, seine schlaffen zweihundert Kilo waren obszön, die er freiwillig niemandem entblößt hätte.

Paul trat vor. Als sie ihn ansahen, rasten ihm Schauer über den Rücken. Er fror und schwitzte. Noch nie war ihm solche Freude begegnet.

Vorsichtig kam er heran, versuchte, so aufrecht wie möglich zu gehen, so wenig wie möglich zu humpeln und trotzdem die Schmerzen in seiner Schulter in Grenzen zu halten.

Raphael glotzte stumm, und Lolita schenkte ihm das kürzeste breite Lächeln, das er je gesehen hatte. Marthe sah nur für einen Augenblick auf, aber sie hatte Sterne in den Augen. Sterne in einem moosgrünen Himmel. Einen Wimpernschlag später hatte sie den Blick schon wieder gesenkt und wetzte ein Messer.

Raphael sprang auf Paul zu und drückte ihn, als wollte er allen Saft aus ihm pressen.

»Alter! Tut das gut, dich zu …«

Etwas knackte in Paul. Er schrie. Erschrocken ließ Raphael los. Paul keuchte. Vorsichtig bewegte er einen Arm. Dann den anderen Arm. Eine Schulter. Die andere Schulter. Raphaels Ansturm hatte Pauls Arm wieder eingerenkt.

»Das solltest du beruflich machen.«

Raphael und Lolita grinsten, bis Marthe Messer verteilte.

Paul kniete sich neben Balthasar. »Es tut mir wirklich unglaublich leid, Hochwürden.«

Raphael ging neben ihm in die Hocke. »Wir wissen nicht richtig, was wir mit ihm machen sollen. Er ist riesig.«

»Wir können ihn doch nicht hier auf dem Boden auseinandernehmen. Wir müssen ihn irgendwie leichter machen, um ihn auf die Anrichte zu kriegen.«

»Willst du die Extremitäten abschneiden?«

»Wo sollen wir dann anfassen?«

»Stimmt.«

»Vielleicht nehmen wir erst die Innereien heraus?«

Raphael sah in Balthasar hinein.

»Ich hab keine Ahnung, was ich aus so viel Fett machen soll.«

Er kramte in ihm herum, dann stemmte er etwas hoch. »Habt ihr das gesehen? Krass, oder?«

Sie starrten das Organ an, das ungefähr die Form und Größe eines jungen Seehundes hatte.

»Das ist die größte Fettleber, die ich je gesehen habe!« Raphael ignorierte die Abscheu in den Gesichtern der anderen.

»Das ist genial! Ein Monster von Stopfleber! *Foie gras*, kennt ihr doch, oder? Ich wollte schon immer einen *Foie gras*-Gugelhupf machen. Aus dem Teil mach ich fünf!«

Die anderen sahen angeekelt weg, als Raphael den glitschigen Seehund auf die Anrichte klatschte, darauf herumdrückte, ein Stück abschnitt und es sich in den Mund stopfte.

»Die ist super! Habt ihr einen Schimmer, wie lecker *Foie gras* ist? Und wir können darin baden! In Pfaffenstopfleber!«

Raphael zwinkerte Paul zu, kaute und grinste. Seine Zähne schimmerten schwarz-rot. »Ich liebe Leber.«

Paul konnte nicht anders. Er musste grinsen. »Willkommen an dem Punkt, an dem nichts, aber auch gar nichts mehr absonderlich ist.«

Plötzlich fingen alle an zu lachen. Wild und unkontrollierbar produzierten ihre Körper Prusten, Kichern und Gackern, bis ihre trauerverklebten Zwerchfelle schmerzten.

Paul sah Marthe an, deren Lachen wie Bellen und Schnarchen auf einmal klang. Er fand es wunderschön.

In dem Moment zerschnitt das Ächzen schwerer Schritte von der Treppe die Fröhlichkeit. Sie schwiegen, als ob sie sich versteckten, und als Eckerd nach endlosen Sekunden in die Küche trat, war es peinlich, als ob er sie in flagranti erwischt hatte, wie sie in einem Bad aus Blut kreuz und quer miteinander schliefen und ihn dabei lauthals verhöhnten. Sie hielten den Atem an, als er auf sie zukam. Er trat vor Balthasar, dann sah er in die Runde.

»Soll ich ihn auf die Anrichte legen?«

Paul räusperte sich. »D-das wäre super, wir haben das nicht hingekriegt.«

Eckerd nickte. Bevor jemand etwas sagen konnte, hatte er sich hingehockt, die Arme unter Balthasars Körper geschoben und ihn mit einem Ruck angehoben, während die anderen hektisch alle Schüsseln und Geräte von der Anrichte räumten. Eckerd legte Balthasar sanft ab, dann beugte er sich über sein Gesicht, griff seine Wimpern mit spitzen Fingern, hob die Augenlider an, zog sie herunter und ließ los.

»Er schläft jetzt.«

Balthasar sah tatsächlich aus, als ob er schlief und dabei den allergrausamsten Albtraum hätte. Paul nickte. »Vielen Dank. Wie geht es dir eigentlich?«

»Gut.«

»Schön, dass du da bist.«

Die anderen nickten eifrig. Eckerd inspizierte Balthasar.

»Wenn ihr das sagt. Soll ich das Portionieren übernehmen?«

Jeder sah aus, als ob ihm nichts lieber wäre. Paul fragte trotzdem.

»Dürfen wir das annehmen?«

»Geht euch ausruhen. Auch du, Raphael. Roll dich ein und zieh dir ein Kissen über den Kopf.«

Raphael ließ sich dankbar auf sein Lager sacken. Lolita und Marthe verabschiedeten sich. Paul blieb.

Eckerd machte sich ohne Umschweife ans Werk, bestückte die umliegenden Schüsseln mit perfekt tranchierten Organen, Innereien und Muskeln.

»Geh doch auch. Du siehst furchtbar aus.«

»Erst, wenn ich weiß, dass wirklich alles okay mit dir ist.«

»Was sollte nicht okay sein?«

»Du hast deinen Auftrag von Gott verloren.«

»Ich hatte nie einen.«

»Aber das wusstest du nicht.«

»Jetzt weiß ich es.«

WELTRAUM

Paul trat in den großen Raum. Hier hatte alles angefangen. In Marianne, Nische fünf. Trotzdem schob er sich in den Weltraum, Nische zwölf. Er drückte sich in die weichen pechschwarzen Samtpolster und schaute nach oben, in den Sternenhimmel aus winzigen Glühbirnchen in einem mattschwarzen Baldachin über der Nische, streckte die Beine aus und versuchte zu entspannen.

Unter schweren Lidern schaute er umher. Im Mutterleib, Nische drei auf der anderen Seite der Tanzfläche, schwebte ein Oval. Das Plazentarot der Polster des Mutterleibs verschluckte die roten Haare, die das Oval normalerweise einrahmten, sodass von Marthes Kopf nur noch das helle Gesicht blieb. Paul lächelte. Marthes Gesicht lächelte nicht.

Klar. Bin ich tot, weinst du vielleicht um mich. Bin ich lebendig, bleibe ich der, der dich behindert gesprochen hat.

Paul hätte nicht sagen können, woher die Idee kam, aber er griff nach der kleinen Mondlandestation vor ihm auf dem Tisch, nahm das Oberteil ab und drückte auf der Unterseite die Drei. Neben Marthe klingelte und blinkte das Ansichtsmodell einer Gebärmutter. Als es nicht aufhörte zu blinken, zog sie den Fötus aus dem Uterus und hielt ihn sich an die Wange. Paul passte auf, dass der Hörer nicht seinen Mund bedeckte.

»Ich war ein Arschloch.«

Marthes Mund formte zwei Wörter. *Noch mal.*

»Ich war ein Arschloch. Es tut mir unglaublich leid.«

Noch mal.

»In meinem ganzen Leben hat mir noch nie etwas so leidgetan.«

Eine Zeit lang passierte nichts, dann hielt Marthe den Fötus an den Mund. Ein Rauschen drang aus der Mondlandestation, wie ein zerhackter Funkruf von der anderen Seite des Mondes. Paul presste sich den kantigen Hörer fest ans Ohr. Er verstand nicht, was er da hörte, aber es trieb ihm die Tränen in die Augen. Marthe flüsterte ihm zu, so wie sie es sonst nur bei Eckerd tat. Er sprach in den Hörer und passte auf, dass sie seinen Mund sehen konnte.

»Noch mal.«

Wieder drang die außerirdische Sprache des Fötus aus der Mondlandestation. Paul verstand immer noch nicht, aber er hatte das Gefühl, dass nicht mehr viel fehlte.

»Noch mal.«

Marthe flüsterte. Er sah ihren Mund, er sah ihre Finger, die ihren Arm drückten, wie sie es sonst bei Eckerd taten. Plötzlich verband sich alles, der Funkspruch, der Mund, die Finger.

Hör mir zu.

Paul lauschte gebannt ihrem fremden Flüstern, las von ihrem Mund und achtete auf das Telegramm der Finger auf ihrem Arm. Je mehr er zuließ, dass nur alles zusammen Sinn ergab, desto besser verstand er, was sie sagte.

Sie redeten und hörten sich zu, sie liebten sich mit geformten Worten, mit Flüstern und mit Gesten, dass ihnen nicht auffiel, dass Eckerd ihre Bahn kreuzte und nach oben ging.

Erst später, als die Treppe wieder unter ihm ächzte, kamen sie zurück aus ihrem Universum und sahen, dass er einen prall gefüllten Sack geschultert hatte und zwei Balken unter dem Arm trug. Aber sie waren zu verliebt, um zu fragen, warum er weinte.

Paul fragte Marthe, was Eckerd da zu Tür hinausgetragen hatte. Sie schien überlegen zu müssen, bevor sie zurückfunkte.

Er trägt seinen Glauben hinaus. Seinen Helden.

NIEMAND

Sie hatten es tatsächlich geklärt.

In der Nacht hatten sie Ulrich Mut zugesprochen, und als er am Morgen immer noch Angst hatte, waren sie zu ihm nach Hause gegangen, um sicherzustellen, dass er nicht wieder verprügelt wurde. Sie hatten geklingelt, weil sie sich überlegt hatten, dass es sicherer war, die Konfrontation vor der Haustür stattfinden zu lassen. Keteke, Ulrichs Vater, hatte sich nicht an die Tür getraut, aus Angst, verhaftet zu werden, denn er wusste, dass man sehr streng mit Leuten war, denen bei ihren Kindern die Hand ausrutschte, wenn sie schwarz waren. Stattdessen hatte Ulrike aufgemacht, Ulrichs Mutter, die wankte, weil sie gerade von der Nachtschicht gekommen war und erst jetzt mitbekommen hatte, dass Ulrich fehlte. Sie hatte Keteke vor die Tür gezerrt, und alle hatten laut durcheinanderpalavert, bis herauskam, dass Keteke Ulrich geschlagen hatte, weil er ihm seinen letzten Zwanziger geklaut hatte. Ulrich hatte das von sich so fies gefunden, dass er es Izmir, Arne und Klara verschwiegen hatte. Irgendwann hatte Keteke geweint und sie in die Wohnung gebeten. Alle hatten Ulrich in die Mitte genommen und feste gedrückt, dann hatten sie in der winzigen Küche zusammen gefrühstückt. Keteke hatte etwas Leckeres aus Süßkartoffeln gebraten und dabei gesungen, während Ulrike vor Müdigkeit vom Stuhl gerutscht war und sich den Kopf an der Heizung aufgehauen hatte.

Klara wankte vor Müdigkeit wie Ulrike, als sie aus dem Aufzug stieg. Mechanisch hielt sie den Wohnungsschlüssel vor sich und schob ihn ins Schloss. Die Tür schwang auf, obwohl sie den Schlüssel nicht gedreht hatte. Weil es kein Schloss gab. Klara rief schon im Flur.

»Mam?!«

Im Wohnzimmer saß eine Frau mit einem leidenden Gesicht.

»Hallo. Du bist die Klara, richtig?«

Klara wollte rennen, aber hinter ihr waren zwei Männer. Und auf dem Balkon saß niemand mehr.

AUFHEITERN

»Diese Mischung aus cremig mit ein bisschen kross ist überirdisch.«

»Danke, das gebe ich gerne weiter, aber … kross? Wirklich? Eigentlich ist in der Kürbiscremesuppe nichts kross.«

»Falls der Koch sein Geheimnis verrät, sagen Sie es mir gern.«

Paul öffnete das Rollo der Durchreiche, stellte Teller auf die Ablage und spähte in die dunkle Küche. Er sah nur die Gasflammen und Raphaels Silhouette, die sich davor bewegte.

»Hey, Raph, du musst echt mal n bisschen aufpassen.«

Raphael hielt inne. »Mit was denn?«

»Dass das, was dir aus dem Gesicht fällt, nicht in der Suppe landet.«

»Echt? Oh, Scheiße. Sorry. Der Gast kommt nie wieder, oder?«

»Er hat dich gelobt. Cremig mit kross fand er super.«

»Das ist eklig, oder?«

»Ja, das ist eklig.«

Raphael kam näher an das Rollo heran und ging ein wenig in die Knie, sodass Paul sein Gesicht sehen konnte.

»Guck mal, wie gut ich schon aussehe.«

»Bist du etwa nackt?«

»Ja.«

Etwas stand aus Raphaels Silhouette heraus.

»Ist das eine Erektion?«

»Ja.«

»Könntest du dich angezogen haben, bis ich in der Küche bin?«

»Macht er dir Angst? Gib zu, dass du Angst hast vor diesem Monster!«

»Zieh dich einfach nur an.«

Als Paul in die Küche kam, kochte Raphael, war immer noch nackt und hatte immer noch eine Erektion. Paul stellte sich ihn angezogen vor. Es half.

»Was macht Eckerd für einen Eindruck auf dich?«

»Super. Er ist ganz lieb. Er fragt, was er vom Markt mitbringen soll, und hilft Gemüse schnibbeln.«

»Er putzt Toiletten. Er hat den Teppich im Vorraum ausgetauscht. Er fragt bei allem, ob es okay für uns ist. Macht dir das keine Sorgen?«

»Mir gefällt's. Der wird noch früh genug wieder normal. Ist ja erst seit zwei Tagen. Und ganz vorbei ist es auch noch nicht. Wir haben noch jede Menge Pfarrer.«

»Merkst du nicht, wie unglaublich traurig er ist? Und wir gehen einfach darüber hinweg. Scheißfreunde sind wir. Und weißt du, was mir richtig Sorgen macht? Seit Balthasar tot ist, hat er nicht ein Mal die Bibel zitiert.«

»Ich bin nur froh, dass ich niemanden zerteilen muss.«

»Ich auch. Er aber nicht. Wir haben ihm seine Aufgabe genommen. Ich würde ihm gerne eine Freude machen. Damit er merkt, dass er auch ohne Mission was Tolles geschaffen hat.«

»Cool. An was denkst du?«

»Wir laden Lulur Vanten ein.«

Raphael hielt inne. Seine Erektion schrumpfte.

»Bist du irre?!«

»Wieso? Denk an seinen Geburtstag. Wie enttäuscht er geguckt hat, als es nicht Lulur war, die zum Essen kommen sollte.«

»Du willst nicht ernsthaft jemandem mit den allerfeinsten Geschmacksnerven Pfarrer servieren!«

»Wie soll sie das rausschmecken? Sie hat ja keinen Vergleich.«

»Ich meine, dass endlich mal ein echter Gourmet kommt und ich ihr nur ranzigen Pfaffen vorsetzen kann.«

»Servier deine Pfaffenstopfleber. Du hast gesagt, die ist super.«

»Das ist nur ein Gang. Ich brauche ein ganzes Menü. Wie findet Marthe die Idee?«

»Gut. Woher weißt du, dass ich sie gefragt habe?«

»Du hast nicht die Eier, es nicht zu tun.«

AFFEN

Im Schatten gegenüber der Bar schob sich Lolita neben Sonia auf einen Barhocker.

»Machst du dir noch Sorgen, weil dieser Petrov weg ist?«

»Unpräzise. Ich bin gestresst.«

»Und jetzt?«

»Ich könnte machen, was Affenweibchen machen, wenn sie gestresst sind.«

»Was machen Affenweibchen?«

Sonia zog einen Hocker heran und stützte die Ellenbogen darauf.

»Was kostet ein Finger?«

»Fünfzig.«

Sonia legte fünfzig in Lolitas Hand. Sie zog einen Handschuh aus, ließ den Finger unter Sonias Kleid gleiten und tastete ihn in sie hinein. Die Querrillen am Ende erinnerten sie an etwas. An Franks Luftröhre.

»Und? Besser?«

Sonia war sich nicht sicher. Sie legte fünfzig auf die fünfzig, die auf Lolitas ausgestreckter Linken lagen. Ein zweiter Finger kroch in Franks Luftröhre. Sonia trank, dann legte sie hundert auf die Fünfziger. Zwei Finger mehr schoben sich neben die ersten zwei.

Sonia trank mehr, schließlich legte sie fünfzig obenauf. Lolita drückte ein wenig. Sonia drehte sich um.

»Der Daumen ist nicht bei den Fingern.«

»Und? Besser?«

Die Finger bewegten sich. Es wurde tatsächlich besser.

»Ich muss mal.«

Der kleine, alte, obdachlose Mann mit dem Ziegenbart und dem rostigen Einkaufswagen voller Tüten riss Eckerd aus dem kleinen Moment der Ruhe.

»Im Vorraum. Links.«

Der Mann ging hinein.

»Wirklich? Ich müsste mal groß.«

»Ja.«

Eckerd hörte, wie der Mann machte. Normalerweise hörte man das nicht. Er sah in den Vorraum. Der Mann lehnte an der Wand und sah Eckerd mit großen Augen an.

»Habe ich etwas falsch gemacht?«

»Ich habe doch gesagt, wo die Toiletten sind!«

»Im Vorraum links, haben Sie gesagt. Sie waren unpräzise.«

Die Finger bewegten sich schneller. Sonia schloss die Augen. Sie wollte es nicht, aber sie kniete inmitten einer kopulierenden Schimpansenherde, überall Kreischen und schwitzendes schwarzes, wild zuckendes Fell. Sie ließ das Zucken durch sich hindurchrauschen mit dem Gedanken an einen Gorilla, der auf ihr hockte, dann standen die Finger still. Sonia wartete, bis alle Wellen hindurchgerauscht waren, dann reckte sie sich, dass die Finger aus ihr fielen.

»Gut.«

Sonias Gesicht schimmerte rosig, als sie ging. Lolita sah ihr nach. Auch sie war rosig.

Auf dem Weg nach draußen traf Sonia Eckerd schrubbend auf dem Boden im Vorraum an, mit dem ziegenbärtigen Mann. Er hatte die Hosen auf den Schuhen. Sonia räusperte sich. Sie gaben sich die Hand.

»Dobryy den'. Ty v poryadke?«

Der Ziegenbärtige lächelte.

»Danke. Es geht mir gut. Ich hatte mich verlaufen. Es war schön. Niemand hatte Fragen. Da bin ich immer weiter gelaufen.«

»Sie sprechen Deutsch.«

»Sie auch.«

»Ist ja nicht schwer. Sie haben die Hosen unten.«

»Ich habe mich vollgemacht. Er war unpräzise.«

Sonia sah auf Eckerd herab.

»Warum durfte Professor Petrov nicht auf die Toilette?«

Eckerd schmiss den Lappen in den Eimer und ging.

SCHEISSTAG

Das Schlaraffenland war endgültig versunken.

Sie glaubte nicht, dass sie das noch lange durchhalten konnte. Ihre winzigen Pfoten strampelten wie wild, um sie über Wasser zu halten. Ab und zu hielt sie die Luft an, ließ sich absinken, um Kraft zu sparen, und tauchte wieder auf, um Luft zu holen, denn an den glatten Rohren fanden ihre Krallen keinen Halt.

Der Hund ließ einen metallicblauen Plastikknochen vor Paul fallen, rannte in die Nische, sprang auf die Sitzbank und hechelte auf seinem riesigen, flauschigen Hundekissen. Paul warf Tink den Knochen zu. Er sprang hoch, fing den Knochen aus der Luft, steckte sich ihn in das Maul seiner Maske und wälzte sich auf dem Kissen. Eckerd sah zu.

»Ein Hundekissen? Bald zieht er hier ein.«

»Er freut sich doch so.« Paul klopfte sich auf die Schenkel. »Ja, wo ist denn das Hundchen?«

Tink wedelte mit dem Latexschwanz seines Hundekostüms.

Eckerd klopfte sich auch auf die Schenkel. »Wo ist denn das Herrchen?«

Tink wedelte nicht mehr. Er zog die Maske ab. Charles Chmid fixierte Eckerd mit der Kälte eines Finanzhais.

»Wäre es möglich, dass nur noch Ihr Kellner mit mir redet? Sie zerstören meine Illusion.«

Eckerd nickte. »Wie Sie wünschen. Aber er zerstört Illusionen auch ganz gut.«

Andrea war errötet wie ein Schulmädchen. Zärtlich glitten ihre Finger über das Hummertelefon.

»Diesmal ist es ernst.«

Eckerd beugte sich in die Hummerhölle.

»Diesmal bleibt das Telefon hier.«

Andrea winkte Paul heran.

»Paul, bitte. Helfen Sie mir, ihm klarzumachen, wie ernst es mit uns ist. Es muss sein. Lobs ist so feinfühlig. Und so lustig, wir lachen so viel zusammen. Bitte, einen wie ihn finde ich nie wieder!«

Eckerd sortierte Scheine in seinem Kellnerportemonnaie.

»Was ist eigentlich aus Philip geworden?«

»Sie hätten mich warnen müssen!« Andrea legte die Hände auf Lobs. Sie lief rot an. »Die ganze Zeit hat er mich angestarrt. Nichts hat er gesagt, als ich rangegangen bin, der Psychopath!«

Andreas Augen röteten sich. Sie zitterte.

»Letzte Nacht… er hat mich überfallen. Immer wieder hat er mich dazu gezwungen. Aber jetzt ist es vorbei.«

»Sie haben ihn weggeworfen?«

»Das wäre viel zu gut für ihn gewesen! Nach dem, was er mir angetan hat. Mit seinem dicken Hörer!«

Eckerd sah von seinem Portemonnaie auf.

»Was haben Sie mit ihm gemacht?«

»Reinigungsprogramm. Fünf Stunden. Im Backofen.«

Paul flüsterte Eckerd ins Ohr.

»Vielleicht ist es ganz gut, dass sie nur auf Dinge steht.«

Andrea sammelte sich.

»Bitte Paul, legen Sie ein Wort für mich ein.«

»Komm, Eckerd, du bringst das Marthe schonend bei.«

»Nein. Und es wird nicht geklaut.«

Andrea sah Paul mitleidig an.

»Danke, dass Sie es versucht haben, Paul. Es ist wirklich ein Drama, dass Sie für so einen narzisstischen Egomanen arbeiten müssen.«

Eckerd ging. Das Leder des Portemonnaies knarzte, als seine Faust es zu einer Wurst quetschte.

»Ist hier jemand Wichtiges?«

Bernadotte hatte ihren auffallend langen Hals gereckt und sich mit Befremden im großen Raum umgesehen. Felix nippte an einem Highland Park.

»Wichtig? Welch profanes Konzept! Wir sind hier, deiner Jugend Tiefe zu bieten. Hier, meine Liebe, befinden wir uns in einer Fauna, die an Inspiration ihresgleichen sucht. Vorausgesetzt, du machst dich vorurteilsfrei und vermagst deine Aufmerksamkeitsspanne auf ein Normalmaß auszudehnen. Ansonsten schlüge ich vor, wir zögen uns zurück, und ich stellte mein Herz auf eine weitere bedenkliche Probe.«

Bernadotte zwirbelte eine ihrer dicken Korkenzieherlocken. »Wie alt bist du eigentlich?«

»Was, wenn ich die Gegenfrage stellte? Ehrlich geantwortet.«

»Achtzehn. Bald.«

Julius Cäsar lächelte. Er winkte Eckerd heran und machte eine verbindende Geste. »Bernadotte, meine Liebe, das ist Eckerd, der Captain dieses fliegenden Holländers.«

Eckerd sah nicht aus, als ob ihm der Vergleich gefiel. Bernadotte nickte schüchtern von ihrem langen Hals.

»Hallo, ich bin Bernadotte. Die meisten nennen mich Otte.«

Eckerd sah die beiden an. »Und, verliebt?«

Otte errötete.

Felix holte zu einer großen Geste aus. »Die Wahrheit ist doch, dass wir Männer vor allem die Entbehrung lieben. Wer sonst würde singen über Brüste, Lippen und Schöße, die er nicht besitzen konnte? Über das Mammut hinter dem Venushügel! Über das Erklimmen des Schambergs! Oder, Schatz?«

Otte errötete noch mehr.

Felix streckte sich an Eckerds Ohr. »In ihr schmettert das Gemächt wahre Arien, aber der Geist schallt nicht sehr zurück.«

Eckerd sah zwischen Felix und Otte hin und her. »Jetzt weiß ich, wer von euch Grund und wer Abgrund ist.«

Felix gackerte. »Sehr feinsinnig, Oh Captain, mein Captain. Und schärfer als gewohnt. Geht es unserem Captain gut?«

»Nein.«

»Alles okay?« Paul hatte sich zu Eckerd an die Bar geschoben. Er stupste ihn an. »Komm. Heute ist ein Scheißtag. Alle sind kompliziert. Und du bist scheiße drauf, was mehr als verständlich ist.«

Eckerd drückte sein Portemonnaie wieder in Form. »Fragt sich, wer die Ursache ist, dass ich scheiße drauf bin.«

Paul wusste es genau, aber er ließ es sich nicht anmerken. »Vor deinem Auftrag warst du doch glücklich, oder? Die Gäste lieben dich. Sie zeigen es gerade nur nicht so. Du verunsicherst sie. Gib ihnen ihren großen, starken Eckerd zurück.«

»Kann ich gerade nicht.«

»Und wenn ich eine Überraschung hätte, die dich garantiert freut?«

»Im Moment mag ich deine Überraschungen nicht so.«

Paul ließ sich nicht beirren. »Du hast es dir gewünscht. Aber du hast es nie getan.«

»Aber du warst natürlich mutig und hast es getan.«

»Lulur Vanten kommt her.«

Eckerd sah auf. »Du verarschst mich.«

»Es tut mir einfach unglaublich leid, was passiert ist. Vor allem, wie es passiert ist. Ich dachte, es freut dich, nach dem ganzen Horror.«

»Wow. Wann?«

»Heute. Um neun.«

Eckerd schlug Paul auf den Rücken, dass er nach Luft rang. »Danke mein Freund. Das freut mich wirklich unglaublich.«

Waldos rosa Gesicht drängte sich zwischen sie.

»Ihr müsst kommen! Die Totos sind voll!«

Paul machte ein gütiges Gesicht.

»Meinst du die Toiletten, Waldo?«

Waldo nickte eifrig. Eckerd sah in die Ferne. Paul stieß ihn an.

»Sag, interessiert dich das nicht? Wir brauchen einen Rohrdienst.«

»Super. Mach das. Ich geh mich freuen.«

MÜNZTELEFON

Paul trat durch die Küchentür und umrundete das große Regal.

»Raph, wir müssen …«

Raphael lehnte hinter dem Herd. Sein Rücken vibrierte. Er zitterte am ganzen Körper. Paul machte einen Schritt auf ihn zu.

»Onanierst du etwa?«

»Ja.«

»Könntest du damit aufhören?«

»Bin … gleich fertig.«

Raphael stöhnte, dann wischte er etwas mit einem Küchenhandtuch vom Boden auf.

»Ich find mich so geil. Kann man sich eigentlich selbst heiraten?«

»Sag mal, dein Johannes, der mit dem Sauglaster … kann der die Klappe halten?«

»Für Geld macht der alles. Wieso?«

»Du musst ihn herholen.«

»Auf gar keinen Fall!«

»Ich war gerade in den Toiletten. Die laufen über. Alle.«

»Oh Gott. Aber das mit Johannes kannst du vergessen. Bei dem komm ich garantiert nicht angekrochen.«

»Soll ich einen normalen Dienst holen? Die Knochen kommen hoch!«

Raphael rang mit sich.

»Verdammt. Okay. Gib mir dein Handy.«

»Ich hab keins.«

»Dann nicht. Ich kann unmöglich im Vorraum telefonieren, bei all dem Publikumsverkehr. Und ich hab auch kein Kleingeld.«

»Aber ich. Johannes kennt mich nicht. Er wird mir nicht trauen. Und du siehst schon wieder richtig gut aus. *Ehrlich.*«

»Ich kann nicht unter Menschen. Ich habe ein rotes Gesicht.«

»Alle Köche, die vom Kochen kommen, haben ein rotes Gesicht.«

»Ich kann das nicht.«

Im Vorraum gingen Gäste ein und aus, aber niemand nahm Notiz von Raphael. Er sah zum Ausgang.

»Ich könnte jetzt einfach da rausgehen. Wie alle anderen.«

»Und wohin? Ruf jetzt an!«

PAPIER

»Wollen wir arbeiten?«

»Hier?«

»Warum nicht?«

»Es ist laut, hier sind viele Menschen.«

»Das ist schön, nicht wahr?«

»Ja.«

Sonia winkte Paul zum Punkdock, Nische Nummer zwei, die abgekehrt von der Tanzfläche lag und innen aussah wie ein aufgeschnittener Kupfertank. Eine wilde Maschinerie aus Zahnrädern, Rohren und Lämpchen hing aus der Tankdecke und berührte fast den Tisch, der mal das Ende eines Flugzeugflügels gewesen war.

»Paul, wir brauchen Papier.«

Paul hielt Sonia seinen Kellnerblock hin.

Sie grinste. »Viel Papier.«

»Wir haben kein loses Papier ... bin gleich wieder da.«

Paul verschwand. Kurz darauf kam er mit einer Papiertischdecke, die er über den Flügel breitete. Er legte Kugelschreiber darauf.

»Wenn's nicht reicht, einfach Bescheid sagen.«

Petrov begann sofort, die Tischdecke mit winzigen Formeln vollzukritzeln. Paul schnüffelte in die Nische.

»Wenn ich das sagen darf ... etwas riecht hier nicht gut.«

Sonia schrieb Formeln neben die von Petrov.

»Er hat sich vollgemacht.«

Paul verstand. Das, was hier gerade geschah, war wirklich wichtig.

LULUR

Eckerd erkannte Lulur in der Sekunde, als sie durch den Vorhang trat. Er hatte schon länger auf Position gelauert, lehnte an der Bar und blätterte in einer alten *Beeftastic* mit ihr auf dem Cover. Er hatte sich umgezogen; statt seines üblichen schwarz-weißen Kelleroutfits trug er ein gemustertes Hemd zu beigefarbenen Chinos mit Bundfalten.

Er stand auf, als Lulur durch den Vorhang trat, setzte sich wieder, als Paul herangerauscht kam, um sie in Empfang zu nehmen, und beobachtete sie über den Rand seiner *Beeftastic*.

Lulur war Marke von Kopf bis Fuß, jedes Detail perfekt aufeinander abgestimmt, im Ganzen klassisch, im Einzelnen unkonventionell wie ihr Sakko aus festem Wollstoff, fransig wie aus dem Sofa eines Katzenzüchters, an ihr so lässig und edel, dass es zu einem Businesstermin genauso gut passte wie zu einer Abendverabredung. Paul hatte sich Lulur größer vorgestellt, ihrer Zierlichkeit zum Trotz trug sie flache Designermokassins.

Alles an Lulur war fein. Feingliedrige Hände, ideal geformte Beine, alles zueinander in makelloser Proportion, und obenauf ein feines, Respekt gebietendes Gesicht, das gerade überlegte, ob ihm die Umgebung gefiel, in der es sich befand. Paul kannte diesen Ausdruck. Für ihn war Lulur das Mensch gewordene Abbild von Colette auf der rostigen Blechkeksdose – bis auf den rechten Mundwinkel, den Lulur auf jedem Foto bedeckt gehalten hatte, denn darauf prangte eine unregelmäßig erhabene schwarze Warze.

Lulur wartete, bis Paul seinen aufgeregten Begrüßungssermon abgespult hatte, dann ließ sie eine quälende Pause.

»Sind Ssie Eckörd?«

»Ich bin Paul, der Oberkellner. Wir hatten telefoniert.« Paul zeigte zur Bar. »Aber Herr von Herzen freut sich sehr, Sie kennenzulernen.«

Lulur nickte, aber als Paul vorging und sie abschätzen konnte, auf wen er zusteuerte, blieb sie stehen.

»Warten Ssie. Ssehen Ssie, was er anhat.«

»Was ist damit?«

»Der Mann ssieht aus wie eine Pauschaltouriste. Mein' Ästhetique kann das nischt.«

»Sie können nicht mit ihm reden, weil er komisch angezogen ist?«

»Finden Ssie ihn erträglich ansuschauen?«

»Geht so.«

»Können *wir* nischt lieber reden? Ssie kan man wenigstens ansehen. Ssehr gut ssogar.«

»Normalerweise sieht er auch so aus.«

»Warum nischt 'eute?«

»Ist das so wichtig? Für ihn sind Sie der größte Gourmet aller Zeiten. Seine Stilikone. Er kennt jeden Artikel, den Sie je geschrieben haben. Sehen Sie, er liest ein Magazin mit Ihrem Bild auf dem Titel.« Paul konnte fühlen, wie Eckerd sie beobachtete. Er flehte. »Könnten Sie nicht doch mit ihm reden? Nur ganz kurz?«

Lulur hielt auf das andere Ende der Bar zu.

»Erst ssehen wir, was Ihr' Cuisine kan. Und Ihr Vin.«

Paul ließ Lulur ziehen, parkte neben Eckerd und grinste statisch. »Frau Vanten findet es toll hier. Sie hat gesagt, sie würde gerne alles hier erst mal auf sich wirken lassen und dich dann später treffen, quasi als Grande Finale. Super, oder?«

»Für mich sieht es aus, als ob sie nicht mit mir reden will.«

»Blödsinn. Es ist genau so, wie ich gesagt habe.« Paul versuchte sich zu erinnern, wann er das letzte Mal so dreist gelogen hatte. »Aber es wäre gut, wenn du dich wieder umziehst.«

»Was ist verkehrt an dem, was ich anhabe?«

»Nichts. Aber sie fährt total auf Kelleroutfits ab.«

»Kein Problem. Wenn Lulur das mag. Danke, dass du so ehrlich bist. Ist sie nicht noch viel beeindruckender als auf den Bildern?«

»Du bist echt ein Fan von ihr, oder?«

»Sie hat mir Ratschläge gegeben, die ich zu Hause nie bekommen hätte. Sie war immer für mich da. Auch wenn es nur in Worten war.« Eckerd rückte an Paul heran. »Es ist ein bisschen peinlich, aber ich habe oft mit ihr gesprochen.«

»Ihr habt schon mal telefoniert?«

»Nein. Mit *ihr*.« Eckerd zeigte auf das Cover der *Beeftastic*. »Sie geht ihren Weg. In allem. Sie ist unbestechlich. Sogar mein Humor ist von ihr, glaube ich. Das ist so unglaublich, dass du's geschafft hast, sie herzuholen. Tausend Dank, Paul. War's eigentlich schwer, sie zu überreden?«

»Einfach war's jedenfalls nicht.«

Paul nahm sich vor, ab jetzt nicht mehr zu lügen. Es war überraschend einfach gewesen. Er hatte angerufen, Lulur hatte sofort abgenommen und *oui* gesagt, sobald er zu Ende gesprochen hatte. Dann hatte sie sofort wieder aufgelegt.

»Ist dir eigentlich was an ihr aufgefallen?«

»Du meinst den kleinen Schönheitsfleck?«

»Der eine ganz schön große Warze ist.«

»Find ich überhaupt nicht schlimm. Eher charmant.«

»Findest du nicht, dass sie Colettes Zwillingsschwester sein könnte?«

»Nö. Wie kommst du darauf?«

»Nur so. Du redest nie über sie. Darf ich fragen, wie sie gestorben ist?«

»Etwas hat ihr ganz besonders nicht gefallen.«

»Du meinst, sie hat sich umgebracht?«

»Ja, vor dem Spiegel.«

»Wie?«

»Mit einem Hammer.«

»Oh Gott. Da muss ihr aber ganz besonders was nicht gefallen haben. Weiß man, was es war?«

»Deutschland.«

»Das war bestimmt furchtbar für euch.«

»Ich war ja erst vier.«

»Und Marthe?«

»Die kam ja erst eine Stunde später zur Welt.«

AMT

Okay, es ist peinlich. Du hast überreagiert. Aber, was du getan hast, war richtig. Ganz bestimmt. Vielleicht ist auch einfach nichts passiert. Es ist völlig unvorhersagbar, was passiert, wenn einer nachts die Hotline des Jugendamtes anruft und auf Band spricht, dass eine Klara Meyer ihre verstorbene Mutter mumifiziert hat, weil sie sonst niemanden hat, der für sie da ist. Wahrscheinlich hat man dich einfach nur für verrückt gehalten. Allerdings hast du ihre Adresse hinterlassen. Du wirst dich entschuldigen, wenn du Klara wiedersiehst. Wenn. Egal. Das Schlimmste, was passieren kann, ist, dass man eine nette Pflegefamilie für sie findet, der sie auf den Sack gehen kann.

Der Gedanke gab Paul einen Stich. Er verdrängte ihn. Was er getan hatte, war das Richtige gewesen.

Seit sie in dem Amtszimmer saßen, sah die Frau noch leidender aus. »Wer ist denn dein Papa?«

»Hat mir keiner gesagt.«

»Deine Mama ist seit ungefähr einem Jahr tot. Jemand hat für dich gezahlt. Wir können herausbekommen, wer das ist.«

»Mam hatte gespart. Da ist nichts herauszubekommen.«

»Da bist du aber ein selbstständiges kleines Mädchen.«

»Liebevolle Erziehung.«

Jetzt sah die Frau aus, als würde sie gleich in Tränen ausbrechen. »Ich weiß, dass das alles schwer ist für dich. Aber wir müssen auch klären, wie deine Mama gestorben ist, weißt du?«

»Ist nicht wieder aufgewacht.«

»Und dass sie ... *ist*, wie sie ist?«

»Sie ist die beste Mam der Welt. Wer hat euch eigentlich angerufen?«

»Er hat keinen Namen genannt. Aber er wusste, dass deine Mama eine Mumie ist.«

Ein Mann klopfte und kam mit Akten in das Amtszimmer.

Klara tauchte unter seinem Arm durch und rannte.

STREBER

Sie beobachtete ihn, seit er geparkt hatte. Er sah zu, wie sie rauchte. Als ein dürrer Mann auf allen vieren in einem gepunkteten Latexanzug mit einer Hundemaske auf dem Kopf aus dem Eingang galoppiert kam, verfolgten sie, wie er zwanzig Meter weiter eine Klappe auf der Vorderseite seines Kostüms öffnete, das Bein hob und sich an einem Laternenmast erleichterte, bevor er wieder ins Haus trabte. Sie grinsten, als sie sahen, dass sie gleichzeitig mit den Schultern zuckten. Lolitas Blick wanderte über die ganze Länge des riesigen Lasters. *Saughannes* stand in riesigen Lettern darauf. Und auf der roten Baseballkappe des Fahrers. Sie trat an das Führerhaus.

»Was ist das für ein Gefährt?«

Johannes schnaubte. »Hör zu, ich will nicht ficken.«

»Hatte ich das gefragt?«

»Das ist ein Sauglaster. Ich soll hier was abpumpen.«

»Wie funktioniert das?«

»Willst du mich verarschen?«

»Sehe ich so aus?«

Johannes überlegte, wonach sie aussah.

Er öffnete ihr die Beifahrertür. Sie stieg ein, und er begann, ihr die Funktion der Anzeigen und Knöpfe im Cockpit zu erklären und dass der Laster keinen Zündschlüssel hatte, weil er geklaut war und immer noch kurzgeschlossen werden musste.

Schließlich folgte Lolita ihm zum Heck des Lasters, sah zu, wie er die Saugvorrichtung entriegelte, merkte sich die Knöpfe und Hebel für die Steuerung der Pumpe und wiederholte am Ende alles präzise.

»Und der Schlauch klemmt manchmal?«

»Ist nicht mehr der Jüngste, der Laster. Hast du ein Auge drauf, wenn sich der Schlauch gleich abrollt?«

Lolita nickte und postierte sich neben der Schlauchrolle. Johannes setzte ihr seine Kappe auf. Er grinste.

»Prüfung bestanden, Streber.«

TANGO

Raphaels Nacken schmerzte. Immer wieder hatte er unter dem Rollo hindurch auf Lulur gestarrt und bange beobachtet, wie sie auf sein Menü reagierte. Gerade stocherte sie lustlos im dritten Gang, *pasteur sous vide* – Pfarrer ohne Luft. Nervös pulte sich

Raphael die letzte Kruste aus dem Gesicht. Er wusste, dass ihn das Material zwang, sich weit unter seinen Fähigkeiten zu präsentieren. Gerade servierte man ihr seine letzte Hoffnung, Gang Nummer vier – *foie gras gugelhupf divin* – göttlicher Stopfleber-Gugelhupf.

Raphael hielt den Atem an, als Lulur ein winziges Stückchen probierte, und als sich ihre Miene erhellte, musste er schluchzen. Die zweite Gabel ließ Lulur geradezu von innen heraus leuchten, was auch Raphael leuchten ließ. Er betrank sich an ihrem Genuss und juchzte, als sie die Augen schloss, alles um sich herum vergaß und im Geschmack versank. Ein Geschmack, den er geschaffen hatte. Das war der Stern, den er nie bekommen würde.

Eine Münze rollte über das Tanzparkett. Sie tickte an Willas Pumps, sie hob sie auf und nickte zum Vorhang. Aber sie würde ihren Song zu Ende spielen. Was sollte schon kommen, das nicht jeder schon kannte?

»Eckerd, das ist Johannes. Er ist mit seinem Sauglaster da und wird unser kleines Problem absaugen.«

Eckerd grinste Johannes an. »So was kannst du? Probleme absaugen?«

Johannes nickte. »Und für dreitausend vergesse ich sogar, was ich gesaugt habe.«

Eckerd nickte, griff hinter den Tresen und holte ein dickes Portemonnaie hervor. Er gab ihm dreitausend. »Kannst du meine Probleme auch absaugen?«

»Klar. Ich bin auch Seelsauger. Wer ist dein Problem?«

Ein Tusch ließ sie zusammenfahren.

Willas Giganten sprengten einen dramatischen Tango aus ihren Instrumenten, als der Vorhang auseinanderstob und sich der Matador auf das Parkett ergoss. In einem *Pivote*, einer Pirouette, wirbelte er vor Johannes in den Stand. Seine *Chaquetilla*, seine Jacke, glühte pink, rot und orange im Rampenlicht, er musterte Johannes hinter seiner Maske, als er ihm die Hand bot. Johannes grinste, ergriff sie und trat zu dem Matador ins Licht zum *Abrazo*, der Umarmung, die allen sagte, dass der Tanz begann.

Schon nach dem zweiten Tusch klebten alle Blicke an ihnen, an dem maskierten Matador und dem breitschultrigen Beau im Blaumann, die tanzten, als ob dies die letzte Nacht des Tangos war, denn niemand im Raum hätte gewusst, was solcher Sehnsucht noch hinzuzufügen war.

Tina schmollte. Wieder ein Mann, der sich nicht zu ihr in die Glamouria verirren würde. Sie griff nach ihrem Glas Merlot. Es war nicht da. Dafür saß am Ausgang der Nische eine Frau. Mit ihrem Glas in der Hand. Es war leer.

»Vin ist immer gut, auch wenn er beschissen ist.«

Es war eine schöne Frau. Teuer gekleidet. Eine Frau, der man sofort die reine, pure Liebe versprechen wollte. Eine Frau mit einer Warze. Ein Makel, der sie von ihrem Olymp in diese Nische getrieben hatte. Tina liebte diese Warze. Die Frau sprach.

»Du denkst, isch sitze 'ier, wegen mein' Warz'?«

»K-können Sie Gedanken lesen?«

»Das lernt man, wenn man etwas Inoperables in seinem schönen Gesischt 'at.«

»Klappt das auch, wenn ich mir eine Warze anklebe?«

»Nur in eine *schöne* Gesischt.«

Tina sah der Frau hinterher, wie sie wieder in ihren Olymp aufstieg. Sie würde doch bei Männern bleiben.

Johannes führte den Matador in einem engen *Canyengue* entlang der Augen, die ihnen ausnahmslos folgten.

Jemand setzte sich an Tinks Körbchen. Tink hechelte vor Aufregung. Das war sie. Sein Frauchen. Sie würde mit ihm spielen. Sie würde mit ihm Gassi gehen. Sie würde ihn mit ins Büro nehmen, und er würde zu ihren Füßen liegen und so lange warten, bis sie wieder Zeit für ihn hatte. Das Frauchen trank seinen Zweitausendundachter Château Lafite-Rothschild auf ex.

»Der Vin 'at Kork, n'est-ce pas?«

Sie leerte den Lafite-Rothschild ins Glas, bis es randvoll war. Tink fiepte. Das war nicht die Frau, die ihn irgendwohin mitnehmen würde. Sie war eine Herrin, kein Frauchen. Er setzte sich auf. Ihre Handkante schnitt die Luft.

»Platz.«

Tink machte brav Platz. Er fiepte, als sie mit dem Lafite-Rothschild verschwand.

Der Schuh des Matador malte einen zickigen *Lápiz*, einen Schnörkel, auf das Parkett und schritt stolz davon. Johannes trat ihm nicht weniger stolz entgegen und fing ihn ein.

»Sollte ich dich kennen?«

»Das solltest du.« Voller Pathos stieß ihn der Matador in den Schatten.

Jeder im großen Raum raunte, als sich der leuchtende Matador die Maske vom Gesicht riss, um sie mit Verve ins Dunkel zu werfen.

Johannes zog einen unsichtbaren Hut. »Siehst gut aus, Raph.«

Raphael signalisierte Willa, ihre Giganten anzutreiben, er packte Johannes und wirbelte ihn umher.

Otte schaute irritiert zu Felix, als sich die Frau zu ihnen in den Bergdieb schob. Sie nahm ihr den Drink aus der Hand und probierte.

»Mon Dieu, was ist das für eine rossa Gülle?«

Otte errötete. Sie zeigte auf Felix. »Es heißt Einhörnchen.«

»'at er das bestellt?«

Otte nickte. Lulur musterte Felix, der sich mühte, wie Cäsar auszusehen. Er gab auf, als Lulur die Stirn runzelte.

»Wenn Ssie das Kind schon vögeln, können Ssie ihm auch was Ordentlisches bestellen. Ein Zweitausenundachter Château Lafite-Rothschild war bisher das Erträglischste, was isch 'ier finden konnte. Isch finde, das 'at sie verdient.«

Otte machte einen Entenmund.

»N'est-ce pas?«

Petrov drehte die Papiertischdecke ein wenig und komplettierte eine Formel. Sonia nickte und ergänzte eine andere Formel. Beide verglichen. Sie nickten. Sonia malte Kästen um Formelteile und benannte sie, verband manche mit Linien und Pfeilen. Petrov folgte ihr, lächelte und zeichnete ähnliche Kästen und Pfeile um seine Formeln. Irgendwann lehnten sie sich zurück, ließen das arithmetische Fresko auf sich wirken, seine Form, ihre Form, seinen Kern, ihren Kern, dann lachten sie und begannen, die Essenz zu bilden aus allem, was sie erarbeitet und in ihren unglaublichen Köpfen mitgebracht hatten, sie fuhren fort, das Weiß der Papiertischdecke mit Quantenphysik zu füllen.

Aureo hatte seit geraumer Zeit vor der Nische gestanden, ohne ein Anzeichen, dass Sonia oder Petrov ihn wahrgenommen hatten. Er hatte versucht zu begreifen, was auf dem Papier vor sich ging. Er begriff nur, dass es groß sein musste. Sie hatten eine Ebene, die er nie erreichen würde. Es machte ihn traurig, nur diesmal war es nicht schön.

Er wollte sich abwenden, als Sonia auf ihn und dann auf das Papier zeigte, auf eine Stelle, an der sie geschrieben hatte, als er gekommen war. Es war keine Formel. Nur drei Worte.

Unendliche, saubere Energie.

Aureo ging. Weg von ihnen, durch den Vorhang, aus dem Haus. Es war groß, das, an dem sie arbeiteten. Aber er liebte sie auf einer Ebene, die man nicht auf eine Papiertischdecke schreiben konnte.

Paul brachte den Zweitausendundachter Château Lafite-Rothschild und eine Karaffe. Lulur sah ihn verständnislos an.

»Was wollen Ssie damit?«

»Es ist unser teuerster Wein. Er sollte atmen, nicht wahr?«

»Das ist ein' Karaffe, kein Dekanter. Stellen Sie Blumen 'inein.«

Paul ging mit eingezogenem Kopf. Lulur musterte Felix.

»Lieben Ssie ssie?«

Felix breitete die Arme aus. »Was für ein großes Wort.«

Otte zog einen Flunsch. »Du hast gesagt, du liebst mich in tausend Sprachen.«

Lulur strich über Ottes Wange.

»Chérie, er ist wenigstens ehrlisch. Welsche Mann will Liebe? Er will erobern, besitzen, dominieren, zerstören und markieren. Er will mit dir angeben, und wenn du einen anderen 'ast, will er, dass du 'ässlisch bist. Du hast Glück, dass er keine Jüngere kriegt.«

»Hat sie recht, Schatz?«

Felix starrte dem Château Lafite-Rothschild hinterher, der mit Lulur fortging.

Von seinem Platz an der Bar hatte Eckerd Lulurs Stationen genau verfolgt. Unermüdlich hatte er gewartet, wann sein Grande Finale kommen würde, und jedes Mal, wenn sie aus einer Nische trat, hatte er sich zu ihr gewandt und gelächelt. Lulur hatte nicht einmal zu ihm gesehen, obwohl er sich extra für sie umgezogen hatte. Sie stand nicht unweit von ihm, trank Lafite-Rothschild und ließ ihren Blick an der Bar entlangschweifen. Eckerd lächelte.

Raphael und Johannes tanzten *espejo*, in dem einer den Schritt des anderen spiegelte.

»So schön, dass du noch den Truck hast.«

»Ich lebe davon.«

Raphaels Blick wurde flauschig.

»Er war unser weißes Pferd. Ich hätte ewig mit dir weiterreiten können. Was ist nur mit uns passiert, Schatz?«

»Ich bin nicht schwul. Das ist passiert.«

»Am See warst du oberschwul.«

Johannes drehte sich aus Raphaels Umarmung. »Ich war happy, dass wir aus dem Knast waren.«

»Aber wir haben Pläne geschmiedet.«

»Du hast mir leidgetan mit deinem Gesicht.« Johannes schritt zum Ausgang.

»Du bist ein Schwein.«

»Ich bin nicht schwul.« Er winkte, als er durch den Vorhang trat. »Aber du siehst echt gut aus.«

Als der schwere Samt an seinen Platz fiel, stand Raphael schon in Pose. Im Schatten klatschte jemand. Dann ein paar mehr. Es schwoll an zu einem begeisterten Applaus, die Gäste in den Nischen, die abgekehrt von der Tanzfläche lagen, standen auf den Polstern und applaudierten über die hohen Lehnen hinweg. Raphael verbeugte sich tief in alle Richtungen, um schließlich mit breitem Pathos aus dem großen Raum zu rauschen, während ihm die Giganten eine vor Wehmut triefende Polka hinterherspielten.

KONGO

Paul trat vor den Silbensee. Er baute sich vor Lulur auf.

»So.«

Lulur ließ sich in das Silbergraublau der Rückenlehne sinken und sah darauf aus wie ein Exponat.

»Sso was?«

»Ich muss jetzt mal ein Machtwort sprechen. Sie haben gegessen und wahrscheinlich jeden Wein getrunken, den jemand auf dem Tisch hatte. Und jetzt werden Sie mit ihm reden, wie Sie es versprochen haben. Und zwar lange und nett.«

Lulur rekelte sich in den Samtpolstern. »Eine Machtwort. Von Ihnen. Interessante.«

Sie zog ein perfekt geformtes Bein an und streifte den Mokassin vom Fuß, streckte das Bein wieder aus und stellte den Fuß an Pauls Oberschenkel. Paul konnte sich nicht erinnern, je einen schöneren Fuß gesehen zu haben. Wenn Lulur mittleren Alters war, war dieser Fuß gerade volljährig. Er sah aus, als ob er immer auf feinem weißem Strand gelaufen war, er war rundherum schön wie eine junge Hand. Lulurs Zehen spreizten sich auf Pauls Bein, als würden sie eine Klaviersonate darauf spielen.

»Isch rede mit ihm, wenn meine Zsehen Ihre Penis geknetet 'aben.«

Paul lachte über die Anzüglichkeit hinweg.

»Da ist es aber dumm, dass ich kein Fußfetischist bin.«

»Aber Ssie 'aben ein' Erecssion.«

Paul sah an sich herunter. Er hatte tatsächlich eine.

»Und was, wenn ich nicht geknetet werden möchte?«

Lulur zog ihr Bein zurück. »Bon. Dann ... au revoir.«

»Nein, bitte! Das können Sie ihm nicht antun!«

Wie Finger zogen Lulurs Zehen seinen Reißverschluss auf.

»Bitte. Sie sollen doch einfach nur mit ihm reden. Was ist daran so schwer?«

»Weil isch Spass daran 'abe.«

Die Zehen glitten in Pauls Hosenschlitz. Lulur grinste.

»O, là, là.«

Paul zuckte unwillkürlich. Lulur zeigte auf ihren Mundwinkel.

»Sehen Sie auf mein' Warz. Dann geht es nischt so schnell.«

Paul blickte zu Marthe, die ihn längst beobachtete. Er lief puterrot an. Lulur beugte sich vor.

»Sehen Sie, Sie 'aben auf mein' schwarze Warz geschaut, Ihr' Freundin weiß, dass mein' Zsehen Ihre Penis kneten, und trotzdem Ssie 'aben die beste Erecssion. Ssie sind ein Fetischiste.«

Lulur winkte. Paul konnte sich nicht erinnern, dass Eckerd jemals so schnell an einem Tisch gewesen war. Lulur grüßte.

»'allo, Monsieur von 'erzen. Wollen wir uns endlisch unter'alten?«

Paul stand wie angefroren. Lulur nickte ihm respektvoll zu.

»O, là, là, Ihre Boss schaut ssu, und Ssie 'aben immer noch eine Erecssion.«

Eckerd schaute auf Lulurs Fuß, der an Paul arbeitete.

»Soll ich euch lieber allein lassen?«

Paul sprang zurück und zog den Reißverschluss hoch. Lulur zog den Mokassin über und klopfte auf den Platz neben sich.

»Ssie können sisch gefahrlos setzen, Monsieur von 'erzen. Meine schändlische Fuß ist verstaut.«

Eckerd zögerte, schließlich setzte er sich. Er hatte sich umgezogen. Von Kopf bis Fuß trug er Schwarz. Es machte ihn riesig. Paul räusperte sich.

»Also, wenn ihr was braucht …«

Lulur zeigte auf den Platz gegenüber. »Ssie setzen sisch.«

Paul setzte sich.

Lulur stützte das Gesicht in die Hände, als ob sie gerade erst hereingekommen war, um ihm lange zuzuhören. Wie zufällig verdeckte ein Finger ihre Warze.

»Extrêmement différent, das établissement, das Ssie 'ier aufgebaut 'aben. Conception exquise. Chapeau.«

Eckerd errötete.

»Isch 'örte, Ssie verfolgen meine Ergüsse. Das ehrt misch.«

Eckerd lief noch röter an.

»Was ich über Cuisine und Stil weiß, weiß ich von Ihnen.«

»Mon Dieu, ist das ssüss. Meine Mitleid winselt, dass isch es treten möschte. Wer sucht Ihre Vin aus?«

Eckerd wurde dunkelrot. »Das mache ich selbst.«

»Wo ist die Frucht? Wo ist die Ssonne? Ihre Vin schmecken, wie Ssie 'ier vor mir ssitzen. Teutonisch. Viel ssu groß, viel ssu schwer. Wie Leder in Pisse. Wer kocht?«

Eckerd war merklich geschrumpft. »Er heißt Raphael.«

»Wenigstens seine Namen mag man an'ören.«

»War es so schlecht?«

»Es war fantastique. Er ist schwul, n'est-ce pas?«

»Das können Sie schmecken?«

»Mon Dieu, Sie etwa nischt? Und wo bessiehen Sie Ihre Menschenfleisch? Kongo?«

»Bitte?«

»Es gibt bessere Quellen als Ihre. Ihre Fleische stank nach … wenn isch es nischt besser wüsste … Weihrauch. Aber die *foie gras* war grandios. Ist noch etwas da, das isch nach'er mitnehmen könnte?«

»Ganz bestimmt. Sie war riesig.«

»Ah. Ssie schlachten selbst?«

Paul krächzte, als er einsprang. »Wir lassen es kommen.«

Lulur lächelte milde. »Da ist er wieder, unsser lieber Eckörd mit die 'arte Penis.«

Paul zeigte auf Eckerd. »Er ist Eckerd.«

»Isch weiss, aber anders 'erum gefallen mir eure Namen einfach besser. Ausserdem machen Ssie sso mehr Sinn.« Lulur kniff Eckerd in die Wange. »Nischt wahr, Poul?«

Paul bewunderte Eckerd, der sein Lächeln nicht verlor. Er schien bereit, jedes von Lulurs Spielchen mitzumachen.

»Was gefällt Ihnen daran?«

»Eckörd klingt wie jemande, der entscheidet, auch wenn er damite in Scheisse greift. Er ist schwarz oder weiß. Seine Körper ist ascétique, puritanique, 'art und karg.«

Eckerds Lächeln wirkte mit einem Mal bemüht.

»Und Paul?«

»Poul ist fleischig und weisch. Gering. Eine riesige Blob. Er 'at kein' Ahnung, was er macht. Er eiert rum. Deswegen glaubt er an Gott oder was immör. Und wenn er nischt glaubt, ist ör nischts.« Lulur legte den Kopf schief. »'abe isch rescht, Poul?«

»Das reicht.« Paul stand auf. »Sie sind völlig besoffen, Frau Vanten, daher nehmen wir Ihnen nicht übel, was Sie gerade gesagt haben. Richtig, Eckerd?«

Wie ein eingekerkertes Tier stierte Eckerd zwischen Lulur und ihm hin und her. Lulur sah Eckerd frech ins Gesicht, als sie zu Paul sprach. »Sehen Sie diese Blick von Poul, Eckörd? Er möschte sein' riesige Muskeln benützen, um mir den Kopf abzureißen und misch überall in diese Raum ssu verteilen. Aber er wird es nischt tun.«

Paul war weiß. »Da wäre ich mir überhaupt nicht sicher.«

»Eckörd, Ssie müssen noch viel lernen. Poul liest die Scheisse, die isch schreibe. Er 'at sich umgessogen, weil isch mit Ihnen ein' Spielschen gespielt 'abe. Isch ssehe aus wie die Frau auf der Dose an der Bar. Isch bin sseine 'eilige Maria, sseine Maman. Er würde gerne an meine Busen weinen, und alles wäre gut, n'est-ce pas? Poul, stehst du mal auf? Isch muss ausstreten.«

Eckerd erhob sich wie in Trance. Lulur reichte ihm gerade bis zur Brust.

»Danke für den 'eiteren Abend. Das 'at Spaß gemacht.« Sie verschwand aus ihrem Sichtfeld.

Eckerd fixierte Paul, bis der seinem Blick nicht mehr standhalten konnte. Als Paul wieder aufsah, war Eckerd verschwunden.

Lulur merkte den Wein deutlich. Sie war froh, keine Pumps angezogen zu haben, auf denen man abknicken konnte. Als sie durch den Vorhang trat, brummte ihr Schädel, bis sie begriff, dass es das Dröhnen eines mächtigen Diesels von der Straße war. Ein armdicker, gerippter Schlauch zog sich von irgendwo draußen durch den Vorraum bis in die Herrentoilette, aus der es nicht gerade nach Rosen roch.

In der Damentoilette war es dunkel und eiskalt. Lulur drückte den Lichtschalter, aber nichts passierte. Das einzige Licht kam von einem schmalen, hohen Fenster, das sperrangelweit aufstand. Lulur erstarrte.

Wie ein perlweißer Vogel hockte eine nackte, gertenschlanke Gestalt auf dem Waschtresen.

»Haben Sie gesehen, dass hier alles übergelaufen ist?«

»Gerochen 'abe isch es. Wiesso sind Ssie nackt? Es ist kalt.«

Lolita zeigte auf ihren Lederoverall, der schlaff über dem Papierhandtuchspender hing. Lulur nickte.

»Warum geht das Lischt nischt?«

»Vielleicht wollte jemand, dass man nicht sieht, wie eklig es ist?«

Lulurs Augen gewöhnten sich allmählich an die Dunkelheit. Von dem überlaufenden Waschbecken hatte sich auf dem Waschtresen und dem Boden eine schwarzbraune Pfütze gesammelt, vor den Toilettenkabinen lag ein einziger brauner, klumpiger See. Lulur trat von einem Fuß auf den anderen.

»Sind Ssie gleisch fertig?«

»Und wenn es bei mir länger dauert?«

Lulur kniff die Beine zusammen. »Ssie sind unglaublisch schön.«

»Finden Sie?«

»Isch bin betrunken. Da rutscht die Wahr'eit raus. Ssie sind sso perfekt wie eine …«

»Schaufensterpuppe?«

»Das wäre mir nischt in den Ssinn gekommen, aber ja. Eine

mehr als anbetungswürdige Schaufensterpuppe. Nischt die kleinste Muttermal. Sogar Ihre Gänse'aut ist so fein wie bei ein' Baby.« Lulur stutzte. »Sagen Ssie, brauche isch eine Brille?«

»Was, wenn nicht?«

Lulur ging in die Knie und sah zwischen Lolitas Beine.

»Sehe isch das rischtig?«

»Was sehen Sie denn?»

»Isch sehe nischts. Es sieht aus wie …«

»Eine Schaufensterpuppe?«

»Mon Dieu. Wo ist das alles hin? Das ssieht so 'übsch aufgeräumt aus bei Ihnen. Meins ist eine Putzlappenbündel dagegen. Aber ssind Ssie nischt eine…«

»Hure?«

»Das wollte isch sagen. Wie befriedigen Ssie Ihre Kunden? Mit 'and und Mund?«

»Mit Worten.«

»Mon Dieu! Kann isch bitte bei Ihnen ssur Schule gehen?«

Lulur ging tiefer in die Knie.

»Aber wie machen Ssie Ihr Geschäft? Ah, da 'inten ist was. Aber es ist sso klein.«

Ein dünner Strahl schoss ins Becken. Lulur sah Lolita bewundernd an.

»Wie eine Vogel! Und es ist weiß. Ssie sind ein' Taube. Pardon, dass isch frage, aber wo reiben Ssie, damit es juckt?«

»Wie soll es jucken, wenn es einfach vergessen wurde?«

Lulur legte Lolita eine Hand aufs Knie. »Mein Täubschen, du glaubst gar nischt, wie viel Ärger dir erspart geblieben ist.«

»Vielleicht hätte ich gerne diesen Ärger?«

»Wünsch es dir nischt. Kennst du vielleischt eine weibliche Form von Gourmet? Gourmätresse, vielleischt? Oder Gourmös'?«

Lolita grinste. Sie ließ sich vom Waschtresen gleiten.

Lulur bewunderte, wie weit ihre langen Beine über den Rand der Pfütze reichten. Lulur brauchte mehrere Anläufe, bis sie auf ein Stück trockenen Tresen neben dem Waschbecken geklettert war, schließlich stand sie oben und überlegte. Lolita streifte ihre Lederhaut über.

»Vielleicht ziehen Sie besser die Schuhe aus?«

Lulur parkte ihre Mokassins auf einem Seifenspender, stellte sich zu beiden Seiten des Waschbeckens in das, was rundherum übergetreten war, und hockte sich hin.

Lolita starrte auf Lulurs Füße. Makellos. Agil wie Hände. Ein Hitzeschub durchfuhr sie, der nirgendwohin führte. Leise keuchend zog sie ihr Korsett über, zurrte die Schnüre fest und zwang sich, den Blick von Lulurs Füßen zu lassen.

Lulur musste sehr viel getrunken haben, es plätscherte und lief reichlich über. Verstohlen sah Lolita hin.

»Was guckst du sso?«

»Haben Sie bei mir nicht eben auch geguckt?«

»Ja, aber das Ding zswischen meine Beine unterliegt moralische Konvention', wenn man es nackt in der Öffentlischkeit zseigt. Zsumindest ist mir das anerzsogen worden.«

Lolita grinste, strich ihre Lederhaut glatt und ging mit einem Hüftschwung, der Lulur noch hinter ihr herstarren ließ, als die Tür längst zugeschwungen war. Sie hätte ihr nachlaufen wollen und sich auf sie stürzen, in der Hoffnung, dass ein bisschen ihrer Reinheit auf sie abfärben könnte. Aber wahrscheinlich hätte sie Lolita nur mit sich beschmutzt.

Lulur hockte im Dunkeln, spürte die Kälte und überlegte, ob es ihre eigene war. Ihr Blick wanderte über den Boden, zu der Pfütze vor dem Waschtresen. Etwas saß darin und sah zu ihr auf.

»'allo, Schwester.«

Sie sahen sich lange in die Augen, Lulur und die Ratte. Sie verstanden sich gut.

Um sie herum wurde es still, ihr Plätschern versiegte. Das Rauschen der Vorstadt vom hohen Fenster, das Dröhnen des Diesels und die Musik aus dem großen Raum drangen nicht zu ihr durch. Lulur verstand, dass es der Moment der Reinheit war, der alles so still machte. Eine Pause von dem Dreck, den sie ständig versprühte. Lulur starrte auf ihre Zehen. Rund und fein wie die eines Kindes. Das Einzige, was unschuldig an ihr war. Sie war nicht ihre Zehen. Sie war ihre Warze.

»Merde.«

Die Ratte trat zur Seite. Lulur verneigte sich vor dem Moment. Immer weiter. Bis sie fiel.

KÜSSE

Er tauchte in ihren Blick.

Marthe war nur bei ihm. Ihre Augen schienen es sattzuhaben, durch den großen Raum zu schweifen, zu hören, was zu sehen war. Sie planschten in seinem Blau.

Paul konnte sich nicht erinnern, wann er so im Hier gewesen war. Nicht im Morgen, nicht im Gestern, nicht in Hoffnung oder in Gram, er war hier. Jetzt.

Eckerd hatte eine Runde gemacht, nachdem er Paul stehen gelassen hatte. Pauls schlechtes Gewissen wollte ihm hinterherlaufen und ihm Arbeit abnehmen, aber Marthe hielt ihn ab.

Endlich tut er wieder was.

Andrea räusperte sich.

»Eckerd, es tut mir leid, was ich eben gesagt habe. Ich werde so emotional, wenn es um Lobs geht.«

»Tut es Ihnen auch leid, wenn ich wieder *Nein* sage?«

Andrea lehnte sich vor, fixierte ihn mit ihren grauen Augen und faltete ihre wohlgepflegten Hände vor das Hummertelefon. Es war fühlbar, dass jetzt ein Statement folgen würde, dem nichts hinzuzufügen war.

»Sie sind ein Unmensch.«

Marthe küsste Paul über den Tresen hinweg, und es war beiden egal, dass die Kante mächtig in ihre Rippen drückte. Sie erlaubten sich, alles um sich herum hinter einer dicken Wand aus Zuckerwatte zu vergessen.

Tink war eingedöst. Zuerst dachte er, dass Eckerd vor seinem Körbchen stand, Eckerd, mit dem er nicht reden wollte. Aber dieser Mann war viel größer. Er war schwarz und bestens gekleidet, mit einem weißen Lächeln, das sein Herz pochen ließ. Der dunkle Riese hielt ihm ein handgearbeitetes Lederhalsband hin, von dem eine passende Leine hing.

»Hallo Tink. Machst du Sitz für Danny?«

Tink machte Sitz. Sein Herz schlug bis zum Hals. Dannys riesige Hand ließ das Halsband einrasten, dann quetschte er sich in die Nische. Eckerd grüßte. »Das freut mich aber für Sie, Charles.«

Tink knurrte. Danny tätschelte Tinks Kopf.

»Was hast du denn, Tinky? War der Mann böse zu dir?«

Tink knurrte. Danny stand auf. Er überragte Eckerd um einen Kopf, seine massigen Schultern ließen Eckerd schmächtig aussehen.

»Haben Sie etwa ein Problem mit meinem Hund?«

»Ich wollte nur freundlich sein.«

Tink knurrte. Danny baute sich auf.

»Sie *sind* freundlich. Ich mag Sie trotzdem nicht.«

Eckerd drehte seit geraumer Zeit allein seine Runden. Bestellungen begannen sich zu stauen. Pflichtbewusstsein zog wie eine dunkle Wolke an Marthes und Pauls rosa Himmel auf. Sie sahen sich an, sahen es nicht ein und küssten sich weiter.

Otte war an Felix' Schulter eingenickt. An ihrem Kopf vorbei konnte er nur eingeschränkt in den großen Raum sehen. Jetzt gerade sah er nur einen breiten Rücken. Eckerd hatte sich an den Rand der Nische gesetzt. Er seufzte.

»Eigentlich habe ich mich in allem geirrt. Aber wenigstens nicht in dir. Der eingebildete Kranke hat dir offensichtlich sehr gutgetan.«

Otte schnarchte leise. Felix reckte sich.

»Ja, das war tatsächlich ein Durchbruch, so kann man sagen. Hattest du davon in den Gazetten gelesen? Es wurde groß beschrieben.«

»*Gelesen?* Ich habe den Job für dich *gefunden*!«

»Ernsthaft? Mir ist gewahr, dass der Intendant des Theaters anrief. Mein Mitwirken war ihm so dringlich, dass ich nicht absagen konnte.«

»Komm, wir beide wissen, dass du das Stellenangebot in deiner Theaterzeitung überlesen hast.«

»Meine Rollen stehen nicht in Annoncen. Aber wenn du dich so erinnern möchtest … in der Fantasie sind wir ja alle frei, nicht wahr?«

Johannes hatte das Saugrohr durch einen Toilettenabfluss bis hinunter in das Kanalsystem geführt. Mit einem Mal hatte es begonnen, bedrohlich zu schlagen, typisch, wenn feste Objekte eingesogen wurden. Allerdings war der Pegel in den Toiletten kaum gesunken. Als die Pumpe unter Höchstlast aufheulte, hatte er sie gestoppt und das Rohr herausgezogen.

Auf dem Stutzen steckte etwas. Johannes' Taschenlampe beleuchtete ein Stück Schädel, eine Augenhöhle mit etwas Stirn daran. Er zog den Knochen vom Stutzen des Saugrohrs, zertrat ihn, ließ die Pumpe wieder an und saugte die Stücke auf.

Danach ließ er es vorsichtiger angehen, bis sich der Pegel in allen Abflüssen gurgelnd normalisierte. Er nahm sich vor, danach die Pfützen um die Toiletten und den Waschtresen trocken zu saugen, bevor er in die Damentoilette weiterziehen würde. Danach konnte hier weitergehen, was immer hier getrieben wurde. Es war ihm egal. Solange es Vorkasse gab.

Paul schob Marthe sanft von sich. Er sah sich um. Eckerd fehlte.

»Ich glaub, ich seh mal nach ihm.«

Marthes Arme ließen sich nur zäh abstreifen, aber als Paul sich auf die Runde machte, arbeitete sie die Bestellungen ab und stellte die Flaschen zurück in das große Spirituosenregal. Sie lächelte dem grauen Foto von Colette auf der Blechkeksdose zu, das ihr so ähnlich war, und doch konnten sie unterschiedlicher nicht sein; Colette, der so gut wie nichts gefallen hatte, und Marthe, der im Moment alles gefiel.

Ihr Finger fuhr über den Deckel. Ein dicker grauer Flusen klebte daran. Marthe nahm Colette aus dem Regal, staubte sie ab und wischte das Regalbrett, bevor sie sie zurückstellte. Sie inspizierte die Flaschen. Viele waren stumpf vor Staub. Sie griff sich Küchenhandtücher, trockene und feuchte, und begann, sie zu polieren.

VIELEN DANK

Paul erschrak. Er hatte Eckerd erst entdeckt, als er im Dunkel neben der Bar schon fast an ihm vorbeigelaufen war. Er saß am Fuß der Stufen, in sich versunken, den Kopf gesenkt, wie ein schwarzer Fels, verschmolzen mit den Schatten. Paul trat einen Schritt näher.

»Hey, Eckerd … über das mit Lulur würde ich gerne noch mal reden … es tut mir unglaublich leid.«

»In letzter Zeit tut dir ganz schön viel leid.«

»Ich wollte dich doch nur aufmuntern.«

Wie aus dem Nichts traf Paul etwas an der Schläfe. Er sah Sterne, sein Sichtfeld verschwamm, er wankte.

»Vielen Dank, Arschloch!«

Ein zweiter Schlag traf Paul mitten ins Gesicht. Seine Augen tränten, aber durch die Schleier sah er Eckerd, der immer noch auf der Treppe saß und neugierig zusah, wie Paul sich eine dritte schallende Ohrfeige einfing. Sie taten höllisch weh, weil sie von kleinen Händen kamen.

Klara spuckte ihm ins Gesicht. »Du Schwein!«

Eckerd rückte etwas nach vorn, wie bei einem spannenden Film. »Wow… wen haben wir denn da?«

Klara fauchte ihn an. »Halt die Fresse, Riese! Ich rede mit Arschloch!«

Eckerd stand auf. Klara sah an ihm hoch und trat einen Schritt zurück. Er lächelte auf sie herunter.

»Was hat der Paule denn nun wieder angestellt?«

»Er hat dafür gesorgt, dass sie meine Mam abgeholt haben.«

»Warum?«

»Er meint, dass sie nicht auf dem Balkon sein darf.«

Paul rieb sich das fleckige Gesicht. »Sie war gestorben! Klara hat eine Mumie aus ihr gemacht. Man kann doch keine Mumie auf einem Balkon lassen.«

Eckerd runzelte die Stirn.

»Warum denn nicht? Es war ihre Mam.«

»Es war eine Mumie!«

»Na und? Mein Jesus war aus Gips. Trotzdem war es Jesus.« Eckerd kniete sich zu Klara. »Bis Paul ihn mir genommen hat. Da war er nur noch Gips.«

»Und Marthe musste er unbedingt zeigen, dass er herausgefunden hat, dass sie behindert ist.«

Eckerd nickte. »Weiß ich doch. Er macht gerne Leute unglücklich, der Paule.«

Paul heulte auf. »Mach ich nicht!«

Klara verschränkte die Arme. »Ich könnte dich killen, Arschloch.«

Eckerd seufzte.

»Glaub ich sofort.«

Er beugte sich zu Klara und flüsterte ihr etwas ins Ohr. Sie nickte. Paul wurde nervös.

»Was tuschelt ihr da?«

Eckerd richtete sich auf. »Alles gut.«

»Quatsch.«

»Paul, warum gehst du nicht zu Andrea und sagst ihr, dass sie ihren Lobs haben kann? Das freut doch alle.«

»Und ihr?«

»Wir regen uns noch ein bisschen ab. Wir können ja gleich noch mal in Ruhe sprechen. Okay für dich, Klara?«

Klara nickte.

Paul sah sie an. Wie einig sie dastanden. Ihm fiel nichts ein, was er entgegnen konnte, also trottete er über die erleuchtete Tanzfläche in den Schatten zur Hummerhölle.

Aus dem Dunkel neben der Bar ließ sich ahnen, dass Paul Andrea ansprach. Er gestikulierte. Klara schnaubte wütend.

»Das war's? Ich dachte, wir wischen ihm eins aus.«

Eckerd ging neben Klara in die Knie.

»Schau mal genau hin.«

Nach der ersten Reihe fertig polierter Flaschen wandte sich Marthe dem großen Raum zu. Niemand winkte, um zu bestellen, zwei Gäste an der Bar hatten noch reichlich in ihren Gläsern, Paul bediente an der Hummerhölle, Eckerd war nach wie vor außer Sicht. Marthe nahm die nächste Reihe Flaschen in Angriff.

Paul wankte rückwärts aus der Nische, aschfahl. Er zischte Klara zu, im Tango war er kaum zu verstehen.

»Verschwinde hier. Sofort!«

Eckerd schob Klara zu Paul.

»Jetzt gehen wir erst recht gucken, was meinst du?«

Andrea sah aus, als ob sie schlief.

Sie war über ihrem Lobs zusammengesunken und hielt ihre Arme schützend vor ihn.

Fassungslos starrten sie in die Hummerhölle, Klara klammerte sich an Pauls Arm. Eckerd schaute ihr über die Schulter.

»Siehst du? Ich habe auch ein Problem mit dem Paule.«

Paul nahm Klaras Hand von seinem Arm.

»Hau ab!«

Eckerd ließ die Keule hinter Klaras Schulter hervorschauen.

»Nein, macht sie nicht.«

Johannes starrte auf die zerbrochene Puppe.

So hatte der Körper der Frau ausgesehen, bevor Johannes begriff, dass sie kopfüber vom Waschtresen gestürzt war. Sie war so verdreht aufgekommen, dass er im Dunkeln Schwierigkeiten hatte, zu ahnen, wo welche Extremität mit dem Körper verbunden war.

Johannes erschrak. Ihr Fuß bewegte sich. Vorsichtig trat er näher. Es war nicht ihr Fuß, der sich bewegte, es war eine Ratte, die an ihm fraß. Johannes brachte das Saugrohr in Anschlag. Die Ratte legte den Kopf schief und fixierte ihn aus ihren schwarzen Augen, dann fraß sie weiter.

Er saugte sie auf.

Tink schlief auf Dannys Schoß. Danny schlief auch, sein Kopf war auf seine mächtige Brustplatte gesunken.

Paul schaute die beiden an. Endlich hatte Tink ein Herrchen gefunden. Das größte und stattlichste, das sich ein Hund erträumen konnte. Und das Einzige, was sie zusammen erlebt hatten, war der Tod. Andrea war tot. Wut würgte ihn. Er zwang sich, nicht zu weinen.

»Du bist krank.«

Eckerd stieß Klara an.

»Weiter.«

Bitte sieh her!

Paul stierte Marthe an. Sie polierte Flaschen. Paul ruderte mit den Armen, in der Hoffnung, irgendwie den Rand ihres Blickfeldes zu reizen. Sie sah nicht mal zur Seite.

Als Eckerd sich zu Paul umsah, gab er auf und folgte ihm, denn Eckerd hatte Klara am Nacken gepackt.

Alle Abflüsse waren frei, nur noch ein paar Pfützen waren aufzusaugen. Johannes überlegte, wie viel es diesem Eckerd wert wäre, wenn er nicht weitersagte, dass eine Leiche in der Damentoilette lag. Wahrscheinlich viel.

Vorher aber würde er den Laster fahrfertig machen. Man konnte nie wissen, wie sich die Dinge entwickelten.

»Eckeeerd.«

Tina krähte aus dem Urwald, Nische sechs, und rekelte sich im Leopardenkleid auf leopardengemusterten Polstern. Sie beäugte Klara.

»Was macht denn das Kind hier?«

Klara lächelte mechanisch, als Eckerd ihren Nacken fester packte. Eckerd lächelte auch.

»Nichts. Was kann ich für dich tun, Tina?«

»In deinem Schuppen sind überhaupt keine tollen Männer.«

Paul stellte sich hinter Eckerd auf Zehenspitzen und winkte ab.

Lass das!

Tina gackerte. »Paul ist der einzig Lustige hier. Aber der knutscht ja deine Schwester. Es ist lang-wei-lig. Und du bist auch langweilig.«

Eckerd lächelte nicht mehr. Paul ruderte mit den Armen.

Nein! Stopp!

»Nur Paul ist nicht langw…«

Tina starrte in die Unendlichkeit. Ihre Stirn war eine Delle. Klara schrie in Eckerds Hand, die Polka weinte, niemand blickte auf.

Eckerd schob Klara in den Gang mit den rückwärtigen Nischen, die von der Bar und der Tanzfläche aus nicht einsehbar waren. Paul ließ sich zurückfallen, sein Blick klebte an Marthe, er schleuderte ihr all seine Fassungslosigkeit, Wut und Trauer ins Kreuz, er betete, dass sie es merkte und sich umdrehte.

Marthe polierte Flaschen. Alles in ihm wollte nach ihr schreien, und alles in ihm wusste, dass es sinnlos war.

Die Aussicht aus dem Ruhepol, der Ecknische, war nur eine wild dekorierte Wand. Waldo freute sich über die vorbeiziehende Prozession aus Eckerd, Klara und Paul. Er winkte ihnen. Paul ging etwas langsamer, er zischte ihm zu.

»Geh sofort nach Hause, Waldo. Bitte.«

»Will ich aber nicht.«

Paul stieß einen autoritären Finger Richtung Vorhang.

Geh!

Waldo blubberte bockig in sein Einhörnchen.

Im Vorraum hatte Lolita der schwermütigen Musik gelauscht. Sie war nicht in Stimmung dafür gewesen, war rauchen gegangen und hatte dabei festgestellt, dass ihr das nagelnde Dröhnen des Diesels gefiel.

Johannes kam heraus und verstaute das Saugrohr, dann ging er wieder hinein. Lolita trat die Zigarette aus. Die Musik von drinnen machte melancholisch. Melancholische zahlten mehr. Sie ging auch hinein.

Bernadottes Kopf ruhte auf Felix' Schulter, ihr langer Hals lag schlaff auf seiner Brust. Felix dagegen sah aus, als ob er jeden Moment die Augen öffnen würde, um den Cäsar zu markieren. Aber er tat es nicht.

Eckerd sah Paul an, dabei klopfte er Felix auf die Schulter.

»Das ist auch so einer wie du.«

Sonia nickte. Die Formel, die sie mit einem doppelten Kasten einrahmte, sah relativ einfach aus.

»Das ist es.«

Petrov nickte auch.

»Das ist es. Was machen wir damit?«

»Nichts. Es wird sich verselbstständigen. Es war mir eine Ehre, Professor Petrov.«

»Es war mir eine Ehre, Sonia. Sie gehen?«

Sonia nickte.

»Auf eine Jacht. Spokoynoy nochi Professor Petrov.«

Johannes kam auf sie zu.

»Fertig.«

Eckerd nickte.

»Sehr schön. Danke für die schnelle Hilfe.«

Paul und Klara sahen aus, als ob sie etwas zu sagen hätten. Johannes hatte keine Lust, es zu hören. Er beugte sich zu Eckerd.

»Können wir kurz unter vier Augen sprechen?«

»Das ist schlecht gerade.«

Johannes flüsterte Eckerd ins Ohr. »Ihr habt eine Leiche in der Damentoilette. Wollte nur, dass ihr's wisst. Ich will's ja nicht jemand anderem erzählen.«

Eckerd hob die Augenbrauen. »Ah. An wie viel hattest du denn gedacht?«

»Zehntausend.«

Es sah aus, als würde Eckerds Keule Johannes nur anticken. Er fiel wie ein Baum. Eckerd schüttelte den Kopf.

»Zehntausend ist echt viel.«

Waldo hatte schnell auf die Tischplatte geschaut, als Lolita auf der Suche nach einem Melancholischen in den Ruhepol gegrüßt hatte. Bei den Nischen dahinter sah sie Paul, Klara und Eckerd. Und Johannes, der schlaff vor ihnen am Boden lag. Eckerd hielt seine Keule.

Lolita schlich ihren Weg zurück, ihr Leder begann nach Tier zu riechen. Auf der anderen Seite, hinter der Bar, sah sie Marthe, die gerade ihren Blick durch den großen Raum schweifen ließ. Sie lächelte ihr zu. Lolita lächelte nicht.

»Hallo Sonia, warten Sie mal.«

Eckerd war hinter ihr hergekommen, seit sie aus dem Punkdock getreten war. Sonia sah sich um. Er hatte ein Mädchen im Schlepptau. Sonia beschleunigte ihre Schritte. Eckerd auch.

Sie passierte die Bar. Marthe grüßte nicht, sie starrte auf das Mädchen, das Eckerd mit sich zog, dann auf Paul, der ihnen folgte. Lolita kam auf der anderen Seite hinter den Nischen hervor, weiß wie eine Wand. Sonia fühlte Eckerds Stimme im Rücken.

»Warum reden Sie nicht mit mir?«

Sonia trat in das Licht der Tanzfläche, so schnell, wie es ihre hohen Schuhe erlaubten. Eckerd hielt Schritt.

»Was habe ich Ihnen getan?«

Es klang sehr nah.

»Warten Sie!«

Sonia spürte, dass sie etwas traf. Es klang, als ob man mit einem großen Kochlöffel auf einen Topf schlug, über dem ein Handtuch lag.

Das Mädchen schrie an Eckerds Hand vorbei.

Sonia ging weiter.

Der Topf erklang.

Sonia ging weiter.

Der Topf erklang.

Sonia ging.

Sonia fiel.

Marthe und Lolita hatten es gesehen. Willa hatte es gesehen, die Giganten und auch die beiden Männer an der Bar, die jetzt panisch auf den Ausgang zurannten. Eckerd brauchte nur vier Schritte. Den ersten traf er frontal, der zweite duckte sich. Eckerd traf ihn am Hinterkopf.

Das Klavier fehlte plötzlich in der Musik, ein glitzernder Schatten strich die Wand entlang. Eckerd hätte ihn beinahe übersehen, mehr aus Reflex wandte er sich um und schlug zu. Willas weiches, wogendes Gewand aus Haut und Pailletten wehte seine letzte große Welle, bevor es auf das Parkett sank.

Die Musik stoppte. Eckerd zog Klara zu den Samtpodesten.

»Spielt!«

Die Giganten zitterten. Eckerd schwang die Keule wie einen Taktstock. Sie spielten einen Fado, trauriger als je zuvor.

Marthe hatte in die Küche gespäht und Raphael nirgendwo ausmachen können. Sie zischte, aber er kam nicht. Sie durchkramte die Schubladen, schob sie wieder zu. Zwischen Limonen entdeckte sie ein Schälmesser.

Raphael fror in seinem Kostüm. Ein wahrer Weltuntergang ging vor ihm nieder, glühend rot von dem Herz, das bis weit in die Nacht brannte. Er konnte kaum fassen, hier draußen zu stehen, mit einem heilen Gesicht. Er konnte jetzt einfach gehen. Tun, was immer er wollte. Er überlegte, was das war.

Er sah in den Regen. Er war frei. Die ganze Welt stand ihm offen. Wind schleuderte ihm kalte Gischt entgegen.

Paul starrte auf Sonia. Die beiden Männer. Willa. Als Eckerd mit Klara zurückkam, zog er sich in den Gang zurück.

In allen Nischen, die er dabei passierte, waren Gäste. Keiner von ihnen lebte mehr. Gäste, die er bedient hatte.

Meine Gäste.

Er wischte sich Schleier aus den Augen, ließ zu, dass Eckerd ihn einholte. Am Punkdock war er bei ihm. Petrov musterte sie. Dann warf er einen Kugelschreiber nach Eckerd.

»Es ist nicht mehr schön hier.«

Petrovs Genie endete.

»Lolita, geh weg. Ich habe nicht gewinkt.«

»Freust du dich nicht, mich zu sehen, Waldo?«

»Du wirst teuer, wenn ich mich freue.«

»Und wenn es umsonst ist?«

»Dann stellst du Mamafragen. Ich mag keine Mamafragen. Und ich mag nicht bezahlen, damit du nicht nach Mama fragst. Dafür ist Mamas Geld zu alle.«

»Und wenn wir nur hier zusammensitzen?«

»Das wäre schön.«

»Waldo?«

»Ja?«

»Redest du bitte nicht mit Eckerd?«

»Ja.«

Paul wich weiter vor Eckerd zurück, er schritt rückwärts um den Ruhepol und zuckte zusammen, als er etwas im Rücken spürte, das ihn sanft zum Stehen brachte. Es war Marthe, die vor ihn trat.

Sie hielt Eckerd fixiert, und langsam, ganz langsam legte sie ihre Finger auf den Unterarm, der die Keule hielt. Sie modellierten darauf die Worte, die ihr Mund formte.

Wir haben verstanden. Lass es gut sein. Bitte.

»Hier hat keiner was verstanden.«

Die Finger massierten neue Worte in die weiche Haut des Arms. Darunter war es stahlhart.

Lass Klara gehen. Du machst ihr ANGST.

Eckerd stieß Marthes Hand mit Wucht vor ihre Brust. Sie rang nach Luft, sammelte sich, trat wieder an ihn heran. Er stieß sie härter, sie klappte nach vorn und keuchte. Paul wollte an ihr vorbei, aber sie hielt ihn ab. Sie richtete sich auf, trat an Eckerd heran, er wollte sie wieder von sich stoßen, aber dieses Mal wich sie aus. Eckerd zuckte.

Das Schälmesser steckte bis zum Heft in seinem Oberarm. Marthes Augen waren Gift.

Sie geht jetzt. Und Paul geht auch.

Ihre Nase brach, als die Faust mit der Keule sie mitten ins Gesicht traf. Blut lief ihr auf Mund und Kinn.

Aus dem Ruhepol sahen Waldo und Lolita die Szene wie einen bizarren Film.

Waldo sprang auf. »Lass Marthe!«

Eckerd musterte ihn. Lolita versuchte, Waldo wieder auf den Sitz zu ziehen, aber er blökte weiter.

»Lass Marthe in Ruhe! Du bist rot und hässlich! Hässlich wie Mama!«

Selbst im Weinen des Fado war das Knacken deutlich zu hören wie ein Schrei. Waldo fiel dahin zurück, wo er aufgestanden war.

Lolita erhob sich.

Eckerd packte die Keule fester, wartete, dass sie ihm einen Grund gab, zuzuschlagen. Lolita schrie nicht, sie beschimpfte und verurteilte ihn nicht. Sie sah einfach durch ihn hindurch.

Eckerd trat zur Seite.

Lolita sah Marthe, Klara und Paul, deren Blicke *Hilfe* schrien, die Hoffnung schwitzten, dass sie etwas konnte, das sie nicht konnten. Lolita schritt in Richtung Bar, mechanisch, gedankenverloren. Eckerd ließ sie ziehen.

Marthe sah die Angst in Klaras Augen, sah in Pauls Blau, in dem sie vorhin noch naiv gebadet hatte.

Klara schrie hinter Marthe her, als sie auf den Ausgang zuhielt.

Eckerd folgte ihr, ein Hügel aus Schultern, der Kopf tiefer als der Nacken. Paul stellte sich ihm in den Weg, aber er wurde an die Seite gekehrt wie Laub. Paul blieb an ihm dran.

»Das ist deine Schwester.«

Eckerd verlangsamte seine Schritte, er stierte auf den Vorhang, bis er sich hinter Marthe geschlossen hatte.

Am Fenster klopfte es.

Draußen, hinter einem der Fenster, spritzte der schwere Regen auf einem Regenschirm. Frau Mangold winkte auf Zehenspitzen.

Eckerd starrte sie an, dann winkte er zurück. Der Regenschirm wanderte ein Fenster weiter, dann verschwand er ganz.

PULS

Marthe taumelte aus dem Mund, auf der Zunge ging sie in die Knie, ihr Körper bebte. Sie quälte sich hoch, taumelte gegen die Küchentür, fiel durch die Flügel, hielt sich an der Ecke des Regals und zischte ins Dunkel.

Keine Gasflamme, kein Duft. Nur kaltes Fett.

Marthe stolperte umher, riss auf und stürzte um, wo sich ein dünner Mensch verstecken konnte. Raphael war nicht da.

Sie schleppte sich zum Münztelefon, lehnte schwer dagegen, brauchte ein paar Anläufe, bis ihre zittrigen Finger Münzen aus ihrer Kellnerbörse gefischt hatten. Sie nahm den Hörer ab, schloss die Augen. Sie legte den Daumen auf die Hörmuschel. Spürte nichts. Hängte wieder ein.

Sie atmete tief ein. Zwang sich zur Ruhe. Sah zum Vorhang. Atmete.

Sie nahm ab, legte den Daumen auf die Hörmuschel. Ihr Daumen fühlte den kurzen, winzigen Puls des Freizeichens. Sie warf Geld ein, hämmerte eins-eins-null in den Ziffernblock, wartete und blutete, sah zum Vorhang, die Muschel pulsierte. Erst vibrierte sie unregelmäßig, dann gar nicht mehr. Jemand am anderen Ende hatte gesprochen und wartete, was kam. Marthe sprach leise, aber so eindringlich, wie sie konnte.

»Mooooohhhrd. Vonn Herrrzenn …«

Dann sprach sie die Adresse, wie sie geschrieben wurde.

Die Hörmuschel vibrierte. Marthe wiederholte. Die Hörmuschel vibrierte, diesmal stärker. Marthe wiederholte noch mal. Diesmal vibrierte sie heftig, gefolgt von einem kurzen Impuls. Das andere Ende hatte aufgelegt. Niemand würde kommen.

Marthe rannte hinaus in den Weltuntergang.

Muskeln, prall wie Bälle, schwer, gespannt.

Adern unter Haut, wie Schlauch.

Arm dick wie Bein, hält Messer, hält Klara, die ringt, nach Luft.

Keule klopft, an Bein, und wieder und wieder, ein Takt.

Ein Mensch, ein Berg, ein Werk.

Hätte Paul den Arm ausgestreckt, er hätte Eckerd berühren können, der sich die Keule immer wieder ans Bein klopfte.

Paul setzte sich, als ob es gemütlich war auf dem Parkett, unweit der Toten. Sie sahen sich lange an, Paul und Eckerd, der vor ihm aufragte wie ein Berg.

Der Fado jaulte, die Giganten hatten Angst, es klang aus jeder Note. Sie waren traurig, so traurig, dass ihnen jeder Ausdruck verloren gegangen war. Paul sprach den Berg an.

»Geht dir die Musik auch so auf den Sack?«

Eckerd hörte hin. Mit einem Zeichen der Keule stoppte er den Krach, der Musik hätte sein sollen.

Sein Arm um Klara lockerte sich. Die Keule zeigte auf den Platz zwischen sich und Paul. Klara ließ sich daraufsinken, Eckerd dahinter, gegenüber von Paul. Klara rückte sich ein wenig aus der Mitte. Die Keule lag auf ihrem Rücken, bis sie sich wieder hineingeschoben hatte. Die Giganten starrten von ihren Podesten, Paul konnte es im Rücken fühlen.

»Jetzt glotzen die aber.«

Die Keule zeigte zum Ausgang.

Die panischen Kleinwüchsigen drückten sich mitsamt ihren Instrumenten durch den Vorhang.

Die übrigen drei saßen inmitten der Tanzfläche, im Rauschen des Regens, der in Schüben die Fenster peitschte, während auf ihnen die bunten Lichtpunkte der Discokugel tanzten.

Marthe gab es auf zu klingeln, sie drosch auf die antike Haustür mit geschnitzten Blumen ein, irgendwann trat sie dagegen. Frau Mangold beobachtete sie von der anderen Straßenseite; wie sie tobte, wie Wasser und Blut spritzte. Marthe gab der Tür einen letzten Tritt, dann kämpfte sie sich zurück in den Regen. Frau Mangold überquerte die Straße. Jetzt, wo jemand auf die Blumenmotive eingehämmert hatte, fielen sie ihr wieder auf. Sie waren aber auch wirklich schön.

Eckerd atmete lange aus. Paul nickte ihm zu.

»Da ist ein Messer in deinem Arm.«

Eckerd sah hin, als ob er es zum ersten Mal sah.

»Ein Messer? Wahnsinn.«

Sie grinsten. Klara starrte auf ihre Schuhe. Paul sah zum Vorhang, als der Wind ihn blähte.

»Wer wohl gleich durch den Vorhang kommt?«

»Was, wenn keiner kommt?«

»Ja, wie kriegen wir das dann wieder aufgeräumt?«

Sie lachten. Klara glotzte von einem zum anderen. Eckerd überlegte.

»Das werden ganz schön viele Essen.«

»Aber wir haben keine Gäste mehr.«

»Es kommen neue. Und sonst haben wir noch den Sauglaster.«

Paul nickte. Er sah zum Vorhang.

»Was ist mit Marthe?«

»Ich entschuldige mich bei ihr.«

»Ah.«

Der Vorhang bewegte sich.

Marthe fror, sie musste sich auf der Suche nach Lebenszeichen in den leer gefegten Straßen des Vorstadtbezirks vom Unwetter dreschen lassen. Tonnen von Regen gingen auf sie nieder, sie klingelte Sturm in dunklen Eingängen, sie klingelte, dass es nach Ärger klang, nach Besuch jedenfalls nicht. Man stellte sich schlafend.

»Was Marthe wohl macht?«

Eckerd sah sich auf die Hände.

»Probiert garantiert alles. Tut mir total leid mit ihrer Nase.«

»Wird wieder.«

»Sag mal, Paul … sind wir eigentlich Freunde?«

»Was spricht dagegen?«

Klara sah Paul an, als ob er irre wäre. Paul verlagerte sich, gerade so, dass Eckerd seinen Mund hinter Klaras Kopf nicht sehen konnte. Er formte ein Wort.

LAUF!

Klara sprang auf. Eckerd bekam ihren Fuß zu fassen, hielt ihn gepackt. Paul griff nach dem Messer in Eckerds Arm und drehte es herum. Eckerd sah ihn dabei an, als ob der Arm nicht ihm gehörte. Die Keule tickte an Pauls Gesicht. Sein Jochbein brach.

Paul packte Eckerds Hand, die Klaras Knöchel hielt, und zerrte wie wild daran. Es sah aus, als ob Eckerd die Keule nur leicht auf seinen Arm fallen ließ, aber Paul schrie, als er sah, dass sich die zwei Hälften seiner Elle unabhängig voneinander in seinem Arm bewegten. Die Finger von Pauls heilem Arm krallten sich in Eckerds Hand, versuchten, sie aufzubiegen, während Paul dafür verheerende Schläge nahm, die Eckerd unaufgeregt platzierte. Paul ließ los, als sein Kiefer brach. Keuchend wand er sich auf dem Boden.

Eckerd stand auf, hielt Klara gepackt und stand über Paul, war wieder ein Berg.

»Schluss mit dem Klaratheater.«

Paul schrie und flehte, hatte nicht mehr genug ganze Knochen, um aufzustehen.

Eckerd hielt Klara vor sich wie eine Puppe und holte weit mit der Keule aus. Sein Arm schnellte nach vorn.

Mit leerer Faust.

Es war ein anderer Arm, der plötzlich die Keule hielt, und er schlug sie exakt auf die Mitte von Eckerds Hinterkopf.

Eckerds zum Bersten gespannte Muskeln erschlafften im gleichen Moment, er fiel, langsam und schwer wie ein gefällter Baum.

Paul musste sich quälen, den Kopf zu heben, dann lächelte er voller Dankbarkeit, auch wenn sein gebrochener Kiefer es grotesk aussehen ließ. »Danke Raph. Tausend Dank!«

Raphael lächelte zurück. Klara strampelte Eckerds Arm von sich und richtete sich auf. »Ja, vielen Dank!«

Raphael lächelte wieder, aber diesmal sah er traurig aus.

Dann schlug die Keule ein.

Klara fiel zur Seite und blieb reglos liegen.

Paul starrte Raphael aus entsetzten, blutunterlaufenen Augen an, aber bis er begreifen konnte, was vor sich ging, war Raphael längst über ihm. Die Keule traf Paul genau zwischen die Augen, ließ ihn zusammensacken zu einem geschundenen Torso inmitten bizarr verwinkelter Gliedmaßen.

Raphaels Tränen tropften auf ihn und Klara herab. »I-ich wünsche euch beiden gute Reise.«

Vor ihr war es so dunkel wie hinter ihr. Keine Kneipe, die noch offen war, kein Licht in keinem Fenster. Marthe wandte sich in die Richtung, aus der sie gekommen war. Sie klingelte nicht mehr. Und sie rannte auch nicht mehr.

ASCHE

Raum ohne Fenster. Ein von dicken Leitungen abgezapfter Waschplatz. Ein Schrank, ein Spiegel. Lolita hockte auf dem schmalen Bett ihres Kellerapartments.

Eckerd hatte sie alle zu Superhelden gemacht, einfach indem er an sie geglaubt hatte. Er hatte geglaubt, dass ein geflohener Sträfling mit kaputtem Gesicht ein Sternekoch sein konnte. Dass der perverse Polizist ein beliebter, respektierter Kellner sein konnte. Dass eine Gehörlose die beste Zuhörerin der Welt sein konnte, in ihrem Raum voller Nischen und Telefone, in dem jeder sein durfte, wie er wollte.

Lolita stand auf, betrachtete sich im Spiegel.

Eckerd hatte geglaubt, dass eine dünne, große Person mit einer seltenen Form des Mayer-Rokitansky-Küster-Hauser-Syndroms eine anziehende, unergründliche Frau sein konnte, für die man zahlte, obwohl man faktisch nichts bekam.

All das hatte Eckerd erschaffen, indem er geglaubt hatte, und dafür würde sie ihn immer lieben.

So süchtig, wie sie danach gewesen waren, wie schön er sie glaubte, so zweitrangig war es für sie gewesen, an was er darüber hinaus sonst noch glaubte. Sie hatten sich aus Angst vor der Welt da draußen aneinandergeklammert und die schlimmsten Dinge getan, nur um Eckerds Superhelden zu bleiben.

Sie verschmierte Tränen auf ihrem Make-up zu einem grauen Brei. Grau wie Asche. Sie riss die Schnüre aus ihrem Korsett, zerrte sich die Lederhaut vom Leib und begann sich zu ohrfeigen.

GEBURT

Im großen Raum blitzte es. Mindestens ein Dutzend Fotografen feuerten Dauersalven, um ihn sicher zu haben.

Den Matador, wie ihn später alle nennen würden.

Sie konnten nicht genug bekommen von dem Anblick. Der Mörder, der Schlächter, der Matador, der in seinem prachtvoll glühenden, reich verzierten Kostüm in heldenhafter Pose dastand, ein gemaltes Epos auf einem Berg von Leichen, die archaische Keule hoch erhoben.

Kurz nach der Presse traf die Polizei ein. Nur schwer ließen sich die Fotografen aus dem Raum treiben, vor allem, als Dutzende von roten Laserpunkten über das Kostüm des Matadors krochen. Er stand unbeeindruckt wie eine Ikone, denn genau das wollte er sein. Seine eigene Ikone, die niemand je wieder vergessen sollte. Eine Ikone, die ihn schützen würde. Eine Ikone, die sie vor ihm zittern lassen würde, die rauen Kerle, die es nur dort gab, wo er für immer hingehen würde. Und die auch nur dort schwul waren.

In seinem Himmel.

Die Sonne fraß sich in die Kreuzung, hoch zum Eingang des *Von Herzen*. Ihr Licht verhöhnte den schrecklichen Morgen, dem der düstere Regen so viel besser gestanden hatte.

Marthes nasse Haare spritzten, als sie tobte, ihr geschwollenes Gesicht verzerrt, die Nase zur Seite geknickt, aber ihre Kräfte reichten nicht aus, sich durch die Einsatzkräfte zu schlagen. Zu entsetzt war man über das Ausmaß der Tat, zu erstaunt war man über die Unverfrorenheit des Täters, der sich auf dem Silbertablett präsentierte, nachdem er selbst Presse wie Polizei zum Tatort gerufen hatte, die Presse zuerst.

Marthe sank auf den Bordstein, um sie herum rannten Stiefel. Knie und Kisten stießen sie an, und man brüllte, was sie an weit aufgerissenen Mündern erkannte. Sie senkte den Kopf. Vor ihr auf dem Boden flackerte es von hektischen Schatten, die irgendwohin mussten. Die einzigen langsamen Schatten kamen von den ersten Körpern, die aus dem Haus getragen wurden. Sie hatten ein wenig mehr Zeit.

Ein Paar Gummistiefel stellte sich vor sie. Es waren Kindergummistiefel mit dicken rosa Lachsen darauf. Marthe sah auf.

Frau Mangold stand unter einem lachsfarbenen Regenschirm und trug ein lachsfarbenes Kostüm mit einem lachsfarbenen Trenchcoat darüber, und von ihrer Armbeuge hing eine lachsfarbene Handtasche. Sie lächelte mit lachsfarbenem Lippenstift. »Da habt ihr ja mal richtig Gas gegeben. Ich wusste doch, dass ihr was Tolles macht.«

Frau Mangold hockte sich vor sie. Marthes Mund bildete Worte.

Alle sind tot.

»Doch nicht alle. Du bist noch da. Und dieser tolle Torero ist noch da.«

Marthe zog sich in den Korb zurück, den ihre Arme gebildet hatten. Frau Mangold legte ihr eine Hand auf. »Aber, aber. Es musste doch gelebt werden, mein Kind. Musste alles mal raus.«

Frau Mangold stand auf und hob Marthes Kinn. »Was hältst du von einem Jasmintee? Und wir kümmern uns um deine Nase. Dass sie wieder so hübsch ist wie gestern.«

Marthe presste das Gesicht auf die Knie, weinte und bebte unter ihren Armen, aber irgendwann sah sie zu ihr auf.

Frau Mangold lächelte und reichte ihr die Hand unter ihrem Regenschirm, der in der Morgensonne rot-golden strahlte.

Sie betastete Johannes' Kappe, die Nähte, die abgestoßenen Ränder, roch Zigaretten. Diesel. Fettiges Haar.

Sie wand sich die Haare auf den Kopf, zog die Kappe auf und musterte die Person im Spiegel, die gleich verhaftet werden würde.

Im großen Raum wimmelte es von Menschen in Papieranzügen, die Dinge abpinselten.

Sie folgte einer Polizeiuniform in der Annahme, dass man dort gehen durfte. Dann bog sie ab zum Ruhepol.

Waldo sah wütend aus. Furchtlos starrte er in die Unendlichkeit. Ihre Augen brannten.

»Ist das Ihr Sauglaster da draußen?« Der Beamte sprach hinter ihr.

Sie drehte sich langsam um. »Wonach sieht es denn aus?«

»Entfernen Sie ihn bitte auf der Stelle. Es kommen gleich jede Menge Fahrzeuge an. Was machen Sie überhaupt hier drinnen?«

Sie hätte gerne Waldos Pausbacken gestreichelt.

»Weiß nicht. Bin eben erst eingesprungen. Wissen Sie was?«

»Ich weiß, dass der Laster wegmuss.«

»Suchen Sie eigentlich die Verwandten der Opfer auf?«

Er überlegte, ob er freundlich bleiben sollte.

»Wenn Sie den hier meinen, der hatte nichts dabei, das ihn identifiziert. Kennen Sie ihn? Dann hätten wir Fragen.«

»Sollte ich nicht den Laster wegfahren?«

Der Beamte überlegte. Er nickte.

Still verabschiedete sie sich von Waldo. Und von seiner Mama, die sicher auch bald tot sein würde, falls sie es nicht längst war.

Sie umrundete den furchtbaren Hügel aus Gästen und Freunden, sie hielt den Kopf gesenkt und zwang sich, keine Einzelheiten aufzunehmen, die sich für immer in sie graben würden. Es gelang ihr, bis ein einzelner Körper neben dem Hügel in ihr Blickfeld rückte. Eine Frau. Ihre Perücke war verrutscht. Wenn man genau hinsah, konnte man Metall darunter hervorschimmern sehen.

Auf dem Weg nach draußen weinte sie über die Frau und trocknete sich die Wangen mit Fingern, die noch ihren Duft trugen. Sie zog die Mütze tiefer ins Gesicht.

Man hatte den schweren Vorhang heruntergerissen, um den Zugang zu erleichtern. Achtlos hingeworfen lag er auf dem Boden, mit etlichen Abdrücken in den Samt getrampelt; der Vorhang, der seinen Gästen große Auftritte und Abgänge geschenkt hatte. Der sie gestreichelt und die Realität von ihnen gestreift hatte.

Sie trat auf die Straße, auf der es vor Fahrzeugen, Menschen mit Walkie-Talkies und Flatterbändern wimmelte, und hielt auf den Sauglaster zu. Einige starrten auf den Schwung ihrer langen Beine. Auf ihrer Mütze stand, was auf dem Sauglaster stand. Niemand kam auf die Idee, sie aufzuhalten.

Sie kletterte in das Führerhaus, kuppelte aus und bog sich unter das Armaturenbrett. Zwei Drahtenden hingen heraus. Sie hielt sie aneinander. Winzige Funken stoben, als der riesige Motor ansprang. Irgendwo hinten stieß er Schwarz aus. Jemand fluchte.

Sie packte das Lenkrad. Es glänzte von den vielen Händen, die es jahrelang poliert hatten. Glatt wie lederne Zügel. Zügel des Monsters, in dem sie saß. Fahren konnte sie nicht. Eine Armada aus Fahrzeugen blockierte die Straße. Einfach die Straße hinunterzugehen war keine Option. An den Flatterbändern stellten Beamte Fragen.

Sie lehnte sich zurück in den abgenutzten, muffigen Sitz, fühlte sich sicher in so viel Stahl, auch wenn er nicht vor Fragen schützen würde. Irgendwann würde man in den Absaugtank sehen.

Nur noch wenige Minuten Frieden. In dem, was danach geschah, lag keine Hoffnung. Ein Polizist kam und fuchtelte mit den Armen.

»Fahren Sie!«

Kranken- und Leichenwagen zogen sich zurück. Ein Korridor öffnete sich. Der Diesel des Monsters nagelte, tief und rau. Sie trat die Kupplung, legte den Gang ein und versuchte, den Schleifpunkt zu erraten, gab ein wenig Gas. Das Monster machte einen leichten Satz und trug sie davon.

Er wäre gerne mit ihr gestorben, auf einen Streich erlegt durch die Hand von einem, der die Wahrheit nicht ertrug. Biblisch. Und doch lebte er, auch wenn sein Schädel schmerzte, als ob er zerbrochen war. Es konnte nicht anders sein, als dass ihm das Schicksal zu endgültiger Größe verhelfen wollte, dass es ihn inmitten solcher Ungeheuerlichkeit am Leben gelassen hatte.

Otte hatte ihren langen Hals gereckt, um zu sehen, wer hinter ihr mitsprach, dass die Keule auf ihrem Kopf ein wenig mehr eingeschlagen war als auf seinem. So war sie dahingegangen, seine Otte. Seine Muse.

Er würde Otte ehren und auch ihr zu epischer Größe verhelfen. Sollten sie sich gefälligst damit abfinden, all die anderen, die nach ihr kommen würden. Auch wenn sie einfach gewesen war, die Otte. Allerdings, warum musste eine Muse klug sein? Wer sagte das? Welcher Außergewöhnliche hätte je verraten, wie dumm seine Muse war?

Felix hatte so meisterlich unlebendig gespielt, dass der Matador ihn auf den Haufen der anderen getürmt hatte. Er war auf dem Körper eines riesigen Schwarzen zum Liegen gekommen, dankenswerterweise mit Otte auf sich, und hatte heimlich ihre Korkenzieherlocken gestreichelt.

Irgendwann, als es sicher schien, hatte er begonnen, sich aus dem Körperhügel zu winden. Gerade als er sich aufrichtete und seinen Trenchcoat glatt strich, kam ein kleiner, verheulter Südländer im Hawaiihemd in den großen Raum gerannt und schoss geradewegs auf das Knäuel von Körpern zu. Bevor die Beamten reagieren konnten, hatte er schon Sonia am Rande des Hügels ausgemacht, sich schluchzend neben sie geworfen und ihr liebevoll die Perücke wieder gerade gezogen. Er wiegte sie in seinen Armen und weinte.

Als mehrere Beamte versuchten, Aureo von Sonia wegzuziehen, schlug Felix seinen Trenchcoat zur Seite wie Julius Cäsar seinen Umhang und trat hinzu. »He! Sehen Sie nicht, dass der Mann trauert? Lassen Sie ihn gewähren! Bleiben Sie weg von ihm!«

Ein Forensiker in Kittel und Haube trat nach vorn. »Hier darf aber nichts verändert werden. Wer sind Sie überhaupt? Das ist ein Tatort.«

»Wäre es kein Tatort, wäre ich wohl kaum hier.«

»Sind Sie Ermittler? Dann hätte ich gerne Ihre Marke gesehen.«

Felix setzte ein möglichst Ehrfurcht gebietendes Cäsarengesicht auf, während ihm nichts einfiel, das er antworten konnte.

Er war erleichtert, als Aureo aufschrie. »Ssonia!«

Alle wandten sich den beiden zu. Sonia hatte die Augen geöffnet. Sie lächelte Aureo an. »Kto ty?«

Aureo sah verzweifelt umher. »Was ssagt ssie?«

Felix trat vor. »Sie fragt, wer du bist. Es ist russisch. Ich las einmal Gogols *Revisor* im Original.«

Aureo drückte sie fest an sich. »Is bin Aureo, erinnere du dich? Is nehme dis mit auf mein' Jaht, du bekomme beste Arzt, okay, Piriquitinha?«

Sonia schien zu überlegen. Dann gab sie auf und giggelte. »Da.«

Felix soufflierte. »Das heißt *ja*.«

Felix und Aureo halfen Sonia auf. Sie schwankte, aber sie konnte stehen. Der Forensiker trat vor.

»Sie kann hier nicht einfach so rausspazieren.«

»Müsste sie nicht tot sein, damit Sie ihr was zu sagen haben?«

Der Forensiker starrte Felix an. »Melden Sie sich vorne. Die werden Fragen haben.«

Sonia giggelte. Aureo legte Felix Sonias Arm über die Schulter. »Um momento.«

Er verschwand für einen Moment bei den Nischen, dann kam er zurück und schob sich unter Sonias anderen Arm.

Auf dem Weg nach draußen fragte niemand, ob sie Hilfe brauchten. Freigegebene Körper wurden abtransportiert, Helfer brachten mehr Tragen hinein. Sonia konnte nach einigen Metern so weit besser gehen, dass sie sich nur auf Aureo stützte und verliebt an seinem Ohr knabberte. Aureo nahm sein Handy heraus und tippte. *Partidas*. Er steckte Felix eine Karte mit einer Nummer zu.

»Ich habe ganss andere Role, die du spielen kannst. Haste due Luste, rufe mich ane, wir rede auf meine Jaht, meine Freund.«

Felix schwang seinen Trench zum Abschied wie ein Gewand.

»So Publikum, Agenten und Journaille mir Freiraum schenken, diese ewig zerrenden Hunde … heute Nachmittag vielleicht?!«

Er verbeugte sich, schob sich mit Ehrfurcht gebietender Miene an einem Beamten vorbei, indem er ihm kollegial zunickte, querte die Kreuzung und bog in eine Seitenstraße.

Die Beamten tasteten Sonia mit Blicken ab, als Aureo mit ihr an die Absperrung trat. Sie zog die Perücke zum Gruß. Niemand sagte etwas, als Aureo das Flatterband hob, um sie durchzulassen.

Ein Mann mit einem Koffer kam ihnen entgegen. Er sprach mit leichtem arabischem Akzent.

»Entschuldigen Sie, kommen Sie aus dem *Von Herzen*?«

Aureo musterte den Mann.

»Were will dasse wisse?«

»Ich heiße Abdul Ahmed Abdullah. Ich suche einen Mann namens Winfried. Kennen Sie ihn?«

Aureo grinste golden.

»Freute miche, Abdul. Ssie kome, um Winnie ssu gebbe die ssehn Million, correcto?«

»Sie wissen davon? Ist er da?«

»Er iste weg. Aber warum rede wir nicht über die Gelde?«

»Ich kenne Sie nicht.«

»Ich Ssie auch nichte. Aber ich sseige Ihne was.« Aureo zog die Papiertischdecke, die eine Vordertasche seiner Chinos ausgebeult hatte, und entfaltete sie.

Abdul runzelte die Stirn. »Das ist eine Tischdecke.«

»Um momento.« Aureo suchte die Stelle zwischen den Formeln. Schließlich zeigte er darauf. Abdul las.

Unendliche, saubere Energie.

Aureo lächelte Gold.

»Das ist die Ssukunft. Nicht wahr, Piriquitinha?«

Sonia giggelte. Hinter Abdul landete Aureos Drohne.

Der Güllestrahl schoss in weitem Bogen hinaus auf den Baggersee, überall spritzte es, als die Knochenstücke ins Wasser klatschten.

Sie stoppte die Pumpe, kehrte die Saugrichtung um und sog Wasser ein, um es direkt wieder auszustoßen. Das, was herauskam, war deutlich klarer, bis auf ein Ding, das in hohem Bogen bis ans andere Ufer geschleudert wurde. Erst blieb es liegen, dann schüttelte es sich und rannte hinter einen Busch. Eine Ratte.

Sie schwang sich hinters Lenkrad, steuerte den Laster zurück auf die Landstraße und ließ sich von der Kraft des Diesels massieren.

Lolita. Sie hatte vergessen, wie sie mal auf den Namen gekommen war. Jetzt kam er ihr seltsam fremd vor. Bilder blitzten in ihr auf von den Menschen, die Lolita gekannt hatte. Die ihre Freunde gewesen waren. Bilder von der einen, die noch lebte, und von all den anderen, die nur noch in ihrer Erinnerung waren. Sie weinte ein wenig, glücklich darüber, dass Lolitas Freunde sie begleiteten. Lolita hatte sie bewundert, denn sie alle hatten eine klare Vorstellung davon gehabt, wer sie waren und was sie wollten. Sie hatte das nie. Lolita ein wenig, vielleicht.

Sie kurbelte das Seitenfenster herunter und drehte den riesigen Seitenspiegel zu sich, bis sie sich sehen konnte.

»Wer bist du?«

Sie trommelte den Rhythmus eines Countrysongs aus dem Radio auf dem Lenkrad und sagte Namen.

»Miss Mayer. Agent Rokitansky. Herr Küster. Caspar Hauser.«

Sie lachte sie weg und probierte neue; weibliche, männliche und androgyne. Sie sprach hoch und tief, um zu hören, ob sie eine, er einer, es eines von ihnen war.

Sand war auf die Landstraße geweht. Sie raste mit dem Laster hindurch, dass er einen Berg an Staub aufwirbelte.

Genau das würde sie, er, es ab jetzt auch tun.

Staub aufwirbeln.

Und nie wieder fragen.

»Phaulrhrl.«

Es war nicht nur sein Name. Es war das Schönste, was er je gehört hatte. Sein Mantra. So wie sie in sein Ohr gurrte, waren all die Klammern in seiner Haut, die Schienen an Arm und Bein und die Nägel in seinen Knochen egal. Er war glücklich, denn die Schmerzen waren besser, als sich eine Zombieattacke vorzustellen wie sonst, wenn er nicht vorzeitig explodieren wollte.

Marthes Stirn klebte auf seiner, sie ließen sich nicht aus den Augen, sie planschte in seinem Blau, er tollte auf ihrem Grün.

Wieder bahnte sich die große Welle an, zog sich weit zurück, rollte turmhoch ein, ersäufte jedes Hemmnis, ließ sie ineinander toben, aufeinander ringen. In Paul explodierten Millionen Sonnen zusammen mit ihm selbst, sie beide brüllten sich von Sinnen, bis die Welle durchgerauscht war. Keuchend glitt Marthe von ihm, sackte schlaff in seine Arme und klatschte den roten Schopf auf seine Schulter.

Hinter der Welle war Klarheit. Paul sah das ganze Universum und sich darin. Und auf einmal war es zu ertragen. Solange sie da war.

Etwas sickerte in sein Bewusstsein. Etwas fühlte sich falsch an. Bizarr. Er öffnete die Augen.

Vor ihrem Bett stand ein Kunstgegenstand, der vorhin noch nicht dagestanden hatte. Paul überlegte, ob Marthe ihn gebaut hatte oder ob er ihn gekauft hatte. Und vor allem, warum. Es war die Plastik eines schwarzen Jungen in Schockstarre. Er sah recht realistisch aus. Paul fiel sogar sein Name ein. In dem Moment trat hinter dem Kunstgegenstand ein riesiges Wattestäbchen hervor. Klara. Mit Kopfverband.

»Paps, du kennst Ulrich ja schon. Ulrich, das ist meine Mam.«

Marthe schenkte den beiden ein breites Lächeln. Klara stieß Ulrich in die Rippen, aber er konnte nicht aufhören zu starren. »Wir wollten fragen, ob wir ins Kino dürfen.«

Paul bedeckte sich hektisch. »Das fragst du mich?«

»Ich bin minderjährig. Da fragt man doch.«

HOLI

Das Holifest war eigentlich nur eine deutsche Dance-Party, aber der Mann, der ihnen mit bunten Säckchen voller Farbpuder folgte, war tatsächlich Inder.

»Super Gulal Farbe! Pink is Freude! Gelb is Sonne!«

Paul winkte ab. »Danke, wir haben schon.«

Eigentlich war es Pauls Idee gewesen, mit Klara und Marthe auf das Holifest zu gehen, sich mit bunter Farbe zu bewerfen und das Ende des Bösen und den Anfang des Guten zu feiern. Er hatte nur nicht gedacht, dass es so bald sein würde.

Marthe und Klara zogen Paul zur großen Bühne, vor die riesigen Türme aus Bassklötzen. Paul ahnte, was kommen würde, trotzdem war er froh, nicht im Publikum stehen zu müssen, in das Marthe und Klara sich hineindrängten – bei all den Verbänden und Schienen, die er noch an sich trug. Schon bei den ersten Beats fühlte sich Paul, als ob er mit Medizinbällen beworfen wurde.

Der prügelnde Bass ließ ihn an Eckerd denken, und an Raphael, von dem er froh war, dass er nicht Eckerds Talent gehabt hatte, mit der Keule umzugehen. Oder er hatte es besonders, schließlich waren er und Klara am Leben.

»DREI … ZWEI … EINS … GO!«

Die Menge johlte. Knallbuntes Pulver schoss aus tausend Beuteln in die Luft, und für eine Sekunde sahen die grellbunten Wölkchen aus, als schwebte man in einem Zuckerwattehimmel. Es gab sie in allen Farben; rote, pinke, grüne, gelbe und blaue. Nur über Marthe und Klara schwebten zwei graue.

Mam hätte es sicher toll gefunden, dass ihre Asche unter all den fröhlichen, tanzenden Menschen verstreut wurde. Und Colette hätte das erste Mal gelächelt.

Obwohl, wahrscheinlich eher nicht.

Paul sah den beiden zu. Klara war endlich wieder ein Kind.

Marthe tanzte so ausgelassen im Bass, dass ihm egal war, wie sehr er schmerzte.

Und tief in ihm sang eine Stimme, dass ab jetzt alles nur noch gut war.

EIN JAHR WEITER

Der Pfarrer hatte sich gerade im Beichtstuhl niedergelassen, als es auf der anderen Seite knarzte. Die Person schien mittleren Gewichts zu sein. Eine normale Frau. Ein kleiner Mann. Oder ein hagerer. Das darauffolgende Seufzen war männlich. Der Pfarrer setzte sich aufrecht, um dem Beichtenden all seine Aufmerksamkeit zu schenken. »Was kann ich für dich tun, mein Sohn?«

»Es hat mich Kraft gekostet, herzukommen, Hochwürden.«

Der Pfarrer legte die Hände auf die Knie und neigte sich zu dem kleinen, mit schwarzer Gaze bespannten Fenster, um alles genau mitzubekommen. »Was bereitet dir Kummer, mein Sohn?«

»Es ist mir peinlich. Ich weiß nicht, ob ich es aussprechen kann.«

»Du hast deine Last bis hierher getragen. Möchtest du nicht ohne sie wieder gehen?«

»Ich weiß nicht, ob Sie mich verstehen würden. Ich habe Schlechtes getan.«

»Sollen wir das nicht besser den Herrn beurteilen lassen?«

»Gerade davor habe ich Angst. Haben Sie schon mal was Schlechtes getan? Bestimmt nicht, sonst wären Sie ja kein Pfarrer.«

»Nun, seien wir doch ganz und gar ehrlich. Wir Gottesdiener dienen, weil wir abzuleisten haben, nicht wahr? Wären wir schuldlos, trügen wir Weiß. Wollen wir es einfach versuchen?«

Der Mann schien nachzudenken.

»Ich glaube, ich vertraue Ihnen.«

»Was beschwert also dein Herz, mein Sohn?«

»Mein Urgroßvater hat Schreibmaschinen repariert.«

»Das ist eine ehrbare Profession, mein Sohn. Sehr nützlich.«

»Mein Vater hat auch Schreibmaschinen repariert. Und ich auch.«

»Findest du Erfüllung darin?«

»Ja, voll und ganz. Es macht mich glücklich.«

»Wo liegt dann das Problem?«

»Ist das nicht offensichtlich?«

»Du meinst, dass kaum noch Schreibmaschinen gebraucht werden, weil alle auf Computern schreiben?«

»Sagen Sie dieses Wort nicht! Computer sind Teufelswerk!«

»Entschuldige, ich hätte es besser wissen sollen, wie sehr dich das schmerzt. Nun. Du sagtest, du hast Schlechtes getan?«

»Ich habe uriniert.«

»Das müssen wir alle, mein Sohn.«

»Durch den Briefschlitz eines Teufelsladens!«

»Du hast durch den Briefschlitz eines Computergeschäfts gepinkelt?«

»Jawohl! Als Rache für all die Ungerechtigkeit, die unserer Familie angetan wurde!«

»Mehr als verständlich, wenn du mich fragst. Darf ich fragen, was dich daran so grämt, dass du herkommen musstest?«

»Ich kann nicht anders. Ich muss mich immer wieder rächen. Bei jedem Teufelsladen in der Stadt. Und jedem Telefonladen. Gerade eben noch, bevor ich herkam. Bin ich ein schlechter Mensch?«

»Nun, dann müsste ich mich mit Besorgnis fragen, wer auf Gottes Rund ein guter Mensch ist. Die wirklich wichtige Frage ist doch: Was gibt es anderes auf seiner reichen Erde, das dich glücklich machen würde, außer Schreibmaschinen zu reparieren, sodass sich dein Gram irgendwann in Christus' unendlicher Güte auflöst und du nicht mehr gezwungen wärest, es zu tun. Hast du eine liebende Frau?«

»Hat mich verlassen, weil ich nicht aufhören konnte, in die Teufelsläden zu pinkeln.«

»Nun denn, wenn ich mir dein Dilemma vergegenwärtige, sehe ich, dass dies weniger ein Thema ist, das wir unter Gottes gestrengem Dach erörtern müssten, zumal es hier definitiv nicht um eine Absolution geht, so viel kann ich sagen. Wollen wir darüber nicht in anderem Rahmen sprechen?«

»Das würden Sie tun?«

»Zufälligerweise ist mein Kalender heute noch recht weiß. In der Pfarrei, in zehn Minuten?«

»Ich bin sofort da, Hochwürden. Danke. Vielen Dank!«

Es knarzte. Der Pfarrer lauschte den schnellen Schritten, die in der Entfernung verhallten. Er trat aus dem Beichtstuhl. Sein aufgebrachter Schützling hatte die Kirche schon verlassen und belagerte bestimmt schon die Pfarrei.

Er verbeugte sich vor dem Altar. Jesus am Kreuz war über seine Agonie hinausgewachsen, fast hielt er die Augen geschlossen. Aber nur fast. Kaum sichtbar schaute er unter bleischweren Lidern in das Herz seines Betrachters. Unverkennbar lag in seinem Blick großes Vertrauen.

Der Pfarrer war zuversichtlich. Jesus und er würden etwas finden, das den Mann glücklich machte, sodass er das Briefschlitzpinkeln unterlassen konnte. Oder der Herr gab ihm den Auftrag, dem Mann eine Auszeit vom Dasein zu bescheren, auf dass er sich im Himmel sammeln konnte, bevor er auf eine neue Runde geschickt wurde.

Er versenkte die Hände in den tiefen Taschen seiner Robe. Der Griff fühlte sich gut an. Fast so wie der, den er viele Jahre in die Hände genommen hatte, wenn er Rat gesucht oder Kraft gebraucht hatte.

Dieser Griff war neu, er hatte nichts zu erzählen, und er spendete auch keine Kraft, aber das spielte keine Rolle. Denn Gott spendete seinen Rat durch den Pfarrer, und das spendete ihm mehr Kraft als genug.

Die neue Keule war kein Zepter, sie war einfach des Pfarrers verlängerter Arm, genauso, wie er ein verlängerter Arm Gottes war.

Pfarrer Ekkehard trat aus dem Schatten der Kirche hinaus in die Sonne des Herrn.

ENDE

DANKE

Danke Martinique, mein Oben, mein Frieden, erste Leserin, klare Meinung. Danke für deine Liebe und deine Ehrlichkeit. Und danke für deine unüberwindliche Entrüstung, wenn etwas nicht gut ist.

Danke Jan, freier Geist und Entdecker. Danke für das Angebot, all die Freiheit bei der Umsetzung und den besten Verlag, den sich eine Geschichte wünschen kann.

Danke Andrea, für die beeindruckende Präzision, für die wirklich guten Fragen und die Kontroversen mit immer bestem Ergebnis.

Danke Frauke und Tim, für all die Begeisterung und den wunderbaren Pitch, mit dem alles angefangen hat.

Danke Jens, für die Bestärkung, mittendrin alles stehen und liegen zu lassen, um *Von Herzen* zu schreiben.

Danke Jörg, Freund und Django, für einen wirklich guten Twist.

Danke Tango Fuego, Ella und den Nachtaffen, für eure Inspiration. *Von Herzen* schwingt in euren Liedern.

Peter Spans, geboren 1963, studierte Kommunikationsdesign und gründete Deutschlands erstes Studio für 3-D-animierte Charaktere. Er lebt in Hamburg und arbeitet als Regisseur, Autor und Konzeptionist. Das Menschliche, das uns zu Unmenschen macht, fasziniert ihn. Mit *Von Herzen* legt er seinen ersten Roman vor.